中华优秀传统文化研究丛书

梅兰竹菊松诗词与君子文化再读

李汶净　著

中国水利水电出版社

www.waterpub.com.cn

·北京·

内 容 提 要

　　本书以中国古典诗词中的咏梅诗、咏兰诗、咏竹诗、咏菊诗、咏松诗为经，以源远流长、儒雅高格的君子文化为纬，将植物花卉诗词研究同文化研究相结合，由植物花卉而及植物花卉诗词，由植物花卉诗词而及君子文化；通过诗中的梅兰竹菊松去感知其蕴藉的君子人格之美，去体悟历代梅兰竹菊松的吟咏者所钟情的君子气度与风范以及他们本人的君子之气。

　　本书采用散文化笔法，将文学与文化相结合，追求文助意行和意助文心，不管是目录还是正文，都力求整饬中有变化、变化中有整饬。第一章从梅花的特点、颜色、香气、花形讲到梅花与国人的情感联系、梅花的交游对象、梅花的精神特质，以及梅花与君子的人格联系。第二章从兰花的名称、叶、花、香讲到兰花的精神内涵，以及绘画艺术中的兰花与君子的人格联系。第三章从竹子的风采、秉性、神话传说与君子人格的联系一直讲到与竹子相关的名人轶事、文化典故。第四章从君子对菊花的认知、爱好、感叹、模仿一直讲到菊花的婉约、豪情与君子的人格联系。第五章从松树的姿态、本性、声音一直讲到松树的气节、志向、气度与君子的人格联系。

　　本书融文化与文学、知识与趣味于一体，娓娓道来，发哲思于品诗，既可以作为广大文化研究者的参考用书，也可以作为广大文学工作者、文学爱好者的案牍读物。

图书在版编目（ＣＩＰ）数据

　梅兰竹菊松诗词与君子文化再读 / 李汶净著. -- 北京 : 中国水利水电出版社，2024.4（2024.11 重印）
　　（中华优秀传统文化研究丛书）
　ISBN 978-7-5226-2426-6

　Ⅰ. ①梅… Ⅱ. ①李… Ⅲ. ①古典诗歌-诗歌研究-中国②中华文化-研究 Ⅳ. ①I207.22②K203

中国国家版本馆CIP数据核字(2024)第077923号

策划编辑：石永峰　　　责任编辑：张玉玲　　　封面设计：苏敏

书　　　名	中华优秀传统文化研究丛书 **梅兰竹菊松诗词与君子文化再读** MEI LAN ZHU JU SONG SHICI YU JUNZI WENHUA ZAI DU
作　　　者	李汶净　著
出版发行	中国水利水电出版社 　（北京市海淀区玉渊潭南路 1 号 D 座　　100038） 网址：www.waterpub.com.cn E-mail：mchannel@263.net（答疑） 　　　　sales@mwr.gov.cn 电话：（010）68545888（营销中心）、82562819（组稿）
经　　　售	北京科水图书销售有限公司 电话：（010）68545874、63202643 全国各地新华书店和相关出版物销售网点
排　　　版	北京万水电子信息有限公司
印　　　刷	三河市德贤弘印务有限公司
规　　　格	170mm×240mm　　16 开本　　14.25 印张　　279 千字
版　　　次	2024 年 4 月第 1 版　　2024 年 11 月第 2 次印刷
定　　　价	68.00 元

前　言

　　提起"君子"一词，我们立刻会想起许多与"君子"相关的名言警句，譬如出自《周易》的"天行健，君子以自强不息""地势坤，君子以厚德载物"；出自《论语》的"君子坦荡荡，小人长戚戚""君子成人之美""君子之道者三，我无能焉。仁者不忧、知者不惑、勇者不惧""夫子之说君子也，驷不及舌""君子谋道不谋食，君子忧道不忧贫""君子和而不同，小人同而不和""君子尊贤而容众，喜善而矜不能""君子喻于义，小人喻于利""君子泰而不骄，小人骄而不泰""君子求诸己，小人求诸人"；出自《孟子》的"君子莫大乎与人为善""君子以仁存心，以礼存心"；出自《庄子》的"君子之交淡若水，小人之交甘若醴"；出自《菜根谭》的"君子处患难而不忧，当宴游而惕虑，遇权豪而不惧，对茕独而惊心"；出自《围炉夜话》的"君子存心，但凭忠信，而妇孺皆敬之如神，所以君子乐得为君子"；出自人们日常生活用语的"君子一言，驷马难追""君子爱财，取之有道"等。那么究竟什么是君子呢？

　　"君子"其实是一种总称，是人们对一种理想人格的整体概括。它是人们广泛认可的一种光辉的人格形象，是人们向往和推崇的一种楷模式的典范。君子身上所闪耀的理想光辉足以彪炳千古。在长期的历史演进中，"君子"不知不觉已经变成了一种文化，融入了中华传统文化的血液中，并成为其不可分割的重要组成部分。作为一种精神财富，它已经变成一种做人的圭臬，并成为一种潜在的人格力量和心理支撑影响人们。

　　众所周知，我国的儒家文化始终与道家文化相辅相成。也就是说，在我国的君子文化中既有儒家文化的内容也有道家文化的内容。如果没有儒家文化，国人修身齐家治国平天下的济世抱负就失去了立足的根本；而如果没有道家文化，国人灵魂的安顿、心灵的救赎就失去了精神的家园。因为儒家文化和道家文化一直是互相补充、相生相存的，所以"君子文化"中的"君子人格"作为一种理想人格，既包含了儒家文化的要素，也包含了道家文化的因子。具体而言，君子人格既包含了宽厚爱人、忠君爱国、文质彬彬、正直守信、匡扶正义、坚贞顽强、大智大勇，也就是我们经常提及的仁、义、礼、智、信等儒家文化方面的内容，同时也包含了乐观豁达、高洁清雅、自甘淡泊、回归自然、精神超脱等道家文化方面的内容。身上儒家文化色彩强烈一些的君子可以称之为儒家式君子；身上道家文化色彩强烈一些的君子可以称之为道家式君子。相较而言，儒家式君子更强调一种责任意识、担当精神和家国情怀，而道家式君子则更侧重于独善其身、逍遥自在和宁静致远。但不管是儒家式君子还是道家式君子，二者都很看重君子本身的正心笃志、崇德弘毅，都主张崇德向善、坚持修身。因此，但凡有上述所列人格之一的，就可以称之为君子。所以，在我们的君子名单中，既包含了孔子、孟子、李白、杜甫、屈原、姜子牙、诸葛孔明等儒家式君子，也包含了老子、庄子、伯夷、叔齐、商山四皓、严子陵、陶渊明、竹林七贤、竹溪六逸、苏轼等道家式君子。而事实上，在某种程度上，道家式君子在我国文化中要更受推崇和尊重。尽管儒家文化的祖师孔子被尊为"文圣人"，但他对道家思想的创始人老子非常尊敬，因为他曾经向老子问礼、求学，视老子为老师。所以，李白尽管四处干谒，寻找出仕的机会，仍然对在野的道家式君子孟浩然充满了无限的景仰，将之比拟为"高山"，在《赠孟浩然》一诗中不无敬佩地说"高山安可仰，徒此揖清芬"。所以，尽管汉高祖刘邦一度在废立太子的问题上犹豫不决，但是当看到吕后请出山的道家式君子商山四皓也支持太子刘盈的时候，立刻就拿定了不再更换太子的主意。所以，人们提起道家式君子陶渊明的时候总是以"高风"称赞之，内心充满了无限的敬重。当然，一般向往君子，尤其是向往、尊崇道家式君子的人，其本人常常也离君子的距离不太遥远，否则他们是不会起君子之思的。总之，君子文化中的君子品格是一种人格力量，它的影响是巨大的，也是潜移默化的，对他人、对社会都是如此。提起君子，人们会肃然起敬，也会衷心向往。

中国人一向有侍弄花草、吟风弄月的雅情雅趣，这份雅情雅趣源自国人内心深处对自然的深情。在面对自然界中花花草草的时候，文人墨客常常会不自觉地将自己的情感投射到它们的身上去，因而那些花草树木便有了人性的内容。因为内心深处对君子品格的尊崇，文人墨客在情感投射的时候又会不自觉地将所看到的花草树木与君子品格相联系，从而使得那些植物也打上了君子的烙印，尤其在面对一些具有独特特点的植物的时候，这种联系就更加普遍与频繁。譬如，对松竹梅，人们看到它们共同的耐寒特点，就将它们合称为"岁寒三友"，并将它们不惧严寒的特点和君子品格中的威武不屈、孤介耿直、矢志不移等内容联系在一起，赋予它们君子的气质。类似的还有"梅兰竹菊"四种植物。梅兰竹菊，这四种植物或怒放于寒秋（菊），或傲放于严冬（梅），或盛开于幽谷（兰），或为高贵的神鸟凤凰的食物（竹）；它们的独特也让人们对它们青睐有加，并将坚强、清雅、淡泊、脱俗等君子品格和它们联系在一起，赋予它们"花中四君子"的美誉。文人墨客不仅赋予这些植物君子的品格，还做诗填词、为文做赋来赞美它们。由此，我国的诗文便多了一道亮丽的风景线——对"岁寒三友"（松竹梅）和"花中四君子"（梅兰竹菊）的讴歌与赞美。

当人们在欣赏梅兰竹菊松并赋之于诗词的时候，既是在赏花观物、吟诗作赋，也是在抒发自己的君子怀抱、寄托自己对君子品格的追求。也许，当人们真正地走进梅兰竹菊松的世界、走进吟咏梅兰竹菊松的诗词中的时候，也是人们与梅兰竹菊松身上的君子品格精神对话的时候。在忙碌紧张的工作生活和琐碎平凡的日常生活中，人们的精神更需要这样的相遇和对话，因为人们的心灵需要诗意的栖居、需要君子文化的滋润！所以，从梅兰竹菊松身上，乃至于从吟咏梅兰竹菊松的诗词去品味君子人格、学习君子文化，对当代的我们无疑具有一种心灵净化和境界提升的作用与意义。人之所以为人而不是钢筋混凝土、不是机器人、不是木头人，大概也在于人类能从内涵深刻、情意丰富的诗文中，尤其是从蕴含着丰富君子文化的诗文，譬如植物花卉诗词"梅兰竹菊松"中解读出丰富心灵、充盈灵魂的内容吧。

作　者
2023 年 5 月

目　录

第一章　咏梅诗词中的君子文化

梅花，蔷薇科落叶乔木，属长寿之花，寿命可长达百年，在我国分布比较广泛，从陕西、河南、湖北、湖南、山东一直到四川、江苏、上海、广东、浙江、安徽、云南、西藏等地，可以说从北到南、从东到西都有梅花的身影。作为我国十大名花之一，梅花的品种非常丰富，有江梅、早梅、古梅、官城梅、重叶梅、绿萼梅、红梅、百叶缃梅、鸳鸯梅、杏梅、蜡梅等 200 多个品种。这些品种总体上属于两个大类，即果梅和花梅。果梅是开花之后结果实；花梅是观赏梅的统称，很少结果实。我们平常看到的梅花基本上都是花梅。花梅花色丰富，有纯白、粉红、紫红、大红、粉黄、淡黄、淡墨、淡绿等；枝形不同，有直立、躺卧、垂拂、游龙等形状。

不管是在音乐曲牌还是在诗词文赋中，梅花的身影向来引人注目。南宋范成大在梅花专著《梅谱》开篇即说："梅，天下尤物。无问智贤愚不肖，莫敢有异议。"可见，梅花一直是国人心头之爱，咏梅诗歌自然也是汗牛充栋，诗人咏梅自古至今没有停歇。

第一节　梅花的特质与咏梅诗歌的滥觞

作为我国传统名花之一，梅花很早就出现在我国的古典诗词及其他经典文献中。我国第一部诗歌总集《诗经》中的《小雅·四月》就出现了写梅的名句："山有佳卉，侯栗侯梅。"《诗经》中的召南、秦风、陈风、曹风中也都有咏梅之句。我国的神话经典《山海经》也多次提到了梅花，如"灵山有木多梅（灵山就是当今的大别山脉东北支脉）"等。自魏晋到唐代流行的笛曲《梅花落》和自宋元到明清流行的琴曲《梅花三弄》更是展现出梅花备受欢迎。唐宋时期以梅花为主题的词牌曲调也是层出不穷，如《望梅花》《一剪梅》《折红梅》《红梅花》《岭头梅》《暗香》《疏影》等；至于后世咏梅的诗词就更加不胜枚举，正如宋人张镃赏梅专著《梅品·序》中所言："梅花为天下神奇，而诗人尤所酷好。"自宋伊始，咏梅专集大量出现，如宋人黄大舆的《梅苑》（10卷）、明人王思义的《香雪林集》（26卷），清人黄琼的《梅史》（14卷）等都是咏梅作品的大型总集。

一、名家品梅咏梅

梅花是耐寒之花，在雪压冰封的严冬季节，早早开出美丽的花朵，为萧索的大地带来无限生机，所以人们非常喜爱它，将它与耐寒的松、竹并称为"岁寒三友"。梅花不仅耐寒，有一身傲骨；梅花还清娟，有一身清骨。清人查礼夸赞梅花为"卉之清介者也"。因为梅花的冰清玉洁，人们又将它与品格高尚的兰、竹、菊并称为"花中四君子"，在诗词中多用"冰魂""玉骨""冰姿""玉雪""琼姿"等来称呼它，如"雪艳冰魂。浮玉溪头烟树村（《丑奴儿·年年索尽梅花笑》）""玉骨那愁瘴雾，冰姿自有仙风（《西江月·梅花》）""罗浮山下梅花村，玉雪为骨冰为魂。（《再用前韵》）""琼姿只合在瑶台，谁向江南处处栽（《咏梅》）"等。

有宋以降，文人爱梅成癖，从而形成了一股品梅的热潮。前人品梅，颇有讲究。宋人范成大在《梅谱·后序》中说："梅以韵胜，以格高，故以横斜疏瘦与老枝怪奇者为贵。"这种看法得到了普遍的认可和共鸣。所以，古人在描写梅花时便常常突出梅花"横、斜、疏、瘦"或者"老、奇"的特点。如宋人陆游《雪后寻梅》中的"一枝梅影向窗横"、宋人李邴《汉宫春》中的"潇洒江梅，向竹梢疏处，横两三枝"均突出一个"横"字；宋人曹组《蓦山溪·梅》中的"竹外一枝斜"突出了一个"斜"字；清人金农《画梅》中的"一枝两枝横复斜，林下水边香正奢"突出了"横"与"斜"；宋人辛弃疾《丑奴儿·年年索尽梅花笑》中的"年年索尽梅花笑，疏影黄昏"、宋人姜夔《暗香·旧时月色》中的"但怪得竹外疏花，香冷入瑶席"都突出了一个"疏"字；宋人林逋《山园小梅》中的"疏影横斜水清浅，暗香浮动月黄昏"将"疏""横""斜"占全了；宋人陈亮《梅花》中的"疏枝横玉瘦，小蕚点珠光"则将"疏""横""瘦"占全了；宋人朱熹《墨梅》中的"梦里清江醉墨香，蕊寒枝瘦凛冰霜"、宋人苏轼《红梅》中的"故作小红桃杏色，尚余孤瘦雪霜姿"、清人郑板桥《梅》中的"何似竹篱茅屋净，一枝清瘦出朝烟"之句均突出了一个"瘦"字；宋人范成大《古梅》中的"孤标元不斗芳菲，雨瘦风皴老更奇"则突出了"老"与"奇"。可见,梅花"横、斜、疏、瘦"与"老、奇"的特点多么深入人心!

梅花与牡丹、芍药、月季、广玉兰等花形硕大的"大花"相比,显然是"小花"。然而,梅花个头虽小却颇得国人喜爱。在国花评选中,"小花"梅花与"大花"牡丹一直难分伯仲。在相持不下的争论中,"小花"梅花最终跻身于国花榜单,和"大花"牡丹并列成为中国的国花。"小花"梅花为什么能得到国人如此垂青呢?这显然与梅花自身的特质有关。

梅花在冬末或早春时开花,花期明显早于百花,称得上是报春第一或者春信第一,因此,它被国人亲切地称为"花魁""东风第一"或者"百花头上"。不过,人们喜欢梅花,不仅仅是它开花早,开于百花之首,更重要的是欣赏它凌寒而开的精神品格,欣赏它坚贞顽强的不屈意志。诗人经常会把它这种坚贞顽强的精神品格和当时的时代环境结合起来,和自己的人生抱负结合起来,甚至和中华民族从旧中国到新中国的艰难历程联系起来。因此,人们不仅喜欢梅花还要赞美梅花。因而,咏花诗中,咏梅花的诗歌比吟咏百花的诗歌数量总和还要多。

二、"梅"总有"雪"相随

凌霜雪、傲风寒的梅花与雪的关系从来就非同一般,在"梅"出现时,总有"雪"紧紧相随。

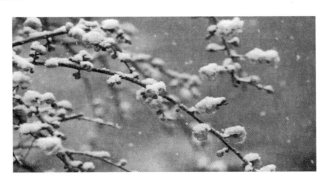

与梅花相连的"雪"有时候只是诗人的想象,只是一种比拟,通过比拟,梅花的色与韵形神兼备、腾空而来。将梅花比作"雪"的诗句比比皆是,如:

伍相庙边繁似雪,孤山园里丽如妆。——《忆杭州梅花》〔唐〕白居易

不知近水花先发,疑是经冬雪未销。——《早梅》〔唐〕张谓

江国正寒春信稳,岭头枝上雪飘飘。——《梅》〔唐〕郑谷

数萼初含雪,孤标画本难。——《梅花》〔唐〕崔道融

缀雪枝条似有情,凌寒澹注笑妆成。——《早梅》〔唐〕罗邺

迎春雪艳飘零极，度夕蟾华掩映多。——《梅花》〔唐〕王初

雪含朝暝色，风引去来香。——《梅》〔唐〕李峤

临水一枝春占早，照人千树雪同清。——《友人山中梅花》〔唐〕殷尧藩

遥知不是雪，为有暗香来。——《梅花》〔北宋〕王安石

华发寻春喜见梅，一株临路雪倍堆。——《与薛肇明弈棋赌梅花诗输一首》〔北宋〕王安石

罗浮山下梅花村，玉雪为骨冰为魂。——《再用前韵》〔北宋〕苏轼

闻道梅花坼晓风，雪堆遍满四山中。——《梅花绝句》（之一）〔南宋〕陆游

有时候，"雪"是梅的背景或者梅的同伴，它的存在更加衬托出梅的高标逸韵，如：

江南近腊时，已亚雪中枝。——《早梅》〔唐〕熊皎

芬郁合将兰并茂，凝明应与雪相宜。——《胡中丞早梅》〔唐〕方干

素彩风前艳，韶光雪后催。——《华林园早梅》〔唐〕郑述诚

梅将雪共春，彩艳不相因。——《春雪间早梅》〔唐〕韩愈

春草全无消息，蜡雪犹余踪迹。——《望梅花》〔唐〕和凝

有梅无雪不精神，有雪无诗俗了人。——《雪梅》（其二）〔南宋〕卢梅坡

高标逸韵君知否？正是层冰积雪时。——《梅花绝句》（之二）〔南宋〕陆游

窗几数枝逾静好，园林一雪碧清新。——《雪后梅盛开折置灯下》〔南宋〕曾几

真与雪霜娱晚景，任从桃柳殿残春。——《村前梅》〔南宋〕朱熹

冰雪林中著此身，不同桃李混芳尘。——《白梅》〔元〕王冕

雪满山中高士卧，月明林下美人来。——《咏梅九首》〔明〕高启

看来岂是寻常色，浓淡由他冰雪中。——《红楼梦》咏红梅花（红字）〔清〕曹雪芹

晨起开门雪满山，雪晴云淡日光寒。——《山中雪后》〔清〕郑板桥

有时候，"雪"是梅的对手和对立面，如：

衔霜当露发，映雪凝寒开。——《咏早梅》〔南朝梁〕何逊

自古承春早，严冬斗雪开。——《早梅》〔唐〕朱庆馀

风虽强暴翻添思，雪欲侵凌更助香。——《梅花》〔唐〕韩偓

梅须逊雪三分白，雪却输梅一段香。——《雪梅》（其一）〔南宋〕卢梅坡

雪虐风号愈凛然，花中气节最高坚。——《梅花绝句》（之三）〔南宋〕陆游

欲传春信息，不怕雪埋藏。——《梅花》〔南宋〕陈亮

万花敢向雪中出，一树独先天下春。——《道梅之气节》〔元〕杨维桢

通过以上诗句不难看出，"雪"与"梅"的渊源是多么深厚！

第二节　从梅花的颜色气味花型看君子形象

人们在赞美梅花凌霜斗雪、坚贞顽强的同时，并没有忽略梅花的色彩之美和香气之清。确切地说，人们赏梅、品梅是从梅花的颜色、气味、花型开始进而上升至梅花的精神品格和气质内涵的。从梅花的颜色、气味、花型上，我们也能看到君子的形象。

一、梅花之素色与君子之淡雅

梅花的颜色很多，有白色、粉红、大红、紫红，也有淡黄、淡绿等。在众多颜色中，白梅是素色。素色的白梅因为颜色素净、洁白无瑕而深入人心，人们从白梅的白色联想到了纯净、高洁，联想到了君子之淡雅。所以，在咏梅诗词中，吟咏白梅的特别多。如唐人张谓的《早梅》：

早梅

〔唐〕张谓

一树寒梅白玉条，迥临村路傍溪桥。

不知近水花先发，疑是经冬雪未销。

凛冽寒气中，一棵长在溪桥旁边的梅树悄然开花了。晶莹润洁的梅花洁白如玉，远远地望过去还以为是落在梅枝上经冬的积雪没有消融呢。走近一看才会知道，梅枝上那白色的不是雪花而是早开的梅花。这里，作者遥望一树白梅时迷离恍惚的错觉既反衬出白梅似雪如玉的洁白，也反衬出白梅如君子般不惧严酷环境的坚强。"疑是经冬雪未销"生动传神地写出了白梅像雪一样白的特征。

咏白梅的诗中，把白梅比作雪花的特别多，如唐人白居易的《忆杭州梅花》：

忆杭州梅花

〔唐〕白居易

三年闷闷在余杭，曾为梅花醉几场。

伍相庙边繁似雪，孤山园里丽如妆。

在白居易被贬谪到杭州所经历的苦难心路历程里，是梅花陪伴着他度过了三年苦闷的谪居生活。那洁白如雪、美丽如新妆佳人的梅花让诗人大醉了好几场。白居易的心情由阴转晴，梅花功不可没。在这里，洁白的梅花被诗人比作了"雪"，它不仅颜色纯净，还能够化解诗人闷闷不乐的心情。

与白居易将白梅比作白雪一样，宋人王安石也是通过"雪"之白净来形容白梅之洁白纯净，而且诗人在吟咏白梅时不由自主地将梅花和自己的人生情怀联系了起来。

与薛肇明弈棋赌梅花诗输一首

〔北宋〕王安石

华发寻春喜见梅，一株临路<u>雪倍堆</u>。

凤城南陌他年忆，香杳难随驿使来。

诗人兴致勃勃地寻梅找春以助春兴。功夫不负有心人，果然，在路旁找到了一棵正在开花的梅树。树上盛开的白色梅花就像雪花一样堆积在一起，重重叠叠、密密麻麻。望着繁花朵朵的梅树，诗人不禁喜出望外，可是忽然想起与梅花相关的往事，又不禁有些怅惘和感慨。诗中的"雪倍堆"三字不仅写出了白梅的颜色，也写出了白梅的繁盛，而"他年忆""香杳难随"则点出了诗人的怅惘和感伤之情。

除了喜欢用雪，诗人还喜欢用霜或月色来形容白梅之白，因为霜、月和雪一样不仅是白色，而且均来自天上，看上去纯洁通透，不染一丝儿俗世尘滓，所以深受诗人喜爱。例如唐人李商隐的《十一月中旬至扶风界见梅花》就是通过月色之白、白霜之白来写白梅之洁白的。

十一月中旬至扶风界见梅花

〔唐〕李商隐

匝路亭亭艳，非时裛裛香。

<u>素娥惟与月</u>，<u>青女不饶霜</u>。

赠远虚盈手，伤离适断肠。

为谁成早秀？不待作年芳。

这首律诗是李商隐入蜀路过陕西省宝鸡市扶风县看到路旁的梅花而写的。与王安石通过白梅的"全盛"（类似壮年时期的繁盛）抒发人生感慨不同，李商隐这首咏梅诗则是通过白梅的"早开"（类似青年时期的崭露头角）来抒发自己的身世之伤。

与大多数诗人通过雪花之白来比喻白梅之白不同，诗人另辟蹊径，以代表月亮的"素娥"、代表白霜的"青女"来写梅花之白。"素娥"是嫦娥，"青女"是主管降霜的女神。傍路而开的梅花亭亭玉立，花色美丽、花香袭人。梅花之所以花色美丽、纯洁无瑕，是因为月中嫦娥赠给了它皎洁的月光，是因为霜神青女赠给了它洁白的霜花。仕途坎坷、朋友稀落的李商隐看到这么美丽的梅花，忍不住向梅花提问："为谁成早秀？不待作年芳。"请问梅花这么早开花是为了谁？为什么不能等到春天和百花一起盛开呢？因为梅花总是过早而丽，不待春到就花开，而在百花盛开时却凋谢，所以它总是成为旧年之花，不能与当年百花一并芬芳。李商隐才华早展，然而随后的仕途并不如意，和过早开放的梅花十分相似。所以，这里李商隐对梅花的询问中既包含着对梅花的怜惜，也流露出一种自伤之意。故而，这首梅花诗不仅写出了梅花在嫦娥、青女大方馈赠下的洁白无瑕，也写出了无辜遭受政治风雨打击的诗人由花推己的自怜自伤。

与之类似，唐人徐夤的《梅花》也是怜惜白梅纯洁的。

梅花

〔唐〕徐夤

琼瑶初绽岭头葩，蕊粉新妆姹女家。

举世更谁怜洁白，痴心皆尽爱繁华。

玄冥借与三冬景，谢氏输他六出花。

结实和羹知有日，肯随羌笛落天涯。

徐夤笔下的梅花不仅纯洁而且天生丽质，就像美玉"琼瑶"一样玲珑，也像刚刚化过新妆的美女一样光洁。东晋名臣谢安的侄子谢朗曾用"撒盐空中差可拟"来形容它，谢安的侄女谢道韫曾用"未若柳絮因风起"来吟咏它。梅花用它的美丽装扮着严寒的冬天，在《梅花落》的笛曲里抚慰着天涯远客，在未来的日子里，它还会结果实，走进羹汤，为人们送去可口的美味。然而，这样从开花到结果、从物质到精神不断地为人间带来美景、美食和精神抚慰的"奇葩"，世间会有几个人真正地怜惜它、珍爱它呢？"洁白"是梅花的颜色，更是梅花的精神。"举世更谁怜洁白，痴心皆尽爱繁华"——强烈的对比渲染出了君子的高洁和受冷落，坚强有力的质问道尽了诗人对品质高洁君子的同情和敬重。

与李商隐、徐夤的咏梅诗不同，宋人孙应时的咏梅诗则以白梅为背景，抒写一种人生偶遇知己的舒畅。

鄞川道中呈友人

〔南宋〕孙应时

青山不断烟苍苍，梅花如雪东风香。

春来天地恰十日，眼见草木生辉光。

清溪行舟暮鸣橹，并舡开樽共君语。

人生邂逅自可怜，明日江东听江雨。

春来人间刚刚十天，正是早春时节。此时，春回大地，只见青山连绵，草木生辉，白梅如雪，东风送香，好一派旖旎春光。在这迷人的春光中，"梅花如雪"

显然是令人心神俱畅的主角儿。"雪"不仅点出了梅的颜色,而且渲染出了诗人对洁白素净的梅花的喜爱。诗人就在这如雪梅花的背景下,在早春旖旎的风光里行舟溪上,其喜悦之情可想而知。没想到巧合的是,诗人又与友人在清溪上不期而遇,其兴奋心情更是可想而知。偶遇友人,诗人赶紧与对方并船,打开酒樽,不分主宾,开怀畅饮。此时,溪水清澈,橹声悠扬,暮色时分,晚霞满天。兴之所至,诗人一边感叹着人生邂逅相遇是多可爱、多难得、多美好,一边盛情邀请友人第二天再一起卧船听雨。这里,诗人偶遇知音的快乐溢于言表,诗人与友人如白梅般纯洁的君子情谊则犹如涓涓细流在纸上流淌。诗中白梅意象的出现,不仅是春景的点缀更是诗人和友人高洁人格的象征,同时也是诗人和友人纯洁友情的象征。

与白梅不同,红梅因为颜色艳丽让萧索的秋冬看起来颇有生气,所以也获得了人们的青睐。说起红梅在北方的生长史,还有一个有趣的故事。相传,北宋初期,红梅只流行于南方苏州一带,是承平宰相晏殊将一株红梅引种到了汴京的西冈花圃,才使北方有了红梅,然而也仅仅一棵而已。后来,有一位身份高贵的游客贿赂了西冈花圃的看门人,偷剪了一枝红梅回去接种,从而使得京城有了第二棵红梅。当时苏州的地方首长王君玉听说后,大张旗鼓地将此事写进诗中——"馆娃宫北发精神,粉瘦琼寒露蕊新。园吏无端偷折去,凤城从此有双身。"写好之后还送给晏殊,让他知道京城的红梅已经有两棵了,不再局限于西冈花圃那一棵了,其得意兴奋之情溢于言表!可见,当时红梅是多么稀有与珍贵!红梅能得如此礼遇,由此可知,红梅自身多么有魅力!文人雅士对红梅又是多么执着与珍爱!因而咏梅诗中,白梅之外,咏红梅的也很多,如宋人曾几的红梅诗《雪后梅盛开折置灯下》:

雪后梅盛开折置灯下

〔南宋〕曾几

满城桃李望东君,破蜡红梅未上春。

窗几数枝逾静好,园林一雪碧清新。

满城桃李都没有开花,它们都在等待春天的到来,但窗外的红梅不畏严寒,腊月里就开了好几枝。一场雪过,红梅显得更加清新美丽了。"逾静好""碧清新"将红梅的宁静与美好点化得特别令人神往。

在中国古典小说的最高峰《红楼梦》中也有好几首吟咏红梅的诗,它们虽然以作品中不同人物的身份写出来,但其实都是《红楼梦》作者曹雪芹的手笔。曹雪芹不愧是才华横溢的大才子,对于同一个题材"红梅",竟然一口气写出了四首不同韵脚的红梅诗。

第一首《访妙玉乞红梅》是曹雪芹以《红楼梦》主人公贾宝玉的口吻所写的一首红梅诗。

访妙玉乞红梅（《红楼梦》第五十回）

〔清〕曹雪芹

酒未开樽句未裁，寻春问腊到蓬莱。

不求大士瓶中露，为乞嫦娥槛外梅。

入世冷挑红雪去，离尘香割紫云来。

槎枒谁惜诗肩瘦，衣上犹沾佛院苔。

贾宝玉受众人之托去栊翠庵向妙玉求取红梅，妙玉是修行之人，诗中"槛外""佛院"等字眼点明了她的身份。曹雪芹将妙玉修行的栊翠庵比作仙宫"蓬莱"，将妙玉比作"大士""嫦娥"，可见诗人对妙玉之敬重。宝玉从栊翠庵乞来的红梅宛如天上仙葩，既像是红的雪花凝聚而成，又仿佛是天上的一片紫云幻化而来，这样的红梅带着天然的红艳和芳香，可谓仙气十足。那么这红梅到底有多美，读者可以充分发挥自己的想象力了。

《红楼梦》第二首咏梅诗是曹雪芹以书中人物薛宝琴的口吻所写的一首红梅诗，压红梅花中"花"字的韵脚，以写红梅花的"花"字为主。

咏红梅花（得花字）（《红楼梦》第五十回）

〔清〕曹雪芹

疏是枝条艳是花，春妆儿女竞奢华。

闲庭曲槛无余雪，流水空山有落霞。

幽梦冷随红袖笛，游仙香泛绛河槎。

前生定是瑶台种，无复相疑色相差。

盛开的红梅花像盛装的少女红艳无比，又像天上红霞一样迷人。红梅花的香气随风而行，像红袖歌女用玉笛吹奏的梅花曲袅袅不绝，又像乘坐木筏在天上绛河游玩的仙女身上所散发出来的脂粉香一样浓郁扑鼻。这红梅花既美丽又颜色均匀，即便和仙界瑶台的梅花有一点色差也无伤大雅。如果说现在眼前看到的红梅花其前世定是长于仙宫又有什么可怀疑的呢？"前生定是瑶台种"，肯定的语气将红梅的美丽上升到仙界名葩的地步。

第三首红梅诗是曹雪芹以书中人物邢夫人的侄女邢岫烟的口吻所写的，押"红"字的韵脚，以写红梅花的"红"字为主。

咏红梅花（得红字）（《红楼梦》第五十回）

〔清〕曹雪芹

桃未芳菲杏未红，冲寒先已笑东风。

魂飞庾岭春难辨，霞隔罗浮梦未通。

绿萼添妆融宝炬，缟仙扶醉跨残虹。

看来岂是寻常色，浓淡由他冰雪中。

瞧，在桃花未开、杏子未红的时候，红梅已经"冲寒"而开了。它是多么艳丽啊！它的红艳像红霞，像仙女萼绿华的红妆，又像醉酒的白衣仙女酡红的容颜。也许它是萼绿仙子添上了红妆；也许它是白衣仙子醉着红颜在跨越虹桥。这红艳的梅花美丽出众、不同寻常，淡妆浓抹总相宜，在冰雪衬托下愈发光彩照人。

第四首红梅诗是曹雪芹以书中人物李纨堂妹李纹的口吻所写的，押"梅"字的韵脚，以写红梅花的"梅"字为主。

咏红梅花（得梅字）（《红楼梦》第五十回）

〔清〕曹雪芹

白梅懒赋赋红梅，逞艳先迎醉眼开。

冻脸有痕皆是血，酸心无恨亦成灰。

误吞丹药移真骨，偷下瑶池脱旧胎。

江北江南春灿烂，寄言蜂蝶漫疑猜。

这里的红梅不是普通的红梅，她是"偷下瑶池"的天上仙女，下凡来到人间，脱去旧胎，化作了艳丽的红梅。不管是在江北还是在江南，它都开得灿烂，将春光提前奉献给人间，甚至好心地寄言蝴蝶、蜜蜂不要疑惑为什么春天早到了。在这里，红梅已经不仅仅是美丽得像天上的仙女了，它原本就是天上的仙女，是天上的仙女私自下凡来到人间后化身成了红梅！由"像仙女"到"是仙女"的变化，将诗人对红梅的喜爱上升到无以复加的地步。

如果说曹雪芹的"红梅赞"塑造的是"美人"，更倾向于歌咏红梅外表的话；那么宋人王十朋的"红梅赞"塑造的则是"高士"，更倾向于歌咏红梅的内涵风度。

红梅

〔南宋〕王十朋

桃李莫相妒，天姿元不同。

犹余雪霜态，未肯十分红。

王十朋以拟人化的手法来写红梅的独特个性，以红梅的口吻劝说桃花、李花不要嫉妒红梅的红艳。为什么呢？红梅和桃李二者原本就是不同属类的植物，各有各的美，所以有什么必要互相嫉妒呢？而且，经过霜雪打击之后，红梅的身上还留有霜雪的痕迹，也显得没有先前那么艳丽了。更何况红梅自己也不愿意太过招摇、过于红艳。"犹余"二字点出了红梅所遭受的坎坷，"未肯"二字则点出了红梅的谦虚美德。读完全诗，一位温柔随和的谦谦君子迎面而来。

白梅也好，红梅也罢，它们都那么可爱，那么惹人爱怜和沉醉。事实上，让世人，尤其是让文人沉醉、迷恋的不仅仅是梅花的颜色，还有梅花身上与众不同的气味——清香细细、暗香袅袅。梅花的香味会让人情不自禁地联想到君子之高洁品性。

二、梅花之清香与君子之高洁

宋人刘辰翁《艿林记》曰："香者，天之轻清气也，故其美也常彻于视听之表。"可见，人们对花儿的香味总是很敏感的。梅花的香味因其独特一直是诗人们关注的焦点，唐人崔道融在《梅花》诗中称赞梅花是"香中别有韵，清极不知寒"，认为梅花的香味在众多的香味中别具风韵、独具一格，那么梅花的香味究竟是怎样的一种"别有韵"呢？看看有关梅花香味的名称，读者就知道答案了。梅香之名名目繁多，除了常见的"暗香""清香""幽香""馨香"，还有"寒香""冻香""孤香""蕊香""天香"等，诸如此类的诗句更多，如：

馨香虽尚尔，飘荡复谁知。——《庭梅咏》〔唐〕张九龄
愁怜粉艳飘歌席，静爱寒香扑酒樽。——《梅花》〔唐〕罗隐
素艳照尊桃莫比，孤香黏袖李须饶。——《梅》〔唐〕郑谷
蕊香沾紫陌，枝亚拂青苔。——《华林园早梅》〔唐〕郑述诚
天香国艳肯相顾，知我酒熟诗清温。——《再用前韵》〔北宋〕苏轼
遥知不是雪，为有暗香来。——《梅花》〔北宋〕王安石
疏影横斜水清浅，暗香浮动月黄昏。——《山园小梅》〔宋〕林逋
人怜红艳多应俗，天与清香似有私。——《梅花》〔北宋〕林逋
忽然一夜清香发，散作乾坤万里春。——《白梅》〔元〕王冕
清香传得天心在，未许寻常草木知。——《画梅》〔明〕方孝孺
风递幽香去，禽窥素艳来。——《早梅》〔唐〕齐己
冻香飘处宜春早，素艳开时混月明。——《早梅》〔唐〕罗邺

显然，诗人都是以自己的感觉来称呼梅花之香，并通过不同的梅香感受来抒发对梅花的情感。就具体的诗歌而言，宋人王安石的《梅花》最为家喻户晓。

梅花

〔北宋〕王安石
墙角数枝梅，凌寒独自开。
遥知不是雪，<u>为有暗香来</u>。

看到墙角盛开的枝枝白梅，远远地就知道那不是雪花，为什么呢？因为有梅花的暗香一阵一阵地袭来。雪花可曾有其香？梅花的香气俨然成了人们判断辨别

梅花与雪花的标准。

无独有偶，卢梅坡的《雪梅》（其一）也是通过梅花香味来辨别梅花和雪花的。

《雪梅》（其一）

〔南宋〕卢梅坡

梅雪争春未肯降，<u>骚人搁笔费评章</u>。

梅须逊雪三分白，雪却输梅一段香。

雪花仿佛成了梅花的竞争对手，它漫天飞舞着，似乎在同雪中盛开的白梅一较高低。梅雪均佳，各有千秋。究竟谁更胜一筹呢？诗人看它们如此精神也动了雅兴，他伫立雪中，站在梅前，出神凝望，反复推敲，认真评判。诗人看了又看，终于得出了答案：雪花和白梅都是白色的；但是梅花虽白，到底不及白雪之白；而雪花虽白，却缺少梅花的香味。评判结果无疑是公允的。事实上，诗人在通过香味来区别雪花和白梅的同时，也不无寓意地告诉读者，"尺有所短，寸有所长"，世间任何事物、任何人都各有所缺、各存所长，所以任何时候任何人都既不能自高自大，也无须妄自菲薄。而君子就具备这样一种品格——平心静气、与世无争，既不自高自大，也不妄自菲薄。

与王安石一样，宋代的隐逸诗人林逋也将梅花的香味称为"暗香"，但与宋人卢梅坡通过梅之香味来分辨梅雪之别、点评人生道理不同的是，林逋的咏梅诗《山园小梅》则是抒写君子不喜喧闹、独善其身的隐逸之好。《山园小梅》自出道后便备受称道，宋代文学家司马光在《温公诗话》中赞它"曲尽梅之体态"；宋末词论家张炎也对它赞不绝口："诗之赋梅，唯和靖（林逋世称"和靖先生"）一联（指"疏影横斜水清浅，暗香浮动月黄昏"）而已，世非无诗，无能与之齐驱耳（《词源》）"。

山园小梅

〔北宋〕林逋

众芳摇落独暄妍，占尽风情向小园。

疏影横斜水清浅，<u>暗香浮动月黄昏</u>。

霜禽欲下先偷眼，粉蝶如知合断魂。

幸有微吟可相狎，不须檀板共金樽。

在众芳摇落、百花凋零之时，山上梅园的梅花盛开了，它风情万种，将幽美雅致的园林装扮得更加美丽。请看：梅枝的影子横斜于水面之上，姿态自由舒展。梅花的"暗香"在空中、在水面轻轻浮动，香味幽幽、沁人心脾。这梅枝、这幽香，这清澈清浅的流水和这黄昏的朦胧月色，构成了一个清幽空灵的世界，令人心醉、让人向往。梅花的美丽也引来了秋冬季节的禽鸟。这些爱慕梅花的鸟儿十分体贴，它们在想要飞落梅花枝头时，特别小心翼翼，先悄悄窥视一下梅花，暗自揣摩那么美的梅花是否会允许自己在它们的枝条上歇脚，然后才栖身上去。禽鸟尚且如此爱慕梅花，何况是春天的粉蝶呢？可惜是冬天，没有粉蝶。所以，诗人想象着粉蝶如果知道有这么美的梅花应该也会忘我至断魂吧。禽鸟、蝴蝶尚且如此爱慕梅花，又何况是人呢？世俗豪贵的"檀板"与"金樽"对这里的梅花来说太过喧闹了，而只有诗人的轻声吟诵似乎才能与这小园、与这梅花、与这幽香、与这月色相配。梅花不惧严寒、卓尔不群的风姿，梅花不从世俗、娴静幽峭的品格宛然如画。无疑，诗人对梅花的爱慕是深情的、是知音式的。

与王安石、林逋将梅花之香定义为"暗香"不同，唐人罗隐则将梅花的香气称为"寒香"。

梅花

〔唐〕罗隐

吴王醉处十馀里，照野拂衣今正繁。

经雨不随山鸟散，倚风疑共路人言。

愁怜粉艳飘歌席，<u>静爱寒香扑酒樽</u>。

欲寄所思无好信，为人惆怅又黄昏。

罗隐笔下的梅花枝繁叶茂、花朵密集，即便下雨也不会花瓣纷飞，随山鸟四散；在风起时却会随风摇曳，似乎在同路人说话交谈一样。然而，有朝一日粉艳的梅花终究会飘落，想到这些，诗人忍不住既怜惜又惆怅。这惆怅里也包含着诗人对远方亲人的思念；但想到梅花独特的花香随着飘飞的花瓣扑入酒杯，又让诗人暗生欢喜。"静爱寒香扑酒樽"，诗中清香的梅花何尝不是君子高洁、芬芳品格的象征呢？

梅花的寒香令人喜爱，更令人沉醉。据《晚香堂清语》记载："辟寒铁脚道人尝爱赤脚走雪中，兴发则朗诵《南华·秋水篇》，嚼梅花满口，和雪咽之。曰：吾欲寒香沁入心骨。"铁脚道人和雪咽梅的行为乍一看荒诞不经，然而这荒诞不经的背后却是铁脚道人与众不同的高尚品格，而这种品格的引发自然是源自于梅花之香。

与王安石、罗隐等诗人不同，元人王冕用"清香"来称呼梅花的香味。

白梅

〔元〕王冕

冰雪林中著此身，不同桃李混芳尘。

<u>忽然一夜清香发</u>，散作乾坤万里春。

　　只愿在冰雪林中现身的梅花，从来不愿和桃李一起生存。在冰雪天气开放的梅花好像一夜之间就将它的香气传播到了四面八方。有了梅花和梅香，人们顿时感觉天地回春。原来是梅花把它的清香变作了天地之间的春天，让人们有了春天的感觉。

　　梅花的清香如此独特，梅香的作用如此巨大，具有天人合一精神传统的文人士大夫忍不住开始思索：梅花独特的香味是不是来自上天的恩赐？是不是因为天公偏心而独独赐予了梅花与众不同的清香呢？林逋在《梅花》诗中发表了自己的看法。

梅花
〔北宋〕林逋

吟怀长恨负芳时，为见梅花辄入诗。

雪后园林才半树，水边篱落忽横枝。

人怜红艳多应俗，<u>天与清香似有私</u>。

堪笑胡雏亦风味，解将声调角中吹。

　　林逋爱梅成癖，他在杭州西湖附近的孤山隐居时，在孤山上种植梅树三百多棵，一看见梅花开放就要赋诗。林逋最担心辜负了梅花盛开的好时候，所以只要梅花开就会跑去欣赏。其实，喜欢梅花的不只他，不只汉族人，还有少数民族人。喜欢梅花的胡人甚至还用号角吹出梅花曲子来。一般人喜欢梅花多半是因为它花色艳丽，而林逋喜欢梅花是因为梅花清香宜人。诗人曾暗暗揣测"天与清香似有私"，他觉得梅花的香气就像上天赐予的一样，是天公对梅花格外偏心，所以将高雅的清香独独赐给了梅花。而梅之清香因为来自天界而提高了规格，自然就显得更加与众不同了。

　　与林逋一样，明人方孝孺在《画梅》诗中也将梅花的香味称为"清香"，同样认为梅花的清香来自上天赐予，认为梅花之心和天公之心彼此一致。

画梅
〔明〕方孝孺

微雪初消月半池，篱边遥见两三枝。

<u>清香传得天心在</u>，未许寻常草木知。

　　梅花虽然只开了两三枝但清香四溢，到处都能闻到。梅花的清香是天公的爱心和偏心，天公只把独特的清香给了它，其他草木是不能和梅花相提并论的。梅花的"清香"是"天心"使然。当梅花在传播清香的时候，也是在传递天公的心意。梅花的"清香"和"天心"如此紧密相连，梅花与上天的心意如此息息相通，怎不令百花羡慕？而得天独厚的梅花在得到天公所传清香之后并不据为己有、秘

不外传；相反，它将自己的清香毫无保留地散播四方。这里，梅花的清新大气多
么像一位纯朴善良的君子！

人与自然如此和谐统一、心灵感应，以至于苏轼忍不住直接以"天香"来称
呼梅花之香。

十一月二十六日松风亭下梅花盛开·再用前韵

〔北宋〕苏轼

罗浮山下梅花村，玉雪为骨冰为魂。

纷纷初疑月挂树，耿耿独与参横昏。

先生索居江海上，悄如病鹤栖荒园。

<u>天香国艳肯相顾</u>，知我酒熟诗清温。

蓬莱宫中花鸟使，绿衣倒挂扶桑暾。

抱丛窥我方醉卧，故遣啄木先敲门。

麻姑过君急洒扫，鸟能歌舞花能言。

酒醒人散山寂寂，惟有落蕊黏空樽。

苏轼在罗浮山下梅花村游赏时，看着满树的梅花，想象着隋代开皇年间赵师
雄在这里做梦遇到梅仙的故事；想象着梅仙的出尘风姿和她身边绿衣翠鸟的可爱；
想象着她们从天上蓬莱宫来到人间又歌又舞、又言又语；想象着她们也来光顾拜
访自己。就这样，苏轼一边想象着，一边和友人喝酒谈论着梅仙的故事，不知不
觉竟然喝醉了过去。酒醒之后，罗浮山与梅花树静寂无声，只有梅花的花瓣飘落
下来轻轻地粘在空空的酒杯里。通读这首诗，我们感受到的不仅是梅仙故事的美
好，也不仅是山野寂静的美好，更重要的还有罗浮山梅花的清绝迷人。这里的梅
花"玉雪为骨冰为魂"，冰清玉洁，多么超凡脱俗！这里的梅花"天香国艳"，天
姿国色、香自天成，多么美！

馨香的梅花洁净得不染一丝儿尘埃，它不仅纯洁无瑕，而且愿意和雪花一起
装扮春天，为人间呈上祥瑞。如唐人韩愈的《春雪间早梅》诗：

春雪间早梅

〔唐〕韩愈

梅将雪共春，彩艳不相因。逐吹能争密，排枝巧妒新。

谁令香满座，独使净无尘。<u>芳意饶呈瑞</u>，寒光助照人。

玲珑开已遍，点缀坐来频。那是俱疑似，须知两逼真。

荧煌初乱眼，浩荡忽迷神。未许琼华比，从将玉树亲。

<u>先期迎献岁</u>，更伴占兹晨。愿得长辉映，轻微敢自珍。

这里的梅花和雪花是亲密的战友和伙伴，它们互为表里，一起装扮着春天。雪花的洗礼让梅花洁净得不染一丝儿人间尘埃，雪花的衬托让梅花玲珑如玉。满树花开的梅花不仅美丽动人而且芳香袭人；但是，梅花既不骄傲，也不炫耀，它和雪花只是互相配合，将"芳意"献出，为人间"迎岁"，呈送吉祥。谦虚地自称"轻微"的梅花，它的理想只是和雪花能够长相辉映，永远互相扶持，共同为人间创造美好。至此，一个"香满座"的高洁君子形象脱尘而出。

梅花除了颜色美、香味独特，花型也很别致。梅花的外观简单大方，很容易让人联想到君子之面貌。

三、梅花之花容与君子之面貌

梅花的花儿只有五个花瓣，花朵也不大，但是总能给人一种丰富的想象，明人高启甚至把它比作"高士"和"美人"。

咏梅
〔明〕高启

琼姿只合在瑶台，谁向江南处处栽。
雪满山中高士卧，月明林下美人来。
寒依疏影萧萧竹，春掩残香漠漠苔。
自去何郎无好咏，东风愁寂几回开？

梅花琼姿玉态，仿佛只适合在仙界瑶台盛开，是谁把它们栽种到了江南呢？它们是那么美丽，就像明月之下的美人一样光洁照人。它们是那么高雅，就像山中随意闲坐的高士一样潇洒飘逸。这样从外表到内里像君子一样表里如一的人品如何能不令人向往呢？

如果说高启的《咏梅》只是从整体的角度，以大笔写意的手法来写梅花的"花"的话；那么，五代人卢撰的《初识梅花》和宋人苏轼的《西江月·梅花》则通过工笔细描，以比喻勾勒的手法来写梅花的"花"。

初识梅花
〔五代〕卢撰

江北不如南地暖，江南好断北人肠。
胭脂桃颊梨花粉，共作寒梅一面妆。

同样的时令季节，江北没有江南温度高，所以江南的梅花比江北的梅花要开得早一些。盛开的寒梅就像盛妆的美人。瞧，它的花蕊像梨花一样洁白，桃粉色的花瓣上沾染着胭脂的红，就像美人白嫩的面颊上涂抹了胭脂腮红一样。"胭脂桃颊梨花粉"将梅花的花容刻画得特别细致生动。

梅花的花容之美在大文豪苏轼的笔下也是活灵活现的。

西江月·梅花

〔北宋〕苏轼

玉骨那愁瘴雾，冰姿自有仙风。海仙时遣探芳丛。倒挂绿毛幺凤。

<u>素面翻嫌粉涴</u>，洗妆不褪唇红。高情已逐晓云空。不与梨花同梦。

苏轼总是喜欢用"玉骨""冰姿""冰魂"之类的词语来形容梅花，所以他笔下的梅花总是带有一种出尘不染的仙气。这样的梅花不仅骨子里是清高的，外表也是高冷的。"素面翻嫌粉涴，洗妆不褪唇红"，它素面朝天，仿佛过多的脂粉会弄脏了她的面容。她红晕天然，洗妆也洗褪不去。它的情深意长，它的高邈情怀，只有天上的白云懂得，纵然如它一样洁白的梨花又如何能懂得呢？这样仙风道骨的梅花多么令人向往，又多么像超凡脱俗的君子！

梅花受到国人的普遍喜爱，不仅是因为它的颜色好看、香味独特（清香幽幽、沁人心脾），也不仅是因为它的凌霜傲寒让人们联想到了君子的风骨气节，还有一个重要的原因就是，它是中华传统文化的一个载体，在广泛性的民族心理上，它是和乡情、爱情、友情紧紧相连的。从梅花与国人的情感联系上可以看出君子之寄托。

第三节　从梅花与国人的情感联系看君子寄托

一、梅花与乡思——家国之思品君子

在古代，诗人因为宦游或者贬谪而远离故乡，成为身居异乡的游子。漂泊在外，思乡之情自然成为生活常态尤其当诗人他乡遇故知或者看到相似的景物时，那种思乡之情更会特别浓郁。于是，有着"君子"雅称的梅花便常常成为诗人寄托乡思的载体，在众多咏梅诗中借助梅花来抒写思乡之情的特别多，如唐人王维的《杂诗》：

杂诗

〔唐〕王维

君自故乡来，应知故乡事。

来日绮窗前，寒梅著花未？

王维久居异乡，忽然遇到从故乡来的客人，有多少问题想要通过对方了解啊。然而，诗人最终就向对方问了一个问题："来日绮窗前，寒梅著花未？"——"你来的时候，我家中窗下那株腊梅花开花了没有？"诗人牵挂的原来是梅花啊。由

此可知，梅花在诗人心目中处于什么样的地位。诗中提及的梅花仅仅是梅花吗？当然不是，它还是诗人的乡思。写乡思的题材历来很多，这里王维完全用白描手法，别开生面地通过对梅花的牵挂来写乡思，既别致新颖又意味深长。

唐人杜甫的《江梅》也是通过梅花来寄寓乡思之情。

江梅

〔唐〕杜甫

梅蕊腊前破，梅花年后多。绝知春意好，最奈客愁何？

雪树元同色，江风亦自波。故园不可见，巫岫郁嵯峨。

《江梅》是唐代宗大历二年（767 年）春，杜甫寄住在夔州时的作品。当时，杜甫远离故乡、漂泊江南，所以看到江边梅花盛开，情不自禁起了故园之思。梅花年前已打苞，年后会开得更多，花开时节景色多么美好！怎奈自己客居异乡，想起故乡，怎能不愁思绵绵？梅花和白雪颜色相同并且一样纯洁可爱。江风吹起江水泛起清波，巫山苍郁巍峨。江南的景色不是不好，可惜不是故园。"绝知春意好，最奈客愁何？""故园不可见，巫岫郁嵯峨"，诗人采用对比的手法把故园之思写得特别感人肺腑。

见梅花而触发乡思的还有唐人宋之问的《题大庾岭北驿》：

题大庾岭北驿

〔唐〕宋之问

阳月南飞雁，传闻至此回。

我行殊未已，何日复归来？

江静潮初落，林昏瘴不开。

明朝望乡处，应见陇头梅。

大庾岭在今天的江西、广东交界处，岭上多梅花，故大庾岭又名"梅岭"。据说作为候鸟的大雁南飞到大庾岭之后就停下来，不再越岭向南。北驿是大庾岭北面的驿站。诗人宋之问被流放钦州（今广西钦州东北）途中经过大庾岭，在北驿休息时而作此诗。阳月是阴历的十月，大雁十月份就开始向南飞翔了，诗人想到大雁飞到大庾岭之后就会折回，可是自己遭受贬谪还要继续南行，不知道什么时候才能像大雁一样返回故地。人与雁两相对比，人竟不如雁，宋之问心中的苦涩可想而知。"何日复归来？"这一疑问的句式更是强化了诗人不知归期的感伤。南方多瘴气，宋之问是北方人，恐难适应，想起这些心情就更加愁闷；于是，诗人安慰自己说来日早上还是登上大庾岭的最高处，面向北再看一看故乡吧，站得高，看得远，即便看不到故乡，也会看到岭头上盛开的梅花。故乡也有这样的梅花，看到梅花，权当看到故乡了。"明朝望乡处，应见陇头梅"将诗人的乡思写得回肠荡气。

中国文化一贯强调的是"家国文化"，没有"国"哪有"家"？所以"国家"的"国"与"家"常常是联系在一起的，因而，乡思不仅是一种故土之思，也是一种家国之思。譬如，宋人洪皓的《江梅引·忆江梅》即通过梅花来抒写对国家的思念之情。

江梅引·忆江梅
〔南宋〕洪皓

作者自序曰：顷留金国，四经除馆。十有四年，复馆于燕。岁在壬戌，甫临长至，张总侍御邀饮。众宾皆退，独留少款。侍婢歌江梅引，有"念此情、家万里"之句，仆曰：此词殆为我作也。又闻本朝使将至，感慨久之。既归，不寝。追和四章，多用古人诗赋，各有一笑字，聊以自宽。如暗香、疏影、相思等语，虽甚奇，经前人用者众，嫌其一律，故辄略之。卒押吹字，非风即笛，不可易也。此方无梅花，士人罕有知梅事者，故皆注所出。

天涯除馆忆江梅。几枝开？使南来。还带余杭、春信到燕台。准拟寒英聊慰远，隔山水，应销落，赴诉谁？

空恁遐想笑摘蕊。断回肠，思故里。漫弹绿绮。引三弄、不觉魂飞。更听胡笳、哀怨泪沾衣。乱插繁花须异日，待孤讽，怕东风，一夜吹。

《江梅引·忆江梅》不同于一般的咏梅词，在词人笔下，梅花成了国家的象征。洪皓是南宋使臣，奉命出使金国没想到却被对方无理羁押，家国难回。在被羁留的客舍里，词人每逢想起南宋朝廷都觉得有天涯之远，所以一听说有使臣即将从南而来，备感宽慰。宴席上听到歌伎演唱的《江梅引》中有"念此情、家万里"的句子，洪皓情不自禁想起了故乡，想起了江南的梅花，那梅花虽然远隔千山万水，也一样能抚慰远离家园的自己。因为，那江南的梅花是故乡的梅花。词人用绿绮琴一样的名琴弹奏起著名的琴曲《梅花三弄》，一边演奏一边追思故里，不觉魂不守舍、肝肠寸断。听到北方异地的音乐胡笳声，更加思念起故乡江南来，感情再难抑制，禁不住泪如雨下，眼泪把衣襟都打湿了。词人想象着有一天回到南宋之后一定要"乱插繁花"，将梅花乱插一头，可是又担心梅花被风吹落，梦想成空。词中出现的江南梅花无疑寄托着词人对南宋的深切怀念之情。词人的忧虑不仅是家国难回的忧虑，更是对南宋时局的忧虑。值得欣慰的是，洪皓靠着坚贞不屈的精神最终成功地返回了南宋朝廷。

借梅花抒写家国之思的还有南宋女词人李清照的《清平乐·年年雪里》：

清平乐

〔南宋〕李清照

年年雪里，常插梅花醉。挼尽梅花无好意，赢得满衣清泪。

今年海角天涯，萧萧两鬓生华。看取晚来风势，故应难看梅花。

"靖康之难"后，李清照和丈夫赵明诚顺着朝廷南逃的路线向南逃亡。两年后，赵明诚因病去世。兵荒马乱中，李清照继续南逃，从建康到镇江，又从镇江到杭州，再由杭州到越州，最后又返回杭州，可谓辗转天涯、吃尽苦头。写这首词的时候，词人正寄居临安。此时，北宋已经灭亡，丈夫已经去世。李清照国破家亡、无家可归，其心境可想而知。在词中，词人以梅花为线索，选取了三个人生片段。"年年雪里，常插梅花醉。"——这是她早年踏雪寻梅、鬓簪梅花的沉醉。"挼尽梅花无好意，赢得满衣清泪。"——这是她中年夫妻别离，无情无绪，无心赏梅，乱揉梅花，思念亲人、泪湿衣襟的清愁。"看取晚来风势，故应难看梅花。"——这是她晚年国破家亡后无心赏梅的孤独与悲苦。插梅、挼梅、难看梅花，词人以三幅人生图景道尽自己的一生。国是回不去了，家也是回不去了。这里的乡思与其说是浓郁，倒不如说是沉郁，词人把国破家亡之痛和个人身世遭际之痛杂糅在一起，把回不去的乡愁抒写得格外令人心碎。至此，一个关切国家命运、情怀哀婉动人的君子形象宛然就在眼前。

二、梅花与友情——金兰之交识君子

关于梅花与友情的联系有着一个流传很广的故事。《太平御览》卷九七〇引南朝盛弘之《荆州记》："陆凯与范晔交善，自江南寄梅花一枝，诣长安与晔，兼赠诗。曰：'折花逢驿使，寄与陇头人。江南无所有，聊赠一枝春。'"显然，《荆州记》认为陆凯是寄赠人，范晔是受赠人，即陆凯自江南寄了一枝梅花给范晔，并赠了一首诗。对此，明朝唐汝谔有不同看法，他在《古诗解》中写道："晔为江南人。陆凯，字智君，代北人。当是范寄陆耳，凯在长安，安得梅花寄晔乎？"这里，我们暂且不用去管这个争论的结果，因为不管是谁寄赠谁梅花，友情的载体都是梅花，而寄赠的梅花里面所包含的友情也都一样毋庸置疑、令人神往！下面我们姑且暂从旧说，共同欣赏这首以梅传递友情的诗：

赠范晔

〔南朝宋〕陆凯

折梅逢驿使，寄与陇头人。

江南无所有，聊赠一枝春。

诗人与朋友天各一方，路途遥遥，难以相见。在驿道上恰好遇见了信使，诗

人想起远方的朋友来，于是折下一枝梅花，托信使转交远方的朋友。江南水土肥沃、物产丰富，并非没有可赠之物。但是，诗人独独选择了开花早于北方的梅花作为友情的信物，梅花在双方心中的地位由此可见一斑。这里的梅花不仅是报春的使者，更是友谊的使者，它把春天带给朋友的同时，也把诗人对朋友的思念带给了对方。由于"聊赠一枝春"的诗句，"折梅寄情"成了中华文化中的一个经典，为后世不断传诵。

与折梅寄友不同，宋人舒亶则盼望朋友"寄梅给自己"。

虞美人·寄公度
〔北宋〕舒亶

芙蓉落尽天涵水，日暮沧波起。背飞双燕贴云寒，独向小楼东畔、倚阑看。

浮生只合尊前老，雪满长安道。故人早晚上高台，赠我江南春色、一枝梅。

舒亶日暮登台，倚栏远眺，只见水天一色，苍茫一片，波涛涌动带来阵阵寒气。天地之广中隐含着词人对人世沧桑的慨叹。词人正在感慨冬季萧瑟，又见一对燕子相背向云边飞去，孤独之情油然而生。光阴荏苒，转眼又是岁暮，雪满京城，寂寥寡欢，唯有借酒遣怀、消磨时日。雪夜把盏，又无对酌之人，词人岁暮怀人的孤凄心境可想而知。词人多希望"故人"即他的老朋友也能够像他一样早晚登上高台，登高望远思念他；他也多希望老朋友把江南报春的早梅寄一枝给他。"赠我江南春色、一枝梅"把词人对友人的期盼以及对友人的思念写得特别委婉生动。

不管是寄梅给对方，还是盼望对方寄梅给自己，总归都是有人可寄，也有人可收的，但在唐人柳宗元的《早梅》诗里，我们却看到诗人想要折梅相寄却又无处可寄的悲哀。

早梅
〔唐〕柳宗元

早梅发高树，迥映楚天碧。

朔风飘夜香，繁霜滋晓白。

欲为万里赠，杳杳山水隔。

寒英坐销落，何用慰远客。

早梅与别的花卉不同，在万物沉寂的寒冬，它在高高的树枝上绽开了洁白的花朵。虽然又是"朔风"，又是"繁霜"，环境恶劣；但早梅依然昂首怒放、生机盎然。白霜增其白，朔风传其香，高远广阔的碧蓝天空将早梅衬托得更加雅洁和不同凡响。这里的"朔风"和"繁霜"何尝不是柳宗元本人所遭遇的恶劣的政治环境？"永贞革新"失败后，柳宗元被贬谪到偏僻落后的蛮荒之地，身心备受打击。尽管如此，艰难度日的柳宗元还是坚持住了自己的理想，梅花的坚强与诗人的坚强合二为一。看到可歌可敬的梅花，柳宗元想起了远方的亲友。他多希望自己能像"聊赠一枝春"的陆凯一样，折梅"万里赠"；可是亲友们远在天涯，路途遥远，重重山水阻隔，即便是折了梅也难以送达。何况，诗人也担心自己被贬谪的身份会连累到远方的亲朋好友，所以哪里敢真正寄送呢？寒风中的梅花即将凋落，又能用什么来抚慰远方的孤客呢？早开的梅花将诗人的幽思衬托得细致入微、感人至深。

作为友情的一个载体，因为有了梅花，寻常夜晚也会变得与众不同。如宋人杜耒的《寒夜》诗：

寒夜
〔南宋〕杜耒

寒夜客来茶当酒，竹炉汤沸火初红。

寻常一样窗前月，才有梅花便不同。

客人来了，主人不去置酒招待，这客人必是熟客。火炉炭火绯红，壶中热水滚滚。在寒冷的夜晚，主人以茶代酒，寒夜煮茗招待客人，其细心可见一斑。主人打算与客人围炉清谈，其雅兴可见一斑。客人也不在乎有酒没酒，愿意围炉清谈，可见宾主志同道合、情深谊厚。屋外寒气逼人，室内温暖如春，主人心情可想而知。夜深了，明月照在窗前，看起来和平时没有什么两样；然而，阵阵寒梅的清香不知何时传送进了窗内，透过明亮的月色，可以看到窗外的梅花格外明洁。"才有梅花便不同"，因为梅花的介入，月色仿佛也和平常不一样了。这里，梅花作为抒情的载体，不仅象征着宾主友情的高洁，也象征着二人友谊的高雅芬芳。"才有"之句以对比手法将宾主二人的友情写得情深意长。

二、梅花与爱情——怜子如何不丈夫

"折梅寄情"作为中华文化中的一个经典不断地被推陈出新——它既可以是友情的象征，也可以是爱情的象征。在著名的南北朝民歌《西洲曲》中，"折梅相寄"就是爱情的象征。《西洲曲》中的梅花是情思的载体，更是爱情的见证、爱情的信物，同时还是情郎的化身。

西洲曲
南北朝民歌

忆梅下西洲，折梅寄江北。单衫杏子红，双鬓鸦雏色。

西洲在何处？两桨桥头渡。日暮伯劳飞，风吹乌臼树。

树下即门前，门中露翠钿。开门郎不至，出门采红莲。

采莲南塘秋，莲花过人头。低头弄莲子，莲子清如水。
置莲怀袖中，莲心彻底红。忆郎郎不至，仰首望飞鸿。
鸿飞满西洲，望郎上青楼。楼高望不见，尽日栏杆头。
栏杆十二曲，垂手明如玉。卷帘天自高，海水摇空绿。
海水梦悠悠，君愁我亦愁。南风知我意，吹梦到西洲。

"忆梅下西洲，折梅寄江北。"女主人公见到梅花又开，睹物思人，情不自禁回忆起身在江北的情郎，想起以前曾和心爱的情郎在梅下相会的情景。如今，自己身在江南，而对方在江北，两人一南一北，天地相隔，想要见面谈何容易。于是，她想到西洲去，到两人曾经相会的地方去折一枝梅花寄给在江北的情郎。西洲既然是两人曾经相会的地方，那么西洲的梅花与其他地方的梅花相比，自然有一种不同的意义。江南多水乡，西洲是一块儿水中陆地，坐落于水的中央。于是，女主人公驾起小船出发了。这个女主人公是美丽的：她的衣服是"杏子红"，她的头发是"鸦雏色"，她头上的装饰是"翠钿"，她的手是"明如玉"。这个少女不仅是美丽的，还是痴情的。梅花触动了这个美丽少女的情思，梅花见证了这个美丽少女的痴情。跟随着梅的脚步，我们经过了乌桕树、莲花、莲子、鸿雁的轮回，在四季的更替中，在景物的变化中，我们看到这个女子始终不变的痴情。这种痴情不仅表现在白天，还表现在夜晚、在梦中。从西洲、家中、荷塘、高楼、梦境等女主人公身处场景的变化，我们看到了这个美丽女子的徘徊与等待，她没有抱怨、没有责难、没有仇恨，只有默默无语的等待与守候。能让这样一位美丽女子痴情的男子会是什么样的人呢？显然，他一定是像梅花一样的君子。不然，诗人借梅起兴不就失去意义了吗？

如果说《西洲曲》是通过"折梅寄梅"来写爱情，那么宋人潘牥的《南乡子·生怕倚阑干》则是通过"折梅自看"来写爱情。

南乡子·生怕倚阑干
〔南宋〕潘牥

生怕倚阑干，阁下溪声阁外山。惟有旧时山共水，依然，暮雨朝云去不还。
应是蹑飞鸾，月下时时整佩环。月又渐低霜又下，更阑，折得梅花独自看。

《南乡子》是词人潘牥重临旧地、思旧念爱之作。潘牥起笔就写自己害怕独倚栏杆、凭栏远眺，为什么呢？是因为怕听到"阁下溪声"，怕看到那远处的"阁外山"。旧时的山水依旧，自然风景没变，但是自己喜欢的女子却像那"暮雨朝云"一样一去不复返。这里的"去不还"是"死亡"的含蓄说法。我们无法揣测那美丽女子去世的具体原因，我们只知道在词人心中，她没有死，她只是乘鸾飞升到仙界去了。潘牥盼望着此时此刻他喜欢的这位女子能够在这月色朦胧之夜乘驾飞鸾从天而降与他共叙离别之情。潘妡耐心等待着心上人所佩戴的环佩响起叮叮咚咚的声音。然而，月又下沉，寒霜又下，夜晚更深了，心上人的芳魂却还没有来到。折了梅花，无法寄，不能寄，寂寞凄凉的词人不得不"折得梅花独自看"了。想当初，潘妡与心上人一起月下赏梅，何等快乐！如今，人去楼空，只能独对手里的梅花，何等怅惘！梅花高洁韵秀，看到它就仿佛看到了心爱的女子。潘妡折梅"独自看"，不仅借梅花写出了所爱女子的高洁，更写出了自己折梅无法寄出的感伤。至此，一个用情至深的君子形象呼之欲出。

三、梅花与雅士情调——高雅情调知君子

爱梅、赏梅、咏梅、赞梅在宋代已经变成一种时尚，这种时尚主要体现在两个方面：一个是梅花妆与簪梅插梅等生活习俗在宫廷和民间的盛行，另一个是古笛曲《梅花落》和古琴曲《梅花三弄》的流行。除此之外，赏梅活动在宋代更是上升成为一项审美活动，既重视天时与良辰、环境与配置，又突出花品与人品，追求雅趣与脱俗。

南宋时期，诗人范成大写了一本赏梅专著《梅谱》，另一位能诗善画的诗人张镃也写了一本赏梅专著《梅品》。《梅谱》与《梅品》交相辉映，成为宋代梅文化的重要组成部分。

在《梅品》中，品梅专家张镃一开始便在序中说："梅花为天下神奇，而诗人尤所酷好。"接着，张镃又在正文中细列了 58 条赏梅标准，包括"花宜称"（26条）、"花憎嫉"（14条）、"花荣宠"（6条）等。

"花宜称"是讲对于赏梅品梅最合适、最相称的环境背景配置，张镃把它总结为淡阴，晓日，薄寒，细雨，轻烟，佳月，夕阳，微雪，晚霞，珍禽，孤鹤，清溪，小桥，竹边，松下，明窗，疏篱，苍崖，绿苔，铜瓶，纸帐，林间吹笛，膝上横琴，石枰下棋，扫雪煎茶，美人淡妆簪戴。

"花憎嫉"是讲对于赏梅品梅来说最煞风景的环境背景，主要是狂风，连雨，烈日，苦寒，丑妇，俗子，老鸦，恶诗，谈时事，花径喝道，花时张绯幕，赏花动鼓板等。

"花荣宠"是讲对于赏梅品梅来说，梅花最耐人寻味和为之尊崇的事情，包括"烟尘不染，除地径净，王公旦夕留盼，诗人搁笔评量，妙妓淡妆雅歌"等。

概而言之，赏梅是高雅的欣赏活动，要远离尘嚣，要环境清雅，要天时地利，要花鸟和谐，或绿苔铺地，或林间吹笛，或膝下横琴，或花下有珍禽，或仙鹤为侣等。如此浪漫气质，赏梅岂不变得风流高雅？

苏轼的《南乡子·梅花词和杨元素》词就是讲一群文人雅士远离尘嚣，在梅

树之下诗酒赏梅之雅趣的。

南乡子·梅花词和杨元素

〔北宋〕苏轼

寒雀满疏篱，争抱寒柯看玉蕤。忽见客来花下坐，惊飞，踏散芳英落酒卮。

痛饮又能诗，坐客无毡醉不知。花谢酒阑春到也，离离，一点微酸已着枝。

像"玉蕤"一样洁白如玉的梅花在料峭春寒中兀自绽放，开得茂密繁盛。梅花的烂漫风姿引得鸟雀争相来看，挤满了树枝和篱笆。梅花高洁雅致的美丽风姿不仅引来了鸟雀，也引来了一群清高拔俗的文人雅士。他们在花开满树的梅树下铺毡而坐，一边欣赏俏丽的梅花，一边开怀畅饮、吟诗作赋。欢聚花丛的鸟儿们正醉心于欣赏梅花的芳姿，突然惊觉一群赏花人出现在花树下，不由得大吃一惊，纷纷飞起躲避。惊起的鸟雀突然飞离树枝时带动了梅枝的晃动，梅花的花瓣受到震颤后不由得纷纷扬扬地飘离枝头，一些花瓣径直掉进了梅树下赏花之人的酒杯里，无形中又平添了赏花人的雅兴。这一群文人雅士欢聚梅下，受梅花感发，酒兴大涨、诗兴大发，既开怀畅饮又即兴赋诗，气氛十分热烈。诗助酒兴，酒助诗兴，他们最后竟然喝到酩酊大醉，连座毡滑落了都没有发觉。这群风流雅士不只这一次来梅树下饮宴，他们是梅树下的常客。从梅花花开到花谢、再到枝生青梅，他们多次来梅花树下欢聚饮宴。在花树下欣赏俏丽的梅花已经是一种雅趣，在花树下一边饮酒、一边赋诗，欣赏冰质玉骨的梅花更是一种雅趣。梅花之高雅和雅士之高雅不知不觉水乳交融，和谐地融为了一体。

树下花前饮酒赋诗是一种雅士情调，在瑞雪之日、月下赏梅当然也是一种雅士情调，如婉约派词宗李清照的词作《渔家傲·雪里已知春信至》：

渔家傲·雪里已知春信至

〔南宋〕李清照

雪里已知春信至，寒梅点缀琼枝腻。香脸半开娇旖旎，当庭际，玉人浴出新妆洗。

造化可能偏有意，故教明月玲珑地。共赏金尊沉绿蚁，莫辞醉，此花不与群花比。

下雪了，但报春的寒梅不畏严寒，依然在雪中盛放。看到了梅花就知道春天不远了。梅枝因为白雪的覆盖都变成洁白的"琼枝"。梅树枝条上的梅花被雪花轻轻包裹着，就像美人露出了一半"香脸"一样。这"香脸"因为点缀着冰雪，愈发显得光明润泽、娇柔可爱。此时，月儿朗照，夜色空明，梅花在如水的月光下就像刚刚沐浴完毕的"玉人"一样，光彩照人、明艳出群。梅花似乎更适合月下观赏，而大自然也似乎更偏爱梅花，所以让月色玲珑、月洒银辉，更增添梅花的美丽。如此良宵美景，如此好花好心情，最适合饮酒欣赏，所以还是准备好金酒杯、绿蚁酒，花前共一醉。"莫辞醉，此花不与群花比。"其他花儿都比不上梅花，所以为它醉酒又何妨呢？雪中月下赏梅，甚至不惜醉酒赏梅，抛开梅花醉人不讲，词人李清照独特的雅士情调也由此可见一斑了。

月下饮酒赏梅是一种雅士情调，溪上对月赏梅诉说自己的钟爱之情，又何尝不是一种雅士情调呢？

留春令·咏梅花
〔南宋〕史达祖

故人溪上，挂愁无奈，烟梢月树。一涓春水点黄昏，便没顿、相思处。
曾把芳心深相许。故梦劳诗苦。闻说东风亦多情，被竹外、香留住。

词人史达祖自号梅溪，爱梅甚深，他曾到故交好友张镃的南湖园中赏梅，与张家梅花在溪畔相识，从此一往情深。史达祖第二次再去张镃的梅花溪赏梅恰逢黄昏时分，月儿初升、薄雾朦胧，梅花的冰姿雪容看得并不真切。略感扫兴的诗人忍不住轻愁暗生、愁思难遣。史达祖在月下徘徊，一边儿看着明月下的一溪春水，一边儿回忆着往昔，默想着自己的心事。想当初，他对于冰清玉洁的梅花"芳心深许"，不仅魂牵梦随而且为之苦心孤诣地赋诗，真正是"梦劳诗苦"。这里的梅花已经不仅是普通的花儿了，它简直成了史达祖的心上人——这样一种平等之情、相思之意多么令人动容！在对梅花相爱之深、相思之切的感情正无法排遣之时，史达祖突然想起了风儿。也许风儿能把自己的相思之苦传递给梅花吧。可是，听说东风也是一个多情的人。也许，东风早已被那竹林外面的梅花迷恋住了，正在欣赏梅花那沁人心脾的幽香呢。所以，它怎么能来这里为自己传递书信呢？"闻说东风亦多情"，只是"闻说"，未必是真，但在多愁善感的词人史达祖这里却变成了真的。这里，史达祖的担心和多虑更加衬托出词人对梅花的深情。对梅花的爱竟然到了如此地步，文人的雅士情怀简直是超出了常人的想象！

文人雅士除了赏梅还种梅，他们身上那种别具一格的雅士情调在种梅过程中同样有鲜明的体现。

种梅

〔南宋〕刘翰

凄凉池馆欲栖鸦，彩笔无心赋落霞。

惆怅后庭风味薄，自锄明月种梅花。

宋亡之后，刘翰避居武夷山中。十年之后，刘翰重返故里，当看到当政者依然像创作《玉树后庭花》、日日宴饮取乐的陈后主一样醉生梦死时，刘翰不禁惆怅满怀。倍感凄凉的刘翰无心舞文弄墨去做那些无病呻吟之词，他宁愿还像过去在武夷山隐居那样，在月下种梅、赏梅，过那与世无争的生活。"自锄明月种梅花"将诗人鄙薄世俗风味、遗世独立的高雅情趣和君子之风烘托得活灵活现。

梅花和兰花、菊花、竹子并称"花中四君子"，梅花又和竹子、松树并称"岁寒三友"，通过梅花的交游对象同样可以看出君子的高洁情怀。

第四节　从梅花的"交游"看君子情怀

一、梅花与兰花

在唐人方干的笔下，芬芳高洁的梅花是和幽独出众的兰花生活在一起的。

胡中丞早梅

〔唐〕方干

不独闲花不共时，一株寒艳尚参差。

凌晨未喷含霜朵，应候先开亚水枝。

<u>芬郁合将兰并茂</u>，凝明应与雪相宜。

谢公吟赏愁飘落，可得更拈长笛吹。

梅花和别的花不同，它不会和它们在同一个季节盛开。只有在寒冷的季节，梅花"寒艳"的风姿才会展现在世人面前。方干认为梅花"芬郁"的香气和有着"天下第一香"之称的幽兰最为般配，它们最适合生长在一起，而梅花空灵的气质则和洁白无瑕的雪花十分相宜。所以，方干不无感慨地说，像梅花这样与众不同的花朵最适合手握长笛吹着优美的笛曲来欣赏了。方干将梅花和被世人视为君子的幽兰相提并论，由此可见梅花的品格之高。

无独有偶，清人宋匡业也认为孤芳自赏的梅花和幽兰是最为般配的组合。

梅花

〔清〕宋匡业

不染纷华别有神，乱山深处吐清新。

旷如魏晋之间士，高比羲皇以上人。

独立风前惟素笑，能超世外自归真。

孤芳合与幽兰配，补入离骚一种春。

诗人笔下的梅花不染尘世繁华，别具神采——它的"清新""素笑"宛如出尘的高雅美人；它的清旷超脱宛如魏晋时期的风流高士；它的高远直追上古时期的三皇五帝。这样一种有着返璞归真的性格，有着超凡脱俗之风姿和遗世独立之情怀的花儿最适合和它做伴的是什么花儿呢？"孤芳合与幽兰配，补入离骚一种春。"诗人明确告诉了我们答案：幽兰。原来，有着高洁情操的屈原最喜欢的幽兰才和梅花最为般配。屈原之高洁自不必说，屈原所爱之物幽兰之高洁也不言而喻，物以类聚，梅花之高洁也不言自明了。

二、梅花与菊花

除了兰花，诗人们认为傲霜的菊花也是梅花值得交游的对象，如宋人黄庚的《梅菊》：

梅菊

〔南宋〕黄庚

菊清独占风霜骨，梅白偏宜雪月天。

晋宋后来爱花者，岂无靖节与逋仙。

在这里，诗人黄庚将梅与菊对举，热情地赞美梅花与菊花相同的风骨。菊花常常笑傲寒秋，霜中更显其神采，风强更助其香传。菊花之清香沁人心脾，正如其风骨之清香，令人心生君子之念。梅花和菊花一样，不惧寒冷，不畏苦难，它甚至好像还特别喜欢寒冷无比的"雪月天"一样，越是环境恶劣，它越是花开热烈，将一派萧索的冬天点缀得生机勃勃，故而白雪的出现似乎更增加了梅花高洁不屈之风姿。历史上，晋代的陶渊明爱菊成癖，种菊、赏菊、采菊、颂菊成为他生活的必修课。陶渊明常常一边儿干活儿，一边儿手里拿着一把菊花把玩欣赏；或者一边儿走路，一边儿握着一束菊花把玩欣赏，其风采让后人无限仰慕。宋人林逋则是爱梅之名，声动天下。林逋像陶渊明爱菊一样爱梅，他种梅、赏梅、颂梅，甚至自称"梅花是他的妻子"。林逋不仅爱梅还爱鹤，他自称"梅妻鹤子"，将梅花当作妻子，将仙鹤当作孩子，他一生未婚，活脱脱一个痴人。陶渊明爱菊如斯，林逋爱梅如斯，以至于后世的爱花者，有谁不知道和菊花相连的陶渊明，有谁不知道和梅花相连的林逋呢？陶渊明、林逋的精神气质、风度神采已经和他们热爱的梅花、菊花融为了一体。某种意义上，谁能说菊花不是陶渊明，梅花不是林逋呢？既然前辈们为了梅花、菊花如此痴狂，有谁不会对梅花和菊花格外关注一些呢？喜欢淡泊，仰慕君子，或者喜欢陶渊明和林逋的人，又有谁不喜欢他们喜欢的梅花和菊花呢？所以，从这个方面来讲，我们完全可以说，梅花和菊花就是君子的化身。

三、梅花与松竹

竹与兰、梅、菊被并称为"花中四君子"。长在竹林外或者竹林间的梅花和青青翠竹在诗人眼中无疑是一个经典的意象组合。唐人韦蟾的《梅》诗就是通过"四君子"之一的竹来写梅花的交游的。

梅

〔唐〕韦蟾

高树临溪艳，低枝隔竹繁。何须是桃李，然后欲忘言。

拟折魂先断，须看眼更昏。谁知南陌草，却解望王孙。

韦蟾笔下的梅花长在清澈的小溪旁、茂密的竹林边。小溪之清、竹林之幽将梅花的生长环境烘托得特别令人向往。梅花不管在高树上还是在低枝上都长得十分繁茂，十分美丽，让人看得眼花缭乱。"桃李不言，下自成蹊。"有这样美丽的梅花，能够"下自成蹊"的何止仅仅是桃李呢？梅花不同样能够达到"梅花不言，下自成蹊"的效果吗？有这样美丽的梅花可以欣赏和陪伴，红尘之中的"王孙"应该可以回来了吧？"谁知南陌草，却解望王孙"，原来，竹边的梅花还牵引着君子的隐逸之意！

贞坚的翠竹和耐寒的青松同列"岁寒三友"榜单之内，是人们欣赏的君子。因此，梅花和青松、翠竹同时生长在一起自然也是理所应当的。元代散曲名家冯子振的七言绝句《山中梅》就将梅与松竹对举，颂其物以类聚、比邻而居。

山中梅

〔元〕冯子振

岩谷深居养素真，岁寒松竹淡相邻。

孤根历尽冰霜苦，不食人间别有春。

梅花品格高尚，它对自己在深谷山岩深居不为外人所知并不为意，它和同样有"岁寒之心"的松以及贞坚谦虚的竹相依相邻。虽然历尽"冰霜"之苦，但它依然能做到不慕人世繁华。它只是默默涵养着自己的"素真"，和同样淡泊的"松竹"一起将别样的"春天"奉献给人间。梅花的遗世独立和朴素淡泊令人肃然起敬！

无独有偶，唐人朱庆馀的《早梅》也写到了梅花与松竹为友。

早梅

〔唐〕朱庆馀

艳寒宜雨露，香冷隔尘埃。

堪把松竹侬，良涂一处栽。

梅花有着笑傲霜雪的"艳寒"和超越"尘埃"的"香冷",在朱庆馀的眼中它就像冷傲绝俗的君子一样。梅花这样的仪态、这样的人品,除了和它有着一样品性的松竹可以和它栽种在一起、陪伴在一起作为它的交游对象,还会有谁呢?

通过梅花的交游对象,我们可以感受到君子品格的闪光,而通过梅花身上所蕴含的精神内涵,即通过梅花的神韵,我们同样可以看到君子品格的血脉。

第五节　从梅花的神韵看君子品行

关于梅花,有一个"梅杏之辨"的有趣故事。因为梅花乍一看和桃花、杏花有些类似,所以有些北方人便不能将它们很好地区分开来,这引来了一些南方文人譬如晏殊和王安石的嘲笑。晏殊(籍贯江西临川)在《红梅》中写道:"若更开迟三二月,北人应作杏花看。"王安石(籍贯江西临川)在《红梅》也写道:"北人全未识,浑作杏花看。"对此,北方文人决定通过诗歌进行反击,在为梅杏正身的同时也让南方文人知道北方文人并不像他们想象中的那么无知。石延年(字曼卿,籍贯河南商丘)仔细观察了二者的区别后,在《红梅》诗中将梅杏进行了区分:"认桃无绿叶,辨杏有青枝。"意思是说:梅花与桃花相比,没有桃花那碧绿的绿叶;梅花与杏花相比,却有杏花所没有的青嫩的枝条。对此,苏轼(籍贯河北栾城)饶有兴致地在《红梅》中补充发挥道:"怕愁贪睡独开迟,自恐冰容不入时。故作小红桃杏色,尚余孤瘦雪霜姿。寒心未肯随春态,酒晕无端上玉肌。诗老不知梅格在,更看绿叶与青枝。"意思是说从梅花的神韵上就可以将梅花与桃花、杏花分辨开了,何须还要通过看绿叶与青枝来进行辨别呢?如果说石延年"认桃无绿叶,辨杏有青枝"是从事物外在的形式去区分梅、桃、杏的话,那么苏轼的"诗老不知梅格在,更看绿叶与青枝"则上升到通过梅花的内在神韵即"梅格"方面去区分它们了。文人之间为了梅杏之分而斗口,既反映出了文人的高雅情趣,也让我们看到了文人对梅花由衷的喜好。如果不是喜欢梅花,怎么会对梅杏观察得那么细致?怎么会为了梅杏之辨而去打笔墨之仗呢?在"梅杏之辨"中,苏轼用"梅格"一词来概括梅花的神韵更是一语中的、一针见血。那么梅花的神韵,即梅花的"梅格"究竟是什么呢?笔者认为"梅格"是指梅花之真、梅花之淡、梅花之神、梅花之勇、梅花之乐。

从梅花之真上,我们能感受到真淳自然的君子本色。

一、梅花之真——真淳自然的君子本色

道家代表庄子在《庄子·渔父》中讲到:"真者,精诚之至也。不精不诚,不能动人。故强哭者,虽悲不哀;强怒者,虽严不威;强亲者,虽笑不和。真悲无

声而哀，真怒未发而威，真亲未笑而和。真在内者，神动于外，是所以贵真也。"庄子讲的"真"其实就是天性自然。诗人李白写的诗句"清水出芙蓉，天然去雕饰"讲的也是天性自然。诗人苏轼的"罗浮山下梅花村，玉雪为骨冰为魂"讲的就是梅花冰清玉洁的自然天性。这种天性，我们也可以用真淳自然或真淳本色来概括。众所周知，纯洁真纯、天性自然一直是中华文化所追求的君子本色之一。在我国的诗词中就有大量以梅花的天性纯洁来表现君子天然本色的诗篇。这种本色，有人直接以"天真"称之，如隋人侯夫人的《春日看梅》诗：

春日看梅诗二首（其二）
〔隋〕侯夫人
香清寒艳好，谁惜是天真？
玉梅谢后阳和至。散与群芳自在春。

侯夫人是隋炀帝时的宫女，姿容端好，才德兼备，虽然时运不济、备受冷落，但是心地善良、天真纯洁。因而她笔下的梅花就像她自己一样，香气清雅、天真动人。"谁惜是天真？"然而，谁会珍惜梅花的"天真"呢？侯夫人自感自伤的背后是善良和坚强。当阳光明媚、和风顺畅的春天到来的时候，冰清玉洁的梅花凋零自己，把自己浑身的芬芳全部散播给春天里盛开的群花以增添春天的美好。多么善良的梅花！多么高洁的人品！

和侯夫人一样，北宋诗人陈师道同样直接以"天真"来称呼梅花。

和和叟梅花
〔北宋〕陈师道
百卉前头第一芳，低临粉水浸寒光。
卷帘初认云犹冻，逆鼻浑疑雪亦香。
鼎实自应终有待，天真不假更匀妆。
江南望断无来使，且伴诗翁入醉乡。

梅花是"百卉前头第一芳"，开花最早，香气最早，它的香气甚至把雪花也给沾染上了，以至于诗人都怀疑"雪亦香"了。虽然没有信使传递故乡的音讯，但是"天真不假"、朴素自然的梅花给了诗人无穷的慰藉，它陪伴着诗人沉醉入梦乡。"天真"可爱的梅花成了诗人的精神慰藉。

在宋人杨亿的《少年游》中，"天真"的梅花"冰姿玉态"，惹人喜爱。

少年游
〔北宋〕杨亿
江南节物，水昏云淡，飞雪满前村。千寻翠岭，一枝芳艳，迢递寄归人。

寿阳妆罢，冰姿玉态，<u>的的写天真</u>。等闲风雨又纷纷。更忍向、笛中闻。

不畏严寒的梅花生长在千寻之高的山岭，盛开在飞雪漫天的冰天雪地。它那么可爱，让人忍不住想折下一枝来寄给千里之外的友人。可爱的梅花曾经出现在南朝宋武帝的女儿寿阳公主的额头，导引了"梅花妆"的风潮。"梅花妆"的起源其实很偶然。南北朝时期，南朝宋武帝的女儿寿阳公主有一天在含章殿的屋檐下休息，不知不觉就睡着了。当时，风吹梅树（当时是蜡梅），梅花的花瓣随风飘落，有几片正好落在寿阳公主的额头，"成五出之花，拂之不去"。宫女们见到寿阳公主额头上的梅花印痕后不觉难看反而认为很美，甚至竞相模仿，"梅花妆"由此流传开来。因为蜡梅的花是黄色，所以"梅花妆"也叫"黄花妆"。由于蜡梅的时令性，不可能每个季节都有，于是聪明的宫廷女子便用金箔剪成梅花的形状粘贴在额头上，当作梅花来装扮自己。"梅花妆"遂成时尚，成为风行一时的妆饰。小小梅花竟然导引妆容时尚，难道不是因为梅花的天真本色惹人喜爱吗？梅花魅力如此巨大，怎不令人心生敬意？梅花的冰姿玉态、冰肌玉骨，的的确确只有"天真"二字才可以形容得真切。然而令诗人担心的是，无情的风雨会导致落英缤纷，所以一旦听到幽怨的笛声《梅花落》，怎能不惊悚伤痛呢？诗人的担心和伤感不正是对梅花"天真"本色的爱恋和同情吗？至此，一种惺惺相惜的君子情谊悄然而至。

赞美梅花真态的还有宋人曹组的《蓦山溪·梅》：

蓦山溪·梅

〔北宋〕曹组

<u>洗妆真态</u>，不作铅花御。竹外一枝斜，想佳人，天寒日暮。黄昏院落，无处著清香，风细细，雪垂垂，何况江头路。

月边疏影，梦到消魂处。梅子欲黄时，又须作，廉纤细雨。孤芳一世，供断有情愁，消瘦损，东阳也，试问花知否？

梅花像洗去了胭脂铅粉的少女一样，一派天真，呈现出一种天然去雕饰的美感。她就像一位幽独的绝代佳人，在黄昏时分倚靠着修竹向着远处眺望。"天寒日暮"，无论是在幽静的院落还是在寒风吹着的白雪茫茫的江边，自然天真的寒梅始终散发出阵阵清香。这是对梅花真淳品性的进一步赞美，也暗含着对君子高尚品质的歌颂。江头梅树虽芳香、天真却无人欣赏、备受冷落，多么惹人怜惜。试想，梅花在溶溶月下显得多么清雅，然而又是多么高傲幽独。这样的梅花让人魂牵梦绕、忧思难忘，也让人心神惆怅、魂断消瘦。在"梅子欲黄时"的梅雨时节，阴雨连绵，梅花不停地遭受细雨的摧残，这定会令"有情愁"的有情人伤心断肠。"消瘦损，东阳也，试问花知否？"词人从对梅花的赞美和怜惜中跳出来，由梅而人，自比东阳太守南朝梁文学家沈约。沈约因读书刻苦而消瘦，曹组却是为了梅花而瘦损异常。词人声称自己也是一个有情人，并问梅花知否。曹组的这一问，问出了梅花与他的知己之遇，也问出了他对梅花的深情。词中的梅花天真真淳、超越凡尘，怎不令人向往？

二、梅花之淡——淡泊自守的君子操守

《论语·泰伯》曰："士不可以不弘毅。"在中国文化中，"士"是某种精神的象征，是人们对恬淡、洒脱、坚贞、正直等高尚人格、精神气质的集中概括，而"高士"更是"士"中的佼佼者，是最完美的"士"的精神的充分展现（有时候，人们也把"高士"称为"志士"）。从某种意义上来说，"士"或者"高士"是完全可以等同于"君子"的。与"高士"相统一的一个概念，是"美人"。"惟草木之零落兮，恐美人之迟暮。"自从伟大的浪漫主义诗人屈原在《楚辞·离骚》中拿"美人"来象征君子的高洁品德后，中国先秦以后的文学，或者说中国的文化从此就有了用"美人"来比喻君子的传统。于是，中国文化中至少有了两个君子的代称：一个是"美人"，另一个是"高士"。

不过，我们不要在诗词中一看到"美人"就以为它指的是高士，"美人"有时候就是美人，而不一定指代高士。"美人"是纯粹的美人还是高士的象征，要看具体的文化环境，但"高士"一定是"美人"，一定是"君子"。

"古梅如高士，坚贞骨不媚（《梅图》〔清〕恽寿平）"，梅花的"高士"形象，既是梅花精神的核心，又是中华民族精神的精华之一。

在宋人王安石的《独山梅花》一诗中，梅花所代表的君子，既是"美人"，也是"高士"。

独山梅花

〔北宋〕王安石

独山梅花何所似，半开半谢荆棘中。

<u>美人零落依草木，志士憔悴守蒿蓬。</u>

亭亭孤艳带寒日，漠漠远香随野风。

移栽不得根欲老，回首上林颜色空。

王安石被迫罢相后隐居山林乡野，远离了官场，虽政治失意但有了大量的空闲时间。于是，王安石经常登山探幽、观光览胜。独山，是王安石登临的一座偏

僻的土山。独山上梅花多，荆棘蓬蒿等杂草也多。山上的梅花就生长在杂草丛中，自开自落。高贵的梅花竟然与野草为伍，叹息之余，王安石忍不住感慨："美人零落依草木，志士憔悴守蒿蓬。"像美人、高士一样的梅花竟然沦落到和杂草为伍的地步，其潦倒、憔悴多么让人同情！这里，"美人"和"志士"指的是梅花，更是德才兼备的君子。王安石才华与操守兼备却被迫去职，不正是"零落""憔悴"的"美人""志士"吗？王安石的怜惜既是怜惜君子也是怜惜自己。诗人想到皇家的上林苑里缺乏奇花异草，颜色乏美，而这独山上美丽的梅花却因为无人移栽到上林苑而即将老去。一方面是上林苑缺乏奇花异草，另一方面是独山上美丽的梅花却不得其地、无奈终老。一方面是国家缺乏优秀的人才，另一方面是优秀的人才被冷落埋没、老死蓬蒿，这是多么让人痛心的事实！幸运的是，梅花在瑟瑟寒风中虽然孤独仍然艳丽，在广阔的荒山上虽然潦倒仍然香飘四方。诗人用对比的手法把君子不得其位的悲愤、美人迟暮的感伤以及君子虽遭贬斥却仍然淡泊自守、坚守气节的高尚和风骨刻画得特别生动传神。

宋人范成大是南宋"中兴四大诗人"之一，他的《岭上红梅》也通过把梅花比喻为倾城的美人来赞美君子淡泊的操守。

岭上红梅
〔南宋〕范成大

雾雨胭脂照松竹，江面春风一枝足。

满城桃李各嫣然，寂寞倾城在空谷。

一枝红梅盛开了，红得就像胭脂一样。那艳丽的红色甚至照到了它旁边有着"岁寒三友"之称的松和竹的身上。与长在城中的桃李不同，这枝红梅长在空谷之中、山岭之上，它就像倾国倾城的"美人"一样，独守着自己的寂寞。通过"寂寞倾城在空谷"的诗句，我们仿佛看到了一位自甘淡泊、默默承受寂寞的"美人"式君子。

宋人王淇写的《梅》虽然没有用"高士""美人"之类的字眼来形容梅花，但通读全诗依然可以感受到诗人身上那种"高士""美人"一样的美丽情怀。

梅
〔北宋〕王淇

不受尘埃半点侵，竹篱茅舍自甘心。

只因误识林和靖，惹得诗人说到今。

高洁的梅花仿佛一尘不染一样，未受半点儿尘埃的侵袭。即便生长在竹篱边、茅舍旁，它也心甘情愿。梅花对生长环境如此不挑剔、如此泰然处之，多么像安贫乐道、甘于淡泊的君子！"只因误识林和靖，惹得诗人说到今"，由爱梅成癖的诗人林逋引出赞梅之诗传唱至今的客观现实，进一步赞美梅花的深刻影响力。林和靖是宋代诗人林逋，他是一位超然物外的高士、隐士。爱梅成癖的他不婚不宦，隐居于西湖孤山梅岭，经常放鹤湖中，随缘自适，有"梅妻鹤子"之称。一个"误"字，妙趣横生，不仅写出了梅花与林逋的深刻渊源，而且点出了梅花明怨实喜的幽默。

清人郑板桥则通过雪后梅花的清高孤傲来抒发自己的淡泊之情。

山中雪后

〔清〕郑板桥

晨起开门雪满山，雪晴云淡日光寒。

檐流未滴梅花冻，<u>一种清孤不等闲</u>。

早晨推门一看，诗人大吃一惊，只见白雪皑皑，白云惨淡，一片萧瑟寒冷。经过一夜的大雪，屋檐上的水珠儿变成了冰棱长条，室外的梅花也被包裹在冰封的雪地之中。此时此刻，梅花看上去又清奇又孤傲，有着一种不同寻常的美。《山中雪后》是郑板桥罢官去职后之作。郑板桥是乾隆元年（1736 年）进士，满腹才学但因刚正不阿而被罢官。罢官后的他旅居扬州，靠变卖字画为生，生活十分艰辛。但是郑板桥甘于淡泊，清贫度日，其清高孤傲之志与诗中不惧严寒的梅花简直如出一辙。所以，诗中之梅既是梅花本身，也是郑板桥自己。在梅花清高孤傲的背后，是诗人对淡泊情操的坚持。

与多数诗人含蓄赞美梅花自甘淡泊的君子品格不同，宋人陆游直接抛掉含蓄的面纱，把梅花比作有名有姓的高士君子。例如：

雪中寻梅（其二）

〔南宋〕陆游

幽香淡淡影疏疏，雪虐风饕亦自如。

<u>正是花中巢许辈</u>，人间富贵不关渠。

梅花的花品高洁，不仅在于它的"幽香"，也不仅在于它在"雪虐风饕"的凛冽严寒中自如开放，更在于它不羡慕人间富贵、蔑视名位爵禄，有像高士君子一样的高洁情操。在《雪中寻梅》中，陆游直接把梅花比作人人称颂的高士君

子——巢父和许由（他们都是古代有名的隐士）。巢父和许由是上古时期名声显赫、备受尊敬的两位隐士。巢父，尧时人，因在树上筑巢而居，人称巢父。许由，和巢父同时代，早年隐于沛泽。关于巢父和许由，还有一个流传至今的千古美谈。相传，帝尧欲以天下禅让巢父，巢父拒绝不受，隐居山林，牧牛为生。帝尧被拒绝之后又听闻许由贤德，便想把君位禅让给许由，没想到许由像巢父一样坚辞不受，并逃于颍水之阳的箕山（今河南登封）隐居，农耕为生；尧又欲召许由为九州长（九州长官），许由认为听到的这些世俗之言让自己的耳朵受到了污染，遂洗耳于颍水之滨。后世非常敬仰巢父、许由不慕爵位的行为，把他们并称为"巢由"或"巢许"，并用以指代隐而不仕的高士。陆游钦佩巢父许由一类的隐士，他在梅花身上感受到了一种巢父式的淡泊精神，因此在吟咏梅花的时候，他很自然地把二者联系了起来，将梅花直接称之为巢父、许由。"正是花中巢许辈，人间富贵不关渠。"这是多么令人钦佩的君子形象！

淡泊宁静的君子总是受人敬仰。清人况周颐的小令《江南好》也为我们塑造了一个淡泊宁静的君子形象。

江南好
〔清〕况周颐

娉婷甚，不受点尘侵。随意影斜都入画，自来香好不须寻。人在绮窗深。

《江南好》围绕梅花的美好资质来运笔：梅花姿态美好，它娉娉婷婷犹如美人。梅花品质美好，没有沾染一点儿尘土，高洁脱俗。梅花受人喜爱，不管怎样生长，横也好，斜也好，不管怎样看，看花枝也好，看影子也好，给人的感觉都是可堪入画的绝佳素材，让人忍不住想把它画下来。梅花天生一种幽香，不用刻意去寻找就能找到。这样的梅花多像君子！君子身在深深庭院，足不出户，却犹如梅花的香气能传播很远一样，声名在外。"酒香不怕巷子深"，不管是谁，只要资质高洁美好就不用担心"绮窗幽深"，是金子总会发光的。显然，况周颐赞的是梅花，更是像梅花一样的君子。固守在"绮窗深"的人儿像梅花一样淡泊宁静，这不正是我们所向往的君子吗？

三、梅花之神——潇洒风流的君子风采

《现代汉语字典（第7版）》对"风流"有三个基本的解释：①有功绩而又有文采的；英俊杰出的：数～人物，还看今朝；②指有才学而不拘礼法：～才子｜～倜傥；③指跟男女间情爱有关的：～案件｜～韵事。

《现代汉语字典（第 7 版）》对"风流"的解释强调了"风流"人物的本质特点：才华出众、不拘礼法。事实上，在中国文化中，"风流"一直是一个重要的文化术语。毛主席曾在其词《沁园春·雪》中用过"风流"一词："数风流人物，还看今朝"。在历史上，"风流"曾是魏晋时期品评士人的一个专用术语，是魏晋士人所追求的一种具有魅力和影响力的人格美。凡是"风流"之人，其生活态度、对待事物的情感都会与众不同。一般情况下，凡是"风流"之人，多半也是潇洒之人，所以"风流"常常又和"潇洒"结合在一起被称为"潇洒风流"，它不仅包括外在行为举止的洒脱不羁、率性自由，还包括内在精神的优雅从容、举重若轻、收放自如。

魏晋时期出现了一个与"风流"相关的专业术语——"魏晋风流"。作为"魏晋风流"的代表，阮籍追求"超世而绝群，遗俗而独往，登乎太始之前，览乎忽漠之初，虑周流于无外，志浩荡而自舒，飘飖于四运，翻翱翔乎八隅（《大人先生传》）"，希望从社会中超越出来，进入无限自由的境界。作为"魏晋风流"的另一代表人物，嵇康则从人的自然本性出发，强调"人性以从容为欢（《答向子期难养生论》）"。毋庸置疑，名士们总是在山水自然中感受到与现实社会不同的特性：无目的、超世俗，大化流行，生生不已……于是，他们就把自然的观念外化到自然的实体上，使自我在自然中获得具体的象征和安顿。因而，他们的行为也就变得与众不同了。"竹林七贤"在竹林开怀畅饮、吟诗作赋是"林下风流"；而风流雅士将梅花簪在头上，或者在梅花之旁、高山之中、溪水之畔、明月之下对梅赋诗无疑也是一种风流——"梅下风流"。

因此，潇洒风流首先指的是文人雅士对大自然的无限喜爱，接着才是行为举止的洒脱不羁、率性自由，如宋人朱敦儒的《鹧鸪天》：

鹧鸪天
〔北宋〕朱敦儒

我是清都山水郎，天教分付与疏狂。曾批给雨支风券，累上留云借月章。
诗万首，酒千觞。几曾着眼看侯王？玉楼金阙慵归去，且插梅花醉洛阳。

朱敦儒纵情于山水，戏称自己是天宫里掌管山水的郎官，他甚至骄傲地宣布，就连自己身上狂放不羁的性格也是上天赐予的，天性使然。豪情惊人的朱敦儒甚至浪漫地自称多次手批过支配风雨的券令，也曾多次向天帝上奏过留住云彩借走月亮的奏章。他的生活则是"诗万首，酒千觞"的诗酒生活。在对自由自在生活的充分展现中，诗人以"几曾着眼看侯王？"抒写面对王侯的铮铮傲骨，最后以对功名荣华的鄙夷而结束全词——"玉楼金阙慵归去，且插梅花醉洛阳"，诗人宁愿"头插梅花"、吟诗纵酒、醉倒洛阳，也不愿意返回"玉楼金阙"所代表的京城官场。如果说"梅花"是高洁的象征，那么"插梅花醉洛阳"则是朱敦儒疏狂豪放生活的显现，更是诗人蔑视权贵、傲视王侯、潇洒风流的性格表现。

当然，"潇洒风流"作为一个文学术语，除了洒脱不羁、率性自由、优雅从容等内容之外，还包括随缘自适、甘受寂寞等君子品格。例如元人贡性之的《梅》：

梅
〔元〕贡性之

眼前谁识岁寒交，<u>只有梅花伴寂寥</u>。

明月满天天似水，酒醒听彻玉人箫。

贡性之的岁寒之心，梅花懂得；梅花的岁寒之心，贡性之懂得。所以，贡性之的"寂寥"，梅花也懂得。梅花是贡性之唯一的知音，它就像心心相印的朋友，默默地陪伴着诗人。在"明月满天天似水"的空明境界里，诗人酒醉醒来，听着《梅花落》的曲子，欣赏着梅花，心情透明而寂静。

宋人陆游在《雪后寻梅偶得绝句十首》中称自己为"幽人"，其潇洒风流是另外一番样子。

雪后寻梅偶得绝句十首（其一）
〔南宋〕陆游

双鹊飞来噪午晴，一枝梅影向窗横。

<u>幽人宿醉闲欹枕</u>，不待闻香已解酲。

晴朗的中午，一对喜鹊飞来，叽叽喳喳叫个不停。窗外一枝梅花将它的影子横斜着印到了窗户上。宿醉还没有完全消失的陆游闲散地斜倚在几案上，欣赏着窗外盛开的梅花。虽然还没有闻到梅花的香味，但是仅仅看着梅花，诗人就感觉自己仿佛已经消除了酒醉的状态。"解酲"，指消除酒醉状态。梅花的功能已经强大到可以消除酒醉了。我们在为梅花之美带给诗人清新美好感觉的同时，不能不佩服陆游的潇洒风流了！

比陆游自称"幽人"、闲倚枕几潇洒赏梅的"风流"更甚，辛弃疾直接自称"风流"。

书清凉境界壁
〔南宋〕辛弃疾

江左何时见王谢，<u>风流且对竹间梅</u>。

最怜飞雪苍苔上，时有珍禽蹴地来。

"王谢"，指的是东晋的两大名门望族琅琊王氏与陈郡谢氏。王家王导、谢家谢安及其后继者们在江左五朝因为权倾朝野、文采风流、功业显著而彪炳史册。由此，"王谢"在中国文学史上遂成为显赫世家大族的代名词。"王谢"的潇洒风流令人向往，可惜已成明日黄花。自称"风流"的诗人一边追忆着"王谢"的风流，一边欣赏着竹间潇洒风流的梅花。长在竹林里的梅花开得正好，它们的自在风流引得仙鹤之类珍贵的禽鸟不时地飞来嬉戏左右。尤其在那飞雪布满苍苔上的时候，在雪中盛开的梅花就更见风流雅致了。"未若柳絮因风起"，把飞雪比为柳絮的典故在令人追忆谢氏风流的同时也再次赋予像白雪一样的梅花可爱风流。当辛弃疾在林边驻足尽情欣赏梅花的时候，梅花的风流潇洒和诗人的风流潇洒已经融为一体、难分彼此了。究竟，哪一个是潇洒风流的梅花，哪一个是潇洒风流的诗人呢？

四、梅花之勇——坚贞不屈的君子风骨

"富贵不能淫，贫贱不能移，威武不能屈。此之谓大丈夫。"孟子在《滕文公下》讲的这句名言所包含的意思用成语来形容就是面对苦难和挫折时的坚贞不屈、顽强刚毅、志节不移，而这正是君子的风骨。这种风骨在梅花的身上表现得十分充分。梅花敢于与寒风搏斗、与寒霜抗争、与寒雪相并。所以在文人眼中，梅花就是无所畏惧、铁骨铮铮、孤傲高洁的君子象征，它这种坚贞不屈的君子风骨常常是诗人吟咏的主要内容。对于这种风骨，陆游把它叫作"高标逸韵"。

梅花绝句（之二）

〔南宋〕陆游

幽谷那堪更北枝，年年自分著花迟。

高标逸韵君知否？正是层冰积雪时。

陆游认为，在积雪重重、冰层厚厚的寒冷天气，看到盛开的梅花更加能感受到它与众不同的风韵。对于这种风韵，诗人称之为"高标逸韵"。对于梅花"高标逸韵"的坚强风骨，诗人的表现手法各不相同。有的用对比手法，如"万树寒无色，南枝独有花（《早梅》）""霜梅先拆岭头枝，万卉千花冻不知（《寒梅词》）""独凌寒气发，不逐众花开"（《华林园早梅》）；有的用衬托手法，如"尽爱丹铅竞时好，不如风雪养天姝（《忆黄州梅花五绝》）""朔风飘夜香，繁霜滋晓白（《早梅》）""衔霜当露发，映雪凝寒开（《咏早梅》）"。这些诗句手法不同，赞美向往的心情却是一样的。

书写梅花之勇的还有鲍照的杂言诗《梅花落》：

梅花落

〔南北朝〕鲍照

中庭杂树多，偏为梅咨嗟。

问君何独然？<u>念其霜中能作花，露中能作实</u>。

摇荡春风媚春日，念尔零落逐寒风，徒有霜华无霜质。

《梅花落》属《乐府诗》中的《横吹曲》。在郭茂倩编写的《乐府诗》中，以《梅花落》为题的诗很多。鲍照这首《梅花落》采用一问一答的手法，新颖别致，不落窠臼，在众多《梅花落》中独占鳌头。

鲍照首先将院中杂树与梅花进行对比，并旗帜鲜明地表明态度：在众多树木中，他独独要赞美梅花。鲍照的偏爱引起了"杂树"的不平和疑惑，因而迫不及待地发问——"问君何独然"？诗人爽快回答道："念其霜中能作花，露中能作实。"那是因为梅花不畏严寒，能在霜雪之中开花，能在冷露之中结实。杂树不甘心地继续发问："我们也会开花，而且我们也有在寒风中开花的呀。"诗人立刻继续对百花进行解释："百花呀，你们只会在温暖的春天开放，招摇于春风，斗艳于春日，不能经受严寒之苦。即便你们有的也能斗霜开花，可是很快就在寒风中零落，仅仅开花而没有耐寒的品质，不过昙花一现罢了，与傲放于整个冬天的梅花相比，怎可同日而语呢？"至此，鲍照"偏为梅咨嗟"的"偏爱"就合情合理、水到渠成，令人心服口服了。通过诗人对梅花的偏爱之情，我们既看到了梅花斗霜傲雪的风姿，也感受到了像梅花一样坚贞不屈的君子品格。

梅花坚贞不屈的君子品格总是通过环境的恶劣体现出来，因为苦寒的环境更能衬托出君子坚贞不屈的坚韧本色。在《梅花落》中，鲍照用寒冷的朔风和寒冷的霜露来衬托梅花的顽强，而宋人李公明则通过大风的无情狂吹来赞梅花的顽强不屈。

早梅

〔南宋〕李公明

东风才有又西风，群木山中叶叶空。

<u>只有梅花吹不尽，依然新白抱新红</u>。

当山中群树的树叶都被寒风吹落之后，梅花或盛开或打苞，依然白白红红，昂然屹立于梅条枝头。"只有梅花吹不尽，依然新白抱新红"把梅花的坚贞不屈、顽强坚韧表现得淋漓尽致。

当然，通过雪所代表的苦寒环境来衬托梅花的就更多了，如唐人齐己的《早梅》：

早梅

〔唐〕齐己

万木冻欲折，孤根暖独回。

前村深雪里，昨夜一枝开。

风递幽香出，禽窥素艳来。

明年如应律，先发映春台。

在严寒的季节里，万木经受不住寒气的侵袭，看上去凋摧欲折，而梅树却像凝聚了地下热气于根茎从而获得了无限热量一样，显得生机勃勃。在山村野外一片皑皑深雪中，一枝清高孤傲的寒梅凌寒独开。"深雪"点出环境之恶劣，"一枝"点出早梅之顽强。梅花开于百花之前，是谓"早"；而悄然独开的"一枝"又先于众梅，更凸显早梅之"早"。据《唐才子传》记载，齐己曾以这首诗求教于诗人郑谷。齐己的第二联原为"前村深雪里，昨夜数枝开"。郑谷读后说："'数枝'非'早'也，未若'一枝'佳。"齐己深为佩服，便将"数枝"改为"一枝"，并称郑谷为"一字师"。这虽属传说，但仍可说明"一枝"两个字是极为精彩的一笔。梅花内蕴幽香，随风轻轻四溢；梅花外表素雅引来了禽鸟只只。鸟犹如此，早梅给人们带来的诧异和惊喜就越发见于言外。诗人多希望内怀"幽香"、外呈"素艳"的梅花在第二年依然早早盛开，又多希望像梅花一样优秀的自己能够在来年像梅花一样应时而发、科举夺魁，从容实现自己的远大抱负。通读全诗，我们既看到了严寒环境中的早梅不畏艰难、傲然独立的个性，也看到了齐己清高孤傲、顽强自信的节操情怀！

诗人们不仅仅通过雪，有时候还通过霜和雪的组合来凸显梅花盛开环境的恶劣，如：

咏早梅

〔南朝梁〕何逊

兔园标物序，惊时最是梅。衔霜当路发，映雪拟寒开。

枝横却月观，花绕凌风台。朝洒长门泣，夕驻临邛杯。

应知早飘落，故逐上春来。

梅花对时序的感应最为灵敏。早春时节，当大地还是一片霜寒、雪冷的苦寒景象时，梅花就盛开了，它"枝横""花绕"，显得十分壮观。梅花为什么要在严寒中无畏地盛开呢？"应知早飘落，故逐上春来。"原来梅花凌寒映雪而开是因为早就知道了不可避免的凋零命运，所以，早一点花开，就意味着将生命的长度又延长了一点，生命的价值和意义也就体现得更充分了一些。如此看来，在霜露、冰雪中盛开的梅花就不仅仅是在克服苦寒的环境，更是在为生命的荣光而战了。

梅花在狂风暴雪中不仅没有屈服，反而勇敢地与它们相搏斗、作抗衡。它身上这种刚强坚毅的斗争精神特别让人钦佩，如陆游的《落梅》：

落梅

〔南宋〕陆游

雪虐风饕愈凛然，花中气节最高坚。

过时自合飘零去，耻向东君更乞怜。

陆游一开始就用"雪虐风饕"来渲染大雪纷飞、狂风怒号的恶劣环境。然而，雪越是肆虐，风越是狂暴，梅花越是显得凛然不可侵犯。这里，风雪的无情越发衬托出梅花的风骨傲岸。面对风雪交加中依然盛开的梅花，陆游忍不住发出由衷的赞叹：梅花真正是"花中气节最高坚"之辈！而且，一旦过了开花的时令，梅花自然地飘零而去，既不留恋枝头，也不会向春神乞求怜悯，请求延续花期，乞怜偷生。至此，一个正气凛然、"宁为玉碎，不为瓦全"的君子形象宛然而至，让人肃然起敬。这样的君子形象何尝不是陆游本人的真实写照呢？陆游"上马击狂胡，下马操军书"，文武双全，然而却一次次被投闲置散，英雄无用武之地。尽管如此，诗人并没有改变自己渴望南北统一的心意，一生不向投降派屈服，坚持收复失地的理想始终不改。陆游这种矢志不渝的气节不正像"花中气节最高坚"的梅花吗？

除了通过风、霜、露、雪所形成的严酷环境来衬托梅花坚贞不屈的高格之外，诗人们还常常通过梅花与桃李的对比来衬托梅花的高标逸韵，如：

梅花

〔唐〕韩偓

梅花不肯傍春光，自向深冬著艳阳。

龙笛远吹胡地月，燕钗初试汉宫妆。

风虽强暴翻添思，雪欲侵凌更助香。

应笑暂时桃李树，盗天和气作年芳。

在诗人韩偓的笔下，梅花不肯恳求春光赏赐，宁肯在深冬寂寞开放。"梅花不肯傍春光"一句生动形象地写出了梅花的孤傲与高洁。而冬天里风的"强暴"、雪的"侵凌"不仅没有让梅花屈服，反而"更助香"，更加成就了梅花的香气远传。可笑那些桃李之花，不过盗来融合天气强作芬芳，哪里比得上梅花在寒冬天气里的花香四溢呢？梅花与桃李的对比凸显了梅花的傲气，风雪的强势反衬了梅花的顽强。通读全诗，我们仿佛看到一位高傲独立、坚贞顽强的君子。

通过梅与桃李的对比赞美梅花的还有唐人罗邺的《早梅》：

早梅

〔唐〕罗邺

缀雪枝条似有情，凌寒澹注笑妆成。

冻香飘处宜春早，素艳开时混月明。

迁客岭头悲袅袅，美人帘下妒盈盈。

<u>满园桃李虽堪赏</u>，要且东风晚始生。

在寒冷得结冰的时候，梅花竟然开放了。梅枝上洁白的梅花像雪花点缀在枝条上一样。梅花的香气冲破寒气的肃杀，四处飘散；梅花的素淡和明亮的月色可以相提并论。那些人们喜欢欣赏的桃花、李花只有等到稍晚一点的时候，也就是等到寒冷的冬天过去、春天来了、有东风吹拂的时候才会盛开。桃李之花的等待和晚开更加反衬出梅花凌寒傲雪的坚韧和顽强。

在文人墨客眼中，梅花不畏霜寒早早开放的精神，不仅是君子不屈不挠斗争精神的象征，同时也是一种积极主动精神的象征。

早梅

〔唐〕朱庆馀

天然根性异，万物尽难陪。

自古承春早，<u>严冬斗雪开</u>。

"自古承春早，严冬斗雪开。"一个"斗"字尽显梅花与风雪做斗争的积极主动。在严寒的环境下，梅花不是被动承受而是积极斗争。这里，梅花身上的坚韧已经转化成了勇敢出击。

梅花积极主动的斗争精神因有了使命和追求而显得更加神圣和有意义，如南宋爱国志士陈亮的"梅花"：

梅花

〔南宋〕陈亮

疏枝横玉瘦，小萼点珠光。

一朵忽先变，百花皆后香。

<u>欲传春信息，不怕雪埋藏</u>。

玉笛休三弄，东君正主张。

梅花早早就开放了，它"枝疏""影斜""清瘦"但又玲珑精致、闪闪发光。梅花不畏严寒、积极主动地开花，从一朵到二朵、三朵，以至于无穷朵，百花在它之后也渐渐地次第开放。可见，梅花就像报春的使者一样引领着百花的盛开。可是有谁知道，为了引领百花盛开完成报春的使命，梅花曾经和深雪做了怎样的斗争。面对"雪埋藏"的打击和挫折，梅花只有一个态度——"不怕"！梅花的义正词严、正气凛然是因为它有奋斗的目标，那就是"传春信息"！它要将春天的消息早早报告给人间！原来，梅花是为了完成报春的光荣使命而进行不屈不挠的斗争的！因此，它的斗争就显得更加神圣、更加有价值，也更加有意义！

诗人陈亮与辛弃疾是好友，两人志同道合，共同致力于抗金事业，力图恢复中原。然而，与当时大多数爱国志士一样，陈亮的抗金之路也不顺畅：一方面，他受到议和派的诽谤与打压，才华难以施展；另一方面，他并不被朝廷重视，始终沉沦下僚。即便如此，陈亮的抗金志向从未有过改变。从这首咏梅诗中，我们可以清楚地感受到诗人的坚定信念和志节不移的精神。因此，梅花的斗争精神也正是诗人自己的斗争精神。梅花为了报春的理想而斗争，陈亮为了收复失地、统一中原的理想而斗争。梅花的正气凛然、坚贞不屈就是诗人自己力主抗战、反对投降的坚贞不屈。通读此诗，联系陈亮的人生，我们看到了一位不怕打击和挫折、勇于抗争的爱国志士，看到了他身上傲骨铮铮的君子风采。

梅花坚贞不屈的精神除了表现在与狂风、严霜、寒露、大雪做斗争，还表现在面对挫折和打击时，至死不改、九死不悔的精神，如南宋著名诗人陆游的《卜算子·咏梅》：

卜算子·咏梅
〔南宋〕陆游

驿外断桥边，寂寞开无主。已是黄昏独自愁，更著风和雨。

无意苦争春，一任群芳妒。零落成泥碾作尘，只有香如故。

陆游笔下的梅花长在荒凉的驿站外，开在荒僻的断桥旁，其生长环境的艰难可想而知。虽然生长环境艰苦，但是梅花依然开放，其生命力之顽强可想而知。梅花开放的目的不是争春，不是和百花争宠，其淡泊的本性可想而知。即便百花嫉妒自己，自己也不会改变花开的本色；即便被碾为灰尘，自己也不会改变花香的本色，也决不与争宠邀媚的百花为伍，其不畏谗毁、坚贞不屈的坚强刚毅可想而知。词中的"零落""碾作尘"把梅花被骤雨狂风等外来恶劣势力摧残的狼狈与不幸刻画到了极致，而紧接着的"香如故"则把梅花面对种种不幸的坚强和坚守也写到了极致。读着"零落成泥碾作尘，只有香如故"的诗句，我们怎能不动容，怎能不肃然起敬呢？

梅花身上九死不悔的本色无疑是君子不畏强权、坚贞不屈、至死不移的精神象征。这种精神在宋末爱国诗人、抗元名将文天祥的《梅》诗中也表现得十分突出。

梅

〔南宋〕文天祥

梅花耐寒白如玉，干涉春风红更黄。

若为司花示薄罚，<u>到底不能磨灭香</u>。

在民族英雄文天祥看来，"耐寒"是梅花的本色，"梅香不灭"则是梅花的精神。如果说，梅花在冬末早春的严寒天气开放是因为司花之神的惩罚的话，那么这种惩罚对于梅花而言又有什么呢？环境再艰苦，梅花也会照常开放，而且其香味永远也不会被磨灭。由"到底不能磨灭香"一句可以看出，梅花将坚贞不屈、坚韧不拔的秉性坚持得非常彻底。文天祥，抗元名臣，谥号"忠烈"，与陆秀夫、张世杰并称为"宋末三杰"。在元军攻宋时，文天祥起兵抗元，并一直坚持不屈不挠地斗争，然而终因势孤力单，于祥兴元年（1278 年），在五坡岭兵败被俘。文天祥在元大都被囚三年，其间虽屡经威逼利诱却始终不肯投降。元至元十九年（1282 年），文天祥从容就义，终年四十七岁。他留给后世的诗篇《过零丁洋》《正气歌》《梅》等无不令人精神振奋、热血沸腾。《过零丁洋》中的诗句"人生自古谁无死，留取丹心照汗青"、《正气歌》中的诗句"天地有正气，杂然赋流形"、《梅》诗中的诗句"若为司花示薄罚，到底不能磨灭香"至今让人动容。无疑，《梅》诗中的梅花正是诗人的自我写照。推而言之，这又何尝不是任何一个君子坚持气节、矢志不渝的精神写照呢？

五、梅花之乐——无私奉献的君子精神

提起和梅花相关的成语或词语，人们最先想到的无非是潇洒飘逸、超凡脱俗、玉洁冰清、坚贞不渝、不屈不挠、刚强坚毅等，而常常会忽略另外一个非常大气的成语——无私奉献。事实上，梅花身上无私奉献的精神同样非常突出和明显，如清人李方膺的"梅花"：

题画梅

〔清〕李方膺

挥毫落纸墨痕新，几点梅花最可人。

<u>愿借天风吹得远，家家门巷尽成春</u>。

李方膺笔下的梅花刚刚被画出来，身上还带着新鲜的墨痕。这梅花不仅从外表看上去"最可人"，更重要的是，它还有与众不同的内在美。它很有理想，很有奉献的精神，那就是它盼望着风儿能帮助它将自己的芳香吹到远远的地方去，吹到每个家中去，让每家每户都能因它而感受到春天般的感觉。梅花的这种善良想法、无私情怀和君子的无私奉献难道不是异曲同工的吗？

元人王冕的《墨梅》也是赞美梅花奉献精神的。

墨梅
〔元〕王冕

我家洗砚池头树，朵朵花开淡墨痕。
<u>不要人</u>夸颜色好，<u>只留清气满乾坤</u>。

《墨梅》是一幅水墨画，画的是梅花。王冕是元代著名画家、诗人，隐居在浙江会稽九里山。在那里，他结草庐三间，在房前屋后植梅千株，并为自己的住处自题匾额为"梅花屋"。人们因之称他为"梅花屋主""梅叟"。王冕爱梅，也画梅、咏梅。在这首《墨梅》诗中，王冕先是通过"淡墨痕"和"洗砚池"突出墨梅水墨画的特点，接着开始盛赞墨梅的高风亮节。画中梅花由淡墨画成，外表素淡，颜色一点也不吸引人眼球，但是它神清骨秀，看上去高洁端庄、幽独超逸。原来，墨梅的理想不是用鲜艳的色彩吸引人以博取人们的夸奖，而是要让自己的清香充塞寰宇，长留天地。"不要人夸颜色好，只留清气满乾坤"其实也是王冕自己的真实写照。王冕自幼家贫，白天放牛，晚上到佛寺的长明灯下苦读，终于学得满腹经纶。他能诗善画，多才多艺。在民族歧视比较严重的元代，作为汉族文人的王冕科场失意似乎是命中注定。生不逢时的王冕屡试不第，性格倔强的他又不愿巴结权贵，于是王冕绝意功名利禄，归隐浙东九里山，作画易米为生。因此，"不要人夸颜色好，只留清气满乾坤"两句，不仅勾画出了梅花的精神风度，更传递出王冕鄙薄流俗、独善其身的精神气质，这其中也包含着君子不求称赞但求奉献的美德品格。

梅花身上所蕴含的无私奉献精神在革命者眼中，在无产阶级革命家的观照下会更多一份乐观的情调和革命的精神，如伟大的无产阶级革命家、诗人毛泽东的词作《卜算子·咏梅》：

卜算子·咏梅
毛泽东
（读陆游咏梅词，反其意而用之。）

风雨送春归，飞雪迎春到。已是悬崖百丈冰，犹有花枝俏。
俏也不争春，只把春来报。<u>待到山花烂漫时</u>，<u>她在丛中笑</u>。

毛主席的这首《卜算子·咏梅》是根据陆游《卜算子·咏梅》的词牌与词调而创作的一首咏梅词。在陆游的咏梅词中，梅花虽然坚贞不屈、志节高坚，但多少还是带着一些孤芳自赏的味道。毛主席"反其意而用之"，将陆游笔下梅花的寂寞高洁、孤芳自赏翻转为梅花的坚贞、乐观与奉献。词作的基调不是愁而是笑，不是孤傲寂寞而是乐观开朗。整首词充满了一种改天换地的豪迈与自信，还有那种新时代革命者的健康向上、积极乐观、无私奉献的精神操守与风骨。总之，毛主席这首咏梅词尽扫旧时代文人笔下的哀怨与颓唐，创造出了一种崭新的景观与气象。

毛主席的《卜算子·咏梅》第一次将梅花和战士、革命者的情怀结合在一起。坚贞的梅花不管天气多么寒冷，不管飞扬多大的雪花，不管悬崖峭壁上结下多长的冰棱柱，都会年复一年地顽强盛开。它就像坚强的革命战士，面对任何困难和打击，不仅不会退缩，反而会迎难而上，勇敢地迎接挑战。在悬崖百丈冰的时候，梅花开了，不仅开了，而且开得分外俊俏。一个"俏"字，不仅写出了革命者的不屈不挠、坚强进取，更写出了革命者的乐观与自信。梅花不仅美丽勇敢，还充满了无私的奉献精神。在隆冬时节顽强盛开的梅花虽俏丽却不掠春之美，它就像一名春天的使者，开花只是为了报告人间春的音信，开得俏丽只是为了更好地装扮人间而不是为了和百花争春。当冬去春来、春光遍野的时候，梅花便悄然谢幕。它独自隐逸在春天的万花丛中，看着盛开的百花，露出欣慰的笑容。——它多么像大气的君子！如果说上片中的"俏"写出了梅花的倔强与乐观，那么下片中的"笑"则写出了梅花牺牲与奉献的欢喜。梅花将春天到来的讯息最早传递给人间，把花香花美无私地奉献给人们，而当后继者们前赴后继地开花时，梅花却默默退出，它默默地看着开放的百花，默默地微笑。——它多么像无私奉献的君子！梅花的奉献是无私地付出，更是心甘情愿地承受，所以它是欢喜的，更是伟大的。如果说，这里的梅花是革命战士的象征，百花是革命胜利的象征，那么这里梅花与严寒搏斗、通报春天来临之后又隐身于百花丛中的形象，俨然是一名国际共产主义战士吹响冲锋的号角与困难作斗争，与敌人作斗争，而当革命胜利后，却又默默隐身于人民大众之中默默微笑的英雄。显然，梅花的这一形象冲破了以往咏梅诗中的任何一个形象，它因为默默奉献的无私无怨而在中国咏梅的汪洋诗海里显得丰满高大且独一无二！

梅花的无私、梅花的奉献让人肃然起敬；梅花的豪迈、梅花的乐观同样让人感佩和尊敬，如毛主席的《七律·冬云》就体现出一种鲜明的乐观精神。

七律·冬云

毛泽东

雪压冬云白絮飞，万花纷谢一时稀。

高天滚滚寒流急，大地微微暖气吹。

独有英雄驱虎豹，更无豪杰怕熊罴。

梅花欢喜漫天雪，冻死苍蝇未足奇。

冬云滚滚，寒气袭人，万花谢幕，白雪如白絮纷飞。天气如此寒冷，苍蝇被冻死不足为奇。但是，梅花却恰恰相反，它不仅不会被冻死，反而会更加出众。在漫天飞舞的雪花中，梅花绽开笑脸仿佛在欢迎雪花的到来一样。虽然大雪纷飞、严寒无比，但是梅花是那样欢喜，迎接着雪花就像迎接着久违的好友。联系当时的时代背景，我们就会知道，梅花的欢喜其实正是毛主席本人甚至是全中国人民乐观豪迈精神的写照。《七律·冬云》写于1962年12月，当时的新中国内外交困，国内连续几年自然灾害，国际上一向交好的中苏关系出现罅隙，但以毛主席为首的中国人民不畏惧不妥协，体现出君子式的凛然风骨。"梅花欢喜漫天雪，冻死苍蝇未足奇"将中国人民、伟大的中华民族在面对困难挫折时的乐观豪迈抒写得形神兼备、气足神完。

中国的咏梅诗词浩如烟海、不计其数，然而其意境格调与内容主题却常常大同小异。毛主席，作为中华人民共和国的缔造者，作为中国革命的伟大领袖，往往出手不凡，总是能从一个更高的角度，以一个更新的视角来写梅花的品格与精神，让人不能不感叹、不能不佩服一个新时代的伟人和诗人的风范！

结　语

梅花，中国人心目中的风华绝代，其颜色或红艳似火或色白如雪，其香味袅袅幽幽、清奇宜人。虽然梅花只有五个花瓣，在个头上无法与牡丹、芍药相提并论，但是丝毫没影响国人对它的喜爱之情，人们又是称它为"高士"，又是把它比作"美人"，在诗词中极尽描摹赞美之能事。

为什么个头瘦小的梅花能让国人如此垂青呢？一个很重要的原因就是，梅花是中华传统文化的一个载体，在广泛的民族心理上，它和君子人格，和乡情，和爱情，和友情，都紧密相连。梅花的君子人格来自梅花凌霜傲寒、迎雪开放的自然本性，更来自文人雅士的丰富联想。在比德的文化传统中，真淳自然的君子本色、淡泊自守的君子操守、潇洒风流的君子风采、坚贞不屈的君子风骨、无私奉献的君子精神是人们赋予梅花最多的文化品格。数千年的文化积淀融化到民族血液中，使得梅花在国人的情感上别具一格、举足轻重。独具风貌的梅花不仅常常引起国人的君子联想，还常常引起君子的家国之思，以及对朋友、对亲人、对爱人的思念。

古之文人雅士不仅爱梅、种梅、赏梅、艺梅、咏梅，还培养了许多与梅花相连的高雅情调。他们或对雪赏梅，或清溪探梅，或月下访梅，或花前樽酒在赏梅中赋诗作对。在文人心中，有高雅之品的梅花和兰花、菊花、青松、翠竹之流的清品生长在一起才堪称是最完美的搭配。于是，在诗人笔下，幽独出众的兰花、独立寒秋的菊花、耐寒傲霜的青松、高雅出众的翠竹成了梅花的朋友。因为文人对梅花的无限钟爱之情，我国浩瀚的诗海中无处不显梅花的踪影。诗人们从各个角度去吟咏梅花、赞美梅花的精神。通过浩如烟海的咏梅诗词，我们既可以感受到君子人格的闪光，还可以看到君子文化的血脉流转。

梅花香飘通古今，梅花精神荫后人。通读古往今来的咏梅诗词，我们忍不住一次次为梅花之美而沉醉，为梅花之精神品格而感动。我们相信，梅花身上所体现出来的君子品格定会光耀千古、永泽后世！

第二章　咏兰诗词中的君子文化

第一节　兰花种类与中国古典诗歌

　　兰花是我国最古老的花卉之一，别名兰花草，孔子云："兰当为王者，香草皆是也。"陆玑《毛诗陆疏广要》云："蕑即兰，香草也。"兰花也称都梁香，《荆州记》曰："都梁县有山，山上有水，其中生兰草，因名都梁香。"文学作品中很早就有关于兰花的诗句，如《诗》曰："溱与洧方涣涣兮，士与女方秉蕑兮。"

　　兰花的种类有很多。墨兰是兰花的一大类别，又名报岁兰，地生植物。诗文中描写墨兰的有很多，如：

墨兰

〔元〕释宗衍

楚雪春已晴，沅湘水初满。去年故叶长，今年新叶短。

波明碧沙净，日照紫苔暖。不见泽中人，江南暝云断。

仲穆墨兰

〔元〕张雨

滋兰九畹空多种，何似墨池三两花。

近日国香零落尽，王孙芳草遍天涯。

墨兰

〔明〕陈道复

楚畹兰芽茁，分来结好盟。

茶杯轻渥处，觉有暗香生。

墨兰

〔明〕徐渭

醉抹醒涂总是春，百花枝上缀精神。

自从画取湘兰后，更不闲题与别人。

墨兰

〔清〕石涛

丰骨清清叶叶真，迎风向背笑惊人。

自家笔墨自家写，即此前身是后身。

建兰也是兰花中的一个重要类别，地生植物，具有较高的园艺和草药价值。诗文中描写建兰的如：

建兰

〔明〕文徵明

灵根珍重自瓯东，绀碧吹香玉两丛。

和露纫为湘水佩，临风如到蕊珠宫。

谁言别有幽贞在，我已相忘臭味中。

老去相如才思减，临窗欲赋不能工。

建兰

〔清〕朱载震

丛兰生幽谷，莓莓遍林薄。不纫亦何伤，已胜当门托。

辇至逾关山，滋培珍几阁。掉头忘闽海，倾心向京洛。

轻飔昼回芳，清泉晚宜瀹。玉轸一再弹，天际如可作。

春兰是兰花的又一重要类别，地生植物，又名幽兰、草兰、朵朵香、朵兰、山兰、扑地兰，是中国兰花中栽培历史最为悠久、人们最为喜欢的种类之一。咏兰诗中，描写春兰的诗很多，现摘录部分吟咏"春兰"的诗句以飨读者：

兰色结春光，氛氲掩众芳。——《兰》〔唐〕无可（诗僧）

春兰如美人，不采羞自献。——《春兰》〔北宋〕苏轼

早受樵人贡，春兰访旧盟。——《兰》〔南宋〕王柏

深谷煖云飞，重岩花发时。——《题信以春兰秋蕙》（其一）〔元〕揭傒斯

诗歌中经常提到的还有秋兰。秋兰是建兰中大部分兰花的俗名。因这类兰花多在秋天开花，故名秋兰，并成为传统园艺名称之一。宋人刘次庄对秋兰颇有研究："乐府又引《离骚》，秋兰兮，青青绿叶兮。紫茎以为沅澧所生，花在春则黄，在秋则紫。春黄不若秋紫之芳馥。"

　　自从战国时期的宋玉在《九辩》中发出了"悲哉！秋之为气也！"的千古一叹后，中国便有了悲秋的传统。一年有春夏秋冬四个季节，而秋天恰好和人生的暮年相连续，它是冬天的前奏，它是人生晚年来临前的阶段，所以文人墨客在秋天，联想到自己人生的秋天，那种"人生迟暮"的感觉就会油然而生。所以，屈原在《离骚》中会感慨："日月忽其不淹兮，春与秋其代序。唯草木之零落兮，恐美人之迟暮。""忽驰骛以追逐兮，非余心之所急。老冉冉其将至兮，恐修名之不立。"李清照在《渔家傲》中会感慨："我报路长嗟日暮，学诗谩有惊人句。"他们的悲伤是和岁月的秋天所带来的人生紧迫感紧密相连的。在吟咏兰花的诗词中，诗人们除了人生的感慨之外，更有对君子的敬佩之心在里面。因为，在秋天，在寒冷的环境里，秋兰能不畏凋残、傲霜而开，在诗人眼中，秋兰俨然是不畏挫折、迎难而上的君子化身。所以，咏兰诗中描写秋兰的也有很多，如：

秋兰
〔清〕爱新觉罗·玄烨

小序：殿前盆卉，芳兰独秀，昔人称为王者香，又以方之君子，因题四韵。

猗猗秋兰色，布叶何葱青。爱此王者香，著花秀中庭。
幽芬散缃帙，静影依疏棂。岂必九畹多，侈彼离骚经。

咏秋兰
〔清〕静诺

长林众草入秋荒，独有幽姿逗晚香。每向风前堪寄傲，几因霜后欲留芳。
名流赏鉴还堪佩，空谷知音品自扬。一种孤怀千古在，湘江词赋奏清商。

另摘录部分吟咏"秋兰"的诗句以飨读者：
扈江离与辟芷兮，纫秋兰以为佩。——《离骚》〔先秦〕屈原
秋兰兮麋芜，罗生兮堂下。——《九歌·少司命》〔先秦〕屈原
秋兰兮青青，绿叶兮紫茎。——《九歌·少司命》〔先秦〕屈原
秋兰映玉池，池水清且芳。——《秋兰篇》（西晋）傅玄
秋兰递初馥，芳意满冲襟。——《秋兰》〔南宋〕朱熹
漫种秋兰四五茎，疏帘底事太关情。——《兰》〔南宋〕朱熹
湘江云尽湘山青，秋兰花开秋露零。——《题画兰卷兼梅花》〔元〕王冕
秋兰一百八十箭，送与焦山石屋开。——《客焦山袁梅府送兰》〔清〕郑板桥
这样的例子还有很多，由此可以看出文人对于兰花，尤其是对于秋兰的钟爱。

　　有人将蕙兰也归为兰花的一个种类。正如宋人苏轼在《题杨次公蕙》中所言"蕙本兰之族，依然臭味同"。蕙兰和兰花一样都是草本植物，同属兰科。故而，

在诗文中，兰花也被称为兰蕙、蕙兰、蕙、蕙花、蕙草等。例如：

秋风兰蕙化为茅，南国凄凉气已消。——《题郑所南兰》〔元〕倪瓒

阴崖百草枯，兰蕙多生意。——《题画兰》〔明〕陈献章

兰蕙芬芳见玉姿，路傍花笑景迟迟。——《和三乡诗》〔唐〕刘谷

既能作颂雄风起，何不时吹兰蕙香。——《奉上徐中书》〔唐〕褚朝阳

船头昨夜雨如丝，沃我盆中兰蕙枝。——《三月三日绝句》〔清〕吴嘉纪

一夜秋风兰蕙折，残星孤馆梦未成。——《客感品兰之一》郁达夫

西北秋风凋蕙兰，洞庭波上碧云寒。——《重送鸿举师赴江陵谒马逢侍御》
〔唐〕刘禹锡

蕙兰不可折，楚老徒悲歌。——《秋思》〔唐〕马戴

田园失计全芜没，何处春风种蕙兰。——《与于中丞》〔唐〕刘商

为感生成蕙，心同葵藿倾。——《清露被皋兰》〔唐〕孙顾

蕙本兰之族，依然臭味同。——《题杨次公蕙》〔北宋〕苏轼

夏浅春深蕙作花，一茎几蕊乱横斜。——《水墨兰蕙》〔清〕李鱓

记得春风散幽谷，蕙花如草趁樵归。——《幽谷芳菲》〔清〕李鱓

丛丛蕙草水之涯，绿叶阴深半欲遮。——《蕙》〔清〕郑板桥

兰花花香浓郁，幽软细长，尤其是在空旷的山谷中，兰花的清幽之香更加明显。所以兰花又多被称为"幽兰"或"空谷幽兰"，尤其是那种茎叶细长的幽兰特别为中国文人所喜爱。在我国的咏兰诗中，把兰花称为"幽兰"的不计其数。例如：

时暧暧其将罢兮，结幽兰而延伫。——《离骚》〔先秦〕屈原

幽兰生前庭，含薰待清风。——《幽兰》〔东晋〕陶渊明

幽兰香风远，蕙草流芳根。——《兰花》〔唐〕李白

平生我亦好修者，乞取幽兰镇小山。——《兰花》〔南宋〕潘牥

好在幽兰径，无人亦自芳。——《早春》〔北宋〕惠洪

幽兰有佳气，千载闷山阿。——《朱朝议移法云兰》〔北宋〕王安石

春风欲擅秋风巧，催出幽兰继落梅。——《幽兰花二首》（其一）〔北宋〕苏辙

正是春风好，幽兰不肯争。——《春日》〔南宋〕真山民

可能不作凉风计，护得幽兰到晚清。——《兰》〔南宋〕朱熹

旧是长见挥毫处，修竹幽兰取次分。——《题赵松雪竹石幽兰》〔元〕仇远

幽兰何猗猗，疏篁亦萧萧。——《题赵子昂为吴德良所作兰竹图》〔元〕吴
师道

幽兰日日吹古香，美人不来溪水长。——《兰皋曲》〔元〕萨都剌

幽兰生深谷，靡靡多容光。——《幽兰题姚节妇金氏传后》〔元〕张简

幽兰既丛茂，荆棘仍不除。——《题兰棘同芳图》〔元〕李祁

懊恨幽兰强主张，花开不与我商量。——《兰花二首（其一）》〔明〕李日华

幽兰花，在空山，美人爱之不可见，裂素写之明窗间。——《兰花》〔明〕刘基

幽兰奕奕吐奇芳，风度深大泛远香。——《兰》〔明〕文嘉

采采幽兰花，清香畏零落。——《兰薄》〔明〕胡应麟

绝谷穷源惠风和，幽兰灿发蕤丛苔。——《和廷秀山人题兰》〔明〕鲍宴和

冬草漫寒碧，幽兰亦作花。——《冬兰》〔清〕曹寅

幽谷出幽兰，秋来花畹畹。——《兰》〔清〕汪士慎

转过青山又一山，幽兰藏躲路回环。——《幽兰》〔清〕郑板桥

一种幽兰信笔栽，不沾雨露四时开。——《题兰》〔清〕郑板桥

楚畹幽兰冠丛芳，双钩画法异寻常。——《题马守贞双钩兰花卷》〔清〕方婉仪

为与幽兰多凤契，建牙犹得近湘皋。——《可韵上人墨兰卷子》〔清〕王文治

幽兰似佳人，不以色自炫。——《从侄柞索兰》〔清〕孔继涵

可怜百种沿江草，不及幽兰一箭香。——《兰》〔清〕张问陶

画兰人本兰台史，品格幽兰足相似。——《顾南雅侍读画兰歌》〔清〕盛大士

手拈幽兰花，妙香乃如此。——《题王蔗村镜影图》〔清〕蒋士铨

空山四无人，知有幽兰花。——《幽兰》〔清〕祁寯藻

幽兰奕奕待冬开，绿叶青葱映画台。——《咏兰》朱德

幽兰在山谷，本自无人识。——《幽兰》陈毅

"幽兰"之名在咏兰诗中出现频率如此之高，由此可以想见幽兰之"幽"的特点在文人心中的地位之高。除"幽兰"之名外，因为兰花芳香浓郁，所以文人墨客也常在诗文中用"芳兰"来雅称兰花，如：

思公子兮不言，结芳兰兮延伫。——《幽兰赋》〔唐〕杨炯

晓折寒蔬野圃间，荒林深处有芳兰。——《蔬兰》〔北宋〕王令

春风昨夜入山来，吹得芳兰处处开。——《兰》〔清〕郑板桥

因为杜若和兰花一样是文人钟爱的香草，所以有的文人将二者并称为"杜兰"或者"兰若"，有诗为证：

解为幽花写秋景，玉人原是杜兰香。——《王韵香画兰长卷》（其一）〔清〕汪端

兰若生春夏，芊蔚何青青！——《感遇诗三十八首（其二）》〔唐〕陈子昂

因为兰花开花的时候，香气四溢，清雅沁人，所以兰花又有"国香""王者香""香祖""天下第一香"的美誉。孔子周游列国时曾见兰香幽谷，停下来操琴而歌："兰生幽谷，不与众草为伍，当为王者之香。"宋人黄庭坚《书幽芳亭》云："士之才德盖一国，则曰国士；女之色盖一国，则曰国色；兰之香盖一国，则曰国香。"很多诗人在诗歌中更是直接用"王者香""国香"来代指兰花。

将兰香称为"王者香"的，如：

本是<u>王者香</u>，托根在空谷。——《题兰诗》〔北宋〕苏轼

爱此<u>王者香</u>，著花秀中庭。——《秋兰》〔清〕爱新觉罗·玄烨

兰为<u>王者香</u>，芬馥清风里。——《咏怀》〔清〕程樊

离骚纫作幽人佩，今日方称<u>王者香</u>。——《题兰》〔清〕郑板桥

幽兰发空谷，蔚为<u>王者香</u>。——《幽兰为仪封先生作》〔清〕沈彤

始自子称<u>王者香</u>，空谷幽兰天下芳。——《读兰》秋瑾

将兰香称为"国香"的，如：

自无君子佩，未是<u>国香</u>衰。——《幽兰》〔唐〕崔涂

但知爱<u>国香</u>，此外付乌有。——《次韵温伯种兰》〔南宋〕范成大

近日<u>国香</u>零落尽，王孙芳草遍天涯。——《仲穆墨兰》〔元〕张雨

秉芳欲寄路漫漫，<u>国香</u>零落风吹断。——《采兰堂》〔明〕释妙声

惜哉丛林下，无人知<u>国香</u>。——《寓怀》〔明〕胡应麟

名花本推<u>国香</u>首，赠花人更余相欢。——《谢婉生姐赠兰》〔清〕宗粲

第二节　兰花的"叶""花""香"与君子风姿

一、兰"叶"与君子风姿

在咏兰的古典诗歌中，兰叶的表现力一点儿不逊色于兰花，如唐人张九龄咏

叹兰叶的名句"兰叶春葳蕤，桂华秋皎洁"、明人赵友同咏叹兰叶的名句"修叶乱纷敷，幽花霭鲜泽"、清康熙帝爱新觉罗·玄烨咏叹兰叶的名句"婀娜花姿碧叶长，风来难隐谷中香"都颇为后世所称道。

从兰叶角度咏兰的名篇还有元代诗人张羽的《咏兰叶》：

咏兰叶

〔元〕张羽

泣露光偏乱，含风影自斜。

俗人那解此，看叶胜看花。

张羽，元末明初人，字来仪，号静居，浔阳（今江西九江）人，后移居吴兴（今浙江湖州），与高启、杨基、徐贲并称"吴中四杰"，又与高启、王行、徐贲等十人称为"明初十才子"，其诗作俊逸流畅，这首《咏兰叶》堪为代表。

兰叶上有水珠儿的时候，兰叶上的光辉也随着水珠儿的晃动而摇曳不定，煞是好看；当微风吹起，兰叶更是摇曳多姿，就连它的影子也在不断变换着形状，同样迷人。兰叶之美，兰叶之妙趣，俗人哪里能懂得呢？他们只知道赏花就是看花，哪里会懂得赏花不仅要赏其花还应该赏其叶的道理？诗人认为，对于叶子优美的兰花来说，赏其叶甚至超过了赏其花。因为他从兰叶的身上，不仅看到了兰花之美，也看到了为人处世的道理和君子能屈能伸、温文尔雅的品格。既懂得赏其花，更懂得赏其叶，还认为"看叶胜看花"，我们在佩服张羽是兰花知音的同时，也不能不佩服张羽眼光之独到。

清人杜筱航《艺兰四说》曰："兰蕙叶多为贵"。唐人张九龄"兰叶春葳蕤"的"葳蕤"与明人赵友同"修叶乱纷敷"中的"纷敷"也都强调了兰叶的茂盛之美。将叶之多少作为评判兰花品级的标准之一，由此可知，古之文人艺兰品兰，不仅赏其花，也赏其叶。

兰叶主要有两种：一种是叶子狭长呈带状，如墨兰、建兰、春兰、蕙兰等；另一种是叶子扁平，宽而短，如兔耳兰、君子兰等。具体到每一个叶片上，兰叶又有直立叶、半立叶、弯曲叶之分。直立叶是兰叶向上直立生长，叶片的尖端部分略微向外倾斜。半立叶是兰叶自基部一半处开始向外倾斜，并逐渐弯曲成弧形。弯曲叶是兰叶从基部三分之一处就开始弯曲，顶端下垂，整个叶片弯曲成半圆形，也被称为"卷叶"。

《王氏兰谱》曰："所以识兰趣者，不专看花，正要看叶。"文人为什么都愿意欣赏兰叶呢？

一方面，"花开一时，叶赏四季"，文人在欣赏兰叶时不仅能四季常赏，而且在欣赏兰叶中还能获得一种审美的愉悦。比如，有一种名字叫"陈梦良兰"的兰花，它的叶子就颇为文人喜爱。陈梦良兰，名字来自它的发现者和引种者陈梦良。

陈梦良，北宋人，原名陈承议，字梦良。作为一种昂贵稀有的品种，陈梦良兰的叶子特别有特点。它叶如剑脊、森绿如玉，可偏偏叶子尖端的部位呈现出焦黄色，仿佛是镶嵌了金丝线一样。试想，当看上去修长茂盛、光洁闪亮、宛如镶着金边的绿丝带随风摇曳时，该是怎样的一种优美风姿！它带给文人的又是怎样的一种审美愉悦！

另一方面，文人在欣赏兰叶时能够从兰叶身上获得一种心灵的感应和哲学的体认。从心灵的层面讲，兰叶的疏密有致会让人联想到君子的张弛有度；兰叶的修长挺拔、姿态优美会让人联想到君子的风姿潇洒。从哲学的层面讲，兰叶的直立让文人联想到了人生哲学中的刚直与正气；而兰叶的弯曲又让文人联想到了人生哲学中的飘逸与自然。兰叶的直与曲（弯曲与伸展、劲直与修长），就是人生哲学中的柔与刚，是君子能屈能伸的个性特征，也是君子正义坚定与温文谦谦的品德节操。

因此，古之文人艺兰品兰时，爱其叶、赏其叶也在情理之中。如颇有爱国之心的张学良将军在其《咏兰诗》中不无深情地写道"叶立含正气，花研不浮华。"正是从兰叶的直立之中，军人出身的张学良将军领悟到了君子的刚直不阿和一腔正气。兰叶的直立之刚，还会让人想起宋末元初的诗人郑思肖，他同时还是一位画家。郑思肖特别喜欢兰花，他以兰为妻，终身未娶。郑思肖也喜欢画兰花，不过他笔下的兰花都没有泥土，全部是无根之兰，寓意着南宋亡国后，国土沦丧，连兰花也不愿生长在新生的元王朝的土地上。郑思肖以此来表明自己以兰花为楷模，决不仕元的决心。爱兰、种兰、画兰的郑思肖，他傲然不屈的高尚情操和兰叶直立不弯的傲然风姿不是有着异曲同工之妙吗？

诗人们对兰叶尚且如此喜爱，何况是对兰花呢？个中情感不言自明。

二、兰"花"与君子风姿

兰花，与梅、菊、竹、松、莲合称"花中六友"。在文人眼中，兰花有四清：气清、色清、姿清、韵清，被视为是有花、有叶、有香的"全德之花"。

古人欣赏兰花的"花"时特别讲究，他们将兰花的"花"区分为内瓣和副瓣，不仅欣赏兰"花"的内瓣，还欣赏兰"花"的副瓣，甚至还细致到将兰"花"的副瓣划分为"飞肩""一字肩""落肩""大落肩"四大种类。"肩"是品兰的专用词汇。"飞肩"是兰中贵品，副瓣略上翘。"一字肩"是兰中上品，副瓣一字排开，呈水平状。"落肩"次一等，副瓣呈微微下垂状。"大落肩"为劣品，指"花"刚一舒瓣就下垂。

兰花的花儿，颜色众多，有深红浅红、深紫淡紫；还有金黄、碧绿和莹白色。

在众多颜色中,颜色淡雅者最为古之文人看重。南宋赵时庚《金漳兰谱》(我国第一部兰花专著)曰:"物品藻之,则有淡然之性在"。"淡然之性在"的兰花指的就是颜色素雅的兰花,即王贵学《王氏兰谱》里所称赞的"妍而淡"的兰花。光泽明净、莹洁可爱的淡雅之兰,在文人眼中尽显君子雅美之风姿。与此同时,他们在孤傲素洁、秀而不媚的淡雅之兰身上感受到了一种淡泊文静和甘于寂寞的品性——这显然是君子的品性。这种品性和注重修身养性之好的文人在精神气质上血脉相通、气息相连。所以,文人更加钟爱"妍而淡"的淡雅之兰。

淡雅之兰,色白素心,其花心并不大,在诗歌中,诗人多用"寸心"来形容,譬如元代诗人张羽在《兰花》诗中这样写道:"寸心原不大,容得许多香。"兰花香味清幽、沁人心脾,闻之,令人心旷神怡。兰"花"小小的花心儿竟能散发出如此清幽的香气,这令诗人忍不住惊讶:兰花的方寸之心怎么能容得下那么多的香气呢?品读张羽"寸心原不大,容得许多香"的诗句,我们仿佛看到了一位虚怀若谷、宽容大度的君子正谦虚地微笑着向我们迎面走来。

露兰

〔清〕缪公恩

冰根碧叶杂荒芜,晓露近晖缀宝珠。

笑靥半含还半吐,素心皎皎濯醍醐。

兰花上面清晨的露水珠就像颗颗宝珠一样透明闪亮,兰花半开半闭的花朵看上去就像美人带着酒窝的笑脸一样。被露水洗刷过的花心,素雅洁白,就像淳良君子纯洁透明的心地一样。看着这样美丽淡雅的兰"花",看着它洁白无瑕的花心,仿佛感受到君子的"素心"芳洁,犹如醍醐灌顶一般,整个身心都得到了洗涤和升华。淡雅之兰对文人的启迪如此之大,怎不令人感叹?

宋末元初的诗人郑思肖也非常喜欢兰花,他甚至宣称以兰为妻。郑思肖喜欢兰花,他种兰也画兰。宋亡后,郑思肖只要是画兰都不画泥土,别人不解,问其何故。郑思肖沉痛地回答道:"地为人夺去,汝犹不知耶?""国土都被人夺去了,你难道不知道吗?"原来,在郑思肖的心中,大宋国土沦丧,被异族统治,兰花已经没有了自己的家!郑思肖的沉痛之心不正包含着深沉的爱国之心、故国之情吗?透过兰花这个媒介,我们看到了诗人郑思肖以兰花为楷模,傲然不屈的高尚节操!

三、兰"香"与君子风姿

兰花浑身是"宝",除了兰花的"叶"、兰花的"花",兰花的香味也吸引了众多目光,在诗歌中通过兰花香味来赞美兰花君子风姿的诗篇比比皆是,如:

兰二首（其一）

〔清〕张问陶

偶检离骚写数行，便思乘兴画潇湘。

<u>可怜百种沿江草，不及幽兰一箭香。</u>

江边芳草萋萋，小草的种类竟然多达一百多个品种，然而这一百多种江边小草汇聚在一起也没有一步之遥、方寸之地的幽兰芳香。诗人用对比的手法将兰花的香气，像兰香一样的君子风姿烘托得特别令人向往。

兰花之香会让人联想到君子之德，如：

塘上闻兰香

〔元末明初〕叶子奇

<u>大谷空无人，芝兰花自香。</u>

寻根竟不见，茅草如人长。

兰花生于空寂无人的高大山谷之中，自开自香，虽然夹杂在像人一样高的茅草丛中难以辨认，但它幽细的花香却难以遮挡，难以掩盖，远远地就能被人闻到。一个潇洒旷达、才华难掩的君子形象跃然纸上。

再如无产阶级革命家陈毅的《幽兰》诗：

幽兰

陈毅

幽兰在山谷，本自无人识，

<u>只为馨香重，求者遍山隅。</u>

陈毅笔下的幽兰长在深谷，原本无人认识。只是因为听说兰花花香奇异，于是寻求者蜂拥而至、漫山遍野。这显然是君子内美外溢，香名远扬，慕名者纷至沓来的真实写照。

有的诗人写兰花之香时，另辟蹊径，把兰花比作了美人。最早把兰花比作美人的当属屈原。

九歌·少司命（节选）

〔先秦〕屈原

秋兰兮麋芜，

罗生兮堂下。

绿叶兮素华，芳菲菲兮袭予。

夫人自有兮美子，

荪何目兮愁苦？

秋兰兮青青，

绿叶兮紫茎。

满堂兮美人，

忽独与余兮目成。

秋天的兰花青翠茂盛，长满庭院。它们十分美丽，细叶长长，叶片绿绿，纤茎发紫，嫩绿的叶子夹杂着洁白的小花，芬芳的香气不断地扑面而来，令人陶醉。"满堂兮美人，忽独与余兮目成"，它们就像堂上美人与诗人互相致意。

自屈原后，把兰花比作美人的诗作层出不穷，如宋人苏轼《春兰》中的"春兰如美人，不采羞自献"，元人高明《题兰》中的"美人在空谷，娟娟抱幽芳"；近代女诗人宗粲的《谢婉生姐赠兰》诗："凉风蓦地送香气，美人空谷来姗姗"。"美人"也可以称为"佳人"，在诗词中把兰花称作"佳人"的也有很多，如清人孔继涵《从侄柞索兰》中的"幽兰似佳人，不以色自炫"。再如明人孙克弘的《兰花》诗：

兰花

〔明〕孙克弘

空谷有佳人，倏然抱幽独。

东风时拂之，香芬远弥馥。

孙克弘起笔就将兰花直接比喻为"佳人"，兰花之美可想而知，诗人对兰花的喜爱也可想而知。兰花虽生于深谷之中却自甘寂寞、毫不抱怨。"怀抱幽独"的兰花香味浓郁，在春风吹拂下，其香味越传越远、散播四方。通读全诗，一个自甘淡泊、出尘脱俗的君子呼之欲出。再如清代画家郑板桥的《题兰》诗：

题兰

〔清〕郑板桥

林下佳人迥异常，临风无语淡生香。

凭谁写作灵均赋，为尔招魂到楚湘。

被比喻为"林下佳人"即林下美人的兰花，迥异于寻常花草，它临风默默，花香轻溢。"临风无语淡生香"将君子沉默含蓄的品格勾勒得既生动又传神。

文人大多愿将兰花比喻为美人，清人杨益生却恰恰相反，对"兰花——美人"的说法提出了质疑：

兰

〔清〕杨益生

幽香逸韵本天成，绿展参差四五茎。

淡泊自甘同小草，如何浪得美人名？

杨益生笔下的兰花"幽香逸韵"自然天成，而且甘愿像小草一样默默无闻、淡泊做人，他真不明白世人为什么要将兰花称为"美人"，使之备受关注。这是兰花的本意吗？"如何浪得美人名"？在诗人的疑问中，我们既看到了世人对兰花内在风韵的挚爱，也看到了诗人对兰花内在高格的无限钦佩。通读全诗，一个内外兼修、既美丽又淡泊的君子形象宛然就在眼前。

与含蓄地通过兰花之香来象征君子美德不同，唐人杜牧直截了当地把兰花比作君子。

和令狐侍御赏蕙草

〔唐〕杜牧

寻常诗思巧如春，又喜幽亭蕙草新。

<u>本是馨香比君子</u>，绕栏今更为何人。

《和令狐侍御赏蕙草》是一首赏兰的和诗。"又喜幽亭蕙草新"中的"又喜"一词形象地点化出诗人看到春天里新生的兰花之后的喜悦之情。"本是馨香比君子"，杜牧抓住兰花"馨香"的特点，直接将兰花比作君子，简洁明快的诗句尽显诗人对兰花品质的看重。

无独有偶，中国近代著名爱国将领张学良也写有一首直接把兰花比作君子的咏兰诗。

咏兰诗

张学良

芳名誉四海，落户到万家。

叶立含正气，花妍不浮华。

常绿斗严寒，含笑度盛夏。

<u>花中真君子</u>，风姿寄高雅。

兰花美名享誉四海、远近闻名。因为人人喜欢，所以兰花走进了千家万户。兰叶修长直立似含正气，兰花美丽而不浮华。从春到秋，兰花含笑盛开、从容优雅；从冬到夏，兰花勇斗严寒，坚贞顽强。"花中真君子，风姿寄高雅"，风姿高雅、坚强勇敢的兰花不愧为花中真君子！"真君子"之"真"字，一字千钧，道尽兰花的高贵与高洁！

唐代学者颜师古在《幽兰赋》中感叹："（兰花）惟奇卉之灵德，禀国香于自然。洒嘉言而擅美，拟贞操以称贤。"通过对兰花精神内涵的精确概括可以感受到作者对兰花的深深喜爱，也可以感受到君子人格的无上光辉。

第三节　兰花的精神内涵与君子人格

兰花无欲无求，自然自在。那么，并非刻意而为，来自天地赋予、自然而成的兰花之德究竟体现在哪些方面呢？

一、"不以无人而不芳"的精神品格——孔子之兰

南宋王贵学《王氏兰谱》曰："竹有节而啬花，梅有花而啬叶，松有叶而啬香。惟兰独并有之。"竹子有节却花少，梅花有花却叶少，松树有叶却香少，唯独兰花一应俱全。与竹、梅、松相比，兰花有花有叶有香。在国人心目中，兰花是"全德之花"。在"花中六友"兰梅菊竹松莲的排序中，兰居其首。此外，兰花因香气远播又被尊奉为"王者香""国香"。但是因为兰花多生于幽谷，所以兰花之美、兰花之香鲜为人知。尽管空谷中的兰花默默无闻，但是花时一到，它就会开花，而且一旦开花，花香四溢，满山满谷都会弥漫着兰花的芳香。兰花这样一种不管人知不知，不管人看不看，都要开花，都要芳香的品格，在传统文士的眼中显得特别意味深长，善于比德的国人本能地将它与矢志不渝、淡泊自守等君子品格联系在一起。最早看到兰花这一特点并将之与君子相联系的人其实是孔子，在《孔子家语·在厄》中，孔子这样写道："芝兰生于幽谷，不以无人而不芳；君子修道立德，不以困厄而改节。"兰花生长在幽静的山谷中，虽然无人看见、没人欣赏却仍然不改其香。君子修道之德，不因为环境困厄而改变。孔子认为这是一种淡泊自守、矢志不渝的美德，他用这样一种不为赞美而存在的德行来形容君子修心养德的自觉性。孔子认为真正的君子，其修道立德就像淡泊自守的兰花一样，从来不会因为环境的好赖而随意改变。无疑，这是对君子孜孜不倦于道德修养并且能够始终坚守自己品德、不受外界环境影响而改变自己美德的高度评价和赞美。"芝兰生于幽谷，不以无人而不芳；君子修道立德，不以困厄而改节。"孔子对于兰花的论述将兰花与君子相提并论，奠定了兰花"花中君子"的地位，为后世的兰花比德开了先河，影响至远。

孔子不仅看到兰花"不以无人而不芳"的特点，而且写诗赞美兰花的这一特点。孔子创作的《幽兰操》（也称《猗兰操》）就是一首含蓄地表现兰花"不以无人而不芳"特点的咏兰作品，整首诗虽未提一个"兰"字，但兰花的品德、孔子的品德渗透在字里行间，光耀千古。

对于《幽兰操》的来历，史书这样记载："孔子历聘诸侯，莫能任。隐谷之中，见芳兰独茂，喟然叹曰：'兰当为王者香，今乃与众草为伍。'止车援琴鼓之，自伤不逢时，托词于兰。"

幽兰操

〔先秦〕孔子

习习谷风，以阴以雨。之子于归，远送于野。

何彼苍天，不得其所。逍遥九州，无所定处。

时人暗蔽，不知贤者。年纪逝迈，一身将老。

孔子周游列国却一无所获。在一个大风劲吹的日子里，孔子启程从卫国返回鲁国。此时，阴云密布，孔子的心情非常黯淡。怅望着灰蒙蒙的天空，孔子感慨万分。他感慨着自己生不逢时，就如飞蓬一样四处流浪，找不到一个可以长期安身的安定之地，找不到一个可以充分地施展自己满腔抱负、满身才华的地方。内心悲怆的孔子一想到岁月易逝、人生将老，内心更加焦急与伤感。贤者不为世用，谁人不痛？贤者不为人知，谁不孤独？孔子的目光从天空转向远方的田野，忽然看到了杂草丛中盛开的兰花。贤者的孤独不正如杂草中的兰花一样吗？兰花当为君子佩，贤者当为王者得，而今二者均不得其所，怎不令人感慨、感伤？遥望着君子一样的兰花，孔子的君子之叹可想而知。然而尽管感叹、感慨、感伤，孔子依然坚守了自己的品德和志节。

孔子，名丘，字仲尼，鲁国陬邑（今山东省曲阜市）人，著名的教育家、思想家、文学家、诗人。相传孔子有弟子三千，其中贤人七十二。孔子与弟子周游列国十四年，去世后，其弟子及其再传弟子把孔子及其所有弟子的言行语录和思想记录下来，整理编成儒家经典《论语》。孔子一生修《诗》《书》，定《礼》《乐》，序《周易》，作《春秋》（另有说《春秋》为无名氏所作，孔子修订），对中国的文化做出了不可磨灭的贡献。孔子被奉为儒家思想的创始人，其思想影响力甚至超越了国界，被全世界的人研究和学习。然而，在孔子健在的先秦时期，他虽然学富五车却四处碰壁。《幽兰操》就是他当时处境的真实反映。一次从卫国返回鲁国时，看到山谷里芳香的兰花虽然茂盛却与杂草为伍，孔子非常感慨，就拿起身边的古琴弹奏了这曲《幽兰操》，自伤自己就像所看到的兰花一样生不逢时，感慨自己的高洁品德无人赏识、满怀抱负无处施展。被国人奉为古代先贤的孔子，就像他在《孔子家语·在厄》中赞美的兰花一样，"不以无人而不芳"。尽管自己不被重用，尽管自己的政治主张不为当政者所采纳，但孔子依然孜孜不倦于宣传自己的政治理想和政治主张。孔子将他的"芳香"传给了后世，泽被了一代又一代人。他的学说、他的思想至今还被世人奉为圭臬。所以，孔子就是他笔下的君子之花——"不以无人而不芳"的兰花！

　　长于深山空谷之中的兰花默默无闻地开花、送香，其高尚节操的确令人崇敬和向往。而孔子总结的兰花"不以无人而不芳"的这一特点更是引起了后世无数文人墨客的共鸣。在文人眼中，兰花"不以无人而不芳"的精神品格，既包含了君子与世无争、淡泊自守的高洁品格，也包含了君子洁身自好、自尊自爱、谦虚谨慎的传统美德。北宋黄庭坚《书幽芳亭记》曰："盖兰似君子，蕙似士。"南宋王贵学《兰谱》也赞叹地说："兰，君子也。"将兰比为君子绝非虚妄。因而，咏兰诗中从无人喝彩也默默奉献的角度来赞美兰花的诗作就特别多。托物言志，借兰花来抒怀是诗人们惯用的艺术手法。与其说诗人们在赞美兰花，倒不如说是在赞美君子，甚至赞美自己。譬如清人程樊的《咏怀》诗：

咏怀
〔清〕程樊

兰为王者香，芬馥清风里。从来岩穴姿，不竞繁华美。
龟以告犹亡，翟以炫采死。不善保厥初，受患每如此。
莘野彼何人，三聘乃一起。如何志士躯，轻用徇知己。
尘嚣多稠浊，云物俱不灵。所以山水间，往往有馀清。
绪风发爽籁，幽谷舒芳英。草木觉生色，泉石俱空明。
余怀本贞素，对之神益澄。宁静自致远，何为营浮名。

　　被誉为"王者之香"的兰花香气浓郁，其芬芳的香味在风中被吹到了四面八方。虽然它长在岩间、石穴，却从不以为意。它随遇而安，也从不自持是"王者之香"而与繁花比赛竞美，多像谦虚忍让的君子！兰花的"空明"让本性"贞素"的诗人愈发神清气爽。"宁静自致远，何为营浮名"更是将兰花的宁静淡泊与诗人的精神追求融为了一体。宁静致远、不营名利的兰花不正象征着君子与世无争、情操自持的美德吗？通读全诗，一个不求"浮名"、只求"宁静"的世外高人形象跃然纸上。

　　明人薛网在《兰花》诗中毫不掩饰自己对兰花的喜爱之情。

兰花
〔明〕薛网

我爱幽兰异众芳，不将颜色媚春阳。
西风寒露深林下，任是无人也自香。

　　在西风寒露中默然盛开的秋兰不会像其他花儿一样在春天里争奇斗艳地炫耀自己的美丽，它不会哗众取宠地为了取悦春阳而提前开放，君子与世无争的美德由此可见一斑。在秋天，秋兰面对秋风寒露不惧不恨，在深林之中独自开放，即便无人欣赏也不以为意，依然默默地为世人送去芬芳，君子的坚贞勇敢、无怨无悔的美德又由此可见一斑。读罢全诗，一位文秀优雅、内敛不张扬、与世无争的高尚君子迎面走来。

兰花生于空谷却"不以无人而不芳"。与世无争的君子，即便性喜幽静、深居简出也依然能得到世人的敬重。

兰

〔明〕文嘉

幽兰奕奕吐奇芳，风度深大泛远香。

大似清真古君子，闭门高誉不能藏。

文嘉是明代著名画家文徵明次子，能诗善画，为明代"吴门派"代表。在这首咏兰诗里，诗人毫不掩饰自己对兰花的喜爱之情，直接用了"古君子"一词来赞美兰花。幽兰神采奕奕、口吐奇香，其香味随风而飘、散布四方。哪里想到，这"吐奇芳""泛远香"的兰花却喜欢清雅幽独的生活。看着钟灵毓秀、谦虚低调的兰花，诗人顿觉兰花"风度深大"，就像古代的真君子一样真率淳朴。诗人觉得这样的真君子，即便是离群索居、闭门不出，其美好名声也不会被掩藏。宋人李纲《幽兰赋》曰："古人又以幽兰目之与夫山林隐遁之士耿介高洁，不求闻达于人，而风流自著者，亦何以异？"诗人笔下的兰花不正是李纲所说的"不求闻达于人而风流自著"的古君子吗？

既然兰花是君子，那么愿意与兰花结为知己的就不乏其人了。例如清人王殿森的《秋兰》：

秋兰

〔清〕王殿森

闲庭习幽静，清香透书帏。

起视盆中兰，娟娟开一枝。

秋光倏已晚，尔开何独迟。

风声撼林薄，霜痕沾鬓丝。

孤芳孰延赏，知音安可期。

<u>我亦素心人</u>，何时慰幽思。

光阴流转，岁月易逝。在"秋光已晚"的时候，一枝兰花却"娟娟"开放了。习惯了"闲庭""幽静"的读书环境，诗人为清香的兰花而高兴。虽然对兰花而言，已经是晚秋；对自己而言，已经是迟暮；但是看着盛开的兰花，诗人仿佛觉得欣赏兰花的时间延长了一样，在欣慰的同时，也不免带着一些担心。秋冬已经来临，不知道兰花下一次会什么时候盛开，所以诗人问道"知音安可期"。诗人将兰花称作知音，开诚布公地对兰花表白心迹：自己和兰花一样也是朴素淡泊的人，希望

兰花再次开放以安慰自己的思念之情。由晚开的一枝兰花联想到兰花的衰败并期待再开，虽然有点杞人忧天，但是诗人对兰花的一腔热爱、盼望和兰花永结"知音"之好的深情特别令人感动，如：

崇兰生涧底，香气满幽林。——《古意》〔唐〕贺兰进明

好在幽兰径，无人亦自芳。——《早春》〔北宋〕惠洪

正是春风好，幽兰不肯争。——《春日》〔南宋〕真山民

幽丛不盈尺，空谷为谁芳。——《秋蕙》〔元〕揭傒斯

骖鸾舞鹄仙洞来，不与人间斗颜色。——《竹下倚兰》〔明〕李肇亨

不因纫取堪为佩，纵使无人亦自芳。——《咏幽兰》〔清〕爱新觉罗·玄烨

……

无疑，"孔子之兰"已经成为谦谦君子的象征，走进文人的视野，定格在文学的世界。

二、与君子惺惺相惜的高洁情操——屈原之兰

与孔子不同，先秦时期伟大的浪漫主义诗人屈原则通过佩戴兰花来表达对美政理想的向往，来表白自己的高洁人品。

屈原，贵族出身，是楚国重要的政治家，早年受楚怀王信任，任左徒、三闾大夫，兼管内政外交大事。屈原提倡"美政"，主张对内举贤任能、修明法度，对外力主联齐抗秦；因遭排挤毁谤，被先后流放至汉北和沅湘流域。公元前278年，秦将白起攻破楚国首都郢都（今湖北江陵）。屈原闻之，悲愤交加，怀石自沉于长沙附近的汨罗江，以身殉国。屈原是我国第一位伟大的爱国诗人，他创作的《楚辞》是中国浪漫主义文学的源头，与《诗经》并称"风骚"，对后世诗歌产生了深远影响。

《离骚》是一首长达2491字的长诗，出自诗集《楚辞》。在《离骚》中，屈原写道："余既滋兰之九畹兮，又树蕙之百亩。""纷吾既有此内美兮，又重之以修能。扈江离与辟芷兮，纫秋兰以为佩。"在这里，屈原以比兴手法写日月如梭、岁月更替，时光易逝，而自己"扈江离""纫秋兰"，在有限的岁月里始终坚守高洁的品格。"吾令帝阍开关兮，倚阊阖而望予。时暧暧其将罢兮，结幽兰而延伫。"在去天国还是留在楚地的选择中，诗人佩戴着幽兰久久徜徉，最终还是因为"眷顾楚国"而中途停止了去天国的脚步。诗人"路漫漫其修远兮，吾将上下而求索"所表现出的九死不悔的爱国精神特别让人动容。在这里，兰花等香草的意象反复出现，它们不仅是诗人高洁品格的象征，也是君子品格的外化形式。幽兰的芳香就是诗人品格的芳香、君子品格的芳香。

在中国文化中，屈原素有君子之名，他洁身自好、清高脱俗，"宁为玉碎、不

为瓦全"自沉汨罗江的高洁品质更是令后人敬仰。而兰花呢？唐人仲子陵《幽兰赋》曰："兰惟国香，生彼幽荒，贞正内积，芬华外扬。"兰花是"国香"，内在"贞正"高尚，外在"芬华"馨香。所以，屈原和兰花仿佛就是君子之人与君子之花的绝佳搭档。所以，自从屈原在诗中用兰花来象征君子品格，用佩戴兰花来代表君子形象之后，后世的咏兰诗中便出现了用"佩兰""纫兰"来代表君子行为、用"九畹"来代表兰花生长茂盛的文学传统。例如唐代诗僧无可就在他的《兰》诗中这样写道："灵均曾采撷，纫佩挂荷裳。"至于诗歌中出现屈原的典故，更是非常普遍。诗人在诗词中或借用屈原的作品《楚辞》《离骚》等，或借用屈原本人的名字、官职等，或借用与屈原流放地相关的沅湘、泽地、湘水、湘妃、湘妃竹等，或借用屈原佩戴兰花的行为，一方面表示对君子高风亮节的崇敬，另一方面表现对兰花所象征的君子境界的向往和追求。例如清人高鹗的《幽兰有赠》：

幽兰有赠

〔清〕高鹗

九畹仙人竟体芳，托根只合傍沅湘。

一江水泛灵妃瑟，八月天寒楚客裳。

谁使当门逢忌讳，更教采佩太馨香。

愁深漫展离骚读，天问从来最渺茫。

　　幽兰就像神仙一样有着遍体幽香之美质。好花需要好地栽。高洁出尘宛如神仙的幽兰应该生长在清澈幽美、有屈原这样高洁之人行吟的湘江水畔才算相得益彰；应该和湘江美名传播的湘妃竹生长在一起才算不辜负幽兰本色。幽兰的高洁和屈原的高洁以及湘水之神娥皇女英的高洁不是如出一辙的吗？用典屈原的《离骚》《天问》，强化了诗人对君子的崇敬和对理想生活的向往。又如清人刘灏的《广群芳谱》：

广群芳谱

〔清〕刘灏

兰生幽谷无人识，客种东轩遗我香。

知有清芬能解秽，更怜细叶巧凌霜。

根便密石秋芳早，丛倚修筠午荫凉。

<u>欲遗蘼芜共堂下</u>，<u>眼前长见楚词章</u>。

　　兰花本来生在幽谷无缘相见，被移栽至东轩后，诗人因而与兰花有缘结识。兰花的香气能解除烦恼，宽阔心胸；兰叶虽细，却可以抵御风霜，更加让人怜爱。兰花扎根在密石边上，秋天早早地开了花；一丛丛兰叶紧紧靠着修竹，共享中午的阴凉。看着兰花让人油然而生对芬芳高尚境界的向往。诗人忍不住想要采来蘼芜香草和兰花为邻，香气一片——这是屈原《楚辞》章句中的意境，也是诗人向

往的美好境界。君子的理想与追求也正是如此,恰如宋代诗人周紫芝的《兰》:

兰

〔南宋〕周紫芝

<u>艺兰当九畹</u>,兰生香满路。<u>纫君身上衣</u>,光明夺缤素。

孤芳一衰歇,凋零湿秋露。佩服得君子,亦足慰迟暮。

周竹坡认为,种兰就要像屈原一样种"九畹",茂盛一片,花香一片。这样美丽的兰花一旦佩戴在衣服上,其光彩照人的形象一定会夺去衣服本身的光彩。虽然兰花在秋深露重时会凋零衰败,但是曾经被君子佩戴在身上,自己也曾经佩戴过,向屈原学习,活得像个君子一样,这足以告慰自己的迟暮之年,没有什么可以遗憾的了。这里借用了屈原"九畹"和"纫兰"的典故。

兰花既然是君子的象征,那么,君子和兰花在一起当然是良配,如:

题兰

〔元〕高明

美人在空谷,娟娟包幽芳。

长林自荆棘,安能敝馨芗。

借君水苍玉,<u>与我纫佩裳</u>。

<u>愿结善人交</u>,岁晚无相忘。

元人高明笔下的兰花就像美人一样长在空谷之中,虽然周围荆棘密布,但是哪里能够遮掩住兰花的馨香呢?高明希望自己能够像屈原一样,将兰花佩戴在身上,和兰花永结"善人之交",互不相忘。"愿结善人交,岁晚无相忘"道尽诗人对君子之交的向往,对君子品质的追随。

开创了历史上有名的"贞观之治"的大唐皇帝唐太宗李世民在《芳兰》诗中同样将君子和兰花紧密相连。

芳兰

〔唐〕李世民

春晖开紫苑,淑景媚兰场。映庭含浅色,凝露泫浮光。

日丽参差影,风传轻重香。<u>会须君子折</u>,<u>佩里作芬芳</u>。

成片的兰花生长在皇宫内苑,盛开在春天,默默增加着春天的美好。已经成为上林苑一处风景的兰花看起来妩媚动人,花朵上晶亮的露水珠儿在日光下闪耀着明亮的光泽。艳阳高照的时候,兰花的影子在地上落下斑驳的影子;风过之后,兰花的香味时浓时淡、时近时远。芬芳的兰花本应该被君子折来佩戴,因为君子之花合配君子之人!所以,"芬芳"的不止是兰花的芬芳,更是君子芬芳的品格!

　　兰花的被佩戴是君子的被欣赏，那么兰花的"芳意"落空当然是君子的失意之悲了，这种失意之悲在唐人陈子昂的《感遇诗》中特别鲜明突出。

感遇诗三十八首（其二）

〔唐〕陈子昂

兰若生春夏，芊蔚何青青！

<u>幽独空林色</u>，<u>朱蕤冒紫茎</u>。

迟迟白日晚，袅袅秋风生。

<u>岁华尽摇落</u>，<u>芳意竟何成</u>！

　　初唐诗人陈子昂这首《感遇诗》是咏兰诗中不可多得的佳作之一。陈子昂，字伯玉，初唐"诗文革新"运动的先驱者之一，为诗反对柔靡之风，标举汉魏风骨，强调兴寄。他这首《感遇诗》就是一首"兴寄"之作。这里的兰花枝叶茂盛、花簇纷披、风姿超群，诗人以此比喻自己才华出众。秋风起，秋日至。白昼长长，秋风袅袅。兰花逐渐枝衰叶败，芳华不再，诗人以此悲叹自己年华流逝、青春虚度。在深深的慨叹中，我们仿佛听到了诗人积郁已久的悲愤和不平。"幽独空林色"的兰花多么像卓尔不群、鹤立鸡群的君子！而"岁华尽摇落，芳意竟何成！"的感叹把君子的人生落空形容得多么痛彻肺腑！

　　陈子昂满腹才华，后世对其评价极高，如金人元好问在《论诗绝句》中高度评价陈子昂："沈宋横驰翰墨场，风流初不废齐梁。论功若准平吴例，合著黄金铸子昂。"然而，就是这么一位有才华的诗人，生前却抱负难申，一度被诬入狱，最后被奸佞小人罗织罪名，屈死狱中。读着陈子昂《登幽州台歌》中的诗句"前不见古人，后不见来者"，我们能真切地感受到诗人怀才不遇的寂寞感伤和超越时空的彻骨孤独。显然，《感遇诗》中"岁华尽摇落，芳意竟何成！"的兰花之叹也正是陈子昂人生失意、理想落空的人生慨叹！

　　兰花的无人欣赏、失意之悲还出现在唐人唐彦谦的咏兰诗《兰二首》（其一）中。

兰二首（其一）

〔唐〕唐彦谦

清风摇翠环，凉露滴苍玉。

<u>美人胡不纫</u>，<u>幽香蔼空谷</u>。

　　兰花是美丽的，它的花儿明媚如环佩，它的叶子暗绿如苍玉，露水在它美丽的叶子上滚来滚去，清风将它吹得摇曳生姿。兰花这么美丽，为什么"美人"不去欣赏不去佩戴，以至于兰花只是空谷飘香、无人知晓呢？在诗人的疑问声中，我们看到了诗人对兰花的同情和惋惜，也看到了诗人对人才不被重用的感伤、对君子不被理解的同情。

唐代诗人崔涂则从另外一个角度来写芬芳的兰花无人佩戴、无人喝彩的失意。

幽兰

〔唐〕崔涂

幽植众宁知，芬芳只暗持。

自无君子佩，未是国香衰。

白露沾长早，春风每到迟。

不如当路草，芬馥欲何为！

兰花品质高洁，暗持芬芳，虽无君子佩戴，依然保持芬芳本色。然而，不幸的遭遇不期而至，秋露很早到来，兰花随之处在一片肃杀的气氛中。春风却迟迟不到，兰花只好在肃杀中苦苦度日。这让诗人忍不住提出疑问：路旁野草的遭遇也不过如此，那么兰花为什么不学野草，为什么不做野草，而偏偏要为世人播撒芳香呢？兰花这样暗持芬芳究竟是为了什么呢？在对兰花的同情和悲愤的质问声中，我们仿佛看到了一个虽然遭受挫折和打击却仍然坚守节操、默默奉献的君子形象。

那么，君子在"芳意"落空、壮志难酬时应当怎样自处呢？唐人韩愈如是说——

幽兰操

〔唐〕韩愈

兰之猗猗，扬扬其香。不采而佩，于兰何伤。

今天之旋，其曷为然。我行四方，以日以年。

雪霜贸贸，荠麦之茂。子如不伤，我不尔觐。

荠麦之茂，荠麦之有。君子之伤，君子之守。

韩愈托物言志，以兰起兴，寄托怀抱，抒发怀才不遇的感伤，同时也表达了在"芳意"落空、壮志难伸时要像兰花一样保持气节和操守。

兰花叶子修长美好，开花时香气四处飘荡，如果无人欣赏，无人佩戴，对兰花而言，又有什么妨害呢？兰花无人欣赏也保持着自己美好的节操多么令人钦佩！不仅如此，兰花历寒会更香，花草植物尚且能克服困难和挫折而成就其美，何况是人呢？做人更应该像兰花一样！所以克服不利环境带来的伤害，继续保持自己的志向和操守，不是完全可以做到的吗？如果做到了，不也是十分令人钦佩的吗？遇到了伤害，遇到了挫折，真正的君子一定会像兰花一样，克服在世间所遇到的种种伤害和困难，从而让自己的志向和德行永远散发其香。在"君子之伤，君子之守"的承诺中，我们看到了君子虽遭打击却九死不悔的高尚品格。众所周知，韩愈因上书《谏迎佛骨表》触怒唐宪宗，几乎被处死，经大臣劝说，被贬谪潮州任刺史。虽遭此大难，韩愈的耿直之气、忠义之心依然不改，故作《幽兰操》来表明自己操守不改的心志，其君子之气节千古流芳。

三、种兰、赏兰与君子借兰明志养德

唐人仲子陵《幽兰赋》曰："（兰）清以为露，滋而为畹，比德者以之守贞。"诗人从"比德"的角度出发，把兰花比作守贞的君子。既然兰花是君子，兰花代表着高尚品德，那么诗人们借种兰、赏兰来表达自己的君子之好和君子之德也就理所当然。兰花能修身养性，日日得兰花熏陶，潜移默化中个人的品德修养就得到了提升。例如唐人陈陶的《种兰》诗：

种兰

〔唐〕陈陶

种兰幽谷底，四远闻馨香。春风长养深，枝叶趁人长。
智水润其根，仁锄护其芳。蒿藜不生地，恶鸟弓已藏。
椒桂夹四隅，茅茨居中央。左邻桃花坞，右接莲子塘。
一月薰手足，两月薰衣裳。三月薰肌骨，四月薰心肠。
幽人饥如何，采兰充馁粮。幽人渴如何，酝兰为酒浆。
地无青苗租，白日如散王。不尝仙人药，端坐红霞房。
日夕望美人，佩花正煌煌。美人久不来，佩花徒生光。
刈获及葳蕤，无令见雪霜。清芬信神鬼，一叶岂可忘。
举头愧青天，鼓腹咏时康。下有贤公卿，上有圣明王。
无阶答风雨，愿献兰一筐。

兰为高品，骨子清高的隐士都钟爱兰花，能诗好道的唐代才子陈陶便是其中之一。陈陶，字嵩伯，号三教布衣，早年游学长安，通晓天文，更善诗。唐宣宗大中（847—860 年）时，曾经在洪州西山即现在的江西新建县西一带隐居。陈陶爱兰也种兰，隐居期间，以种兰为人生乐事。《种兰》诗是他的种兰心得和美好希冀。

诗人将兰花种在幽谷深处，四面八方都能闻到兰花的馨香。春天，兰花生长迅速，叶片越长越长。诗人辛勤养兰，为它浇水、除草，使得野草不生、恶鸟藏迹。诗人还为兰花创造了一个非常美好的生长环境：在兰圃的四周种上花椒树和桂树，在兰圃的左边种上桃花林，在兰圃的右边挖了池塘，种上荷花。桃花春天开、荷花夏天开、桂花秋天开，它们在不同的季节与兰花相伴。有了这些花，兰花不孤单，诗人一年四季也都有花可欣赏。从岁始到岁末，诗人关注着兰花的生长。兰花越来越高，越长越大，一个月可以薰手脚，两个月可以薰衣裳，三个月可以薰肌肤，四个月可以滋润心肺、陶冶情操。自称"幽人"的诗人看着兰花，

觉得可以饱饥餐，可以品佳酿。诗人山中隐居，不用交田租，不用吃仙药，与兰花相处，与红霞为伴，"无丝竹之乱耳，无案牍之劳形"，悠然自得，犹如生活闲散的王。虽然没有等到引荐的伯乐，但是美丽芬芳、光彩照人兰花始终与诗人不离不弃，诗人怡然自乐、心满意足。诗书礼教的长期浸淫使得诗人有着强烈的爱国之情，虽然隐居为生，依然希望并祝福世界清明太平、祝福世人幸福美好。所以诗人通过自己最擅长的吟诗作赋来歌咏时代、歌颂太平。"无阶答风雨，愿献兰一筐"将诗人的善心与深情抒写得淋漓尽致。读罢全诗，一个自甘淡泊又心忧天下的君子形象呼之欲出。

花间词派鼻祖、南唐诗人温庭筠的《观兰作》也是借兰抒怀的。

观兰作
〔唐〕温庭筠

寓赏本殊致，意幽非我情。

吾常有流浅，外物无重轻。

各言艺幽深，彼美香素茎。

岂为赏者设，自保孤根生。

易地无赤株，丽土亦同荣。

赏际林壑近，泛馀烟露清。

余怀既郁陶，尔类徒纵横。

妍蚩苟不信，宠辱何为惊。

贞隐谅无迹，激时犹拣名。

<u>幽丛霭绿畹，岂必怀归耕。</u>

站在兰花面前能清晰地感受到兰花的"意幽""殊致"，感受到它的又"美"又"香"，以及与众不同的高尚情操。兰花不是为了欣赏者欣赏而生而长的，兰花之美之香是天生自然的。不管在什么地方，不管在什么环境，兰花都会开花、流香，都一样清丽而美好。所以面对长势茂盛的丛兰，能不幡然顿悟吗？面对宠辱不惊、自香自美的兰花，能不觉得功名利禄皆为身外之物，贞隐自好才是人生真

谛吗？所以"归耕"的人生境界，幽兰做到了，诗人面对大片大片的幽兰也领悟到了。这种感悟使得诗人的心灵得到安慰，人生得到升华。那么，我们读者呢？君子的美德，君子的追求与理想不正蕴含于此吗？

四、兰与梅竹菊——由兰花的交游看君子之德

梅兰竹菊被并称为"花中四君子"，诗人们由此认为这四者的交游当然是君子之游，通过君子的交游自然能看出君子之德。所以诗人们也常通过兰花和梅竹菊的同生共长来表达对兰花君子之德的向往和追求，如宋人潘牥的咏兰诗《兰花》：

兰花

〔南宋〕潘牥

闻说吾家又一种，移来远自剑津湾。

叶如壮士冲冠发，花带癯仙辟谷颜。

<u>行辈合推梅以上，交游多在菊之间。</u>

平生我亦好修者，乞取幽兰镇小山。

兰花是从遥远的"剑津湾"移来的，面对千里迢迢的贵客名品"兰花"，诗人的喜爱之情溢于言表。诗人看着兰花的叶子与花朵忍不住浮想联翩。兰叶纤细，犹如壮士的冲冠之发。兰花单薄，犹如神仙清瘦的容颜。这样美丽的兰花，和谁最交好呢？"行辈合推梅以上，交游多在菊之间。"原来，梅花交游的是菊花、梅花等世人推崇的花，爱兰者对兰推崇备至，甚至将兰花的花品排名在闻名遐迩的梅花之上，兰花的品格可想而知。既然兰花如君子一样高洁有德，和兰花志趣相投、追求一致、爱好修行的诗人，怎能不对兰花情有独钟呢？诗人在表明自己情趣爱好的同时显示出对君子高尚人格的推崇和追求。

在众多的咏兰诗中，将兰花与翠竹并称的比比皆是，如元代诗人余同麓的《咏兰》诗：

咏兰

〔元〕余同麓

百草千花日夜新，<u>此君竹下始知春。</u>

虽无艳色如娇女，<u>自有幽香似德人。</u>

余同麓笔下的兰花长在同样有着君子美誉的竹子旁边，虽然不像妖娆的美女那样秀色可餐，但是它幽香芬芳恰似品德高尚的君子，令人高山仰止。

写兰竹交游的还有明人李日华的《兰竹》：

兰竹

〔明〕李日华

江南四月雨晴时，兰吐幽香竹弄姿。

蝴蝶不来黄鸟睡，小窗风卷落花丝。

雨过天晴，翠竹婆娑多姿，兰花轻吐幽香，微风轻轻吹送着落花的花瓣，到处一派祥和安静的气氛。兰与竹无欲无争的君子之风令人心平气和、神清气爽。

清人郑板桥是著名的画家，一生只画兰竹石，所以他的咏兰诗大多与竹相关，如：

兰（八首之一）

〔清〕郑板桥

春风昨夜入山来，吹得芳兰处处开。

惟有竹为君子伴，更无他卉可同栽。

仿佛是一夜春风把兰花吹得遍地盛开。在作者眼中，美丽高洁的兰花除了竹子可以作为同伴外，再没有其他的草木配得上与兰花同生共长了，兰花在诗人心目中的地位由此可见一斑。再看他的另外一首咏兰诗：

兰（八首之一）

〔清〕郑板桥

兰花与竹本相关，总在青山绿水间。

霜雪不凋春不艳，笑人红紫作客顽。

在诗人眼中，兰花和竹子本就品性相关，都喜欢长养在"青山绿水间"，都喜欢幽雅清秀的生长环境，都是高品，都是不争宠、不献媚的君子，兰花与竹的交游自然是君子之交。

在另一首《题兰》诗中，郑板桥更是将心爱的竹兰直接比作了君子伯夷、叔齐和屈原。

题兰（十首其一）

〔清〕郑板桥

若有香从笔论过，墨如金玉水如珠。

欲将孤竹幽兰比，只是夷齐屈大夫。

夷齐是春秋时期孤竹国国君的两个儿子伯夷、叔齐，因为不食周粟而饿死在首阳山上，被后世视为君子。屈原是战国时期楚国人，曾任三闾大夫，楚亡后自投汩罗江而死，也被后世视为君子。郑板桥觉得兰花的气节和绿竹如出一辙，如果要用古代的隐士高人来比拟的话，那么只可能是有君子之称的伯夷、叔齐和屈原。读着这样的诗篇，怎能不油然而生对兰花君子之风的向往之情？

五、"兰草堪同隐者心"——宁静淡泊的君子之风

明人何乔新《秋兰赋》曰："（兰）憺容与而独秀兮，肖君子之幽贞也。"他将兰花视作幽贞之君子。兰花无疑代表着一种世外高士安之若素的安静生活。

咏兰
〔元〕余同麓

手培兰蕊两三栽，日暖风和次第天。

坐久不知香在室，推窗时有蝶飞来。

诗人亲手种植的兰花开了，天气很好，风和日丽，所以不用担心兰花会受到风雨的侵袭。开放的兰花香气浓郁，充满屋室，坐久了，身在花香中而不觉其香；但是开窗之后，时见蝴蝶飞入，原来室内的花香把蝴蝶都吸引进来了。天气融和，花香绕室，推窗见蝶，蝴蝶纷飞，读之，一种温馨安宁的生活情调扑面而来。透过这种生活情调，我们不知不觉就感受到了一种宁静淡泊的君子之风。

明人都卬《三馀赘笔》曰："张敏叔以十二花为十二客，各诗一章：牡丹赏客……丁香素客，兰为幽客。"清人蒋士铨以"幽客"兰花为媒介塑造了一位世外幽人的形象。

题王蔗村镜影图
〔清〕蒋士铨

鉴空无我相，水静波亦止。

<u>手拈幽兰花</u>，妙香乃如此。

水静波止，物我两忘，我之不存，我不知我，幽兰花开，花香四溢，传布四方，手拈幽兰花，只觉妙香无比，浑然不知身在何方。此时，一个"手拈幽兰花"的世外高士，正微笑着向我们走来。

宋人李纲《幽兰赋》曰："（兰）若高洁之士、隐遁之人蹈山林而长往，友麋鹿而同群，付功名于脱屣，等富贵于浮云。"他将兰花视为轻视功名富贵的高洁之士、隐逸之人。清代诗僧智永禅师通过兰花草所代表的"隐者心"来呼唤世人莫忘给自己留一份幽静的心灵空间。

写兰石有寄
〔清〕智永

一片空山石，数茎幽谷草。

写寄风尘人，莫忘林泉好。

兰花本生于山谷，山谷除了兰花还有林木清泉，智永禅师长期与山林清泉、

山谷兰花相伴，深知山林之美，他以局中人的身份告诉世人"空山石"和"幽谷草"是最安静的生活。可是"林泉虽好"，世人中有几个能体会？所以诗人语重心长地寄语尘世之人不要忘了"林泉"之好，并直接规劝红尘之人要记得让自己的心灵有一片"兰花草"，要为自己找到一个能够安放心灵的宁静空间。

清人汪士慎也将兰草与隐者相联系，并直接点出"兰草堪同隐者心"。

空谷清音图册页

〔清〕汪士慎

兰草堪同隐者心，自荣自萎白云深。

春风岁岁生空谷，留得清香入素琴。

汪士慎是清代画家、书法家，字近人，号巢林、溪东外史等，长期寓居扬州，为"扬州八怪"之一。汪士慎认为花草中只有兰花和隐士的心志相同，可以忍受寂寞，在空谷之中，在白云深处，自开自落、自生自灭。兰花的隐者心正是高士的隐者心。"兰草堪同隐者心"将兰花草和隐逸者直接画上等号，对后世影响颇大。

有着"隐者心"的兰花自甘淡泊，为了不被打扰，它甚至愿意永远生长在深谷之中，过与世隔绝的生活。

高山幽兰

〔清〕郑板桥

千古幽贞是此花，不求闻达只烟霞。

采樵或恐通来路，更取高山一片遮。

"千古幽贞"的兰花品质高洁，它不像其他种类的花朵妖娆于世间，它与世无争，不求闻达，只愿与烟霞相伴，过隐居生活。自甘淡泊的高山幽兰甚至担心打柴的樵夫打通了通往幽兰的道路从而引得游人如织，使得自己的清静被打扰，所以它宁愿长在高山之上，以高山作为阻隔世人的屏障。幽兰的怡然自乐、高雅无争、不趋世俗不正是人们向往的君子品格么？

近代著名的民主革命志士秋瑾则从兰花不与百花争艳、羞煞百花的角度来写君子的宁静淡泊、谦虚无争。

兰花

秋瑾

九畹齐栽品独优，最宜簪助美人头。

一丛夫子临轩顾，羞伍凡葩斗艳侪。

只见大片大片的兰花盛开在日光下，徜徉在风里。美丽的兰花最适合簪在美人头上，美花、美人两相宜。凭栏赏兰更让人百看不厌。兰美兰香却自然无争，这种品德让争奇斗艳、想与兰花一较高低的凡花相形见绌、羞愧难当。凡花的羞愧更衬托出兰花的与众不同、高标遗韵。兰花与众不同的丰韵高德何尝不是秋瑾本人的写照呢？

秋瑾（1875—1907 年），原名秋闺瑾，自费东渡日本求学，学成归国后积极投身中国革命事业，先后参加过三合会、光复会、同盟会等革命组织。1907 年，她与徐锡麟等组织光复军，拟于 7 月 6 日在浙江、安徽同时起义，不幸事泄被捕，7 月 15 日在绍兴轩亭口从容就义。秋瑾用自己短暂的一生诠释了一种特立独行、为正义而奋斗、奉献的精神。秋瑾无疑就是她笔下"品独优"的兰花！

作为高洁象征的兰花形象不仅时时现身于诗词歌赋，也常常活跃于绘画作品。通过绘画艺术中的咏兰诗，我们同样可以看出君子之德操。

第四节　绘画艺术中的咏兰诗与君子之德操

文人墨客在画兰或欣赏兰花图时忍不住会诗兴大发为画幅上的兰花题写诗词。于是，有关兰花的题画诗便不知不觉形成了咏兰诗中的一道独特风景线。有的题兰诗直接题写在画图旁边，和画图合并成了一种独特的艺术形式——诗画艺术；有的题兰诗则独立于画图之外，单纯以诗歌形式存在。有的题兰诗是画家本人为自己的画图题写的；有的题兰诗则是诗人赏画时有感而发为他人的画图题写的。例如元人杨载的题兰诗《次韵引浚仪公题兰竹卷子》是诗人为他人题写的题画诗。

次韵引浚仪公题兰竹卷子
〔元〕杨载

树蕙连丛竹，祇应族类同。相依岩石畔，并入画图中。

劲叶凝清露，危梢倚碧空。谅非高世士，此意固难通。

元代中期诗人杨载笔下的兰蕙生长在茂盛的竹丛中。相依相伴的兰花和竹子被画家一起画到了画图中。兰花凝霜带露的"劲叶"，竹子高到碧空的"枝梢"，无不让人钦佩。兰竹的高贵品质和气节，如果不是品格高洁的高士是难以明白也难以懂得的。君子德操之不俗不凡岂是常人能解？

再如元人仇远的《题赵松云竹石幽兰》也是为他人题写的题画诗。

题赵松云竹石幽兰
〔元〕仇远

旧是长见挥毫处，修竹幽兰取次分。

欲把一竿苕水上，鸥波千顷看秋云。

赵松云和作者仇远都是元代著名的画家。《题赵松云竹石幽兰》是仇远为赵松云的画作《竹石幽兰》所题写的题画诗。画中的"修竹"和"幽兰"相得益彰，仇远看着它们忍不住起了山水之念，想要手握一柄钓鱼竿，在苕水上垂钓，看碧水千顷，看秋云流转，过那自由自在的世外隐士生活。仅仅是看幽兰之画就生出尘之念，兰花对人的非凡影响力可想而知。

元人郭麟孙的《题赵子固兰蕙卷》也是为他人题写的题画诗。

题赵子固兰蕙卷（二首）

〔元〕郭麟孙

但觉书纸如书空，唯知有兰那有我。

胸中所在皆众芳，变化纵横无不可。

他人一二已云多，翁今能事一何伙。

嗟予作画虽不能，知兰之趣亦颇颇。

赵子固是中国南宋画家赵孟坚，字子固，擅长画梅、兰、竹、石。元代诗人郭麟孙看到他的《兰蕙卷》之后，非常喜欢画中的兰花，喜欢到只知道兰花而忘记了自己是谁的地步。这虽然有些夸张，但不可否认，画卷中变化纵横的兰花对诗人的视觉冲击力。这不仅仅是赵子固画艺的高超，更是兰花本身的精神内涵所导致的。兰花的魅力让诗人心中充满了兰花的芳姿丽影，也颇为自己"知兰之趣"、能够懂得兰花的妙处而自得。"惺惺相惜"，君子与君子之间总会有这样一种体会。

赵子固名气很大，他画的兰花图别具风采，所以为他的兰花图题写诗歌的就比较多。例如元人钱良右为赵子固的《兰蕙图》所题写的两首题画诗：

题赵子固兰蕙图（二首）

〔元〕钱良右

生意苦不繁，托根那计畹。

只怜君子花，西风亦相偃。

百亩不同调，数花常自春。

风流高韵在，优孟是何人。

钱良右是元代后期书法家，他在题画诗中直接将兰花称作"君子花"，其对兰花的喜爱之情不言自明。兰花总是随遇而安，不管长在哪里都能大量繁殖。百亩之内也许形状色彩不尽相同，但是它们不争不斗，即便是几簇花、几朵花，也会自然地长成自己的春天。这样的兰花多么像气节高尚、互谦互让的君子！它的"风流高韵"不正像春秋时期楚国的贤人优孟吗？

而更多的题画诗则是画家本人为自己的兰花图题写的。喜欢画兰的画家有很多，如元代的倪瓒、郑思肖，明代的朱耷、董其昌、徐渭、陈献章，清代的石涛、郑板桥、金农、汪士慎、黄任、张问陶、沈彩、盛大士、王贞仪、陶澍、潘遵祁、释彻凡、岳莲，今人齐白石、吴昌硕、潘天寿等。他们几乎都为自己的兰花图题写过诗，尤其是清人郑板桥，他为自己的兰花图题写的诗最多。

郑板桥位列"扬州八怪"之首，爱兰成癖，在他眼中，兰、竹、石与君子堪称人间四美，曾说："四时不谢之兰，百节长青之竹，万古不变之石，千秋不变之人，四美也。"所以特别喜欢画兰、竹、石。在郑板桥的画作中，要么兰石相伴，要么竹石相伴，要么兰竹相依，要么兰、竹、石"三美"皆具。郑板桥从二十三岁起开始画兰花，一画就是五十年。他不仅喜欢画，还喜欢题诗，所以他的题兰诗就特别多，如：

题兰

〔清〕郑板桥

兰花不是花，是我眼中人。难将湘管笔，写出此花神。

兰香不是香，是我口中气。难将湘管笔，写出唇滋味。

七十三岁人，五十年画兰。任他风雷雨，终久不凋残。

一笔与两笔，其中皆妙隙。何难信手挥，不顾前人迹。

有根不在地，有花四季开。怪哉一参透，天机信笔来。

《题兰五首》分开来是五首绝句，合在一起又是一首完整的长诗，内容连贯，句意相连，主旨明确且诗风朴素自然。在诗人眼中，兰花"任他风雷雨，终久不凋残"。郑板桥认为，兰花一旦入画，将永不凋零。"有根不在地，有花四季开"，因为是画作，郑板桥可以任意发挥，兰花在他笔下仿佛超越了生命的限制，没有泥土也一样可以四季开放。郑板桥画兰花画了五十年，画兰水平已经达到了炉火纯青的地步。所以，他说"何难信手挥，不顾前人迹""怪哉一参透，天机信笔来"。画兰时，郑板桥仿佛参透了天机一样，信手挥笔，不拘泥于前人形迹，画出来的兰花，不落窠臼，自成一体。"一笔与两笔，其中皆妙隙"，不管画多少笔，兰花都各具形态，妙处只可意会，不可言传。因为画兰花画了五十年，郑板桥和兰花不知不觉仿佛成了神交了五十年的老朋友一样。在郑板桥眼中，兰花已经不仅仅是花了，已经变成了具有独立人格和独立精神的人，所以他说："兰花不是花，是我眼中人。难将湘管笔，写出此花神。"兰花的芳香也不仅仅是普通的芳香了，已经成了气息，成了他生命的一部分，所以，郑板桥说："兰香不是香，是我口中气。

难将湘管笔，写出唇滋味。"除了郑板桥，似乎还没有一个人和兰花有这样的深情厚谊。

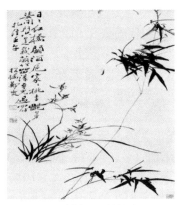

（郑板桥的《兰竹图》）

郑板桥除了是个画家还是个诗人，他亲自为自己的画图题诗，他的每一幅兰花图上几乎都有他题写的咏兰诗。因为喜欢兰花，所以他的兰花图非常多；相应地，他的咏兰诗也就特别多。在题兰诗中，他或者把兰花直接比作淡泊的君子，或者赞美兰花像君子一样旷远达观的美德，或者赞美兰花像君子一样谦虚忍让、宽容大度的美德。

在题画诗《画芝兰棘刺图寄蔡太史》里，兰花是旷远达观的君子。

画芝兰棘刺图寄蔡太史

〔清〕郑板桥

写得芝兰满幅春，傍添几笔乱荆榛。

世间美恶俱容纳，想见温馨澹远人。

郑板桥有时候在画兰花的时候，会故意在兰花旁边添上几笔杂乱无章的荆棘，这样一来，美丑兼具。面对此种境地，兰花泰然自若，风姿依旧。兰花兼收并蓄的潇洒风神，让人忍不住神往温馨淡泊、虚怀若谷的君子之风。和郑板桥想法相同的还有元人李祁，如：

题兰棘同芳图

〔元〕李祁

幽兰既丛茂，荆棘仍不除。

素心自芳洁，怡然与之俱。

正是荆棘的磨练，造就了君子的精神。画家似乎故意要磨砺兰花的精神一样，故意在茂盛的丛兰旁边画上几笔荆棘。而兰花呢？它"素心自芳洁"，洁身自好，宽容忍让，与荆棘泰然相处，毫不为意。清者自清、浊者自浊，兰花随缘自适、"近墨者不黑"的风度多么像"出淤泥而不染"的君子！

在明代画家陈献章的《题画兰》中，兰花成了处变不惊的君子。

题画兰
〔明〕陈献章

阴崖百草枯，兰蕙多生意。

君子居险夷，乃与恒人异。

在高高的悬崖上，当百草都枯萎的时候，兰花依旧生机盎然。身处险境而处危不乱，君子与常人的高下之别立见分晓。君子临危不惧、穷且弥坚的英雄本色多么令人神往！

在清代画家黄任的笔下，兰花是幽独的"美人"：

题画兰
〔清〕黄任

何来尔室香？四壁即空谷。

一拳古而媚，美人伴幽独。

这一幅画图上的兰花将陋室四壁当作空旷山谷，自然自在地开出花来。虽然花开不大，却古风犹存、明媚可人，就像幽独的美人一样，默默散发着芳香，陪伴着同样喜欢幽独的作者。有兰花相伴，即便这兰花只是在画上也让人备感满室馨香。这馨香不仅香在室内更香在作者的心上。所以，身处陋室，何陋之有？

在明代画家文徵明的笔下，兰花是洒脱的君子。

兰
〔明〕文徵明

叶扬东风翠带斜，白云根底茁红芽。

<u>山中谁得称君子，满地无名野草花。</u>

文徵明，原名文壁，明代画家、书法家、文学家。通过文徵明的《兰》诗，我们看到：兰花在春风吹拂下轻轻摇晃着翠绿的叶片，在白云底下茁壮成长，虽然无名无姓，但是自得其乐。"山中谁得称君子，满地无名野草花。"籍籍无名的兰花草，其洒脱的风韵不正是君子的真谛吗？

结　语

兰花在中国花卉中占据着非常重要的地位，它的名称除了"兰花草""都梁香"，还有"兰蕙""兰若""蕙兰""蕙""蕙花""蕙草"等。兰花由于花香幽细、芳香远传又被人们称赞为"幽兰""芳兰""国香""王者香""香祖""天下第一香"等。通过名目繁多的名称，我们可以推测兰花很早就为人熟知和喜爱了。

兰花品种齐全，诗人在诗词中最常提及的是春兰、墨兰、秋兰、蕙兰等。古人爱兰，不仅赏其花，也赏其叶，更赏其香。与兰"叶"、兰"花"相比，描写兰"香"的诗歌更多。诗人在诗词中不仅称赞兰花之香，还将兰香与君子品格相勾连，从兰花生于空谷不为人知却依然不改其香联想到君子"不以无人而不芳"的精神品格。

最早看到兰花"不以无人而不芳"精神品格的是一代思想家、教育家、文学家孔子。孔子在为兰花"不以无人而不芳"的品格感动感慨之余，还特意为兰花创作了一首《幽兰操》，操琴歌之，又吟又唱。孔子之后，伟大的爱国诗人屈原也是一个特别喜欢兰花的人。屈原种兰、佩兰、咏兰，他在长诗《离骚》中不止一次提到兰花。因为孔子、屈原的高尚品格，人们将他们所吟咏的兰花称为孔子之兰和屈原之兰，并将他们高尚的品格赋予他们所吟咏的兰花，从而使得他们笔下的兰花也具有了和他们本人一样的高尚品格。对于这种品格，人们给了它一个共同的名字——君子。

兰花身上的君子品格使得它备受世人敬重。自孔子、屈原开创了咏兰先河之后，后世咏兰更是蔚然成风。作为世人心目中的"德香之花"，诗人们不仅赏兰、品兰、咏兰还艺兰、种兰，借兰明志、以兰养德。唐代文人颜师古在《幽兰赋》中称赞兰花"洒嘉言而擅美，拟贞操以称贤"。清末文人区金策在《岭海兰言》中称赞兰花"有菊之静，而无其孤；有水仙之清，而无其寒"。作为"花中四君子"之一，兰花不仅得到诗人的垂青，也成为画家笔下的宠儿。画家不仅热衷于画兰，还热衷于为兰花图题写诗词，从而形成了咏兰诗词中一个蔚为大观的分支——题兰诗。在题兰诗中，诗人或把兰花比作宁静致远、淡泊名利的高士隐士，或者赞美兰花像君子一样随缘自适、随遇而安的美德，或者赞美兰花像君子一样宽容大度、兼收并蓄的美德。由此可见，当文人在欣赏兰花的时候，他们事实上已经超越了欣赏本身。这种超越使得中国的君子文化中多了一项新的内容——兰文化。

南宋王贵学在其艺兰专著《王氏兰谱》中不无深情地写到："兰，君子也。餐霞饮露，孤竹之清标；劲柯端茎，汾阳之清节；清香淑质，灵均之洁操……韵而幽，妍而淡。"这，不仅是王贵学的看法，也是国人的共识——兰有德香，兰似君子，兰是君子！我们喜欢兰花、欣赏兰花、赞美兰花并乐意与兰花为伍，不正是因为我们钦佩像兰花一样的君子，也愿意成为像兰花一样的君子么？当然，我们更祝福像兰花一样的君子！

第三章　咏竹诗词中的君子文化

在中国的植物中，有谁像竹子一样独特呢？竹，既不是草本植物，也不是木本植物。《竹谱》开篇就讲："植类之中，有物曰竹；不刚不柔，非草非木。"在中国文化中，又有谁不知道竹子的鼎鼎大名呢？"梅、兰、竹、菊"——"花中四君子"中有它的身影；"松、竹、梅"——"岁寒三友"中也有它的芳名。它亭亭玉立，它四季常青，它中通外直，它有节不同。它可做箫管，可做玉笛，可以发出动人的丝竹之声。它可以化龙，可以引凤，它曾经是中华民族的原始图腾。丽日它的青，月下它的影，风中它的声；地上它的茎，茎上它的节，节上它的枝，枝上它的叶；它的美，它的韵，它的神，多少次走进源远流长的中国诗画中！

第一节　竹有风采："萧萧尘外姿"

竹形、竹色、竹影、竹声、竹香、竹韵一起成就了竹子的超凡脱俗，它以自身的魅力被定格成让人向往的"萧萧尘外姿"，并悄无声息地走进了世人的内心世界。

一、竹形与竹色

竹子因其天生丽质、挺拔高直而常被文人雅士冠以好竹、修竹之名。如宋人陆游"好竹千竿翠，新泉一勺水（《连日治圃至山亭又作五字》）"将竹子称为"好竹"；又如魏晋谢万"青萝翳岫，修竹冠岑 [《兰亭诗二首》（其一）]"；唐人白居易"潇洒城东楼，绕楼多修竹（《东楼竹》）"；宋人苏轼"披衣坐小阁，散发临修竹（《安国寺浴》）"等将竹子称为"修竹"，赞其挺拔高直和窈窕多姿。不过，他们笔下的竹子都是成竹，事实上，除了成竹，新生之竹也自有一种不同寻常的美。如"青荣忽已衰，夏叶换初秀。（《初夏刘氏竹林小饮》）"在宋代文坛盟主欧阳修笔下，"初秀"之新竹叶片青青、可爱迷人。"侵阶藓拆春芽进，绕径莎微夏荫浓。（《咏竹》）"唐人郑谷以"春芽进"将春笋新生的可爱样子写得生动传神。唐人韩愈的《新竹》也以拟人化手法将竹子写得特别富有情趣。请看："稀生巧补林，并出疑争地。纵横乍依行，烂熳忽无次。"新生竹一开始看着还很有规则，然后就没有顺序了，东一棵西一棵的，像天真烂漫的小孩一样。仔细地看过去，那些长得稀疏的似乎正好弥补了竹林中原先的空隙，那些长得浓稠的则像是在互相争夺地盘一样——一种幽默感扑面而来。

竹子是美的，美在挺拔高直，也美在颜色。新竹、嫩竹、成竹莫不如此。

"竹焉美哉，爱竹者谁，曰君子欤。向佳山水处，筑宫一亩，好风烟里，种玉千余。"——宋人严参在其词《沁园春·题吴明仲竹坡》中，开篇就直抒胸臆，直接歌颂竹子是美的，并且在山水秀丽的地方买了一亩地，种下一千多棵竹子。在这里，他把种竹称作了"种玉"，极言竹色如玉，有着玉色之美。"森然一万竿，白粉封青玉。卷帘睡初觉，欹枕看未足。（《东楼竹》）"唐人白居易笔下的竹子同样美丽动人，颜色如青玉，以至于诗人对包着笋壳的绿竹百看不厌，不仅睡觉前看，就连睡醒了还倚靠着枕头看个不够。喜欢看竹的还有宋代道教领袖丘处机。丘处机，字通密，道号长春子，世称丘真人。"尽日高吟窗外看，风飐筼梢摇绿。（《无俗念·竹》）"，他也曾经一整天边吟诗边欣赏风中翠竹摇绿；他眼中的竹子，"嫩叶萧骚，隆冬掩映，秀出千林木"，一年四季青青翠翠，"英姿光润，<u>状同玄圃寒玉</u>"，就像仙界美玉一样美丽。在宋人王吉《咏竹》诗中的月下金竹，"夜里照时金琐碎，清风拂处<u>玉玲珑</u>"，同样美得像玉一样玲珑剔透。宋代诗画家文同《咏竹》诗中的竹子"森寒，洁绿"；"帷幔翠锦，戈矛<u>苍玉</u>"，色美如翠缎、碧绿如青玉；月光之下，"月娥巾披净冉冉"，像身披素巾的嫦娥，明净纯洁；风儿之中，"风女笙竽清肃肃"，像吹着笙竽的丽人，清雅迷人。明代书画家唐寅同样直接将竹子比作美人，他在题画诗《竹图》中的"萧萧<u>美人</u>脱凡俗，蕉姓称罗各<u>碧玉</u>"，称赞那些像碧玉一样翠绿的竹子像美人一样有超凡脱俗之风采。

"萧萧凌雪霜，<u>浓翠</u>异三湘。（《秋日白沙馆对竹》）"——在唐人许浑笔下，竹子颜色"浓翠"，别具风格。

"<u>碧色绿波</u>中，日日流不尽。（《池上作》）"——在唐人张文姬笔下，青碧的竹子和碧绿的流水交相辉映，不知是碧水染绿了翠竹，还是倒映水中的翠竹染绿了碧水。

"竿竿青欲滴，个个绿生凉。《红楼梦》"——在清人曹雪芹的笔下，贾宝玉题"有凤来仪"中的竹子青翠欲滴，个个都绿得快要流出翠绿的汁水来了。

竹色如此之美，难怪有"鬼才"之称的唐代诗人李贺突发奇想地说"斫取青光写楚辞，腻香春粉黑离离。（《昌谷北园新笋四首》）"想要摘取翠竹的"青光"来书写楚辞。

二、竹影与竹声

竹形竹色美，竹影竹声一样美。

"高亭昭初日，竹影凉萧森"，宋人欧阳修《竹间亭》中的竹子在东升旭日的照射下，竹影婆娑，萧森生凉。竹影是如此美丽，"白花摇凤影，青节动龙文"，难怪唐人李峤在《竹》诗中要将竹影美称为"凤影"了。除了竹影，竹子在风中发出的声音在文人的耳中也别有一番风味。明人顿锐在他的《对竹》诗中，不仅将竹影摇动比作凤翎摇动，而且将竹节比作鹤膝，其丰富的想象力带给我们一种非同寻常的审美享受："凤翎摇影三更月，鹤膝敲风一夏寒。"竹影像凤翎摇动，在月光之下显得斑驳又澄澈；风过竹节，像风敲鹤膝，在炎炎夏日送来无限清凉。"瑟瑟清风响翠涛，青鸾飞影下亭皋（《云林竹》）"，元人杨维桢笔下的竹影仿佛是青鸾一飞而过的倩影一般，令人神往。"清风乃故人，徘徊过此君。泠泠钧天音，千载犹得闻。（《寄题孙氏碧鲜亭》）"——宋人范仲淹认为竹子在风中发出的声音悦耳动听，犹如天籁，所以他以"天音"来赞美竹子在风中发出的声音。清代文学家曹雪芹在《红楼梦》中则以"凤尾森森，龙吟细细"来形容竹子的影子和声音，同样带给人们无限的美感享受。

而当竹子有了风雨、烟雾或者泉石的衬托，则更有一番情调了。

"宜烟宜雨又宜风，拂水藏村复间松（《咏竹》）"，唐人郑谷认为竹子绰约多姿，不管是和烟和雾，还是和风和雨在一起都很相宜，令人喜欢。"历历羽林影，疏疏烟露姿"，唐人杜牧《裁竹》诗中的竹子在烟露之中别具风韵。"何处山泉落石滩，虚檐十个瘦琅玕"，明人顿锐《对竹》诗中的竹子纤弱婀娜，在"山泉""石滩"的衬托下，就像神界仙树一样不染世俗。"竹枝石块两相宜，群卉群芳尽弃之。""江上家家种竹多，旁添石块更婀娜。（《题竹石画》）"——清人郑板桥笔下的竹子和石头在一起也是相宜相配，更显婀娜风采！

三、竹香与竹韵

"冉冉幽香，萧萧疏影，坐卧清肌肉。云龛闲伴，雅怀惟称仙福。（《无俗念·竹》）"丘真人丘处机将竹子之清香称为"幽香"，他认为坐卧赏看幽竹、嗅闻竹香，可以愉悦身心。想象一下吧，竹影斑驳，竹香细细，白云冉冉，诗人或坐或躺，边嗅边赏，可不就是神仙生活吗？难怪他自得其乐地形容自己"雅怀惟称仙福"，说自己是怀抱满满"仙福"。读之，世外高士坐卧山林、淡泊知足的满足感顿时跃然纸上。

"新绿苞初解，<u>嫩气笋犹香</u>。（《对新篁》）"唐代诗人韦应物笔下的新竹，笋苞初开，刚刚开始生长；这新生之竹还有一股"嫩气"之香，其香味清新可人。新竹之可爱，新竹之嫩香，让诗人喜欢不已，所以诗人说"清晨止亭下，独爱此幽篁"，用"独爱"二字来表达自己对新竹掩饰不住的喜爱之情。

唐代大诗人杜甫也是爱竹的行家，雨后观竹，他高兴地吟道："雨洗娟娟净，<u>风吹细细香</u>。（《咏竹》）"一番雨水的冲洗，新竹显得更加清新可爱，风儿吹拂，细细的竹香随风飘荡。新竹的可爱芬芳如此让人陶醉，难怪诗人在春天新笋大量长出的时候要关门谢客了。"无数春笋满林生，<u>柴门密掩断行人</u>。会须上番看成竹，客至从嗔不出迎。（《咏春笋》）"诗人爱笋心切，生怕竹笋被造访的客人踩踏坏了，无法正常长成成年的竹子，于是干脆"密掩柴门"，来个闭门谢客。当竹笋长成成竹之后，诗人对于登门赏竹的人也是一律不予迎接。诗人的不欢迎其实是在担心竹子。试想，如果客人轮番上门、人流如织，哪里是赏竹？那简直是在破坏竹子的清静啊！竹能堪其负吗？——诗人对竹子的爱惜与爱护之情溢于言表，诗人处处替竹着想，真可谓竹的知音。

宋代著名词人晏殊也非常喜欢竹子，他认为竹子有着超越世俗的出尘之美。在《竹醉日》一诗中，他将竹子的风姿直接概括为"尘外姿"，赋予它高贵的风采。

竹醉日

〔北宋〕晏殊

苒苒渭滨族，<u>萧萧尘外姿</u>。

如能乐封殖，何必醉中移。

"苒苒渭滨族，萧萧尘外姿。"具有出尘之姿的竹子临水而生，临水而长，长在环境美丽安静的渭水之滨，越来越呈现出"苒苒""萧萧"的风采，枝条柔软，姿态迷人。竹子这样可爱，谁不想移栽几棵呢？竹醉日指的是栽竹之日。据北宋范致明《岳阳风土记》记载："五月十三日谓之龙生日，可种竹，《齐民要术》所谓竹醉日也。"人们认为，竹子在这一天成长缓慢，进入一种类似休眠的状态，因此这天移栽竹子，成活率较之平日更高。"如能乐封殖，何必醉中移"，但是诗人却认为只要竹子愿意，也就是说，只要主人愿意，何必在意一定要在竹醉日移竹和栽竹？哪一天不都可以吗？因为喜爱，所以才会觉得哪一天都是可以的。诗人对竹子的喜爱和赞美之情不言自明。

唐人张南史曾声称自己"闲对数竿心自足（《竹》）"，即使面对几根竹子也会心满意足。为什么呢？王国维《人间词话》曰："以我观物，故物皆着我之色彩。"原来，当人们在欣赏、赞美竹子的同时，常常已经把自己的情感投射到了竹子身上，将竹子的特点与人类的美德紧紧地结合在了一起。故而，诗人笔下的竹子，是竹子，更是像竹子一样的君子。诗人爱竹并借竹言志遂成惯例，或以竹明志，或以竹喻人。

第二节　竹有秉性："岁寒别有非常操"

作为实物的竹，它四季常青，凌寒不改——"非木亦非草，东君岁寒宝。（范仲淹《寄题孙氏碧鲜亭》）"；作为实物的竹，它内中虚空，天生有节——"未出土时先有节，便凌云去也无心。（徐庭筠《咏竹》）"竹不是竹，竹有秉性："耿耿金石性，雪霜不能老。（范仲淹《寄题孙氏碧鲜亭》）""竹死不变节，花落有余香。（邵谒《金谷园怀古》）""岁寒别有非常操，不比寻常草木同。（王吉《咏竹》）"

竹子的"非常操"是一种非同寻常的节操，这种节操在文人眼中实际上常常是君子美德的象征，它表现在很多方面。

一、竹子的美德之一——恶劣环境中的坚强

竹子的美德之一是它的耐寒本色所体现出来的坚强，而且越是严寒严酷的环境越能体现它的与众不同。严寒严酷的环境包括风、雪、霜、冰等。

南北朝时期南朝齐人虞羲《见江边竹》曰："挺此贞坚性，来树朝夕池。秋波漱下趾，冬雪封上枝。……含风自飒飒，负雪亦猗猗。"竹子长在江水边，秋天，寒冷的秋水浸泡其足根；冬天，冰冷的雪花封冻其枝条。但是，江边竹依然青翠蓊郁，风吹不恼，发出"飒飒"之声；雪欺不怨，更显其美好风姿。这里，"风、雪"的衬托突出了江边竹的坚强。

唐代的"一瓢诗人"唐求同样敬佩竹子的坚强。唐求是唐朝的道士，世人尊称他"唐山人"。唐求时常游历四方。在游历中，每有所感，他便写成诗句，卷成一卷，放进自己随身携带的水瓢中。回家以后他把装在水瓢中的诗句取出来，加以整理、修改、加工，使之完美成章。后来，唐求生了重病，便把诗瓢投入锦江水中。诗瓢漂入新渠，见到的人高兴地说："此乃唐山人诗瓢也！"赶紧将诗瓢捞起（可惜诗稿多已浸润损坏，留下来的仅数十篇，为其所写诗稿的十之二三），后人因此称唐求为"一瓢诗人"。唐求《庭竹》曰："知道雪霜终不变，永留寒色在庭前。"诗人完全懂得竹子历雪霜而不改其本色的坚强，而这坚强也正是诗人以竹寄情、淡泊处世的写照。这里，"雪霜"的衬托突出了竹的坚强。宋人吕陶《金竹》

曰："修竹已可爱，况复如黄金。天地与正色，<u>霜雪坚比心</u>。"同样用"霜雪"的衬托突出竹的坚强。

宋人陆游《云溪观竹戏书二绝句》（其一）曰："<u>气盖冰霜劲有余</u>，江边见此列仙癯。清寒直入人肌骨，一点尘埃住得无？"竹的出尘之姿宛如仙风道骨，竹的倔强坚强"气盖冰霜"，竹的冰清玉洁不染尘埃。这里，"冰霜"的衬托突出了竹的坚强。

清人郑板桥《题竹石画》曰："春夏秋时全不变，<u>雪中风味更清奇</u>。"竹子不仅四季不易色，而且在雪中更显其独特风味。这里，"雪"的衬托突出了竹的"清奇"。

大清"康乾盛世"的开创者康熙皇帝爱新觉罗·玄烨《闲坐咏竹》曰："门外千竿细竹，窗前万朵鲜花。秋寒众色皆变，<u>惟尔霜姿可嘉</u>。"竹色青翠、花色艳丽，然而，秋寒到来后，鲜艳的百花都变了颜色，枯萎凋零，而翠竹却历寒经霜不改色，霜姿可嘉。这里，"霜"的衬托突出了竹的坚强。

明人刘璟撰写的《易斋集》也收录了好几首类似的诗歌，譬如《画竹（为礼部陈景祺作)》：

画竹（为礼部陈景祺作）
〔明〕刘璟

君不见文湖州，长梢万尺寒飕飕。

龙蛇入笔走风雨，墨派从此开源流。

高公近学丹丘老，几根拂云清更好。

珊瑚扶疏石上生，琅玕戛风砯有声。

灵物特达不阿附，肯与百草同衰荣。

秉节不移诚可矜，<u>岁寒永结贞忠盟</u>。

刘璟从竹画图入手，以夸张手法描写竹的万尺之高、拂云之清；以比喻手法形容竹的扶疏之形、琅玕之美、铿然之声。接着，诗人用反问手法，以竹的"不肯与百草同衰荣"，即竹子不会与百草一起枯萎的事实来赞美竹子"秉节不移"的特点实在让人钦佩。最后，刘璟以"岁寒永结贞忠盟"的心愿收束全篇，用衬托手法，通过与"岁寒"之寒的结盟来突出竹子的顽强。"贞忠盟"是礼赞二者的盟友关系，将岁寒对竹子的成就、竹子对岁寒的感谢以及竹子本身的坚毅和胸怀书写得特别令人玩味。

二、竹子的美德之二——竹之"节"

竹子的美德之二是它的"节"所体现出来的"节文化"。

生而有节是竹子的本性，苏轼对竹子的这种本性叙述得非常详细，他在《文与可画筼筜谷偃竹记》中这样写道："竹之始生，一寸之萌耳，而节叶具焉。自蜩腹蛇蚹以至于剑拔十寻者，生而有之也。"竹子刚长出来的时候，虽然不过是一寸的幼笋，却节、叶俱全，而且它的竹节从出生到生长成像宝剑一样挺立峭拔的大竹子都一直存在。竹子这种与生俱来的竹节因带给人们很多启示而被后世文人所看重。唐人白居易《养竹记》曰："竹节贞，贞以立志；君子见其节，则思砥砺名行、夷险一致者。"将竹子的竹节与君子的气节相连。明人刘璟《竹隐集序（节选）》（出自《易斋集》）曰："隐以竹名，取其节也。虚中修干，柔枝翠叶，历霜雪而不悴，竟岁寒而晚凋，与松柏同其操，非有节，能如是乎？"同样热切赞美竹的气节。文人在咏竹时也自然而然地将竹的"节"联想为气节、贞节等君子美德。譬如唐人元稹《新竹》诗所云："惟有团团节，坚贞大小同。"将竹子的竹节与君子的坚贞等同。明人姚绶《题古木竹石图》曰："古云抱节君，操与君子契。"同样认为竹子是"抱节"的君子，有着和君子相一致的操守。

"元四家"之一的吴镇也对竹的贞节赞叹不已，如他的题画诗《悬崖竹》：

悬崖竹

〔元〕吴镇

俯仰元无心，曲直知有节。

空山木落时，不改霜雪叶。

吴镇对四季常青之翠竹情有独钟，尤其是那种长在野外、长在恶劣环境中的竹子更是让他佩服。《悬崖竹》写的就是一棵长在悬崖边儿上的野生竹子。悬崖竹虽然长在悬崖之畔，环境艰苦，但是它毫不为意，傲霜耐雪、自然生长。在吴镇眼中，悬崖竹不仅在落叶凋零时"不改霜雪叶"，而且"俯仰无心""曲直有节"，浑身上下都透着自然自得、淡泊从容和是非分明、坚守理想的气节。吴镇是在写竹子，但何尝不是在写自己的理想与气节呢？吴镇是元代著名书画家，自号"梅花道人""梅花翁"，一生喜画隐逸之渔父、不败之绿竹、傲雪之梅花，这些都是文人眼中与"气节"画等号的人或物。吴镇的高祖吴渊是南宋进士；祖父吴泽是宋末抗元名将；宋亡入元后，吴镇的父亲吴禾选择了远离朝堂、航海经商——吴家对南宋的感情不言而喻。元代稳固政权后，将国人分为了四类：蒙古人、色目人、汉人、南人。吴镇是汉人，社会地位可想而知，再加上家族忠宋的政治遗传，吴镇坚守民族气节，最终选择了"渔父"生活，做了隐者。无疑，吴镇笔下的悬崖竹就是他本人：环境艰苦但坚守气节。

竹子天然而生的"竹节"，在诗歌中常被美其名曰为"高节""劲节""凌云节""冰霜节"等。

南朝梁时的刘孝先将竹节称为"高节"，如他的《咏竹》诗：

咏竹

〔南朝梁〕刘孝先

竹生荒野外，梢云耸百寻。

无人赏高节，徒自抱贞心。

耻染湘妃泪，羞入上宫琴。

谁能制长笛，当为吐龙吟。

生长在荒郊野外的竹子虽然环境艰苦，但是它克服环境的限制，努力生长，高耸入云。而且，不惧艰苦、不图安逸的竹子尽管无人欣赏，它仍然怀抱节操、贞洁守心，多么让人敬佩！竹子以染上湘妃眼泪为耻，以被制作成宫中之琴入宫演奏为羞。原来它既不愿染上湘妃的眼泪，一副柔弱的样子，也不愿被制作成宫廷之琴，演奏缠绵忧伤的曲子。它的心愿是希望自己能被制成长笛，像巨龙长啸一样发出铿锵的声音！"龙吟"是竹子声音的美称，也是竹子的理想。刘孝先也渴望"龙吟"，成为被人重视的英雄，发出响亮铿锵的英雄之音。这里，刘孝先借竹抒怀，赞美野生竹"高节""贞心"的同时，抒发自己的英雄怀抱；与此同时，也表达了怀才不遇的尴尬和坚守贞心的心志。

将竹子的"节"称为"高节"的还有很多，譬如明人高启的《扇上竹枝》诗："寒梢虽数叶，高节傲霜风。宁肯随团扇，秋来怨箧中。"

宋人沈辽在诗中用"劲节"来称赞竹节，如他的《竹轩》诗：

竹轩

〔北宋〕沈辽

古人爱修竹，潇洒临幽轩。劲节有高致，清声无俗喧。

春日斗琐碎，秋风撼琅玕。谁知渭川富，千亩可悬冠。

这里的竹子有着潇洒的风采，有着"劲节""高致"的高标逸韵。在风中，它发出悦耳的"清声"，和尘世俗闹的喧哗声迥然有别。一年四季，竹子都自得其乐。阳光下竹影斑驳，风雨中竹志弥坚。看着这样的竹子，作者心神俱安。所以，若有大片竹林，他宁愿摘下官帽、脱下官服，弃官不做，优游山林，归隐为乐。修竹的高标风韵可令人生出辞官归隐之念，修竹对人的精神境界有如此大的影响，真是令人叹为观止！作者沈辽曾被流放池州，在池州的他流连山水并在池州贵池的齐山上筑起一室，起名曰"云巢"。沈辽本无意于功名，被王安石赞为"风流谢安石，潇洒陶渊明"。毫无疑问，沈辽所塑造的"高致"君子形象是他自身的写照，也是所有"劲节"之士的风格写照。

清人康有为将竹节称为"凌云节"，如他的《题吾友梁铁君侠者画竹》诗：

题吾友梁铁君侠者画竹

〔清〕康有为

生挺凌云节，飘摇仍自持。

朔风常凛冽，秋气不离披。

乱叶犹能劲，柔枝不受吹。

只烦文与可，写照特淋漓。

作者康有为起笔便用"凌云节"来赞美竹子的节操，歌颂竹子天生有节，壮志凌云，在风雨中仍能坚持挺立，不肯弯腰低头。联系题目《题吾友梁铁君侠者画竹》可以确定，康有为在这里其实是借竹喻人，赞美自己的朋友梁铁君。梁铁君少时好击剑游侠，长期在梧州经营盐业，倾力接济维新革命党人，与康有为交往深厚。梁铁君曾奉康有为之命暗杀慈禧，未果，于1906年9月1日被满清政府杀害，被康有为称为侠客。所以，竹子的"凌云节"也是梁铁君的"凌云节"。竹子的"飘摇仍自持"其实是天生一副铮铮铁骨的梁铁军在革命的风雨飘摇中对自己操守和气节的坚持。"朔风常凛冽，秋气不离披"是竹子在秋冬寒冷季节所可能遭受的打击以及在打击中的苍劲，这其实还是康有为在赞美友人梁铁军在革命风雨中的坚强意志。整首诗既赞美梁铁君的墨竹画又赞美梁铁君的为人与品格，但处处围绕着竹子来写，情志相融，转换自如，不愧名家手笔。

宋人杨万里在《咏竹》诗中用"冰霜节"来称赞竹的气节。

咏竹

〔南宋〕杨万里

凛凛冰霜节，修修玉雪身。

便无文与可，自有月传神。

诗人杨万里首先用"凛凛"二字形容冰霜的酷寒，接着便用"冰霜节"来礼赞竹子凌冰霜、耐严寒的坚贞气节。除了"冰霜节"，竹子还修直、挺拔，有高洁的"玉雪身"。竹子的天然风韵，即便没有北宋著名的画竹行家文同（字与可）来宣扬，也会有高洁的月亮来将竹的风韵传颂。月下之竹因有了月色的衬托而更显高洁出尘。整首诗表面写竹，实则赞美历经打击而不改坚贞本色、像玉雪一样洁白的君子品质。

三、竹子的美德之三——竹之"虚心"

竹子的"非常操"，也就是它的美德还体现在它的"虚心"上。唐人白居易《养竹记》曰："竹心空，空以体道；君子见其心，则思应用虚受者。"将竹子的"竹心空"与君子的虚心美德结合起来。明人姚绶（字公绶，号云东逸史）也认为竹子具有"虚心不骄傲"的美德，其《题古木竹石图》曰："虚心不自盈，如人保贞烈。"认为竹子虚心而不骄傲，就像保持坚贞节烈的有德之人。《题竹》（〔清〕汪士慎）诗"一枝寒玉抱虚心，幽独何曾羡上林。惟有萧然旧庭院，四时风雨得清音"中的竹子简直成了虚心自持，不慕荣华的宁静君子。认为竹子具有"虚心"美德的还有宋人丘处机。丘处机在《无俗念·竹》中这样写道："虚心翠竹，禀天然、一气生来清独。月下风前堪赏玩，嘲谑令人无俗。……"丘处机开篇即用"虚心"二字点出竹子的美德；紧接着便用"禀天然"一词点明竹子"虚心"的品质是本性使然、天生具备；用"清独"一词点明竹子的另一特点——清高孤独、出类拔萃。月下风前观之让人流连忘返，"嘲谑令人无俗"。"无俗"是竹的不俗，也是观竹所悟到的不落世俗的做人真谛。

元人吴镇的咏竹诗《野竹》也提到了竹子的"虚心"美德。

野竹
〔元〕吴镇

野竹野竹绝可爱，枝叶扶疏有真态。
生平素守远荆榛，走壁悬崖穿石埭。
虚心抱节山之阿，清风白月聊婆娑。
寒梢千尺将如何，渭川淇澳风烟多。

一片野生之竹长得枝繁叶茂、疏密有致，自带一种天然之美，真态流露，看上去特别可爱。野竹远离荆榛，走壁穿石，无忧无虑地自然生长着。清风中它们随风摇摆，白月下它们婆娑起舞。它们虽然生长在荒郊野外，但是同样寒梢千尺、虚心抱节、坚守节操。看到这些"虚心抱节"的"绝可爱"的竹子，怎能不让人顿生钦佩之心，顿起出尘之念呢？通读全诗，可以看出吴镇表面在歌颂野竹"虚心抱节"的美德，实则借物喻人，歌颂像野竹一样高尚却离群索居、自甘淡泊的贤者君子。吴镇正是这样的贤者。吴镇是元代著名画家，尤擅画竹、石、松、梅等，与黄公望、倪瓒、王蒙合称"元四家"，他性情高远，闲暇喜欢吟诗、作画、写字，虽然生活贫困，但是淡泊知足、安贫乐道，是当之无愧的君子。

清帝爱新觉罗·玄烨（康熙帝）也很有诗才，他的《题墨竹》诗也提到了竹"虚心"的特点。

题墨竹
〔清〕爱新觉罗·玄烨

浓墨丛篁写意生，风枝欲动不闻声。
虚怀还待寒松友，记与瑶篇识重轻。

　　"浓墨""写意"是绘画技法，"不闻声"是听不到声音，因为是画，所以赏画时感觉到了风枝欲动却听不到竹子在风中摇动的声音。在点出水墨画的特点之后，玄烨很快过渡到赞美竹子的品质，用"虚怀"一词直截了当地赞美竹虚心谦虚之美德。

　　清代画家戴熙的题画诗《题画竹》也提到了竹的"虚心"美德。

题画竹

〔清〕戴熙

雨后龙孙长，风前凤尾摇。

<u>心虚</u>根柢固，指日定干霄。

　　"龙孙"是对竹笋的美称，"凤尾"是对竹叶的美称。雨后竹笋越长越大，已经会在风中摇曳了，越来越姿态优美。扎根牢固、虚心生长的竹子长大后定会直冲云霄、大展抱负。戴熙可谓慧眼如炬，从竹子的"虚心"美德看到了竹子将来"干霄"的模样。这里的竹子虽然还不是成竹，但是既美丽又虚心，有直冲云霄的坚实根基，有令人钦佩的美好品德。

　　有的诗人将竹子的虚心美德和它的有节美德结合起来。譬如，唐人卢象将竹的"虚心"美德和它的"凌霜节"结合起来赞美它的节操。

和徐侍郎丛筱咏

〔唐〕卢象

中禁夕沉沉，幽篁别作林。色连鸡树近，影落凤池深。

为重凌霜节，<u>能虚</u>应物心。年年承雨露，长对紫庭阴。

　　夜幕降临，宫殿进入宁静；茂密的竹子在黑夜中成为黑乎乎的树林。因为是晚上，竹子的色调和传说中的鸡树融合在一起，它的影子倒映在深深的凤池中。看着竹子，情不自禁地想起竹子的美德。竹子战胜风霜的气节让人敬重、令人佩服。竹子生活自然，它内里里空空，没有充斥先验的思想，所以能够自由自在地感应自然万物的变化，能够虚心感应复杂多变的世界。竹子一年一年承受天上雨露，常年送来令人舒适的竹荫。竹子承受雨露实际上是徐侍郎徐丛筱年年承受皇恩的象征。徐丛筱在宫廷任职，让普通人羡慕。作为一首和诗，卢象这样写，完全可以理解。不过，作为读者，印象深刻的无疑还是竹子的"凌霜节"和"虚心"。

　　有的诗人把竹的"虚心"美德和它的"劲节"结合起来赞美它的节操。譬如，唐代女诗人薛涛的咏竹诗《酬人雨后玩竹》：

酬人雨后玩竹

〔唐〕薛涛

南天春雨时，那鉴雪霜姿。

众类亦云茂，<u>虚心</u>宁自持。

多留晋贤醉，早伴舜妃悲。

晚岁君能赏，<u>苍苍劲节奇</u>。

薛涛非常有才情，能诗词，懂音律，还心灵手巧。她自己收集木芙蓉皮，采集木芙蓉花，捣成汁，制成精美的桃红色小笺，然后把自己写的诗誊写在上面，其浪漫行为被视为美谈佳趣，被人四处传扬。人们把薛涛制作的纸笺称为"薛涛笺"并纷纷仿效，因而"薛涛笺"风靡一时。薛涛也很有学识和见识，对于案牍工作驾轻就熟。中书令韦皋任剑南西川节度使（四川成都最高地方军政长官）时，曾上奏唐德宗授薛涛以"秘书省校书郎"官衔，虽因格于旧例未能实现，但人们毫不吝惜溢美之词，从此以"女校书"称呼薛涛。

《酬人雨后玩竹》是首和诗。薛涛一开始就用"雪霜姿"来赞美竹子能与霜雪搏斗的风姿，接着用"虚心自持"来赞美竹子的谦虚谨慎和初衷不改。当其他植物可能为了达到自己的目的而纷纷改变心志时，竹子仍然抱守着自己谦虚、善良的美德。然后，薛涛又通过两个典故来写竹子的潇洒和悲伤。"晋贤醉"，是通过"竹林七贤"的典故来写竹子诗酒生活的潇洒；"舜妃悲"，是通过舜妃的典故来写竹子泪痕斑斑的悲伤。竹子的潇洒和悲伤何尝不是薛涛本人的潇洒和悲伤呢？

和才华横溢却命运多舛的"初唐四杰"一样，薛涛一生也非常坎坷。薛涛自幼聪颖，8岁就能和父亲作诗应对。但是，自从父亲因为得罪权贵被贬官四川后，薛涛的命运就发生了巨大变化。薛涛跟随父亲到了四川。14岁那年父亲因病去世，薛涛家境立刻陷入困顿。16岁时，薛涛不得已堕入乐籍为伎，幸而因才华出众而得达官显贵赏识，得到提拔任用。薛涛曾一度在剑南西川节度使韦皋身边工作，但因过错被韦皋打发到四川边陲之地松潘县待过一段时间。20岁时经多方努力才终得脱离乐籍。虽然脱离乐籍，但是曾经的乐籍身份还是若隐若现地跟随着她。42岁那一年，薛涛与小他11岁的诗人元稹（当时31岁）相识。元稹刚刚亡妻，两人一见如故、相见恨晚。薛涛希望能托身元稹，从此和元稹双宿双飞。可惜，二人的恋情随着元稹调离四川任职洛阳无疾而终。虽然元稹离开四川时也许诺薛涛会很快返蜀与薛涛团聚，但世事难料，也许是后来仕途坎坷，也许是元稹顾忌她的乐籍出身，总之，元稹最终没有实现诺言，薛涛的一腔真情最终以悲剧收场。薛涛和元稹的恋情虽然只有短暂的三个月，但是薛涛始终无法忘记。元稹和她的恋情结束后，薛涛将一袭红裙换成了一身灰色道袍。据说后来薛涛郁郁寡欢，终身未嫁。所以，诗中竹子的潇洒和悲伤未尝不是薛涛曾经的潇洒和悲伤。

薛涛用"劲节奇"来赞美竹子的同时也赞美友人。因为是赠友诗，所以诗人免不了要恭维一下对方。竹子生长时间越长就越粗壮、越结实、越苍翠、越显刚劲之节，薛涛一方面称赞竹子的劲节，另一方面也称赞友人和晚岁竹子一样的刚劲气节。

薛涛一生喜欢竹子，吟咏竹子，赞美竹子，去世后也和竹子在一起，她的墓就坐落在四川成都望江楼公园西北角的竹林深处。

四、竹子的美德之四——勇敢斗争的傲岸

竹子的美德还体现在它勇敢斗争的傲岸。如果说竹子"历岁寒"的顽强是通过霜、雪的衬托表现出来的，霜或雪的出现仅仅是突出竹子耐寒的背景，那么竹子勇敢斗争的傲岸、不肯屈服的倔强则是通过它与风、与雪的压迫互相搏斗、坚持斗争的不屈不挠体现出来的，在这里压迫与被压迫的关系更加明显，竹子与作为对手的风、雪的斗争较量也更为明显。

这类诗歌，清人郑板桥写得最多。郑板桥（1693—1765 年）名燮，字克柔，号板桥、板桥道人，是康熙时期的秀才、雍正时期的举人、乾隆时期的进士，一生坎坷，50 岁之后才入仕途。被视为"扬州八怪"之一的郑板桥多才多艺，诗、书、画皆工，是清代有名的画家、书法家和诗人，除此之外，他还是勤政爱民的官人。郑板桥曾先后在河南范县、山东潍县做过十二年的知县，虽然官职不高，但他兢兢业业、秉公理政，民声甚好。郑板桥的拳拳爱民之心体现在他的行动上，也体现在他的诗歌中，如他的《潍县署中画竹呈年伯包大中丞括》一诗对此表现得最为深刻。

潍县署中画竹呈年伯包大中丞括

〔清〕郑板桥

衙斋卧听萧萧竹，疑是民间疾苦声。

些小吾曹州县吏，一枝一叶总关情。

这首诗是郑板桥在 1746—1747 年出任山东潍县知县时写给包括的赠诗。郑板桥一生爱竹，特立独行的他曾说"举世爱栽花，老夫只栽竹（《竹》）"。郑板桥不仅栽竹，还画竹、赞竹。他的诗中总有竹的身影，这首也是。诗歌首句借竹起兴，托物取喻。"衙斋卧听萧萧竹"是诗人在衙署书房里躺卧休息时听到了窗外清风拂过竹子的声音。丛竹在风中发出"萧萧"之声，这声音在雅士耳中也许像是动听的音乐，但在诗人耳中却宛如呜咽之声。为什么呢？原来诗人把竹子在风中发出的声音误听成了老百姓的挣扎之声。"疑是民间疾苦声"是诗人由听到的竹子声音而产生的联想。正因为时时刻刻以百姓为念，所以听到自然界的风竹之声就很快

联想到了老百姓的疾苦，从而很自然地把萧萧竹声想象成了饥寒交迫中苦苦挣扎的老百姓的呻吟之声。这里诗人寓情于景，将自己的思想情感倾注到了竹子身上。末两句"些小吾曹州县吏，一枝一叶总关情"直抒胸臆、抒发怀抱，直接指出做父母官的应该把老百姓的事儿时刻放在心上。这既是写给大中丞包括的，也是对所有父母官的叮嘱。郑板桥认为身为"父母官"就应该为民解忧、替民着想。"一枝一叶总关情"，由风吹竹摇之声联想到百姓生活疾苦，可见身为父母官的诗人对百姓命运的牵挂和关心。通过这里的竹子，通过这份令人动容的深厚感情，我们看到了一个尽职尽责、一心为民的清正君子形象。

郑板桥是心系百姓的官人，是诗人，也是画家。郑板桥晚年客居扬州，卖画为生。他最长于画兰、竹、石，其中画竹五十余年，成就最为突出。郑板桥不仅爱竹、画竹，还为竹画图题写了近百首题画诗。在众多题画诗中，特别为大众耳熟能详的当属他的题画诗《竹石》，这是表现竹勇敢斗争的傲岸的一首诗。

竹石

〔清〕郑板桥

咬定青山不放松，立根原在破岩中。

千磨万击还坚劲，任尔东西南北风。

"咬定青山不放松，立根原在破岩中"，诗人起笔便用对比手法来突出竹子的坚韧精神。竹子扎根于"破岩"中，环境非常艰苦但是竹子却毫不畏惧。"咬定"二字突显了竹子面对恶劣环境的倔强态度，既不肯服输又顽强进取。最后的两句"千磨万击还坚劲，任尔东西南北风"仍然通过对比手法来写竹子宁折不弯的品格。"千磨万击"明写各种打击；"东西南北风"暗写各种打击。一明一暗，可见打击之多。任凭四面八方的风怎样地刮，任凭磨折打击多么的大，竹子仍然傲然挺立、不肯屈服。如果说这里的风是各种艰难困苦、各种磨难打击、各种压迫的代名词，那么这里的竹子就是宁折不弯、坚硬如铁、勇敢反抗的硬骨头的象征。"任尔"是竹子的蔑视与傲岸；"坚劲"是竹子的坚定与顽强。通读全诗，我们仿佛看到了勇敢的革命者在艰苦斗争中的坚定立场和受到敌人打击时不肯动摇的品格；我们仿佛看到了坚守理想、面对艰难困苦不肯改变心志的君子品格。

郑板桥的另一首题画诗也非常能反映出竹的、当然也是一切君子的顽强精神。

题画

〔清〕郑板桥

秋风昨夜渡潇湘，触石穿林贯作狂。

惟有竹枝浑不怕，挺然相斗一千场。

暴虐的狂风经过潇湘席卷而来，敲打着石头，冲扫着树林，习惯性地发出鬼哭狼嚎般的怒号之声。面对来势凶猛、强大无比的恶风，竹子浑然不怕，它傲然挺立，以一个斗士的姿态，勇敢无畏地与凶狠猖狂的恶风搏斗了一次又一次。风之狂衬托出了竹之坚，竹之坚象征着宁折不弯。这里的狂风与竹子完全是压迫与被压迫的关系，是相互对抗与相互较量的关系。如果说，这里的狂风是凶恶势力的象征，那么这里的竹子则是不惧压迫、勇敢反抗的勇士和斗士的象征。这是郑板桥罢官归乡后所做的一首诗。联想诗人的罢官经历不难看出这里的竹子和诗人在精神上的相通之处。郑板桥因为民申请救济粮触动了上司利益而被罢官，此时他年事已高。在任时郑板桥两袖清风，罢官后更是生活窘迫，但是诗人人老志坚、傲骨铮铮，面对凶恶势力的打击毫不畏惧，面对不公平的命运毫不退缩，宁肯卖画为生也不愿向上层统治者屈服。郑板桥不屈不挠的抗争精神与竹子和狂风顽强斗争的形象如出一辙。通过竹子与狂风相搏相斗、勇敢无畏的英姿，我们仿佛看到了郑板桥本人倔强不屈的凛然气概。这种不畏强权、顽强抗争的精神品质正是君子的品质。

和郑板桥一样充满傲岸斗争精神的还有清代画家李方膺和清代画家金农。

题潇湘风竹图

〔清〕李方膺

波涛宦海几飘蓬，种竹关门学画工。

自笑一身浑是胆，挥毫依旧爱狂风。

李方膺，江苏南通人，字虬仲，号秋池、晴江等，"扬州八怪"之一。曾在乐安、兰山、潜山、合肥等地做过县令。在任期间，他虽位卑权轻，却能一心为民，譬如开仓赈灾、抵制上级官员勒索乡民等；然而也因此吃尽苦头：或遭弹劾，或被诬入狱，最终受诬被罢官。去职后，他寓居南京借园，来往扬州，卖画为生。尽管仕途坎坷，江湖漂泊，但他耿直傲岸的性格始终未变，他自称"浑身是胆"，不惧黑暗凶恶；因而他笔下的竹子也是敢于与狂风相搏相斗的倔强形象。

墨竹为汪巢林作

〔清〕金农

明岁满林笋更稠，百千万竿青不休。

好似老夫多倔强，雪深一丈肯低头。

金农，浙江仁和（今杭州）人，"扬州八怪"之一。字寿门，号冬心，又号曲江外史等。他善书法，工诗画。书法以隶书扬名，独创之"漆书"为人称道。金农终生未仕，以画为生，长于画梅、竹、马与人物。诗题中的汪巢林指的是清代书画家汪士慎。汪士慎，号巢林，又号溪东外史、甘泉山人等，与金农一样，位列"扬州八怪"。汪士慎因嗜茶成癖而被金农戏称"茶仙"；因排行第六，又被金农呼为"汪六"。二人关系甚好，经常诗画唱和。《墨竹为汪巢林作》即为金农题赠汪士慎的画与诗。诗中的墨竹完全是作者的化身。墨竹即便雪深一丈也不肯低头，它的倔强不屈正是诗人自己正直傲岸、不苟合于浊世的品格与德操。竹的傲岸与诗人的傲岸水乳交融，难分彼此。

明朝开国之君朱元璋的《咏雪竹》诗也颇能反映竹的勇敢坚强与傲岸不屈。

咏雪竹

〔明〕朱元璋

雪压竹枝低，虽低不着泥。

明朝红日出，依旧与云齐。

一场大雪将高直的竹子压弯了许多。虽然雪大、雪重，竹子被压弯得很低，但是它没有也不会弯到地上的泥坑里去（除非人为的原因）。等到来日红日高升，冰雪融化无影无踪，而竹子将依旧挺拔高直与白云相齐，壮志凌云、本色不改。"虽低不着泥"把竹子及竹子象征的君子那种洁身自好、不肯屈服于丑恶势力的顽强傲岸描写得特别生动传神。这里的"雪"不再是竹子"历岁寒"的背景，而完全是竹子抗争的对象。通过竹子坚持斗争的顽强，我们看到了竹子面对邪恶势力打击和压迫时坚持初心、不改初衷、不屈不挠的美德。这种美德是竹子，更是一切有道德修养的君子的美德。

五、竹子的美德之五——默默奉献

竹子的美德还体现在它默默奉献的精神上。唐人钱樟明的词《水调歌头·咏竹》把竹的奉献精神诠释得非常感人。

水调歌头·咏竹

〔唐〕钱樟明

有节骨乃坚，无心品自端。几经狂风骤雨，宁折不易弯。依旧四季翠绿，不与群芳争艳，仰首望青天。默默无闻处，萧瑟多昂然。

勇破身，乐捐躯，毫无怨。楼台庭柱，牧笛洞箫入垂帘。造福何论早晚？成材勿计后，鳞爪遍人间。生来不为己，只求把身献。

"骨坚""品端"的竹子有着坚挺正直、品格端正的天然本性。它不仅有着宁折不弯的昂然，还有着不与百花争艳的朴实。对竹子而言，更重要的是，它还有着默默奉献的美德。"勇破身，乐捐躯，毫无怨。"竹子的无私奉献与无怨无悔多么让人感动！"造福何论早晚？"既是对竹子的赞美，也是对人们的勉励。造福社会、造福后世不论早晚，什么时候都可以开始，什么时候开始都不算晚。"生来不为己，只求把身献。"竹子一身是宝，竹子幼小时的竹笋可以食用，竹子成长中和成材后可以做各种各样的用途。譬如说，竹子可以做纸张、做竹筷、做竹拐；还可以做竹席、做竹篓、做斗笠、做钓竿、做竹篙、做竹船、做竹楼、做竹床、做竹椅、做竹凳、做竹帘等等。竹子的用途如此广泛，仿佛竹子天生就是为了奉献而存在，它专门利他、一心奉献的精神不正是默默奉献的君子化身吗？

竹子的奉献精神使得它完全成了贤良之人的化身。因此，作为"贤"的象征物，竹子被世人喜爱完全是情理之中，而有道德修养的君子多喜欢在自家庭前屋后广植竹子也就自然而然了。唐人白居易不仅喜欢竹子，也喜欢栽种竹子，在和竹子的相伴中体会竹子的奉献精神，从而获得一种超越世俗的随性洒脱，如他的《竹窗》诗：

竹窗
〔唐〕白居易

赏爱辋川寺，竹窗东北廊。一别十馀载，见竹未曾忘。
今春二月初，卜居在新昌。未暇作厨库，且先营一堂。
开窗不糊纸，种竹不依行。意取北檐下，窗与竹相当。
绕屋声渐渐，逼人色苍苍。烟通杳霭气，月透玲珑光。
是时三伏天，天气热如汤。独此竹窗下，朝回解衣裳。
轻纱一幅巾，小簟六尺床。无客尽日静，有风终夜凉。
乃知前古人，言事颇谙详。清风北窗卧，可以傲羲皇。

见过辋川寺的竹子十年之久也不曾忘记。于是，定居新昌后，白居易立刻营建新屋并在新居的窗前檐下都种上竹子以解思竹之苦。诗人"种竹不依行"，随心而种，竹子则随心而长，人与竹都是自由的。为了更好地欣赏竹子，诗人连窗户纸也不糊，因为这样推开窗户就可以直接看到竹子。竹子渐渐长大，在风中会发出"渐渐"之音，看上去又"苍苍"欲滴。空气湿润时，烟云之气让竹子显得朦朦胧胧；月光明亮时，月光让竹子显得皎洁光明。在三伏天，竹子带给他凉爽。当天气炎热得像滚烫的开水时，坐在竹窗下，顿觉凉爽无比。透过窗户看出去，窗户前的竹子像一幅轻纱做的窗帘，非常清新柔和，让人赏心悦目；竹子整日整夜送来宁静和清凉，让人浑身舒爽。有竹子相伴的生活如此美好，以至于诗人不无感慨地说："我终于知道前人、古人对竹子记载得很多、很详细的原因了。"诗人甚至还骄傲地宣称："窗前有如此美竹，让纷纷扰扰的世俗生活走开吧，我要横卧北窗，看竹听竹，过逍遥自在的生活。我的这种逍遥自在的生活说不定连上古时期'三皇'之一的伏羲皇也要羡慕了。"

原来，竹子默默奉献的美德不仅体现在作为实物的竹对世人的无私付出，还体现在作为君子象征的竹对世人的思想启迪，对文人的精神影响！原来，竹子的奉献精神还在于它为世人提供了一个精神家园，为文人提供了一个心灵港湾。

正因为竹子与君子相似，所以自古以来，君子不仅喜欢竹子，还常常把竹子和君子高格联系在一起，把竹子比作君子甚至直接等同于君子。

第三节　竹有高格："依依似君子"

一、《诗经》："竹子—君子"的联袂登场

将竹子和君子联系在一起，文学典籍早有记载。有血有肉、内外兼修的君子形象在中国诗歌中的最早亮相应该是我国的第一部诗歌总集《诗经》。在这部被誉为中国现实主义诗歌源头的经典著作中，作者以比兴手法，第一次将竹子和君子紧密结合在一起。

诗经·卫风·淇奥

瞻彼淇奥，绿竹猗猗。有匪君子，如切如磋，如琢如磨。瑟兮僴兮，赫兮咺兮。有匪君子，终不可谖兮。

瞻彼淇奥，绿竹青青。有匪君子，充耳琇莹，会弁如星。瑟兮僴兮，赫兮咺兮。有匪君子，终不可谖兮。

瞻彼淇奥，绿竹如箦。有匪君子，如金如锡，如圭如璧。宽兮绰兮，猗重较兮。善戏谑兮，不为虐兮。

"瞻彼淇奥，绿竹猗猗""瞻彼淇奥，绿竹青青""瞻彼淇奥，绿竹如箦"。在淇水岸边青青绿竹的美好背景中，君子闪亮登场。他文质彬彬、性格温和。"瑟兮

倜兮""赫兮咺兮""宽兮绰兮""善戏谑兮"，作者用这么多美好的词语来称赞这位君子既威武庄重、光明磊落又胸怀宽广、风趣幽默。不仅如此，这个君子还仪表出众、形象高雅。作者用"会弁如星""充耳琇莹"赞他注重仪表，就连他冠服上的装饰品都是精美的、讲究的。除了性格好、形象佳，更重要的是这位君子还才能出众、品德高尚。"如切如磋，如琢如磨"，作者通过比喻手法赞美这个君子文章学问好、处事能力强。"如金如锡，如圭如璧"赞美君子意志坚定、平易近人；"善戏谑兮，不为虐兮"赞美君子处理外事恰到好处、交际谈吐幽默风趣又不失分寸。这样的一位君子就是贤人、良人，让人敬仰、令人难忘。所以，作者忍不住直接高呼："有匪君子，终不可谖兮！"——有这样一位文雅美好的君子，让人始终不能忘记啊！

整首诗，诗人以比兴手法，由竹子引出君子，以竹子象征君子，通过竹子与君子内在的精神联系，将二者紧密联系在一起。通读全诗，我们看到的不仅是郁郁葱葱的竹子，还是品德高尚、优雅坚定的君子。

二、《诗经》之"竹子—君子"对后世的影响

自《诗经》之后，"竹子—君子"的形象就经常出现在我国的诗文中，有些诗人甚至抛开比兴手法的朦胧面纱，在诗歌中直接以"君子"来称呼"竹子"。譬如，宋人范仲淹在《寄题孙氏碧鲜亭》一诗中就直接用了"君子"一词来形容竹子，他赞竹"秀气蔼晴岚，翠光凝绿水。明月白露中，静如隐君子"。在范仲淹笔下，白天的竹子秀气迷人、翠光欲滴；晚上的竹子在干净皎洁的明月白露中更是安静淡泊得像隐居的君子一样，令人向往。唐人刘禹锡在《庭竹》诗中也直接把竹子比拟为"君子"。

庭竹

〔唐〕刘禹锡

露涤铅粉节，风摇青玉枝。

依依似君子，无地不相宜。

经过露水洗涤之后的竹子在风中摇曳着更显翠色欲滴、姿态优美。如此翠绿如玉、讨人喜欢的竹子，其生命力如何呢？刘禹锡用了"无地不相宜"来概括竹子适应环境的能力强和生命力的顽强。原来竹子不管在什么样的环境下都能够茁壮成长。这样外表美丽、内心坚强的竹子可不就像内外兼修的君子吗？难怪诗人要以清新简约、干净利落的笔墨直接讴歌竹子"依依似君子"，说它就像君子一样了。竹子如君子，将竹子看作君子的人，其眼光、其思想之独到自不必说，其人品当然也和君子不出左右了。

将竹子称作"君子"的诗人还有清代的郑板桥。郑板桥最喜欢兰竹石,也最喜欢画兰竹石,他认为竹子都是君子,并且经常在诗中热情洋溢地讴歌它们。例如他的《题画》诗:

题画

〔清〕郑板桥

一竹一兰一石,有节有香有骨,满堂皆<u>君子之风</u>,万古对青苍翠色。

有兰有竹有石,有节有香有骨,任他逆风严霜,自有春风消息。

郑板桥掩抑不住对竹、兰、石的喜爱,直截了当地赞美它们有气节,有骨气,有"君子之风",是君子的代表。不管是狂风还是寒霜,竹子都能够永远保持青翠颜色,总是能把春的消息带给人间,让人心生欢喜。通读全诗,竹子的气节、竹子的精神,或者说君子的气节、君子的精神扑面而来。

既然竹子成了君子,那么诗人愿意与竹为伍,甚至愿意以竹为师也就不足为奇。唐人白居易就是其中一位,他非常喜欢竹子,不仅看竹赏竹、种竹养竹还特别尊竹敬竹。例如他的《池上竹下作》:

池上竹下作

〔唐〕白居易

穿篱绕舍碧逶迤,十亩闲居半是池。

食饱窗间新睡后,脚轻林下独行时。

水能性淡为吾友,<u>竹解心虚即我师</u>。

何必悠悠人世上,劳心费目觅亲知。

池上竹穿篱绕舍,逶迤而长,碧色苍苍,茂盛一片。诗人"食饱""新睡"后总会林下漫步,看竹、赏竹。诗人在竹林里轻轻漫步,尽享闲适之乐。看着竹子的绿、竹子的翠、竹子的姿态、竹子的神韵,诗人感激之心油然而生。水有淡泊的本性,竹有虚心的本性,它们都可以带给自己人生的启迪和心灵的升华,都可以做自己最好的朋友和老师。有恬淡的水做朋友,有虚心的竹做老师,何必非要在红尘中劳心费神地去寻找知音呢?大自然中的水和竹子就是最好的知音,有它们,足矣!诗人不仅赞美水和竹,更把它们当作朋友和老师来尊敬对待,诗人的谦和与超脱以及他对竹的喜爱与敬重之情怎能不令人肃然起敬?

白居易一生宦海沉浮,曾因上疏请捕刺杀宰相武元衡的凶手而遭受弹劾,以"越职言事"的罪名被贬官江州司马。三年后,改忠州刺史。又两年后,被召回京都,但因朝中朋党倾轧,遂于长庆二年(822年)主动请求外放,先后任杭州、苏州刺史。白居易从杭州刺史任满时,年已垂暮。返归洛阳后,诗人上书朝廷求分司东都（洛阳），希望过一种淡泊宁静的生活。《池上竹下作》这首诗表达的就是对恬淡生活的追求和向往。事实上，这样的追求和向往正是我们中华文化传统中所讴歌的世外高士的生活态度与生活情趣。像白居易一样谦和超脱，心甘情愿把竹子视为自己老师的还有中国十大元帅之一的叶剑英。例如他的《题竹》诗：

题竹

叶剑英

彩笔凌云画溢思，<u>虚心劲节是吾师</u>。

人生贵有胸中竹，经得艰难考验时。

这是一首题画诗。首句"彩笔凌云画溢思"暗含题画诗的主题，同时也明确地告诉读者，这幅画竹图的内涵已经远远超出了画图本身。那么，画图的内涵究竟是什么呢？"虚心劲节是吾师""人生贵有胸中竹""经得艰难考验时"，三句三个答案。第一个答案是竹子的"虚心劲节"值得人们学习。"虚心劲节是吾师"，竹子既虚心又有骨气，作者愿意以竹为师，向竹学习。"是吾师"洋溢着作者对竹子高度的欣赏和赞美之情。第二个答案是做人要谦虚。"人生贵有胸中竹"，人生最宝贵的就是胸中有竹子在，即要有竹子谦虚谨慎的美德。第三个答案是做人经得起考验。"经得艰难考验时"，面对坎坷困苦之类的艰难处境能够正视它、超越它、战胜它，成为一个真正的强者。"近朱者赤、近墨者黑（《孟子》）""见贤思齐焉，见不贤而内自省也（《论语》）"，向君子看齐、接近君子就可以向君子学习，成为像君子一样的人。事实上，一般放低姿态，主动向君子学习的人又何尝不是品德高尚的君子呢？叶剑英元帅就是君子一样的人。叶剑英（1897—1986 年），中华人民共和国的开国领导人之一，是中国人民解放军的创建者之一，是中国十大元帅之一。叶剑英一生经历了无数的惊涛骇浪，在革命的一生中，他以竹为师，主动向竹学习，凭借着和竹子一样勇敢顽强、谦虚谨慎的美德最终走到了革命的胜利。竹子的美德、作者的美德相融相织，令人回味。

竹子身上有如此多的美德，难怪世人那么爱竹、敬竹，难怪魏晋名士王徽之会发出"何可一日无此君"的诘问，难怪中国会有那么多的神话会和竹子联系在一起！

第四节　竹有神话："欲知抱节成龙处"

竹子的精神内涵会让人们联想到君子的美德，而竹子的文化起源则会让人们联想到中国的吉祥物龙和凤。龙是中国的原始图腾，凤是中国的百鸟之王。竹子与它们的精神联系无疑提高了竹子的品位，提升了竹文化的高度。

关于竹子与龙、凤的联系有许多美丽的传说，其中最有名的，一个是竹子化龙（也叫葛陂化龙），另一个则是孤竹待凤。

一、葛陂化龙——竹子与龙

竹子化龙的传说最早出现在晋代葛洪的《神仙传·壶公》中："（费长房）忧不得到家，公以一竹枝与之，曰：'但骑此得到家耳。'房骑竹杖辞去，忽如睡觉，已到家……所骑竹杖弃葛陂（在古豫州新蔡县西北）中，视之，乃青龙耳。"东汉时期，汝南有个叫费长房的人在集市上见到一老翁（即壶公）在卖药。壶公药担上挂着一个壶，每次卖完药，他都会跳进壶里去。费长房看出壶公是个神仙，就请求壶公教他学道，壶公于是将他带入深山。后来费长房因为思念家乡想要回去。壶公同意了，临别时送给他一根竹杖和一道灵符，并告诉他骑上竹杖可以任意飞翔，使用灵符可以命令地上的鬼神，同时还交代他到家后可把竹杖放在他家附近的葛陂湖中。费长房按照壶公的交代，骑上竹杖很快就回到了家中，然后将竹杖丢进葛陂湖，没想到，那竹杖入水后竟然变成了一条青龙，原来竹杖是青龙所化。南朝宋时期的历史学家范晔编纂的《后汉书》对费长房学道的事儿也进行了收录，而且记载得更为详细："费长房，汝南人，曾入山随一仙人学仙道之术，没有最终成就，师父便打发他回去。长房辞归，翁与一杖，曰：'骑此任所之，则自至矣。既至，可以杖投葛陂中也。'又为作一符，曰：'以此主地上鬼神。'长房乘杖，须臾来归，自谓去家适经旬日，而已十馀年矣。即以杖投陂，顾视则龙也。（《后汉书·方术传·费长房》）"通过越来越详细的记载可以推断：竹子化龙的传说备受关注、深入人心！

古老的传说告诉我们竹子可以化为龙，自然龙也可以化为竹子。竹子因和龙有这样一种可以来回转化的特殊关系而多了一份神秘色彩，也让人们多了一份美好的想象。因为竹子在葛陂湖中化为青龙，所以"葛陂化龙"便成为一个优美的

典故从此频频出现在中国咏竹的诗文中。例如宋人徐庭筠的《咏竹》诗:

咏竹

〔南宋〕徐庭筠

不论台阁与山林,爱尔岂惟千亩阴。

未出土时先有节,便凌云去也无心。

葛陂始与龙俱化,嶰谷聊同凤一吟。

月朗风清良夜永,可怜王子独知音。

诗人真心实意地喜欢竹子,不在乎它的出处,与它生长在台阁还是山林无关;不在乎它的多寡,与它面积多少也无关。竹子天生有竹节就像君子的节操是发自本心、天性使然一样。竹子即便长得高冲云霄也无意炫耀自己,就像虚心谦虚的君子。竹子的本性和美德正是诗人爱好竹子的真正原因。竹子不仅品格高,级别也高。这里"嶰谷竹"和"葛陂化龙"的典故便是用来称赞竹子品级高的。嶰谷是昆仑山以北的一座山谷。在"嶰谷竹"的传说中,黄帝曾令乐官伶伦去取嶰谷之竹制乐器、定天下乐音,后世遂用"嶰谷竹"来指代质量精良的美竹。在"葛陂化龙"的传说中,竹子可以化为龙飞到天上去。竹子可以化龙登仙,可以定天下乐音,其品级还能不高?竹子精美到可以让黄帝派乐官用它来定天下乐音,竹子神奇到可以化龙成仙升天入海,其品级之高还能不令人刮目相看?在月明风清的夜晚,竹子更显其清韵和高妙。如此种种,难怪晋代的王徽之(字子猷)要把它引为知音了。引为知音的除了王徽之,不是还有诗人自己吗?整首诗,徐庭筠借竹抒怀,在赞美竹子有高品、有清韵、有节操、有胸怀的同时,其实也在表明他本人的生活态度,那就是做像竹子一样的君子。知音不就是"同声相应,同气相求"吗?诗中"葛陂化龙"典故的借用增添了诗歌的表现力。

南北朝时期南朝陈代的诗人张正见在应制诗《赋得阶前嫩竹》中也提到了"葛陂化龙"的传说。

赋得阶前嫩竹

〔南朝陈〕张正见

翠竹梢云自结丛,轻花嫩笋欲凌空。

砌曲横枝屡解箨,阶来疏叶强来风。

欲知抱节成龙处,当于山路葛陂中。

春夏时,翠竹长出了新生的竹笋,尖尖的,仿佛要冲上天空。翠竹的梢头,细叶越长越多,茂盛得仿佛云朵齐聚枝头。然而当秋冬来临时,在寒冷的大风吹拂之后,竹子白色的外壳不断地脱落,竹叶飘零之后也变得稀疏了。尽管竹子遭受打击,遇尽磨折,但因具有化龙的信念,始终坚守节操、不肯屈服。诗人乐观地说道：不管是"山路"上的竹子还是"葛陂湖"中的竹子，最终都会化龙成仙，有一个美满的收场。"抱节成龙处"通过"竹杖化龙"的典故祝福竹子历经磨难后有一个美好结局。整首诗从顺境、逆境写到祝福和幸福，结构严密，逻辑严明，富含哲理，催人奋进。

与竹子相关的另一个美丽传说是孤竹待凤——竹子与凤凰的故事。

二、孤竹待凤——竹子与凤凰

"孤竹待凤"中的"孤"不是"孤独"的"孤"，而是孤介、耿直、高傲的意思。在中国古老的传说中，凤凰喜欢栖息于竹子上并且只愿意栖息于竹子上，凤凰喜欢以竹实为食并且只愿意以竹实为食。诗歌典籍的记载如下：

《诗经》曰："凤凰鸣矣，于彼高冈；梧桐生矣，于彼朝阳。"东汉经学家郑玄注云："凤凰之性，非梧桐不栖，非竹实不食也。"

《庄子·秋水》之《惠子相梁》曰："惠子相梁，庄子往见之。或谓惠子曰：'庄子来，欲代子相。'于是惠子恐，搜于国中三日三夜。庄子往见之，曰：'南方有鸟，其名为鹓鶵（即凤凰），子知之乎？夫鹓鶵发于南海而飞于北海；非梧桐不止，非练实不食，非醴泉不饮。于是鸱得腐鼠，鹓鶵过之，仰而视之曰：'吓！'今子欲以子之梁国而吓我邪？'"

《惠子相梁》其实是·个非常有趣的故事。战国时期，惠子出任梁国相。庄子打算去拜访他。有人对惠子说："庄子来是想要夺取你的相位。"惠子听后非常惶恐，听说庄子到了之后，就派兵搜捕了三天三夜，以防庄子取代自己。庄子知道这件事之后，就去见惠子，并且对他说："南方有一种名字叫鹓雏（即凤凰）的神鸟，从南海飞往北海，它不是梧桐树不栖息，不是竹子的果实不吃，不是甜美的泉水不喝。有只猫头鹰刚捕获一只死老鼠，看到鹓雏（即凤凰）飞过，怀疑它要来抢食，就仰头向它发出"吓吓"的怒叫声。惠子，你所看重的官位，在我看来，不过是像猫头鹰嘴里的一只死老鼠罢了。"

《惠子相梁》的故事从庄子的角度看，可以看出庄子无意于名利以及睥睨一切的精神状态；从鹓雏即凤凰的角度看，可以看出凤凰的高洁以及"宁为玉碎、不为瓦全"的孤傲。如此高傲挑剔的凤凰在精挑细选之后唯独选择了竹子的果实做食物，只要不是竹子的果实就不吃，从中不难看出竹子在凤凰心目中的地位。凤凰是传说中高贵的神鸟，在中国文化中的地位首屈一指，而竹子在凤凰心目中的地位又是首屈一指，那么以此类推，竹子的地位可想而知。所以，"凤凰栖竹"足见竹之高贵不凡。当然，竹子也喜欢、也愿意与凤凰为伍，会认真地等待凤凰的到来，这个等待也许是一年，也许是一生，由此可以看出竹子对凤凰的款款深情。所以，"孤竹待凤"，足见竹之情重。如果说，凤凰栖竹是一种千挑万选的认可，那么，孤竹待凤则是一种心有灵犀的等待。在这种认可和等待中，我们看到了高洁，看到了深情，看到了对美好事物的向往。因此，"竹子——凤凰"就自然而然地成为一种固定的意象出现在中国的诗文中。看到竹子，人们会想到凤凰；看到凤凰，人们会想到竹子。譬如《红楼梦》第十八回中，贾宝玉题"有凤来仪"时就写道："秀玉初成实，堪宜待凤凰。"曹雪芹笔下的竹子就是"孤竹待凤"，竹子已经长大到可以和凤凰相伴了，所以它们从此便耐心地等待着凤凰的到来。

再如唐人杨巨源的《池上竹》也出现了"竹子——凤凰"的意象。

池上竹

〔唐〕杨巨源

一丛婵娟色，四面清冷波。气润晚烟重，光闲秋露多。

翠筠入疏柳，清影拂圆荷。岁晏琅玕实，<u>心期有凤过</u>。

水池旁边的一丛翠竹像美女一样，姿态曼妙。竹子周围是清清的池塘水，安静幽雅。在多雾多露的点缀下，秋竹更显润泽和娴雅。青青翠竹与稀疏的柳树相互掩映，两相婀娜；竹子清丽的影子轻拂着圆圆的荷叶，品格高洁的荷花和高洁的竹子互相仰望。在一年将尽的时候，犹如仙树般的竹子会结果实，凤凰非竹食不食，竹子盼望着在自己结果实的时候，传说中的神鸟凤凰能够飞来。这个盼望是竹子的，也是诗人的。"心期有凤过"是对"孤竹待凤"典故的借用。凤凰之清高衬托出竹子之拔俗。因此，"竹子——凤凰"意象的出现，含蓄地表达了诗人清雅脱俗的追求和对高洁君子的向往之情。

唐人韩溉的《竹》诗也用到了"孤竹待凤"的意象。

竹

〔唐〕韩溉（一说作者是唐代的张必）

树色连云万叶开，王孙不厌满庭栽。

凌霜劲节无人见，<u>终日虚心待凤来</u>。

谁许风流添兴咏，自怜潇洒出尘埃。

朱门处处多闲地，正好移阴覆翠苔。

韩溉笔下的翠竹天生风流婀娜，潇洒出尘。竹态之美、竹品之高让人顿生向往之情。这里的竹子在朱门之家遇到了知音，有幸遇上了喜欢修竹的富家子弟，被广泛种植，栽得满院都是。在那里，竹子长势甚好，叶片繁茂，高与云齐，竹子的浓荫逐渐遮蔽了翠绿的青苔。也许没有人注意到它经霜不改色、坚守气节的美德，但是竹子毫不为意，它始终谦虚谨慎、耐心地等待着凤凰的到来。通读全诗，竹的低调、虚心、克己、忍耐、坚强和深情宛在眼前，这时候，我们已经分不清诗人是在赞美竹子还是在赞美有道德修养的君子。翠竹的幽静、翠竹的等待已经和君子的静雅品德融为了一体。

凤凰是古老传说中的百鸟之王，雄的叫"凤"，雌的叫"凰"，合称"凤凰"，凤凰齐飞更是吉祥和谐的象征。《山海经·南山经》记载："丹穴之山……有鸟焉，其状如鸡，五彩而文。名曰凤凰，首文曰德，翼文曰义，背文曰礼，膺文曰仁，腹文曰信。是鸟也，饮食自然，自歌自舞，见则天下安宁。"凤凰仪表非凡，喜欢自歌自舞，凤凰出现代表着天下太平安宁，代表着盛世年华。因此，在中国文化中，凤凰飞舞是国家祥瑞、君王德政的标志。所以，竹子与凤凰的关系除了物质层面、精神层面的相互欣赏、相互依靠之外，又多了一层政治层面、文化层面的优美想象和美好希冀。于是，我国的诗文中又多了许多描写竹子和凤凰代表祥瑞的诗篇，如唐人张九龄的咏竹诗《和黄门卢侍御咏竹》：

和黄门卢侍御咏竹

〔唐〕张九龄

清切紫庭垂，葳蕤防露枝。

色无玄月变，声有惠风吹。

高节人相重，虚心世所知。

凤凰佳可食，一去一来仪。

张九龄这首《和黄门卢侍御咏竹》将赞美竹子高洁和赞美国家太平结合在了一起。

张九龄笔下的竹出身高贵，不是生长在荒郊野外的野竹，不是生长在崇山峻岭的山竹，也不是生长在朱门之家的翠竹，而是生长在皇宫大院的绿竹。原来，不仅高士隐士喜欢养竹，不仅普通人喜欢栽竹，就连皇室贵胄、皇亲贵戚也都喜欢植竹，竹子能受到自上而下的广泛认可和欢迎，其可爱、其魅力、其内涵可想而知。而竹自己呢，不管在哪里，只要有阳光雨露，只要有水源就会茁壮成长。现在，长在皇宫大院的竹子长势良好，枝繁叶茂，枝条下垂，优雅娴淑。竹子的颜色不会因为秋冬的到来而改变，它在微风中还会发出美妙动听的声音。更重要的是，它还有着备受世人看重的"高节"和"虚心"的君子品格。这样的竹子怎不惹人喜爱？而竹子呢？它仿佛在以最美的姿态等候着凤凰的到来一样。

作者张九龄是盛唐著名诗人，他写的"海上生明月，天涯共此时。(《望月怀远》)"至今还被认为是难以超越的名句。同时，张九龄也是一代名相。作为在朝廷担任要职的官员，张九龄自然非常希望国家安宁、天下太平，希望老百姓安居乐业。既然传说凤凰非竹不食，既然传说凤凰出现、凤凰起舞代表着祥瑞，那么在咏竹的时候，张九龄自然就想到了"孤竹待凤"和"凤凰栖竹"的典故。张九龄热切地盼望着凤凰的到来，他把这种盼望写进诗中，通过竹子与凤凰的联系来进行表现。"凤凰佳可食"指的是"竹根佳，凤凰可食"。"一去一来仪"指的是凤凰仪表出众、群飞群舞的样子。此时，我们仿佛听到张九龄在对凤凰喊："凤凰啊，凤凰啊，这里竹子多好啊，竹子的果实多甜美啊，快点来吧。"当"孤竹待凤"的等待变成结果，当"凤凰栖竹"的理想变成现实，当凤凰整齐地飞舞着来来去去的时候，包括张九龄在内的所有人都将多么开心！

在我国的图腾文化中，龙和凤是并行的图腾崇拜物。龙和凤也经常一起出现在我国的神话传说和先秦诸子的著作中。此外，从"龙凤呈祥""龙飞凤舞""游龙戏凤""攀龙附凤"等包含龙和凤的成语中也可以看出龙和凤的亲密关系。在我国的传统文化中，有时候龙、凤单独出现，有时候凤和龙同时出现；在咏竹诗词中既有龙、凤单独出现的情况，也有龙和凤同时出现的情况。在具体的诗文中，龙凤同时出现分为不同的情况：有时候是仅仅使用"孤竹待凤"的典故，借用"龙凤呈祥"的喜气和祥瑞；有时候是同时使用"葛陂化龙"和"孤竹待凤"的典故。

唐太宗李世民的咏竹诗《赋得临池竹》同时提到了龙和凤，以表达对国家祥瑞、平和的向往。

赋得临池竹

〔唐〕李世民

贞条障曲砌，翠叶贯寒霜。

拂牖分龙影，临池待凤翔。

池塘边的竹子长势很好，长长的枝条伸向旁边弯曲的小路。它风骨凛然，翠绿的叶子从来就不畏惧寒霜的袭击。风吹时，竹叶轻轻摇晃，它的影子倒映在地上斑斑驳驳，别有一番风致。李世民这里特意用"龙影"来赞美竹的影子，可见作者对龙凤文化的熟悉。写完"龙影"，作者立刻转写"凤翔"。"临池待凤翔"——作者在这里巧用"孤竹待凤"的典故来寄托美好祝愿和希望。作者李世民是雄才大略的一代明君，他自然渴望河清海晏、天下太平，而凤凰齐舞、相互和鸣是天下最大的祥瑞，是天下太平的象征。所以，诗篇的最后，李世民以"待凤翔"三个字来表达自己殷切盼望天下安宁太平的心情合情合理。可见，这里的竹子不仅是君子勇敢顽强的风骨象征，更是和国家祥瑞联系在一起的吉祥物！

明人刘三吾的《又题庭竹》也提到了龙凤的形象，并同时使用了"葛陂化龙"和"孤竹待凤"的典故。此外，刘三吾另辟蹊径，从一个崭新的角度来写竹子和龙凤的渊源：

又题庭竹

〔明〕刘三吾

十年种竹今始长，一日非君无与交。寒谷已随龙化去，丹墀再睹凤来巢。

酒阑月在黄金地，琴罢风生翠玉梢。我欲留题赋清韵，恐惊猿鹤怪相嘲。

竹子高标清韵，诗人就像晋人王徽之一样，一天也离不开竹子。除了竹子，诗人似乎没有可以交往的朋友了。竹子为什么有如此魅力？作者笔锋一转，中国的文化图腾龙和凤先后登场。"竹子化龙"的典故增加了竹子的仙气，"凤凰栖竹"的典故增加了竹子的高雅。物以类聚，龙是中国的原始图腾，竹子能化为龙，可见竹子的高贵不凡；凤凰是中国文化中的神鸟，竹子能引得凤凰来巢，可见竹子之高雅脱俗。晚上的竹林清韵也特别令人神往。瞧，月亮金黄，竹林生风，诗人喝完了酒，弹完了琴，看月下竹，听风中声。普通的夜晚在诗人笔下宛如神仙境界。面对月下美景，诗人忍不住想要题诗作赋，高声吟诵；但又担心惊动了猿鹤一类的隐士来嘲笑自己班门弄斧。既然看到的月下竹韵是自然的，何必硬是要用人为的笔触来描摹呢？即便描摹了，又是否真能描摹出月下竹韵的精髓呢？与其在真实的大自然面前班门弄斧，倒不如好好欣赏大自然的馈赠。原来，真正的竹子之美、竹子之不凡是难以用笔来记录和描摹的。真正的君子、真正的君子之德不也如此吗？

三、泪化竹斑的情文化——竹子与湘神

"无情未必真豪杰，怜子如何不丈夫。（《答客诮》）"竹子身上有一种真情从来没有被忽略过，那就是感人肺腑的爱情。

竹子作为中国文化中的主角之一，除了它的龙凤文化，它身上所体现出来的情文化同样深入人心。竹子身上的情文化与泪化竹斑的"斑竹"意象有关。

竹子中有一个很有名的品种叫"斑竹"，主要生长在南方，它的来历与爱情有关。这个故事很有名，是尧的女儿娥皇、女英两姐妹和她们的丈夫舜的故事。《史记·五帝本纪》记载："舜践帝位三十九年，南巡狩，崩于苍梧之野，葬于江南九嶷。"舜南巡逝于苍梧后，就地安葬，葬在苍梧山，就是现在的九嶷山。舜的妻子娥皇与女英闻讯，追舜至湘江。悲伤不已的她们珠泪滚滚，洒在水边竹子上的眼泪把竹子染得痕迹斑斑，仿佛竹子也哭了一样。娥皇与女英滴在竹子上的泪滴后来变成了永恒的斑点，永远留在了竹子上，从此人们把这些竹子称为斑竹。后人为了纪念舜的两个妃子，把她们称作湘妃、尊为湘神，并把"斑竹"称为"湘妃竹"。因此完全可以说"斑竹""湘妃竹"代表着爱情，代表着坚贞，是情文化的一种载体；而舜与二妃的典故从此以"斑竹""湘妃竹""湘江""湘水""湘神"等多种形式出现在诗文中。譬如《红楼梦》第三十回林黛玉有一首题帕诗——"彩

线难收面上珠，湘江旧迹已模糊。窗前亦有千竿竹，不识香痕渍也无？"其中就用到了舜与娥皇、女英的典故。林黛玉借舜与二妃的典故一方面深情地表白自己对贾宝玉爱情的忠贞，另一方面含蓄地流露出她对和宝玉的爱情前途没有把握的感伤。

舜与二妃的典故也曾出现在中国人民的伟大领袖、中华人民共和国的缔造者毛泽东的诗词中。

七律·答友人

毛泽东

九嶷山上白云飞，帝子乘风下翠微。

<u>斑竹一枝千滴泪</u>，红霞万朵百重衣。

洞庭波涌连天雪，长岛人歌动地诗。

我欲因之梦寥廓，芙蓉国里尽朝晖。

毛泽东不仅是天才的军事家，还是博学多才的文学家，他写的诗词境界开阔，内容丰富，想象奇特，革命的现实主义和革命的浪漫主义结合巧妙，将中国的古典诗词带到了一个新的境界。毛主席用生花妙笔在开篇为我们描绘了一幅充满浪漫主义色彩的画面。在滚滚白云、青青绿山的衬托下，已经化仙的娥皇与女英乘风而来，仙袂飘飘。天边红霞灿烂，像是二妃绚丽的衣衫；山上翠竹青青多斑，上面似乎还留着她们的泪痕。"九嶷山上白云飞""斑竹一枝千滴泪"两句既有神奇的风景又有舜与二妃的深情。这深情未尝不是毛主席因景生情、睹景思人的深情。当时，毛主席的妻子杨开慧已经牺牲。杨开慧小名叫"霞姑"。毛主席与杨开慧感情深厚，所以看到湘妃竹和红霞，自然引起了对爱妻的思念之情。"斑竹一枝千滴泪，红霞万朵百重衣。"现实的风景加上浪漫主义的想象和深沉的感情使得这一联诗显得韵味悠长，我们从中既感受到了美丽的自然风光又感受到了诗人的深情和豪情。诗中"斑竹"的意象何尝不是情深义重、坚贞动人的诗人形象呢？接着，毛主席从浪漫斑斓的神仙世界回到生机勃勃的现实世界，从景与情的交织转到景与社会的融合。毛主席面对着洞庭湖辽阔浩瀚的水面，看着接天连地的雪白浪花，遥望着橘子洲的自然风光，仿佛看到了新中国成立后社会主义建设热火朝天的感人图景，情不自禁心潮澎湃。毛主席以革命者的豪情和领导者的气魄将祖国的河山描绘得雄奇壮丽、气象宏伟。毛主席想象着勤奋的中华儿女正在用自己的实际行动书写着惊天动地的感人诗篇。毛主席想象着新中国欣欣向荣的图景，忍不住在梦魂中巡游祖国辽阔壮丽的河山，在巡游中看到芙蓉花盛开的家乡正沐浴在清晨的光辉中，欣喜万分。在这首诗里，对"舜与二妃"典故的运用增加了浪漫主义色彩，丰富了诗人的精神世界。它使我们在感受我国文化中情文化博大精深的同时也为伟人身上的深情所感动。

正因为从竹子身上能看到众多的君子品格，能领悟到丰富的文化内涵，能感受到情文化的动人之处，所以君子赏竹、爱竹也恋竹，甚至痴狂到"何可一日无此君"的地步。

第五节 君子恋竹："何可一日无此君"

魏晋时期是我国历史上一个非常与众不同的时期，政治上的高压造成了许多文人的精神痛苦，但是"独善其身"的文化追求又成就了许多文人的潇洒风流。于是，这个时期出现了文人从外在事功转向内心世界的认知与探索，出现了对老庄"逍遥游"精神的狂热追捧，出现了对"道法自然"的认可与追随，表现在日常生活中便是行为的狂放不羁、超越世俗；表现在文学上便是对"人"的省悟与肯定，对自然与宇宙的深情。这一时期，用鲁迅的话说，就是一个"文学的自觉时代"（《魏晋风度及文章与药及酒之关系》）。这个时期的文化被后人总结为两个响亮的词语——"魏晋风度"和"名士风流"，合称"魏晋风流"。

具有"魏晋风流"的名士不仅行为举止与众不同，而且文采斐然、学识渊博。魏晋时期被称为"魏晋风流"的名士有很多，譬如被称作"竹林七贤"的阮籍、嵇康、山涛、刘伶、阮咸、向秀、王戎以及何晏、王弼、王羲之、谢安、桓伊等。在这个长长的名单中，还有王羲之的第五个儿子王徽之。

一、王徽之与竹

王徽之，字子猷，在当时就已经名气很大了。王徽之名气大，不只是因为他的父亲是王羲之（后人尊之为"书圣"），更重要的原因是他自己的傲岸洒脱与不拘礼法。

关于王徽之的故事有很多。据《晋书·王徽之传》记载：王徽之，字子猷，性卓荦不羁，初为大司马桓温参军，蓬首散带，不综府事。后作桓车骑（指车骑将军桓冲）骑兵参军，桓问曰："卿何署？"答曰："不知何署，时见牵马来，似是马曹。"桓又问："官有几马？"答曰："不问马，何由知其数？"又问："马比死多少？"答曰："未知生，焉知死？"桓谓王曰："卿在府久，比当相料理。"初不答，直高视，以手扳拄颊云："西山朝来，致有爽气。"尝从冲行，值暴雨，徽之因下马挤入车中，谓曰："公岂得独擅一车！"用现在的大白话解释就是：王徽之，字子猷，生性高远不合群，不喜欢受羁绊。起初担任大司马桓温的参军，时常不修边幅，披头散发，不系衣带，也不喜欢管理官署中的公事。后来担任车骑将军桓冲的骑兵参军。有一次，时任骑兵参军的王徽之遇上了自己的顶头上司桓冲，于是发生了一次令人啼笑皆非的对话。车骑将军桓冲问王徽之："你管理什么部门？"王徽之回答说："我也不知道，我时常见到有人牵马来去，大概是管理马匹的单位。"桓冲又问他："你那官署里有多少匹马？"王徽之回答说："我从不过问有关马的事，又怎么知道马的匹数？"桓冲又问他："马匹近来死了多少？"王徽之回答说："活马的事还不知道，哪里知道死马的事！"桓冲又对他说："你到你的官署上任已经很久了，应该处理处理政务了。"王徽之开始并没有接腔答话，只是看着远方，过了一会儿用手支着腮帮子说："西山早晨很有一股清爽的空气啊。"另外一次，他跟从桓冲出行，正好碰上暴雨天气，王徽之下马不由分说挤进桓冲乘坐的车里并对桓冲说："您怎么能一个人独占一辆车？"王徽之就是这样的随性自然。

　　关于王徽之，人们耳熟能详的还有《雪夜访戴》的故事。《世说新语·任诞篇》这样记载："王子猷居山阴，夜大雪，眠觉，开室命酌酒，四望皎然。因起彷徨，咏左思《招隐诗》，忽忆戴安道。时戴在剡，即便夜乘小舟就之。经宿方至，造门不前而返。人问其故，王曰：'吾本乘兴而行，兴尽而返，何必见戴！'"王徽之花一个晚上的时间去探访朋友，结果到朋友家门口之后不进门却打道回府，其洒脱随性就是如此。

　　王徽之随性真率、不同凡俗的性格还体现在他爱竹的行为举止上。《晋书·王徽之传》记载："子猷性爱竹，尝暂寄人空宅住，便令种竹。或问：'暂住何烦尔？'王啸咏良久，直指竹曰：'何可一日无此君？'"即便是短暂地借住别人的房子也要不嫌麻烦地种上竹子，还说"怎么能一天看不到竹子呢？"王徽之对竹子的感情可想而知。"何可一日无此君？"此言一出即成名言，也成了王徽之的一个独特标签。

　　王徽之除了说过"何可一日无此君"的名言，还有一个爱好，那就是他如果听说谁家有好竹，一定会登门造访。据《晋书·王徽之传》记载："（徽之）性卓荦不羁……时吴中一士大夫家有好竹，欲观之，便出坐舆造竹下，讽啸良久。主人洒扫请坐，徽之不顾。将出，主人乃闭门，徽之更以此赏之，尽欢而去。"关于这个故事，有不同的版本，但内容基本一致，即王徽之听说有一户人家种了许多上好品种的竹子，赶紧去看。主人素知王徽之的大名，赶紧派人打扫庭院，然后坐在大厅里专门等候王徽之大驾光临。可是王徽之却不管不顾，乘坐车轿直接到了竹林旁，在那里一边欣赏竹子，一边吟咏长啸。赏竹之后还不想通报主人，想要直接出门回去。主人非常难堪，情急之下派人关上大门，不让王徽之离开。王徽之由此更加欣赏主人，于是下车轿与主人交谈，最后尽欢而去。

二、王徽之恋竹的影响

"何可一日无此君",自王徽之开了直接将竹称"君"的先河后,后世便纷纷仿效。苏轼《墨君堂记》曰:"独王子猷谓竹君,天下从而君之,无异辞。"苏轼认为,自王徽之将竹称为"君"后,后世文人也常以"君"来称代竹子,无人有异议。明人王寅《问竹》开篇便是:"美哉孤竹君,与君豫言别。"王寅在用"美哉"二字直抒胸臆地赞美竹子美丽无双之后,立刻用"君"来指称竹子。明人王绂在《题雨竹》中写到:"高轩置酒延夕曛,眼前知己无如君。"王绂不仅以"君"呼竹,而且将眼前之竹视为知己好友,由此可以想象他对竹子的喜爱之深和信任之深。宋代画家文同同样爱竹成癖、成痴,他"朝与竹乎为游,暮与竹乎为朋,饮食乎竹间,偃息乎竹阴。(苏辙《墨竹赋》)"早也观竹,暮也观竹,甚至在竹林里面吃饭,在竹林里面休息,日日与竹子相伴,竹子简直就成了文同须臾不离的朋友。因为对竹子的了如指掌,文同画的竹子也出神入化、别具一格,文同的知音苏轼赞他"其身与竹化,无穷出清新。(《书晁补之所藏与可画竹三首》)"文同像王徽之一样直接将竹称为"君"。五十岁时,文同因母丧丁忧回乡后修筑一堂室,命名即为"墨君堂",墨君即墨竹,文同最擅长画墨竹。文同视王徽之为同道,把自己的"墨君堂"比作王徽之的居室:"嗜竹种复画,浑如王掾(指王徽之)居。高堂倚空岩,素壁交扶疏。山影覆秋静,月色澄夜虚。萧爽只自适,谁能爱吾庐。"

有的诗人在将竹称为"君"的同时,将"此"字带上,像王徽之一样用"此君"来指代竹子。比如,唐人张文姬《池上作》这样写:"此君临此池,枝低水相近。碧色绿波中,日日流不尽。"张文姬以"此君"指代竹子,写其生长在水池旁边,竹绿映入水中,日日常流,美不胜收。宋人韦骧《咏竹》诗这样写:"此君坚直本天然,岂学妖花艳主轩。"韦骧也是用"此君"来指代竹子,直接赞美竹子"坚直"的本性出自天然,从不和百花争奇斗艳。明代第一位内阁首辅,同时也是文学家、书法家的解缙在《竹溪春晓图为刘孟雍题》中写"武陵溪远桃千树,汴水春深柳万条。何似此君多胜概,偏宜清隐绝法器",同样以"此君"指代竹子。解缙以桃红柳绿的热闹来衬托竹子弃绝尘嚣、喜欢"清隐"的独特。

自从王徽之(字子猷)留下"何可一日无此君"的千古佳话之后,王徽之其人其事便成为咏竹诗词中的一个重要典故,频频出现在咏竹诗中,如:

独乐园七题·种竹斋

〔北宋〕司马光

吾爱王子猷,借宅亦种竹。

一日不可无,萧洒常在目。

雪霜徒自白，柯叶不改绿。

殊胜石季伦，珊瑚满金谷。

《独乐园七题·种竹斋》是宋代史学家司马光写的一首诗。司马光开篇便借用王子猷的典故来写自己爱竹、植竹。王子猷即便是借用别人房子也不厌其烦地去种竹，还说怎么能一日不看竹呢。司马光将王子猷引为同调，"吾爱王子猷"，一个"爱"字，态度鲜明，感情强烈，可见作者对王子猷的佩服和对竹子的喜爱。司马光为什么那么爱竹呢？因为竹子的坚贞。霜雪只能徒劳地呈现白色，而竹子即便经霜历雪也不会改变颜色，翠绿如旧。在末二句"殊胜石季伦，珊瑚满金谷"中，司马光借用晋代石崇的典故，从反面来赞美王子猷爱竹、植竹的行为超越世俗，其实也是在夸赞他本人爱竹、植竹的高雅脱俗。石季伦，名崇，字季伦，是大司马石苞第六子。提起石崇，大家可能立刻会联想到他和他的宠妾绿珠的故事。《晋书·石崇传》记载："崇有伎曰绿珠，美而艳，善吹笛。孙秀使人求之，崇勃然曰：'绿珠吾所爱，不可得也！'秀怒，矫诏（诈称皇帝的命令）收（捕）崇。崇正宴于楼上，介士（武士）到门，崇谓绿珠曰：'我今为尔得罪！'绿珠泣曰：'当效死于君前。'因自投于楼下而死。"孙秀派人索要绿珠，石崇不给，从而得罪了孙秀以至于最终为孙秀所杀，绿珠最后也跳楼而死。故事虽简单但从绿珠的角度看颇让人感慨。清代作家曹雪芹为绿珠的故事吸引，将其写进《红楼梦》。在文中，曹雪芹借女主人公林黛玉之口、之手发表了自己的看法。在《红楼梦》第六十四回，林黛玉说"曾见古史中有才色的女子，终身遭际令人可欣、可羡、可悲、可叹者甚多，……胡乱凑几首诗，以寄感慨"，于是，她写了五首惜"古史中有才色的女子"的寄慨之作。这五个有才色的女子分别是西施、虞姬、明妃、绿珠、红拂。宝玉无意之中看到这几首诗后，将它们合在一起，题为《五美吟》。《五美吟之绿珠》是："瓦砾明珠一例抛，何曾石尉重娇娆？都缘顽福前生造，更有同归慰寂寥。"林黛玉视绿珠为有才色的女子并咏叹之，可见，她对绿珠是欣赏的。"何曾石尉重娇娆？"——她对绿珠也是同情的。"更有同归慰寂寥。"——她对绿珠还是敬佩的。石崇很有名，除了他和绿珠的悲情故事，还因为他是西晋有名的大富豪，富可敌国。石崇在西晋都城洛阳建造的别墅金谷园宛如宫殿一般。据说，金谷园里面景色非常优美，楼阁华丽无双，奇珍异宝无数。当时人们还把金谷园的风景之一"金谷春晴"誉为洛阳八大景之一。不过，这一切的富贵荣华在作者眼中都比不上王徽之的高超绝伦，司马光觉得庭院中种满竹子的王子猷要远远高于金谷园布满了珊瑚宝石的石崇。司马光正面使用王子猷的典故、反面使用石崇的典故只是为了阐明一个观点：爱竹是一种高雅爱好，爱竹之人必有和竹一样独出众表的风神。

再如小说《聊斋志异》的作者，清代小说家蒲松龄的《竹里》诗也用到了王子猷的典故。

竹里

〔清〕蒲松龄

尤爱此君好，搔搔缘拂天。

子猷时一至，尤喜主人贤。

这里的竹子修直挺拔，枝梢朝天在风中摇曳多姿，以至于作者赏爱有加，赞不绝口。对于竹子的种种美德，作者只用了一个"好"字。一个"好"字，千言万语尽在不言之中。这样"好"的竹子，焉能不喜？于是，作者用了"尤爱"二字，道尽他对竹的无限喜爱之情。随之而来的典故很自然地将赞竹过渡到赞人。"子猷时一至"，通过王徽之的典故，一方面赞美王徽之特立独行、爱竹成狂，另一方面赞美养竹主人贤德良善。"尤爱""尤喜"明确透露出作者对竹的喜爱和对竹主人——当然是君子的仰慕。

君子恋竹也亲竹，和王徽之"何可一日无此君"的名言在精神实质上有着异曲同工之妙的是苏轼的名言——"可使食无肉，不可居无竹"。苏轼不仅说"可使食无肉，不可居无竹"，还补充说"无肉令人瘦，无竹令人俗"。如果说"何可一日无此君""可使食无肉，不可居无竹"只是指出了一种现象，提出了一种希望，那么"无肉令人瘦，无竹令人俗"则明确指出了"何可一日无此君""可使食无肉，不可居无竹"的内在原因。

第六节　君子亲竹："无竹令人俗"

"无竹令人俗"这句名言出自苏轼的《於潜僧绿筠轩》。

苏轼，北宋杰出的诗人、词人、散文家、书法家、画家，尽管他非常有才华，有见识，但是仕途坎坷，非常不顺，一生宦海沉浮，从京城被贬出朝廷，到湖州，到黄州，到杭州，之后又到越来越南的惠州、儋州，离朝廷越来越远，其间还经历了一次生死"洗礼"，几乎送命，即历史上有名的"乌台诗案"。宋神宗元丰二年（1079 年）知湖州时，苏轼因奸佞小人诬陷他用诗文诽谤新法、讽刺朝政而被捕，羁押在御史台狱受审。据《汉书·薛宣朱博传》记载，御史台中有柏树，野乌鸦数千栖居其上，故御史台又被称为"乌台"，因此苏轼的案件被称为"乌台诗案"。苏轼入狱百天左右，因各方营救才得以释放，出狱后被贬官黄州。虽然幸免一死，但是这次虎口余生的经历对苏轼的一生影响巨大。宋哲宗时期，苏轼遭人弹劾又被远贬至惠州、儋州。元符三年（1100 年），遇赦北归，次年在还乡途中病逝于常州。

命运的坎坷让苏轼对人生多了一份达观，在《和子由渑池怀旧》中写下的诗句"人生到处知何似，应似飞鸿踏雪泥"显示出他对人生的透彻理解。苏轼也能看到人生的不完美，他在《水调歌头·明月几时有》写道："人有悲欢离合，月有阴晴圆缺，此事古难全。"所以，苏轼总是能以苦为乐，能将人生的痛苦升华为乐天知命，升华为生命的从容。在林湖道中遇雨的时候，其他人都狼狈躲藏，他却吟啸徐行，在《定风波》中悠然写道："竹杖芒鞋轻胜马，谁怕？一蓑烟雨任平生。"自然界的风雨和人生的风雨有什么区别呢？风雨之后是晴天，晴天之后是风雨，究竟哪个是风雨？哪个是晴天呢？所以，《定风波》的最后，苏轼写道："回首向来萧瑟处，归去，也无风雨也无晴。"正因为对生命的理解和懂得，苏轼才能用最本真的生命去感受、去体悟大自然给予人类的恩遇，包括清风，包括明月，包括竹子等。在《前赤壁赋》中，苏轼写道："且夫天地之间，物各有主，苟非吾之所有，虽一毫而莫取。惟江上之清风，与山间之明月，耳得之而为声，目遇之而成色，取之无禁，用之不竭，是造物者之无尽藏也，而吾与子之所共适。"所以，苏轼也尽情地享受大自然的赏赐。在《记承天寺夜游》中，他写道："庭下如积水空明，水中藻荇交横，盖竹柏影也。何夜无月？何处无竹柏？但少闲人如吾两人耳。"在苏轼的身上，我们看到了生命的执着和坚韧，也看到了生命的质量和风度。

博学多才、乐观淡泊的苏轼也为我们留下了很多机敏风趣的故事，这些故事很多与他和佛印禅师相关。佛印禅师是苏轼在杭州结交的好友，曾高度评价苏轼是"胸中有万卷书，笔下无一点尘"。

苏轼贬官杭州的时候，随遇而安，尽职尽责，不仅兴水利、除水弊（他为西湖修筑的堤坝被称为苏堤，至今有名），将当地治理得很好，还和诗友们游山观水，尽享自然之美。苏轼喜欢与寺僧来往，于是就结交了西湖圣山寺的佛印禅师，并成为好友。两人饮酒吟诗之余还常常互开玩笑。有时候，佛印被苏轼取笑，有时候苏轼取笑对方却搬了石头砸了自己的脚。关于二人妙语巧对的故事有很多，现摘录两个以飨读者。

有一次，苏轼和佛印对坐闲聊。苏轼对佛印说："你发现没有，古代诗人作诗喜欢用'鸟'来对'僧'。"佛印问："何以见得？"苏轼回答道："譬如说'鸟宿池边树，僧敲月下门''时闻啄木鸟，疑是敲门僧'，都是'鸟'来对'僧'"。读者请注意，"鸟"在中国的俚语中有骂人的意思。佛印一听就明白了苏轼的用意，他略一沉吟，笑着说："今日老僧却与相公对。"苏轼本想将佛印与鸟归为一类，没有想到却被机敏过人的佛印反击了回来，反而将他与鸟归为了一类，不是搬了石头砸了自己的脚吗？最后，两个人忍不住都笑了起来。

佛印喜欢凑热闹，听说苏轼有宴请常常会不请自到。有天晚上，苏轼邀请黄庭坚同游西湖并预备在船上喝酒吟诗。苏轼还对黄庭坚说："我们每次聚会，佛印都会找到，今天晚上我们乘船去湖中心，料他无论如何想不到、找不到。"但是，佛印打听到苏轼与黄庭坚游湖的消息后，早早就在船舱板底下躲了起来。是夜，清风明月，荷香弥漫。船到西湖三塔的时候，苏轼举起酒杯，笑着对黄庭坚说："佛印今晚终于没有寻来，咱们且来行个酒令，前两句即景，后两句以'哉'字收尾。"黄庭坚含笑应允。

苏轼先说："浮云拨开，明月出来，天何言哉！天何言哉！"

黄庭坚应声而对："莲萍拨开，游鱼出来，得其所哉！得其所哉！"

"船板拨开，佛印出来，憋煞人哉！憋煞人哉！"听着苏黄二人的酒令，躲在舱板底下的佛印早已忍耐不住，一边从船舱板里爬出来，一边迫不及待地大声吟道。

苏轼和黄庭坚先是一愣，接着不约而同哈哈大笑起来。

"妙哉！妙哉！来来来，"苏轼边说边拉佛印就坐，"你藏得好，对得妙，理当同行！"于是，三人赏月同游，谈笑风生，尽兴而归。

苏轼就是这样一个乐天知命、达观随和的人。乐天知命、达观随和的苏轼与竹子也有着不解之缘。

一、苏轼与竹

苏轼善于将生活艺术化，将艺术生活化；爱竹、亲竹别有心得，因而他笔下的竹子自然与众不同。例如他的诗《於潜僧绿筠轩》：

於潜僧绿筠轩
〔北宋〕苏轼

可使食无肉，不可居无竹。无肉令人瘦，无竹令人俗。
人瘦尚可肥，士俗不可医。旁人笑此言，似高还似痴。
若对此君仍大嚼，世间那有扬州鹤。

於潜是旧县名，在现在的浙江临安境内。於潜僧，名孜，字慧觉，是於潜县丰国乡寂照寺的僧人。寂照寺内有个亭子名叫绿筠轩。苏轼和於潜僧是朋友，这首诗就是苏轼为寂照寺的绿筠轩而题写的。

如果说王徽之的"何可一日无此君"是通过个性化的语言把自己对竹子的喜爱写到了极致，那么，苏轼的"可使食无肉，不可居无竹"则是通过对比手法把自己对竹子的喜爱写到了极致。苏轼将肉比作物质，将竹子比作精神，风趣地问道：在风雅高节和物欲俗骨的选择中，在精神和物质的比较中，究竟哪个更重要一些？食不甘味，充其量不过是"瘦"而已，而人无松竹之节、雅尚之好，则会变得"俗"。苏轼在以"无肉"与"无竹"的结果"瘦"和"俗"作对比后，很显然已经给出了答案。那么，"瘦"和"俗"有法子去解决吗？对此，苏轼也给出了答案："人瘦尚可肥，士俗不可医。"也就是说，"瘦"的问题很容易解决，但是"俗"的问题却很难医治。苏轼实际上已经含蓄地告诉我们：物质的问题很好解决，但是精神的问题却难上加难。换句话说，养肥一个胖子容易，但培养一个骨子里高雅的人就没有那么容易了。所以答案已经很明显了：精神比物质更重要。那么，精神和物质是否可以二者兼得？为了解决这个问题，苏轼在这里又插入了一个"扬州鹤"的典故。《渊鉴类函·鸟·鹤三》引南朝梁·殷芸《小说》云："有客相从，各言所志：或愿为扬州刺史，或愿多资财，或愿骑鹤上升。其一人曰：'腰缠十万贯，骑鹤上扬州'，欲兼三者。"后人遂以"扬州鹤"形容十全十美的如意之事。那么，世间会有十全十美的事情吗？"若对此君仍大嚼，世间哪有扬州鹤？"又要对竹吃肉，又要像竹不俗，物质和精神想要二者兼得，此等美事大概难以实现。在苏轼眼中，精神凌驾于物质之上，而这种精神的优越性是由竹带来的，由此可见竹之不可取代的重要性。

苏轼"可使食无肉，不可居无竹。无肉令人瘦，无竹令人俗"的亲竹观对后世影响很大。

二、苏轼亲竹的影响

受苏轼亲竹的影响，宋人陆游在咏竹诗《云溪观竹戏书》中也探讨了物质和精神的关系。

云溪观竹戏书二绝句（其一）
〔南宋〕陆游
溪光竹色两相宜，行到溪桥竹更奇。
对此莫论无肉瘦，闭门可忍十年饥。

陆游行走在溪水边，看到竹子和溪水相得益彰，十分高兴，深受吸引的他沿着溪水继续向前走，越看越觉得那些竹子非常可爱，越看越感觉新奇。有竹子可以欣赏，诗人觉得即便不吃肉消瘦下去也是值得的，甚至认为以后只要想起它们就会精神抖擞，就是十年不吃饭也不会觉得饥饿。如果说吃饭是物质，那么看竹、念竹就是精神，"对此莫论无肉瘦"是巧妙使用苏轼"无肉令人瘦"的词句，可见，陆游对苏轼亲竹故事的熟悉。"闭门可忍十年饥"，陆游以夸张的手法把精神高于物质讲解得通俗明了，同时也把竹子对人的精神影响述说到了极致。

受苏轼亲竹的影响，清末民国初期闻名浙东的女教育家、闺阁诗人王慕兰在咏竹诗《外山竹月》中也借用了"无竹令人俗"的典故。

外山竹月

〔清〕王慕兰

待到深山月上时，娟娟翠竹倍生姿。
空明一片高难掇，寒碧千竿俗可医。

　　与白天相比，月下赏竹别具风味。明亮的月光下，竹姿较之白天多了一份秀美，更显美好可爱。纵目看去，竹林空明一片，显得澄澈脱尘，让人情不自禁地洗去心中杂念，生出高蹈之思。苏轼云："无肉令人瘦，无竹令人俗。人瘦尚可肥，士俗不可医。"既然，品格高雅的竹子可以医俗，可以提升人的精神境界，那么，现在面对着空山，面对着明月，面对着月下之竹，还会是俗人一个吗？原来，竹对人的影响如此之大！诗歌在突出竹对人精神净化作用的同时，含而不露地礼赞了像竹子一样不俗的君子。

　　同样认为竹子可以令人"不俗"的还有明人刘璟，他的《题高先生画竹》和《种竹斋》表达了同样的主题。《题高先生画竹》和《种竹斋》均出自《易斋集》。在《题高先生画竹》中，刘璟写道："忆昔江南时，追凉隐篁竹。静观生意妙，息我尘外躅。修干质尚柔，新叶阴始菜。披衣抚寒玉，逍遥散烦溽。十年塞北游，梦想结心曲。披图忽见之，潇洒畅心目。题诗谢客去，言尽意未足。"刘璟以"静观生意妙，息我尘外躅"来阐发竹子对他的重要影响，是竹子洗涤了他身上的尘外污浊，让他有焕然一新之感。"披衣抚寒玉，逍遥散烦溽"，用手轻抚绿竹碧绿的竹身，身体闷热、内心烦扰之感顿消，心眼俱明。"题诗谢客去，言尽意未足"，谢客题诗，言有尽而意无穷。在《种竹斋》中，刘璟写道："琅玕出海底，枝叶何扶疏。劲节贯冰雪，秀色凌云衢。美人爱之不能舍，剧根封植当庭隅。嘉实须期待鸾凤，长竿直欲钓鲸鱼。门无俗客书几闲，清风环佩声珊珊。令人脱凡骨，神游入玄关。蓬莱只咫尺，谁谓难跻攀。虚心可以通妙道，正气自足超尘寰。葛陂变化良非难。"刘璟以"令人脱凡骨，神游入玄关"来称赞竹子对自己的巨大影响，认为是竹子让他脱胎换骨，思接千载、心游万仞、神游玄关，在老庄的世界里自由徘徊。竹子如此，善莫大焉！竹子竟能如此，竹子至伟也！人面对竹子竟有如此联想，人非君子乎？

毫无疑问，王徽之的"何可一日无此君"提高了竹的知名度，苏轼的"无竹令人俗"提升了竹的精神维度，所以当文人雅士们想要在纷纷扰扰的尘世中为自己寻找一片心灵净土的时候，以德著名的竹子（竹林）便自然而然地走进他们的视野，成为他们理所当然的不二之选。

第七节　君子喜竹："兰亭雅聚""竹林七贤""竹溪六逸"等

如果要将以美德闻名的"竹子""竹林"与"饮酒""赋诗""弹琴"联系起来，人们最先想到的一定是"兰亭雅聚""竹林七贤""竹溪六逸"。

一、"兰亭雅聚"

"兰亭雅聚"是魏晋时期的风雅韵事，故事的主角儿是王羲之及其子弟，以及谢安、谢万、曹华、华茂、孙统、孙绰等风流雅士。对于这次文人盛会，书法家王羲之的《兰亭集序》记载得非常详细——"永和九年，岁在癸丑，暮春之初，会于会稽山阴之兰亭，修禊事也。群贤毕至，少长咸集。此地有崇山峻岭，茂林修竹；又有清流激湍，映带左右，引以为流觞曲水，列坐其次。虽无丝竹管弦之盛，一觞一咏，亦足以畅叙幽情。是日也，天朗气清，惠风和畅。仰观宇宙之大，俯察品类之盛，所以游目骋怀，足以极视听之娱，信可乐也。……"永和九年（这一年是癸丑之年）的阴历三月初，在会稽山阴的兰亭，众多贤才汇聚一起，从事修禊祭礼。兰亭周围是高大的山峦、茂密的竹林、清澈的溪流，风景非常优美。众人列坐于曲水旁边，饮酒赋诗，好不快乐。酒杯被放在水瓢里，水瓢顺水而流，流到谁那里，谁就端起水瓢里的酒杯一饮而尽并同时赋诗一首，然后把酒杯盛满酒再放入水瓢，让其继续漂流。试想，此等风雅如果没有了"清流激湍""茂林修竹"的衬托，该是多么的大煞风景！

竹林水边，这批文人雅士现场赋诗、出口成章，他们的才思之敏捷足以令人叹为观止：

王羲之："代谢鳞次，忽焉以周。欣此暮春，和气载柔。咏彼舞雩，异世同流。乃携齐契，散怀一丘。"
王徽之："先师有冥藏，安用羁世罗。未若保冲真，齐契箕山阿。"
王凝之："烟煜柔风扇，熙怡和气淳。驾言兴时游，逍遥映通津。"

王玄之：“松竹挺岩崖，幽涧激清流。消散肆情志，酣畅豁滞忧。”

谢安：“伊昔先子，有怀春游。契兹言执，寄傲林丘。森森连岭，茫茫原畴。迥霄垂雾，凝泉散流。”

谢万：“肆眺崇阿，寓目高林。青萝翳岫，修竹冠岑。谷流清响，条鼓鸣音。玄崿吐润，霏雾成阴。”

曹华：“愿与达人游，解结遨濠梁。狂吟任所适，浪流无何乡”。

华茂：“林荣其郁，浪激其隈。泛泛轻觞，载欣载怀。”

孙统：“地主观山水，仰寻幽人踪。回沼激中逵，疏竹间修桐。因流转轻觞，冷风飘落松。时禽吟长涧，万籁吹连峰。”

孙绰：“流风拂枉渚，停云荫九皋。莺语吟修竹，游鳞戏澜涛。携笔落云藻，微言剖纤毫。时珍岂不甘，忘味在闻韶。”

……

这些现场口占的诗歌和《兰亭集序》一起成为“兰亭雅聚”的光辉硕果流传至今。

二、“竹林七贤”

魏晋时期的风雅韵事、风流人物似乎特别多，除了“兰亭雅聚”之外，还有著名的“竹林七贤”。

明人倪谦曾言：“吾之爱夫竹，以其有德也。彼其群而不党，直而不挠，虚乎有容，洁然自高，溪壑幽闲足以遂其性，霜雪严寒不能变其操，此子猷所以一日不可无，而七贤、六逸恒于是乎游遨也。”倪谦所言的“七贤”和“六逸”即“竹林七贤”与“竹溪六逸”。“竹林七贤”是魏晋时期七位颇具“魏晋风度”的风流名士。这七位名士的名气在当时就已经很大，他们不仅才华横溢，能诗能文，而且行为举止不拘礼俗、狂放洒脱。他们的名字是：阮籍、嵇康、山涛、刘伶、阮咸、向秀、王戎。这七位大名鼎鼎的名士喜欢饮酒，而且喜欢在竹林饮酒。这七个君子一样的人物经常在当时山阳县（今河南辉县一带）的竹林之下聚会，痛快酣畅地饮酒、纵歌、吟诗，因而被世人尊称为“竹林七贤”。

有关“竹林七贤”的风雅故事特别多。

“竹林七贤”中的阮籍和嵇康非常富有文学才华，被视为“正始文学”的领军人物。

阮籍，字嗣宗，三国魏时的著名文学家、思想家，他写的《咏怀》诗八十首至今为人称道，他写的文章《大人先生传》体现出非常先进的思想。阮籍还有一个“特异功能”，就是能把眼睛变成全部白色，黑色眼球在眼睛边儿上，猛一看，眼睛只有眼白，几乎看不到黑色眼珠，这被称为"白眼"。有黑色眼球的眼睛称之为"青眼"，青是黑色，黑色眼球居中。阮籍以"青白眼"与人交往。他的习惯是：对于同道之人，用"青眼"看，即用眼睛正视对方，以示喜爱或敬重，这个一般人容易做到；而对于不喜欢的礼俗之士，阮籍则以"白眼"视之，黑色眼球几乎看不到，这个一般人很难做到。对于阮籍的这个特点，《晋书·阮籍传》记载得很清楚："籍又能为青白眼。见礼俗之士，以白眼对之。常言'礼岂为我设耶？'"阮籍为人非常谨慎，《世说新语·德行篇》称他每次和司马昭谈话都是"言皆玄远，未尝臧否人物"，说话总是玄虚幽远，难以揣测，而且他从不品评别人的短长。阮籍喜欢饮酒，据说有一次司马懿派了使者向阮籍求亲，想要结为儿女亲家。为了逃避此事，阮籍一醉就是两个月，使得使者最终也没有找到开口提亲的机会。

嵇康，字叔夜，三国魏文学家、音乐家。嵇康为人也非常谨慎，"竹林七贤"之一的王戎曾说："与嵇康居二十年，未尝见其喜愠之色。（《世说新语·德行篇》）"嵇康很喜欢喝酒，但除了纵酒，文章也写得很好，他写的《难自然好学论》表达的思想简直惊世骇俗。嵇康还精通音律，据传他制作的琴曲《广陵散》高妙无比，只可惜随着他的被杀，《广陵散》也失传了。因为不满司马氏专权，嵇康最终被司马昭杀害。《世说新语·雅量篇》记载嵇康临刑前"神气不变，索琴弹之，奏《广陵散》"，演奏完毕，遗憾地说："《广陵散》于今绝矣！"

"竹林七贤"中的王戎从小就很聪明，据说他七岁的时候，有次和小伙伴们一起游玩，看到路边有棵李子树上结满了李子，其他人都争着跑过去摘，只有王戎一动不动。有人奇怪地问他原因。他说："树在道边而多子，此必苦李。"摘到李子的小伙伴一品尝，果真和他说的一样。

"竹林七贤"中的刘伶生活放荡不羁，嗜酒如命，曾作《酒德颂》宣扬老庄哲学。《晋书·刘伶传》记载说，刘伶常乘鹿车，携酒，使人荷锄随之，曰："死便埋我。"

……

如果说"兰亭雅聚"完全是文人的雅士情趣，那么"竹林七贤"的"竹林之会"却不尽然。曹魏后期，司马氏专权，把持朝政，凡是不与司马氏合作的人都会受到不同程度的迫害。为了躲避灾祸袭身，当时的许多文人，包括"七贤"基本上都选择了远离政治、回归自然的道路。阮籍的"口不藏否人物""痛饮酒"，嵇康的"二十年不见喜愠之色"，刘伶的"死便埋我"其实何尝不是内心痛苦的一种表现形式？所以，"竹林七贤"的竹林之会、吟啸酣歌、纵酒谈玄，当然也有借酒浇心中块垒，借酒发泄内心痛苦的意味。从这个层面看，竹林已经从"兰亭雅聚"中诸人的诗意栖居变成了"竹林七贤"中诸人的心灵慰藉。

三、"竹溪六逸"

"竹林七贤"的遗风流传了千年，到唐代又出现了著名的"竹溪六逸"。

"竹溪六逸"是唐代开元年间隐居于竹溪的六位名士的合称，其中一位就是大名鼎鼎的李白。李白，字太白，唐代大诗人，有"诗仙"之盛誉。李白的结交非常广泛，上至帝王将相、达官显贵，下至平民布衣、渔父酒保，此外还有道士、和尚、道姑、世外高士、山中隐士、各地名士等，可谓三教九流、无所不包。开元二十五年，李白移家东鲁后，就与山东名士孔巢父、韩准、裴政、张叔明、陶沔来往频繁，诗书唱和、互动交流甚广。他们六人还曾一起隐居在山东泰安府徂徕山下的竹溪。竹溪的景色非常优美，山川竞秀，林木生辉。这里翠竹千竿，凤尾森森；溪水淙淙，叮咚有声；杂树生花，芳草鲜美。李白与孔巢父、韩准、裴政、张叔明、陶沔共六人在竹溪这里，或妙辩庄老、吟诗唱和；或举杯邀月、纵酒酣歌；或啸傲泉石、随意坐卧。他们的悠然自在，他们的浪漫洒脱，他们的高风绝尘让世人敬仰不已，世人因而亲切地称呼他们为"竹溪六逸"。

不仅世人仰慕"竹溪六逸"的高风，欣羡他们生活的潇洒，就连李白本人也对自己的这些朋友充满了崇敬之情，对自己的这段隐居生活充满了怀念之情。这些感情在他出山后写的《送韩准裴政孔巢父还山》一诗中表现得非常鲜明：

送韩准裴政孔巢父还山
〔唐〕李白

猎客张兔罝，不能挂龙虎。
所以青云人，高歌在岩户。
韩生信英彦，裴子含清真。
孔侯复秀出，俱与云霞亲。
峻节凌远松，同衾卧盘石。
斧冰嗽寒泉，三子同二屐。
时时或乘兴，往往云无心。
出山揖牧伯，长啸轻衣簪。
昨宵梦里还，云弄竹溪月。
今晨鲁东门，帐饮与君别。
雪崖滑去马，萝径迷归人。
相思若烟草，历乱无冬春。

在《送韩准裴政孔巢父还山》这首诗里，李白先是用比兴手法形容韩准裴政诸人像龙虎一样不易被像捕兔网一样的世俗之网所束缚。对于不愿受羁绊的韩准裴政诸人，山林才是他们最好的家。接着，李白便用生花妙笔来赞美像龙虎一样优秀的友人，并详细描摹他们自得其乐的隐士生活。

"韩生信英彦"是赞美"六逸"中的韩准是英才勃发的才俊，"裴子含清真"是赞美"六逸"中的裴政清真飘逸，"孔侯复秀出"是赞美"六逸"中的孔巢父如高山秀出。"俱与烟霞亲""同衾卧盘石""斧冰嗽寒泉"是描述韩准、裴政、孔巢父的山中生活：他们仨每天都与云霞相亲相近，晚上三个人又一起挤在巨大的磐石上同盖一床棉被睡眠休息，他们或用利斧凿碎冰块或用寒泉洗脸漱口喝水。李白用"峻节凌远松"赞美这三个人是高风峻节凌驾于青松之上，用"时时或乘兴，往往云无心"来赞美他们时有诗兴，时时心净，他们的心清净得就像去自由的无心之云。李白回忆着韩准、裴政、孔巢父等人的隐居生活，回想着他自己和他们一起在竹溪隐居的点点滴滴，又是激动，又是欢喜。"昨宵梦里还，云弄竹溪月"。他想起了他刚刚做过的一个梦。在梦里，他还和这群朋友在一起。在梦里，他又回到了竹溪，又见到了竹溪的白云翠竹和溪中明月。白云依旧在翠竹上缠绕，明月依旧映入清清溪水。一切还是那么的美好而宁静。"今晨鲁东门，帐饮与君别。"如今，友人要归山了，要回他梦中的竹溪了："雪崖滑去马，萝径迷归人"，山高雪滑，友人小心翼翼地走着；山萝高大，叶罩幽径，迎接着归人，友人心满意足地走着。李白想象着友人归山后走在林间山路的情景，内心充满了对友人的祝福，也充满了对友人的不舍。"相思若烟草，历乱无冬春"，友人刚刚离开，李白心中的思念之情便如茫茫烟草一般开始疯狂地生长起来，绵绵长长，忘了季节一般。通过李白的生花妙笔，我们仿佛看到了"竹溪六逸"清高拔俗的风采，看到了他们在竹林旁、溪水边的洒脱生活。

如果说竹林对"竹林七贤"而言是他们避祸全身、对抗世俗的心灵慰藉，那么竹林对"竹溪六逸"而言则是六位高士亲近自然、淡泊明志的精神家园。

四、"人弹竹里琴"

唐代文论家司空图在《诗品》中将"坐中佳士，左右修竹"列入了"典雅"之中。可见，清风拂面，翠竹摇绿，竹林弹琴，溪边赋诗，林边醉酒，是一种高雅的生活情趣，更是一种心归自然、出尘脱俗的生活态度。如果说"兰亭雅聚""竹林七贤""竹溪六逸"是文人在竹林的集体活动，那么，王维的竹林弹琴则完全是文人的个体行为。

王维是盛唐时期山水田园诗派的代表，他写了很多冲淡空灵的山水田园诗，被奉为山水田园诗的圭臬。因为精通绘画，王维的山水诗画面感很强，被苏轼评曰："味摩诘之诗，诗中有画；观摩诘之画，画中有诗。"

王维被后世尊称为"诗佛"，这个尊称与他的人生经历、生活创作密切相关。

　　王维的字"摩诘"是信奉佛教的母亲给取的，王维的名"维"和他的字"摩诘"，合在一起是"维摩诘"，出自于佛经《维摩诘经》。"维摩诘"是佛经人物，《维摩诘经》是王维母亲平日时时诵读的经卷。王维早期热衷仕进，渴望建功立业，写过许多慷慨激昂的边塞诗，譬如读者熟悉的"大漠孤烟直，长河落日圆（《使至塞上》）""草枯鹰眼疾，雪尽马蹄轻（《观猎》）""孰知不向边庭苦，纵死犹闻侠骨香（《少年行》其二）"都是他早期边塞诗中的经典名句。不料中年仕途坎坷，王维颇受打击。受母亲信佛的影响，再加上个人仕途的挫折，王维逐渐开始对佛学产生兴趣，思想也变得比较超脱。四十岁以后，王维开始过起一种半官半隐的生活，正如他所言："晚年惟好静，万事不关心（《酬张少府》）""行到水穷处，坐看云起时（《终南别业》）"，他的山水诗越来越开始渗透出一种禅味，体现出一种山水的诗情画意与禅意佛理相结合的意趣来。在这类诗歌中，王维使用频率最高的一个字是"空"字，如"空山新雨后，天气晚来秋（《山居秋暝》）""人闲桂花落，夜静春山空（《鸟鸣涧》）""涧户空无人，纷纷开且落（《辛夷坞》）""山路元无雨，空翠湿人衣（《山中》）"等诗句都用到了"空"字。空是幽静，山因为静而显得空，因为空而更显幽静。心因为静而显得空，因为空而更显宁静。所以，静和空是联系在一起的。有时，即便不用"空"字，因为心灵的"空"和"静"，同样能读到"空"和"静"的感觉。譬如当我们读到王维晚年隐居蓝田辋川时创作的《竹里馆》一诗时，我们同样能真切地感受到王维的"空"和"静"。

竹里馆

〔唐〕王维

独坐幽篁里，弹琴复长啸。

深林人不知，明月来相照。

　　王维多才多艺，除了诗书画，也精通音律，喜欢弹琴。王维不仅喜欢弹琴，而且喜欢在竹林里弹琴赋诗、吟咏长啸。他的《竹里馆》一诗忠实地记录了他这种超脱出尘的生活。

　　诗人独自坐在茂密幽深的竹林里，一会儿弹琴，一会儿长啸。竹林如此幽深又如此幽静，除了诗人的琴声和啸声，再也看不到一个人，再也听不到其他的声音。不知道过了多久，一轮明月渐渐爬上了林梢，整个竹林沐浴在如水一般明亮的光辉里，显得干净而空灵。月光照在竹林上，也照在诗人的身上、头上和脸上。

　　坐在茂密的竹林里弹琴、长啸，无人知晓，无人喝彩，这些对王维来说都不重要，重要的是有天上的明月照在树林里、照在他身上。这样的诗歌如果不是在清幽的意兴、澄净的心灵状态下是断然写不出来的。诗人的寂寞与宁静，与竹林明月本身所具有的清幽澄净的属性悠然相会，竹子的幽深宁静和君子的淡泊清静默然相通。于是，我们看到了一个高雅脱俗的高人，看到了一种清幽宁静、高雅绝俗的境界。

　　王维笔下这种澄明静寂的生活境界在唐代"大历十才子"之一的李端笔下也可以读到。

题从叔沆林园

〔唐〕李端

阮宅闲园暮，窗中见树阴。

樵歌依远草，僧语过长林。

鸟啭花间曲，人弹竹里琴。

自嫌身未老，已有住山心。

　　快乐的樵夫唱着歌从草丛走过，他的身影越来越远；高雅的僧人在茂密的树林边依依话别，声音越来越模糊。鸟儿在树枝间飞跃，在花丛中发出愉快的鸣叫，雅士在幽静的竹林里安静地弹着古琴。这样的生活，怎不令人顿起"住山心"、隐居念呢？

　　在诸如此类的诗歌中，竹子的意象总是不可或缺，譬如宋人范仲淹的寄赠诗《寄题孙氏碧鲜亭》：

寄题孙氏碧鲜亭

〔北宋〕范仲淹

天地何风流，复生王子猷。黄金买碧鲜，绿玉排清秋。

非木亦非草，东君岁寒宝。耿耿金石性，雪霜不能老。

清风乃故人，徘徊过此君。泠泠钧天音，千载犹得闻。

应是圣贤魄，钟为此标格。高节见直清，灵心隐虚白。

粉筠多体貌，锦箨见儿童。上交松桂枝，下结兰蕙丛。

秀气蔼晴岚，翠光凝绿水。明月白露中，静如隐君子。

不愿湘灵泣，不求伶伦吹。凤皇得未晚，蛟龙起何时。

萧萧云水间，良与主人宜。红尘满浮世，何当拂长袂。

坐啸此亭中，行歌此亭际。逍遥复逍遥，不知千万岁。

　　诗人的朋友孙氏像晋代名士王子猷一样爱竹，并不惜重金买下竹林密布的碧鲜亭。竹子是禾草类植物，非木非草，色如绿玉，质如金石。竹子冰清玉洁、风格高尚，仿佛是前代圣贤的魂魄钟情于竹、凝结于竹而成。竹子的邻居是备受国人喜爱的具有君子品性的"松桂"和"兰蕙"。竹子它不仅清直无双，而且自甘淡泊。竹子宁肯不做人人称赞的斑竹也不愿湘水女神哭泣，竹子也不求被乐官伶伦做成举世闻名的乐器名扬天下。竹子只想做自己，和凤凰为伴，和蛟龙为友，畅游云水间，和自己的主人、知音相伴。竹子所追求的生活不正是世外高人逍遥自在的自由生活吗？诗人坐在幽静的碧鲜亭里，看着四周的青青翠竹，又是长啸又是高歌，逍遥快乐得不知日月。至此，一个寄情竹林、内心静寂的雅士形象呼之欲出。竹也，幽也，高蹈君子象征也。

结　语

竹，"花中四君子"之一，因其天生丽质而常被文人雅士冠以美竹、修竹之名。

竹，颜色或绿或黄，观之让人心生欢喜；萧萧有尘外之姿，挺拔有君子之风，观之令人心仪神往。令人百看不厌的竹子，其颜色是美的，其竹节是美的，即便它的影子、它的声音也是美的。竹子在风中发出的声音被视为"天籁之音"，被诗人比喻为细细的"龙吟"。成竹是美的，嫩竹是可爱的。嫩竹作为新生之竹，天生一股新鲜的香气，和成竹的香气虽不相同，却同样带给人们美的享受。天然有韵的竹子如果有了风雨、烟雾或者泉石的衬托，那就更具风韵了。

竹色、竹姿、竹影、竹声、竹香、竹韵一起成就了竹子的超凡脱俗，它以自身的魅力悄无声息地走进了世人的内心世界。"岁寒别有非常操，不比寻常草木同。"在文人眼中，竹子的魅力还在于它的精神内涵，它身上有一种非同寻常的节操即人们常说的君子美德。

竹子的美德之一是它的"耐寒"本色所体现出来的坚强，而且越是严寒的环境越能体现它的坚强。竹子因"耐寒"本色所体现出来的坚强一般都是通过风、雪、霜、霜雪、冰雪、冰霜的衬托和对比体现出来的。竹子的美德之二是它的"竹节"所体现出来的"节文化"。竹子天然而生的"竹节"在诗人眼中和"气节"划上了等号，对此，诗人毫不吝惜溢美之词，将其赞誉为"高节""劲节""凌云节""冰霜节"等。竹子的美德之三是它的"虚心"。竹子因其竹干的中部是空的而被看作"虚心"的象征。竹子的美德之四是它勇敢斗争的傲岸不屈。在诗人笔下，竹子是傲岸不屈的铮铮君子。竹子的美德之五是它的奉献精神，在诗人眼中，竹子就像默默奉献的君子一样无欲无求。正因为竹子与君子相似，所以，自古以来，君子喜欢竹子，君子也常常把竹子和君子相联系，甚至直接把竹子比作君子。

竹子的精神内涵会让人联想到君子的美德，而竹子的文化起源则会让人联想到中国的吉祥图腾——龙、凤。龙是中国的原始图腾，凤是中国的百鸟之王。竹子与它们的文化联系无疑提高了竹子的品位，提升了竹文化的高度。在关于竹子的神话传说中，竹子和龙，竹子和凤凰，竹子和湘水之神娥皇、女英都有着千丝万缕的联系。

君子一向爱竹、恋竹、亲竹，不管是东晋名士王徽之发出的"何可一日无此君"，还是北宋文士苏轼感叹的"无竹令人俗"，无一例外地体现君子恋竹、君子亲竹的别样风采。除此之外，"兰亭雅聚""竹林七贤""竹溪六逸"也为后世留下了君子亲竹的美谈。竹林里弹琴的"无我之境"同样丰富了竹子与君子的天然联系，为后世留下了众多竹子与君子的美丽故事。

总而言之，竹子的形、竹子的韵、竹子的神、竹子的品……无不令人感叹。在竹子身上似乎总能找到和君子相通的地方。竹子的秀美会让我们联想到君子的玉树临风；竹子的潇洒会让我们联想到君子的风流倜傥；竹子的神韵会让我们联想到君子的风度翩翩；竹子的品格会让我们联想到君子的各种美德；竹子的文化图腾会让我们联想到君子的高妙绝尘。总之，看到竹子，想起君子；看到君子，想起竹子。竹子与君子的血肉联系已经不知不觉成为一种文化积淀，沉淀进我们千年的文化长河中，沉淀进我们每一个国人的心底深处。所以，讲君子文化，怎能不提到竹子呢？

第四章　咏菊诗词中的君子文化

清人叶天培《菊谱序》云："菊之色奇而正，艳而不妖。"萧瑟秋风中，满眼金黄的菊花总是分外惹人注目，但却艳而不妖。清人王韬《招陈生赏菊》也曾由衷地赞美："菊乎菊乎，……独殿秋芳也。"是啊，有什么花儿能在秋日迥出于众芳之上？有什么花儿能像金色的菊花一样和属金的秋更相配呢？

第一节　君子论菊："秋花不比春花落"

宋人陆游《菊花》诗云："名纪先秦书，功标列仙方。"可见，菊花出现很早，在先秦时期就有记载，事实也确实如此，例如，先秦时期的经典著作《礼记·月令》有言："季秋之月，菊有黄华。"其中的"黄华"即黄花，也就是菊花。先秦时期另一经典著作《山海经》也提到了菊花："眠山之首，曰女儿之山，其上多石涅，其木多杻橿，其草多菊。"菊花在秋季盛开的时令特征非常明显，而且它因被人们视为"候时之草"而成为秋天的代指。西晋周处《风土记》也说菊"生依水边，其华煌煌，霜降之时，唯此草茂盛"。北宋陆佃《埤雅·释草》解释说："菊本作鞠，从鞠。鞠，穷也。华事至此而穷尽，故谓之鞠。节华之名，取其应节候也。"也就是说，菊花是秋天里最后盛开的花，到菊花这里，花事就基本结束了，因而，它代表着秋冬时序的交接。"春兰兮秋菊，长无绝兮千古（《九歌·礼魂》）"，先秦战国时期的屈原通过兰菊并举来象征时序变化，而且也是将菊花视为了秋天的代表物象。因此，菊花被称为秋花理所当然。

一、郑思肖之菊：守志不移

菊花和别的花不一样，即便花儿开败了、衰残了，也不会像桃花、梨花、杏花一样凋零入泥，化为尘土。那么，它的花瓣呢？原来，菊花的花瓣即便干枯了也不会凋零，而是依然挂在花枝上。明人李时珍《本草纲目》曰："菊春生夏茂，秋华冬实。倍受四气，饱经风霜，叶枯不落，花槁不零。"在郑思肖的题画诗《画菊》中，我们同样可以真切地感受到菊花的这一特点。

画菊

〔南宋〕郑思肖

花开不并百花丛，独立疏篱趣未穷。

<u>宁可枝头抱香死，何曾吹落北风中。</u>

菊花不会和百花一起开放，不会在百花丛中和百花争奇斗艳，它只会开在秋天，开在秋霜之后。它对于生存环境从来不挑剔，即便长在稀稀疏疏的篱笆旁边，环境艰苦，它也是处之泰然，就像有骨气的君子一样。更重要的是，菊花即使枯萎了，它也是带香枯死在枝头，不会凋落。

中国文学一直有"文以载道"的传统，菊花干枯枝头的物性特点被情感丰富、善于联想的中国文人自然而然地和守志不移的君子联系在一起。诗人郑思肖正是这样的君子。

郑思肖，宋末元初人。蒙古军入侵后，忧国忧民的郑思肖上疏直谏，力陈抗敌之策，可惜不被朝廷采纳。从此，郑思肖隐居苏州，终生未娶。南宋灭亡、元朝建立后，作为南宋遗民的他将自己的"字"改为"忆翁"，并为自己取个新号叫"所南"，同时他还将自己的居室题名为"本穴世界"。根据拆字组合的方法，"本"字可以拆分为"大"和"十"字，将"本"拆分后的"十"字置于"穴"中，即为"宋"，它和前面的"大"结合在一起，即为"大宋"。所以，"本穴世界"其实隐喻着"大宋"二字。郑思肖以此表明自己不忘故国，不向异族统治者称臣的心志。诗人这份深沉的爱国之思在《画菊》诗中同样令人动容。"宁可枝头抱香死，何曾吹落北风中"——诗人对故国矢志不渝的精神眷恋、守志不移的君子气节通过菊花"抱香枝头"被抒写得多么形象、多么感人！

郑思肖对菊花又耐寒又不凋零的特点情有独钟，在菊花身上，他找到了情感的寄托，譬如在《陶渊明对菊图》诗中，他写到："彭泽归来老岁华，东篱尽可了生涯。谁知秋意凋零后，最耐风霜有此花。"对菊花坚贞顽强的赞美背后依然是对君子气节的坚守。在另一首咏菊诗《菊花歌》中，郑思肖九死不悔的故国深情、守志不移的民族气节同样感人肺腑。

菊花歌

〔南宋〕郑思肖

太极之髓日之精，生出天地秋风声。

万木摇落百草死，正色与秋争光明。

背时独立抱寂寞，心香贞烈透寥廓。

至死不变英气多，举头南山高嵯峨。

由于宋元朝代更替，郑思肖成了南宋遗民。尽管生不逢时，环境恶劣，但是他宁肯隐居不仕、独抱寂寞，也不肯委屈心志、向元称臣。郑思肖贞烈的民族气节令人不由得想起"人生自古谁无死，留取丹心照汗青"的作者文天祥。文天祥是南宋末年坚持抗元的民族英雄，在抗元斗争中兵败被俘、誓死不屈，最终英勇就义，时年47岁。文天祥在明代被追赠谥号"忠烈"。"心香贞烈透寥廓"，寥廓大地上能感受到充塞寰宇的菊花香，那何尝不是君子的一瓣"心香"？这君子是郑思肖，是文天祥，也是一切有骨气的君子！"至死不变英气多"，贞烈如此，菊花的魂魄应当已经和君子宁死不屈的精神融为一体了。菊花的品德、君子的气节不知不觉悄然合一，正如明人宋镰《菊轩铭》所言："菊有正色，具中之德，君子法之。真菊兮，君子兮，合为一兮，终无贰兮。"

郑思肖借菊花的不落泥土、抱香枝头来赞美君子的气节。可是，菊花真的都是只会枯于枝头而不会落瓣于地上的吗？

二、王安石之菊：与众不同

据说，四川大才子苏轼少年时非常年轻气盛。有一次苏轼夫拜访名动四方的文坛宿儒王安石，孰料王安石正与别的客人在会谈。于是苏轼被带到王安石的书房等待。苏轼等了一会儿还不见王安石，就百无聊赖地在书房里乱转起来。这一转不打紧，正好看到书桌上有一首没有写完的诗，题目是《咏菊》，只两句："昨夜西风过园林，吹落黄花遍地金。"看来，客人造访时王安石只写了一半，为了陪客就暂时搁笔。苏轼一琢磨，心想，"不对呀，菊花枯萎之后不是在枝头吗？怎么会花落遍地呢？荆公是不是写错了？不行，我得把他纠正过来。"这么一想，苏轼捋起袖子，也不顾是否符合礼仪，拿起桌子上的毛笔就给没有写完的《咏菊》诗补充了后面的两句："秋花不比春花落，说与诗人仔细吟。"写完之后，年轻的苏轼还把续写完整的《咏菊》诗又读了一遍："昨夜西风过院林，吹尽黄花遍地金。秋花不比春花落，说与诗人仔细吟。""嗯，既完整押韵又委婉地提醒了荆公，不错，不错。"苏轼对自己的行为非常满意，自言自语地夸赞自己道。将诗歌补充完毕，王安石还没有回来。苏轼也不以为意，他觉得帮助王安石纠正了一个诗歌上的失误，很高兴，于是怀着高兴的心情离开了王安石的府邸，打算下次再访。

时事多变幻，没想到时局变化很快。由于朝廷奸佞的诬告陷害，苏轼被捕入狱，即著名的"乌台诗案"。经亲朋友人多方营救，苏轼最终被释放出来，贬官黄州做了团练副使。到黄州后，正好赶上秋天，也正好赶上菊花开，黄灿灿的菊花漂亮极了。过了一段时间后，菊花露出开败的迹象来。一天夜晚刮了很大的风，早上苏轼推门一看，傻眼了。满地满园金灿灿的菊花花瓣！原来，黄州的菊花品种是落瓣的！"昨夜西风过园林，吹落黄花遍地金。"苏轼忽然想起王安石的这两句诗来，也想起了自己续写的两句"秋花不比春花落，说与诗人仔细吟"，心里忍不住感慨自己当年太年少轻狂了，同时对王安石的渊博学问也不由自主多了一份敬佩之心。苏轼默默地想：黄州的菊花与众不同，是不是就像赋诗赞美它的诗人王安石呢？在所有反对变法的呼声中，作为宰相的王安石不畏不屈，坚持推行改革变法，为富国强兵的理想、为黎民生活的改善而战，为改变一成不变的社会现实而斗，他和他的菊花一样，也是多么卓尔不群、与众不同！君子，都是与众不同的吧？关于王安石与苏轼论菊的这个有趣故事出自明末学者冯梦龙《三言二拍·警世通言》中的《王安石三难苏学士》。

郑思肖说菊花不落，王安石却说菊花会落，这是怎么回事呢？

宋人史正志《百菊集谱·后序》云："菊之开也，既黄白深浅之不同，而花有落者有不落者。盖花瓣结密者不落，盛开之后浅黄者转白，而白者渐转红枯于枝上，花瓣扶疏者多落。盛开之后渐觉离披，遇风雨撼之则飘散满地矣。……岂非于草木之名犹有未尽识之而不知有落有不落者耶……若夫可餐者乃菊之初开，芳馨可爱耳。若夫衰谢而后落，岂复有可餐之味……余学为老圃而颇识草木者，因并书于菊谱之后。"史正志在长期栽培菊花的生活实践中观察到菊花有落者、有不落者，这是它们的品种各不相同的缘故。这个看法无疑是科学的。所以，诗词中吟菊花抱香枝头是对的，王安石咏菊花落地同样是正确的。

但是不管是落地的菊花还是不落地的菊花，也就是说，不管是什么品种的菊花，都不惧风霜和严寒，这是它们的共同特点——"本性能耐寒"。

第二节 君子知菊："本性耐寒"

一、霜露环境下的菊花

菊花盛开在百花凋谢的深秋，它凌寒傲霜的本性很早就吸引了文人关注的目光，如东晋袁山松的《咏菊》诗云："灵菊植幽崖，擢颖凌寒飙。春露不染色，秋霜不改条"。因为松树在古人心目中一直是威武不屈的君子形象，"岁寒，然后知松柏之后凋也"（《论语·子罕》），所以菊花还常常与松树一起出现在文人称赞的目光中，如西晋苏彦《秋夜长》中的"贞松隆冬以擢秀，金菊吐翘以凌霜"是菊松并举，东晋许询的"青松凝素髓，秋菊落芳英（《诗》）"、东晋陶渊明的"芳菊开林耀，青松冠岩列（《和郭主簿》）"也同样是菊松并举。自晋之后，菊、松并举更是蔚然成风，如唐人汪遵《彭泽》诗中的"鹤爱孤松云爱山，宦情微禄免相关。栽成五柳吟归去，漉酒巾边伴菊闲"、唐人徐夤《菊花》诗中的"篱物早荣还早谢，涧松同德复同心。陶公岂是居贫者，剩有东篱万朵金"等都是菊松对句。

对于菊花傲霜耐寒的品性，陶渊明以"杰"字来形容："芳菊开林耀，青松冠岩列。怀此贞秀姿，卓为霜下杰。"在《和郭主簿》诗中，陶渊明不仅将菊花和耐霜寒的青松相提并论，而且以崇高的敬意将菊花的芳姿称为"贞秀姿"，将菊花的坚贞称为"霜下杰"。《新华汉语词典》（最新修订版）对"杰"的解释是："优异的，超过一般水平的；才能出众的人。"可见，能称之为"杰"的绝对是非同凡响之人或者非同凡响之物。"生当作人杰，死亦为鬼雄"，李清照以"杰"来形容西楚霸王项羽。项羽虽然在楚汉之争中失败了，但在女词人李清照的心目中，他依然是一个人中之杰的盖世英雄，所以词人用"人杰"来称赞项羽。项羽是非同凡响之人，菊花是非同凡响之物，他们都无愧于"杰"的称号。陶渊明认为菊花是经历严霜洗礼而不屈服的君子，是"花中之杰"，所以他用"霜下杰"来称赞菊花。受陶渊明影响，北宋苏洵也以"霜下杰"来称赞菊花，他在《咏菊》诗中写道："骚人足奇思，香草比君子。况此霜下杰，清芬绝兰芷。气禀金行气，德备黄中美。古来鹤发翁，餐英饮其水。"苏洵将菊花称呼为"霜下杰"，认为其"清芬"甚至超过了"兰芷"之类的香草，以此赞美菊花卓尔不群的品格。南宋史铸以"物中之英，百卉之杰"来称赞菊花，同样将其视为英雄、俊杰。在《百菊集谱后序》中，史铸详细阐释了菊花的人格象征意义："菊也，方灌灌然独立于霜露之中……正可比高人贞士立于世道之风波。操履卓绝，不为威武势力之所屈者矣。夫其天姿高洁，……生不与草木同流，死不与草木偕逝，可谓物中之英，百卉之杰然者也。"在文人的关照中，菊花傲霜耐寒的生物特性已经不知不觉上升为一种品格的象征，已经被等同于君子的高格，并以多种方式出现于诗文中。例如宋人梅尧臣《依韵和通判把菊有寄》云"唯菊不畏寒，淡艳如有德。自与兰并生，非因人所植"，将菊花"不畏寒"的品格视为君子的"有德"。清人叶天培《菊谱序》云"菊之品，傲骨凌霜，萧然自逸"，将菊花凌霜的特点视为君子的傲骨。"耐寒的菊花——坚贞的君子"这一联系在长期的发展过程中逐渐成为菊文化内涵的一个重要内容而沉淀进国人的集体无意识。

菊花坚贞顽强的风骨和气节常常通过霜露的环境和对比衬托的手法来体现。例如唐人韦应物《效陶彭泽》诗中的"霜露悴百草，时菊独妍华"，通过秋日百草历霜经露后的憔悴来衬托菊花不惧霜露的坚强；又如宋人陆游《晚菊》诗中的"蒲柳如懦夫，望秋已凋黄。菊花如志士，过时有余香。眷言东篱下，数株弄秋光。粲粲滋夕露，英英傲晨霜"，通过蒲柳的早凋来衬托菊花在"夕露""晨霜"中的傲骄。

又如无产阶级革命家陈毅的咏菊诗《秋菊》：

秋菊

陈毅

秋菊能傲霜，风霜重重恶。

<u>本性能耐寒，风霜其奈何？</u>

秋菊的特点或者说秋菊的优点就是能"傲霜"，哪怕是面对"重重恶"的"风霜"，秋菊也毫不畏惧。因为秋菊"能耐寒"的本性是天生的，是上天赐予的本性，所以面对天性如此倔强的秋菊，风霜再厉害，又能奈之何？陈毅（1901—1972年），中华人民共和国十大元帅之一，党和国家的卓越领导人之一，同时也是一位诗人。他与"四人帮"斗争，被诬陷为"二月逆流"，1968年，被下放河北石家庄。虽然遭受种种磨难，但陈毅对党的忠诚自始至终不曾改变，他笔下的秋菊不正是他本人的真实写照吗？"本性能耐寒，风霜其奈何？"透过诗人的笔触，我们仿佛看到了一个天性刚强、坚贞不屈的君子的铮铮傲骨。

秋菊傲霜耐寒的本性、坚贞不屈的品格，在唐人白居易的《咏菊》诗中也能看到。

咏菊

〔唐〕白居易

一夜新霜著瓦轻，芭蕉新折败荷倾。

<u>耐寒唯有东篱菊</u>，金粟初开晓更清。

经过一夜的寒霜，芭蕉和残荷或折断或歪斜，尽显憔悴支离，可是东边篱笆旁边的菊花依旧在严寒中傲然而立，金粟般的黄花在清晨更多了一份清爽、一丝清香。菊花清绝凌寒的品格在霜降之时芭蕉新折和荷叶残败的反衬下得到了凸显。白居易是新乐府运动的倡导者，主张"文章合为时而著，歌诗合为事而作"，他前期在京为官，积极参与朝政，不畏权贵，常常直言不讳地上书论事。诗中的菊花何尝不是他自己的精神写照呢？

菊花坚贞的风骨在宋代不随流俗、耿直不阿的诗人苏轼笔下也有表现，如：

赠刘景文

〔北宋〕苏轼

荷尽已无擎雨盖，菊残犹有傲霜枝。

一年好景君须记，最是橙黄橘绿时。

当荷花已经没有了像"擎雨盖"一样的荷叶时，菊花仍旧有"傲霜枝"的枝干。对菊花而言，即便是开败了、衰残了，其傲霜的枝条依然会在风霜中坚强挺立。至此，一个蔑视打击、不怕挫折的傲岸君子的形象宛然就在眼前。

在唐人刘禹锡笔下，同样能看到菊花美丽坚强的身影，这菊花绰约多姿，既有白色，也有黄色。

和令狐相公九日对黄白二菊花见怀

〔唐〕刘禹锡

素萼迎寒秀，金英带露香。

繁华照旌钺，荣盛对银黄。

琼璧交辉映，衣裳杂彩章。

晴云遥盖覆，秋蝶近悠扬。

空想逢九日，何由陪一觞。

满丛佳色在，未肯委严霜。

"素萼"是指白菊花，白色为素色，所以刘禹锡以"素"称之。"金英"是指黄菊花，黄色为金色，所以刘禹锡以"金"称之。不管是素雅的白菊花还是明艳的黄菊花，它们都十分美丽，尤其这两种颜色混合在一起看，更是产生了意想不到的效果。菊花的黄色和白色就像白璧和黄琼交相辉映，又像衣服上华丽多彩的花纹一样好看。这些菊花不仅美丽还很顽强。它们在严寒中，不仅不折腰低头，相反还更加秀丽多姿、含露散香；而那些在春天里千娇百媚的"满丛佳色"因畏惧寒冷早已都销声匿迹了。诗人用对比的手法让菊花的坚强跃然纸上，而菊花的坚强难道不会让人联想到坚强的君子品格么？

刘禹锡素有"诗豪"之称，他为人正直，为官清廉，上书言事不避权贵。曾因《元和十年自朗州至京戏赠看花诸君子》（也名《玄都观桃花》："紫陌红尘拂面来，无人不道看花回。玄都观里桃千树，尽是刘郎去后栽。"）一诗而被贬官岭南做刺史。十四年后，刘禹锡复出，重游玄都观，故地重游，豪情不减当年，写了一首《再游玄都观》："百亩庭中半是苔，桃花净尽菜花开。种桃道士归何处，前度刘郎今又来。"结果因此诗再度被贬官出京。"巴山楚水凄凉地，二十三年弃置身（《酬乐天扬州初逢席上见赠》）"就是其官宦生涯的真实写照。尽管因为得罪朝中权贵而被贬谪二十三年，但其坚韧不拔的性格始终不曾改变。由此可见，刘禹锡正是他笔下"未肯委严霜"的菊花一样的君子。

二、"荒篱""石缝"环境下的菊花

菊花的坚强不仅体现在霜、露的恶劣环境下，还体现在"荒篱""石缝"等恶劣的生存环境中。例如：

野菊

〔唐〕王建

晚艳出荒篱，冷香著秋水。

忆向山中见，伴蛩石壁里。

看到荒凉篱笆旁的菊花时总能让人感动，它虽然晚开但是依然艳丽开放的倔强，以及它在严寒天气里散发的菊花香都带给人别样的感受。因为秋冬时节的寒冷，菊花的香味似乎也带上了冷飕飕的气息。菊花独特的"冷香"闻上去特别清冽，令人精神为之一爽。看着菊花，闻着菊花的冷香，诗人忽然想起了在山间曾经见过的野菊。那些野菊生长在山间石缝，陪伴它们的只有低吟浅唱的蟋蟀。尽管生存环境那么恶劣，那些野菊也依旧会开出花来，它们不惧风霜、不怕艰苦，扎根岩缝的坚强精神与孤标傲世的君子多么类似！

菊花坚强的精神引起了无数诗人的好感，唐人元稹甚至情不自禁地发出感叹："不是花中偏爱菊，此花开后更无花。"

菊花

〔唐〕元稹

秋丛绕舍似陶家，遍绕篱边日渐斜。

<u>不是花中偏爱菊</u>，<u>此花开尽更无花</u>。

喜欢菊花的诗人在房前屋后种植了大量的菊花。秋天到来后，一丛丛的菊花赶趟似地竞相开放。诗人看着盛开的菊花情不自禁地想起了同样喜欢菊花的隐士陶渊明。陶渊明也在自家周围种了很多的菊花，就像他家的菊花一样，绕舍而栽，绕舍而开。菊花盛开后，诗人绕着篱笆仔细地欣赏，赏菊入迷的他竟然忘记了时间。不知不觉落日已然西斜，诗人才恋恋不舍地走回家去。在众多的花儿之中，诗人为什么如此偏爱菊花呢？"不是花中偏爱菊，此花开尽更无花。"原来，深秋之后，在春夏季节争奇斗艳的百花已经难觅芳踪，可是菊花却凌风而立、经霜不凋，为人们带来勃勃生机。所以，诗人钟情菊花、偏爱菊花不是没有缘由的。这里面不仅包含着诗人对自然的热爱、对菊花的喜爱，更包含着对菊花高洁操守和坚强品格的赞颂。

"不是花中偏爱菊，此花开后更无花。"——宋人李遵勖对元稹的爱菊理由特别欣赏，甚至在《望汉月》词中还直接套用了这一诗句："黄菊一丛临砌，颗颗露珠装缀。独教冷落向秋天，恨东君不曾留意。雕栏新雨霁。绿藓上，乱铺金蕊。此花开后更无花，愿爱惜，莫同桃李。"因为"此花开尽更无花"，所以李遵勖在赞美菊花"本性能耐寒"节操的同时，也呼吁人们要爱惜菊花、珍惜菊花，就像去珍惜一个值得珍惜的人一样。

第三节　君子乐菊："菊花须插满头归"

一、菊花与重阳节

古人喜欢菊花还有一个很重要的原因就是，菊花和中国的一个传统节日——重阳节紧密相连。

对于菊花，先秦典籍早有记载。《礼记·月令篇》中的"季秋之月，鞠有黄华"中的"黄华"指的是菊花；《尔雅》中的"菊，治蔷也"中的"治蔷"指的也是菊花。此后，文献典籍记载菊花的更多更详细，如西晋周处《风土记》对菊花的记载："日精，治蔷，皆菊之花茎别名也。生依水边，其华煌煌；霜降之时，唯此草盛茂。九月律中无射，俗尚九日而用候时之草也。"显然，《风土记》不仅明确指出了菊花的花茎在古书中的别名是"日精、治蔷"，而且指出了菊花多生长在水边，是"候时之草"，盛开在秋天"霜降之时"，基本上是在农历九月九日——即在我国的传统节日重阳节左右开放。菊花因为在重阳节左右开放，因而便和重阳节这个节日有了千丝万缕的联系。

对于九月九日重阳节这个节日，诗词中多用"九日"来代指。"九日"有时候出现在诗句中，如唐人李峤《菊》中的"玉律三秋暮，金精九日开"就提到了"九日"。"九日"有时候直接出现在诗题中，如唐人白居易写于重阳节的对菊怀人诗："赐酒盈杯谁共持，宫花满把独相思。相思只傍花边立，尽日吟君咏菊诗。"其诗题《禁中九日对菊花酒忆元九》中就出现了"九日"。"九日"有时候被直接当作诗题，如李白写的"今日云景好，水绿秋山明。携壶酌流霞，搴菊泛寒荣。地远松石古，风扬弦管清。落帽醉山月，空歌怀友生。"其诗题直接就是《九日》。"九日"如此不拘位置地被频繁使用，不难推测，"九日"作为重阳节的代名词是多么深入人心！

作为一种草本植物，菊花的枝叶和高度都和蓬蒿有些类似，但二者却有实质的不同。蓬蒿是一种野生杂草，于是，有一些五谷不分的王孙公子便会把菊花误认为是蓬蒿。可是，菊花怎么能和蓬蒿等量齐观呢？到了农历九月九日重阳节这天，菊花已经长成了，可以带给人们很多的快乐和喜气。人们可以采菊、持菊、赏菊、咏菊，还可以喝菊花茶、饮菊花酒。这一切，蓬蒿如何能做到呢？菊花能在秋露中开花，而且菊花开时，香飘池岸，这一点蓬蒿又如何能做到呢？还有，菊花从来不羡慕长在屋顶之上的瓦松，它虽然处于低处却能自得其乐，并把芳香毫不怜惜地贡献给人们。菊花的自感淡泊多么像不慕荣利的君子！所以，对于菊花，唐代诗人郑谷在《菊》诗中语重心长又充满敬意地写道："王孙莫把比蓬蒿，九日枝枝近鬓毛。露湿秋香满池岸，由来不羡瓦松高。"

最早的中药典籍《神农本草经》对菊花也有记载："菊有两种者：一种紫茎，气香而味甘美，叶可作羹，为真菊；一种青茎而大，作蒿艾气，味苦不堪食，名薏，非真菊也。"可见古人已经认识到菊花有不同的种类，并将菊花分为可食之菊和不可食之菊。古人认为可食之菊浑身是宝。明人李时珍的《本草纲目》记载曰："其（指菊）苗可蔬，叶可嚼，花可饵，根实可药，囊之可枕，酿之可饮，自本至末，罔不有功。"晋人葛洪的《西京杂记》记载说："菊花舒时，并采茎叶，杂黍米酿之，至来年九月九日始熟，就饮焉，故谓之菊花酒。"可见，可食之菊在当时非常盛行。可食之菊的做法有很多种，不仅有菊花菜肴、菊花饼、菊花羹，还有菊花茶、菊花酒等。唐人李建勋《采菊》中的"味甘资麹蘗，香好胜兰荪"指的是用菊花酿造味道甘美的菊花酒。宋人辛弃疾《沁园春·带湖新居将成》中的"秋菊堪餐，春兰可佩，留待先生手自栽"指的是用菊花做成的菊花羹或菊花饼。

菊花因为和重阳节渊源深厚，故而，所有与菊花有关的习俗和活动也顺理成章地成了重阳节的习俗活动。譬如与菊花相连的吃菊花羹、饮菊花茶、喝菊花酒、咏菊花诗以及访菊、赏菊、持菊、佩菊、簪菊等文化活动都成为了重阳节的节日习俗。由于文人的关注和身体力行，和菊花相关的习俗活动便频频亮相于诗词之中，如唐人孟浩然《过故人庄》中的"待到重阳日，还来就菊花"指的是重阳节饮菊花酒的习俗，唐人李峤《菊》中的"荣舒洛媛浦，香泛野人杯"指的是重阳节喝菊花茶的习俗。显然，"九日—重阳—菊花—习俗"构成了菊花的另一条生命线。

二、菊花与君子的旷达不羁

重阳赏菊是习俗，但是一旦节日过去，赏菊之人明显会少很多。例如宋人范成大的咏菊诗：

重阳后菊花

〔南宋〕范成大

寂寞东篱湿露华，依前金靥照泥沙。

世情儿女无高韵，只看重阳一日花。

与重阳赏菊的热闹不同，重阳之后，虽然带着湿露的鲜嫩菊花和重阳节之前一样金黄迷人如笑脸，甚至更加楚楚动人，但是门庭冷落，无人观赏，"寂寞"无限。可叹世俗之人没有超脱的情趣，"只看重阳一日"之"花"，仅仅是应景而看，附庸风雅，实际上并不了解赏菊之真意。诗人范成大在借重阳节后赏菊之事讽刺世人庸俗的同时，也呈现出君子清高脱俗、与众不同的高格。

与世俗之人不同，真正的隐士、风雅之士不仅在重阳赏菊，重阳节之后，赏菊甚至更加频繁，如唐人郑谷的《菊》诗：

菊

〔唐〕郑谷

日日池边载酒行，黄昏犹自绕黄英。

重阳过后频来此，甚觉多情胜薄情。

池边的黄菊多么讨人喜欢，惹得诗人郑谷"日日池边"边走边看，每一次都看到黄昏时分还不愿意离开。重阳节之后，他去得就更频繁。自己是不是多情的君子呢？"甚觉多情胜薄情"把一个对菊花喜爱到怀疑自己太多情的雅士形象刻画得特别生动传神。

真正的雅士君子即便应景应俗地登高赏菊，其做派也与常人不同，他们那种自然随性、旷达不羁的行为总会远超于世俗之上。例如唐人杜牧《九日齐山登高》所提到的重阳举止：

九日齐山登高

〔唐〕杜牧

江涵秋影雁初飞，与客携壶上翠微。

尘世难逢开口笑，菊花须插满头归。

但将酩酊酬佳节，不用登临恨落晖。

古往今来只如此，牛山何必独沾衣？

会昌五年的重阳佳节，诗人杜牧和来池州拜访他的朋友张祜（唐代诗人）一起登上齐山（位于今安徽省池州市贵池区东南方）赏菊、喝酒，凭眺远望，秋山翠微一片，大雁初飞，天高水阔。秀丽的山光水色让诗人无限感慨。人生在世，难得一笑，重阳登高，如果不把菊花采摘一大把插个满头回去就未免有点辜负了山水美景和节日菊花。所以，为什么要怨恨落晖易至、人生苦短？为什么去学春秋时期的齐景公登牛山而感慨落泪呢？"牛山何必独沾衣？"即"牛山之悲"，用的是春秋时期齐景公登牛山而泣的典故，出自《晏子春秋》："齐景公登牛山，流涕曰：'美哉国乎！若何去此而死也？'"。在一个晴朗的日子里，齐景公带着几个近臣登上齐国有名的风景名胜区牛山游玩。面对牛山美丽的风景，想象着繁华的临淄都城和自己华丽的宫殿，齐景公忍不住感慨地说道："我们的国家多么美丽，可是将来有一天自己为什么会死亡而不得不离开这美丽的国土呢？人要是能够永远不死该多好！"齐景公说完还难过得流下了眼泪。齐景公的想法从反面讲是痴人说梦，从正面讲是杞人忧天，所以遭到了他的宰相晏子的嘲笑和讥讽。和诗人李商隐被并称"小李杜"的杜牧是晚唐杰出诗人，虽才华横溢却怀才不遇。登高远眺，本来应该像一般人那样因为壮志未酬而痛苦落泪，或者像齐景公那样因为人生易老而悲哀落泪，但是杜牧不仅没有落泪，反而乐观地说："菊花须插满头归！"他宁愿把菊花插个满头，自在逍遥，尽情赏玩、兴尽而归。读到这里，一个善于自我解嘲，以苦为乐，诗酒浪漫的君子形象跃然纸上。

赏菊时，把菊花簪在头上，除了杜牧有这样风雅的想法，宋人黄庭坚也有。

鹧鸪天·座中有眉山隐客史应之和前韵即席答之
〔北宋〕黄庭坚

黄菊枝头生晓寒，人生莫放酒杯干。风前横笛斜吹雨，醉里簪花倒著冠。

身健在，且加餐，舞裙歌板尽清欢。黄花白发相牵挽，付与时人冷眼看。

此词是黄庭坚与眉山隐士史应之的唱和之作，当时词人正贬官四川眉山，史应之是他在眉山结交的友人。词人与友人史应之常常一起饮酒赏菊。酒醉时，词人不仅把菊花簪插到头上，还把帽子头巾倒着戴了。一句"醉里簪花倒著冠"尽显词人的落拓不羁与旷达疏狂。

清代小说《红楼梦》中"金陵十二钗"中的探春（贾府三小姐）也写到了簪菊的行为。《簪菊》诗出现在《红楼梦》第三十八回。

簪菊
〔清〕曹雪芹

瓶供篱栽日日忙，折来休认镜中妆。

长安公子因花癖，彭泽先生是酒狂。

短鬓冷沾三径露，葛巾香染九秋霜。

高情不入时人眼，拍手凭他笑路旁。

"长安公子"用的就是唐代杜牧"菊花须插满头归"的典故。和杜牧将菊花插个满头的癫狂不同，探春只是折来一枝菊花戴在头上，对镜理妆，感觉自己仿佛改变了旧日模样。簪着菊花，仿佛鬓发都沾染上了菊花的露水，头巾也沾染上了菊花的香气。把菊花簪在头上大概不是世俗之人所能够理解的行为吧，但是那又有什么呢？"真名士自风流"，簪花成为一种雅趣，任凭他人"拍手笑路旁"、嘲笑讥讽也没有任何关系。至此，一个洒脱风流、潇洒至性的君子形象迎面走来。

喜欢菊花的诗人有很多，诗人、诗论家司空图是晚唐非常突出的一位爱菊者，他也是唐代创作咏菊诗数量最多、成就最为显著的诗人之一。白菊因颜色洁白如玉，更易给人清高脱俗之感而深得诗人喜爱，司空图为此写了多组《白菊》诗赞美白菊。"此生只是偿诗债，白菊开时最不眠"，这首《白菊》诗中的诗人为了一首满意的咏菊诗竟辗转反侧、难以入眠，其为白菊而痴的憨态多么让人敬佩！"为报繁霜且莫催，穷秋须到自低垂"，这首《白菊》诗中的诗人是多么乐天知命、从容达观！"侯印几人封万户，侬家只办买孤峰"，这首《白菊》诗中的诗人不慕富贵的隐士形象又是多么超凡脱俗，令人敬佩！

毫无疑问，人们对菊的喜爱都从侧面折射出菊花本身的可爱之处、可赏之处和可叹之处。菊花是耐寒顽强的，菊花是美丽飘香的，菊花是潇洒脱俗的。可是，我们有没有想过菊花也是高风亮节的呢？"千古高风说到今"——君子知菊也爱菊。

第四节　君子爱菊："千古高风说到今"

提到菊花的高风亮节，提到隐士风格，我们不能不提到一位著名的大诗人，一个非常喜欢菊花，也种植了许多菊花，并且和菊花一样有着高蹈风格的大诗人。他就是东晋末期著名的高士——隐逸诗人陶渊明。

一、陶渊明与菊花

在中国的官场上，东晋后期的大诗人陶渊明是一个例外。

陶渊明，又名潜，字元亮，自号五柳先生，后世称靖节先生，大司马陶侃之曾孙。《晋书·陶潜传》对他的记载非常详细。

潜少怀高尚，博学善属文，颖脱不羁，任真自得，为乡邻之所贵。尝著《五柳先生传》以自况曰："先生不知何许人，不详姓字，宅边有五柳树，因以为号焉。闲静少言，不慕荣利。好读书，不求甚解，每有会意，欣然忘食。性嗜酒，家贫不能常得。亲旧知其如此，或置酒招之，造饮必尽，期在必醉。既醉而退，曾不吝情。环堵萧然，不蔽风日，短褐穿结，箪瓢屡空，晏如也。常著文章自娱，颇示己志，忘怀得失，以此自终。"其自序如此，时人谓之实录。

以亲老家贫，起为州祭酒，不堪吏职，少日自解归。州召主簿，不就，躬耕自资，遂抱羸疾。复为镇军、建威参军，谓亲朋曰："聊欲弦歌，以为三径之资可乎？"执事者闻之，以为彭泽令。在县，公田悉令种秫谷，曰："令吾常醉于酒足矣。"妻子固请种粳。乃使一顷五十亩种秫，五十亩种粳。素简贵，不私事上官。郡遣督邮至，县吏白应束带见之，潜叹曰："<u>吾不能为五斗米折腰，拳拳事乡里小人邪！</u>"义熙二年，解印去县，乃赋《归去来兮辞》。

归去来兮辞
〔东晋〕陶渊明

归去来兮！田园将芜胡不归？既自以心为形役，奚惆怅而独悲？悟已往之不谏，知来者之可追。实迷途其未远，觉今是而昨非。舟遥遥以轻飏，风飘飘而吹衣。问征夫以前路，恨晨光之熹微。

乃瞻衡宇，载欣载奔。僮仆欢迎，稚子候门。<u>三径就荒</u>，<u>松菊犹存</u>。携幼入室，有酒盈樽。引壶觞以自酌，眄庭柯以怡颜。倚南窗以寄傲，审容膝之易安。园日涉以成趣，门虽设而常关。策扶老以流憩，时矫首而遐观。云无心以出岫，鸟倦飞而知还。景翳翳以将入，抚孤松而盘桓。

归去来兮！请息交以绝游。世与我而相违，复驾言兮焉求？悦亲戚之情话，乐琴书以消忧。农人告余以春及，将有事于西畴。或命巾车，或棹孤舟。既窈窕以寻壑，亦崎岖而经丘。木欣欣以向荣，泉涓涓而始流。善万物之得时，感吾生之行休。

已矣乎！寓形宇内复几时，曷不委心任去留？胡为乎遑遑欲何之？富贵非吾愿，帝乡不可期。怀良辰以孤往，或植杖而耘耔。登东皋以舒啸，临清流而赋诗。聊乘化以归尽，乐夫天命复奚疑！

自陶渊明感叹"吾不能为五斗米折腰，拳拳事乡里小人邪"之后，"不为五斗米折腰"遂成为一个成语流传后世，意指为人清高，有骨气，不为利禄所动。"不为五斗米折腰"与"三径就荒，松菊犹存"的隐士内涵一脉相通。"三径"是一个典故。汉代，蒋诩隐居时在他家宅院前的竹林中开辟三径，只与隐士求仲、羊仲二人往来。因为三个人都是隐士，所以"三径"后来就代表隐居。陶渊明把菊花与象征隐居的"三径"相连，其隐士内涵不言自明。

因为陶渊明的"不为五斗米折腰"，从此，中国的官场少了一位政治官员，而中国的诗坛则多了一位田园诗人。陶渊明辞职离开只当了八十一天县令的彭泽县之后，一边躬耕自给，一边进行文学创作，他成了身在田园、心在田园、躬耕田亩的专职诗人。陶渊明的创作多以他熟悉的自然景物和农村生活为题材。"种豆南山下，草盛豆苗稀 [《归园田居》（其三）]"——陶渊明似乎不太擅长农事劳动，他种的地里面，草比豆苗长得还要多。但是，诗人并不难过，他只是认真地劳作，从"晨兴理荒秽"到"带月荷锄归"，诗人早出晚归，十分辛苦却无怨无悔。"道狭草木长，夕露沾我衣"，也许小路两旁的小草热情地迎送带给诗人很多的快乐和愉悦，也许草木上的露水沾湿了他的衣服带给他不一样的情感体验，所以陶渊明对自己的农耕生活不仅非常适应而且非常喜欢。陶渊明亲自开垦荒地："开荒南野际，守拙归园田。[《归园田居》（其一）]"对于艰苦的农耕生活，陶渊明的感受是"久在樊笼里，复得返自然"。所以，陶渊明说"衣沾不足惜，但使愿无违"，他希望自己"少无适俗韵，性本爱丘山"的天性和人生追求在大自然的怀抱中得到彻底实现，事实上，他也的确做到了。

农耕劳动在普通人那里也就是普通的农耕劳动，但对陶渊明却不是。如果说陶渊明只是进行单纯的农耕劳动，那他也就是一个普通的农民，与其他农民也就没有什么两样，关键是他满腹才学，本来具备为官的条件和才华，只是没有去为官，所以他和普通农民当然是截然不同的。另外，陶渊明还是一位诗人，他把农民的生活，农民日日接触却表达不出的生活用诗歌的形式表现了出来，并且把它们上升到审美的高度——这些无疑满足了芸芸众生的精神需求。

生活当然还是生活。纯粹的农耕是清贫的，甚至有时候连最喜欢的酒也买不起。诗酒风流，在古代，诗和酒常常是联系在一起的，诗人喜好喝酒是最自然不过的事情。喜欢喝酒的诗人有很多，譬如诗仙李白——"金樽清酒斗十千，玉盘珍羞直万钱（《行路难》）"，诗圣杜甫——"艰难苦恨繁双鬓，潦倒新停浊酒杯（《登高》）"，唐人王翰——"葡萄美酒夜光杯，欲饮琵琶马上催（《凉州曲》）"，宋代豪放词的宗师苏轼——"酒酣胸胆尚开张，鬓微霜，又何妨！（《江城子》）"，宋代杰出词人范仲淹——"浊酒一杯家万里，燕然未勒归无计（《渔家傲》）"，就连女词人李清照也酷爱饮酒——"东篱把酒黄昏后，有暗香盈袖（《醉花阴》）""三杯两盏淡酒，怎敌他晚来风急（《声声慢》）"……他们的酒，不管是清酒还是浊酒，不管是美酒还是淡酒，总归是有酒可喝的。但是，陶渊明没有为官，就没有俸禄。种地为生，作为读书人的他，又不如真正的农民会种地，有时候饭也没得吃，何况是饭之外的奢侈品——酒？更加没得喝了。即便有时候不吃饭只喝酒也喝不上，因为没有买酒钱或者钱不够。

有一年的重阳节，陶渊明坐在他种植的菊花旁，欣赏着菊花。别人是喝酒赏菊，甚至把菊花泡在酒中，喝着菊花酒赏菊；而他没有酒，更谈不上菊花酒，所以就在篱边干坐着看菊花，菊花也看着它。陶渊明看菊花的样子，真有点李白写的"相看两不厌，惟有敬亭山"的感觉，那些菊花都是他亲手栽种的。陶渊明在自己家附近栽种了榆树、柳树、桃树、李树，更栽种了大量的菊花。菊花在陶渊明之前基本是野生的菊花，个头比较小，都是黄色（菊花在唐代以前都是黄色，所以黄色一直被视为是菊花的正色）。而到了陶渊明这里，他因为特别喜欢菊花就开始自己种菊花，并且种出了经验，丰富了菊花的品种。陶渊明的菊圃中有一个有名的品种叫"九华菊"，个头比较大，就是他亲自培育的。陶渊明在诗歌《九日闲居》的"序"中还提到了"九华菊"。《九日闲居》的"序"这样写："余闲居，爱重九之名。秋菊盈园，而持醪靡由，空服九华，寄怀于言。"这里的"九华"就是"九华菊"。

陶渊明开启了文人大量栽植菊花的新篇章。换句话说，陶渊明开创了文人大量人工栽种菊花的先河。无疑，陶渊明对菊花是有贡献的。当然，他的贡献除了这个，还有他对菊花品格的提升，这是最重要的。陶渊明爱菊、种菊，也赏菊，菊花丰富了他的精神世界。陶渊明种的菊花理所当然成为他诗歌中的常客，如他的《饮酒》诗：

饮酒

〔东晋〕陶渊明

结庐在人境，而无车马喧。

问君何能尔？心远地自偏。

采菊东篱下，悠然见南山。

山气日夕佳，飞鸟相与还。

此中有真意，欲辨已忘言。

"结庐在人境，而无车马喧。"虽然门庭冷落，但是诗人毫不为意。"问君何能尔？心远地自偏。"诗人自问自答：心境主宰一切。因此，诗人沉浸在滤去清贫和艰辛外衣的归隐生活中，怡然自得。"采菊东篱下，悠然见南山。"诗人低头采菊，抬头见山。"山气日夕佳，飞鸟相与还。"诗人一边儿看着飞鸟自由地飞来飞去，一边儿感受着田园生活的美妙空气，心情真是"只可意会，不可言传"。这种妙不可言、类似妙悟的境界，让诗人真的是"欲辨已忘言"了。

"采菊东篱下，悠然见南山。"陶渊明朝夕相处的日常生活如此简单朴素又如此令人神往。陶渊明的随遇而安、超脱豁达，陶渊明的恬淡闲适、无欲无求是如此自然又如此令人钦佩！

和陶渊明朝夕相处的菊花不仅丰富了诗人的精神世界，更成了诗人的知音。陶渊明的自然恬淡和菊花的自然恬淡不知何时已经合二为一、难分彼此了。

南宋胡次焱在《菊墅记》中颇为知音地写道："菊苟非素负隐操，渊明果何取焉？博观草木中，孰有如菊之高蹈者？"晚清王韬在《招陈生赏菊》中也颇为内行地写道："陶征君爱菊有癖，亦取其节耳。"

究竟是菊花成就了陶渊明还是陶渊明成就了菊花，不得而知。以笔者看来，当是兼而有之。君子之花与君子之人相得益彰，高尚的人格对于高洁的菊花是锦上添花。所以，自陶渊明始，菊花更被视为高蹈、高情、大节、幽贞的标志，被视为超凡脱俗、遗世独立的隐逸者的象征。

陶渊明遗世独立的陪伴除了菊花，还有酒。而且，他很喜欢将采摘的菊花泡在酒中喝，也就是人们常说的菊花酒。喝菊花酒是魏晋南北朝时期人们的一种习惯，一方面因为延年益寿的养生理念，另一方面源自文人士大夫的雅士风流。黄色的菊花在酒中轻轻荡漾，散发出细细的清香，酒还没喝就已经让人喜欢了，何况是真正地喝？喝菊花酒的时候，看着酒中花、喝着杯中酒、品着菊花香，枯燥的喝酒顿时变得浪漫起来。文人士大夫平凡的生活因之平添了多少风雅与情趣！当然，除此之外，还有一个重要的原因就是，菊花是高洁的象征，人们喝菊花酒就像屈原喝菊花酒一样，"醉翁之意不在酒"。南宋陆游深谙此道，在《菊花》诗中，他不无钦佩地写道："高情守幽贞，大节凛介刚。乃知渊明意，不为泛酒觞。"

菊花，重阳，陶渊明。又是一年重阳节，陶渊明和往常一样坐在菊花旁边，对菊赏菊，还摘了一大束菊花拿在手中仔细地看，只是没有了往常的酒。品格高洁的大诗人怎么能够没有酒喝呢？就在这个时候，江州刺史王弘派的白衣使者到了，送给了陶渊明一坛子酒。王弘喜欢结交天下名士，曾多次给陶渊明送酒。南朝宋人檀道鸾《续晋阳秋》对此事记载得十分详细："陶潜尝九月九日无酒，宅边菊丛中，摘菊盈把，坐其侧久，望见白衣（指官府给役小吏）至，乃王弘送酒也，即便就酌，醉而后归。"南朝梁人沈约《宋书·隐逸传》则是这样记载的："（陶潜）尝九月九日无酒，出宅边菊丛中坐久，值弘送酒至，即便就酌，醉而后归。"虽然版本略有不同，但内容基本一致，就是王弘遣白衣使者送酒，诗人有酒了。总之，诗人见酒大喜，当即启封，大醉而归。

此后，王弘派遣白衣使者送酒之事儿变成了一个优美的典故——"白衣送酒"，并不断出现在诗词中，譬如诗仙李白的《九日登山》："渊明归去来，不与世相逐。为无杯中物，遂偶本州牧。因招白衣人，笑酌黄花菊。"李白用"因招白衣人"点出"白衣送酒"的典故。"笑酌黄花菊"的意象则勾勒出了陶渊明"不与世相逐"的恬淡自得，诗仙的钦佩之心跃然纸上。

喜欢菊花的陶渊明的确非常喜欢饮酒，所以他的菊花和他的酒就经常一起出现在他的诗歌中，这其实就是后人所欣羡的"菊酒风流"，如他的《饮酒》诗：

饮酒（其四）

〔东晋〕陶渊明

秋菊有佳色，裛露掇其英。

泛此忘忧物，远我遗世情。

一觞虽独尽，杯尽壶自倾。

日入群动息，归鸟趋林鸣。

啸傲东轩下，聊复得此生。

陶渊明对秋天里不畏严霜、粲然独放的秋菊情有独钟，所以用"佳色"一词来倾心赞美。这样的菊花带着露水就更加动人了。用这样的菊花做成菊花酒来喝，恐怕连杯子都要沾染上菊花的香味吧。服食菊花，是六朝的风气。秋菊佳色，助人酒兴；诗人对菊自酌，在饮酒赏菊中逐渐进入到一个"忘忧""遗世"的美好境界中。不知不觉，杯尽壶倾，太阳入山，鸟儿归林，诗人在"东轩"下长啸长吟，自娱自乐，悠然自得。

在明人方孝孺看来，陶渊明的"菊酒风流"是"寄其意""舒其性"。在《逊志斋集》中，方孝孺写道："夫乐止乎物之内者，其乐浅，乐超乎物者，其乐深。渊明之属意于菊，其意不在菊也。寓菊以舒其性耳。"人性的舒展在菊酒中得到了最大限度的展示。

二、屈原与菊花

既然说到陶渊明和菊花的精神联系，就不能不提到陶渊明的前辈屈原和菊花的深刻联系。

屈原，名平，字原，在《离骚》中屈原自称名正则，字灵均。战国时期楚国人，比陶渊明早了 700 年左右。

屈原是刚正不阿的政治家，曾任左徒、三闾大夫，兼管内政、外交大事。汉人司马迁《史记·屈原列传》对此记载得颇为详细："屈原者，名平，楚之同姓也。为楚怀王左徒。博闻强志，明于治乱，娴于辞令。入则与王图议国事，以出号令；出则接遇宾客，应对诸侯。"可见，屈原不仅记性好、口才好、文章好，工作能力也很强：既能出谋划策、书写政令；又能出入应对、雄辩外堂。屈原曾深受楚王的信任和重视，但是后来因遭靳尚、子兰等阿谀、自私之徒的毁谤，被先后流放至汉北和沅湘流域。在楚国国都郢（今湖北江陵）被秦国攻破后，悲愤交加的屈原怀石自沉于汨罗江，以身殉国。

屈原不仅是政治家，更是伟大的文学家，他创作的《楚辞》开创了中国浪漫主义文学的先河，《楚辞》所采用的文体风格被称为"楚辞体"（也称"骚体"），被后世效仿。屈原的代表作品主要有《离骚》《九章》《九歌》《天问》等。屈原是中国最早的爱国诗人，开创了"香草美人"的象征传统。

司马迁认为屈原高洁的志向足以和日月争辉，在《史记·屈原列传》中，司马迁这样评价屈原："其志洁，故其称物芳；其行廉，故死而不容。自疏濯淖污泥之中，蝉蜕于浊秽，以浮游尘埃之外，不获世之滋垢，皭然泥而不滓者也。推此志也，虽与日月争光可也。"在中华文化中，屈原一直是"举世皆浊我独清、举世皆醉我独醒"，从不随波逐流、卓尔不群的君子形象。他理想坚定，"宁为玉碎、不为瓦全"，为了自己的"美政"理想，最终以身殉国。

屈原爱菊，也爱一切的香花香草。在《离骚》中，屈原写道："扈江离与辟芷兮，纫秋兰以为佩""朝搴阰之木兰兮，夕揽洲之宿莽""制芰荷以为衣兮，集芙蓉以为裳"。这些诗句中提到的"江离""辟芷""秋兰""木兰""宿莽""芰荷""芙蓉"都是带有清香气息的"香花香草"，也都是他喜欢的佩戴之物。这些带有清香味道的花花草草被屈原赋予了清高的人格象征，因此他以佩戴这些香草香花来表示自己洁身自好的美好品德和对美好政治理想的追求，而这些香草香花因屈原的高洁人品而被赋予了高洁的内涵。除了佩戴香草香花（包括菊花），屈原还吃菊花（包括吃菊花饼和喝菊花羹、菊花酒）。屈原的代表作《离骚》中提到的"朝饮木兰之坠露兮，夕餐秋菊之落英"就是吃用菊花花瓣做的食物和喝菊花酒的意思；屈原的长诗《九章·惜诵》中提到的"播江离与滋菊兮，愿春日以为糗芳"就是把菊花做的食物作为春天里的干粮来吃的意思。"高人寄幽情，采以泛酒觞。（陆游《晚菊》）"，屈原吃菊花食物、喝菊花酒的行为与他佩戴香草香花一样是将其作为美好之物以寄幽情。

人们因为菊花与屈原的种种联系而赋予菊花高雅高洁的人格，菊花因为屈原而有了君子高洁高雅的人格内涵。

屈原高洁的品格，晋人陶渊明懂得，明人钱谦益也懂。在《题吕翁菊谱序》中，钱谦益评价屈原的"菊花之好"道："屈子云：朝饮木兰之坠露夕，夕餐秋菊之落英。盖其遭时鞠穷，众芳芜秽，不欲与鸡鹜争食。铺糟啜醨，故以饮兰餐菊自况。其怀沙抱石之志决矣。悠悠千载，惟陶翁知。"钱谦益可谓是屈原和陶渊明的知音，他不仅看到了屈原的鹤立鸡群、不趋世俗，还看到了屈原和陶渊明在"菊花之好"上的心意相通。

不过，屈原的菊花和陶渊明的菊花到底是不一样的。

如果说菊花在屈原那里是儒家式君子的洁身自好、品格高洁，重在强调修身；那么菊花在陶渊明那里则是道家式君子的遗世独立、逍遥自得，重在强调精神出尘。如果说屈原的菊花是高士，那么陶渊明的菊花则是隐士。

三、陶渊明对后世的影响

陶渊明因为菊花而优哉游哉、怡然自得，菊花因为陶渊明而灵魂饱满、扬名天下。辛弃疾《浣溪沙·种梅菊》词云"<u>自有渊明始有菊</u>，若无和靖即无梅"，将陶渊明对中华菊文化的功绩可谓推崇到了极致。

受陶渊明的影响，后世把菊花比作幽人逸士、隐逸君子的特别多。北宋周敦颐在《爱莲说》中直截了当地表示："菊，花之隐逸者也。"南宋范成大的《范村菊谱序》对菊花的人格象征也做了较为详尽的阐述："山林好事者或以菊比君子。其说以谓岁华婉娩、草木变衰，乃独烂然秀发，傲晚风霜，此幽人逸士之操。"

陶渊明对后世的影响太大了。

自陶渊明后，历来文人咏菊，或赞其不畏风霜，或叹其孤高自芳，或化用《归去来兮辞》"三径就荒，松菊犹存"所寄寓的隐逸之意。而且，自从陶渊明植菊、采菊之后，"陶菊""篱菊""东篱""篱下"，甚至他的名字"渊明"或者与他名字、官职相关的"陶公""陶令""彭泽""陶彭泽""彭泽令"（因为他做过彭泽县的县令）等词语一起成为一种具有独特内涵的文化符号和审美意象频频出现在后世文学中。

南宋高翥《菊花》云："爱花千古说<u>渊明</u>，肯把秋光不似春。我重此花全晚节，剩栽三径伴闲身。"高翥，号"菊磵"，号中含"菊"，其爱菊之情不言而喻。在《菊花》诗里，高翥直接以"渊明"入诗，表达自己对高情远致的敬仰。

南宋杨万里同样以"渊明"入诗，在《赏菊四首》（其三）中写道："菊生不是遇<u>渊明</u>，自是渊明遇菊生。岁晚霜寒心独苦，渊明元是菊花精。"他一针见血地指出了菊花与陶渊明的血肉联系。

北宋曾巩以"陶令"入诗，在《菊花》诗中写道："自从<u>陶令</u>酷爱尚，始有我见心眼开。为怜清香与正色，欲寨更惜常徘徊。"他用"陶令"来表达对菊花清香正色的喜爱，表达对高人隐士的向往。

南宋周嵩《晚菊》云："落日西风弄晚晴，<u>东篱</u>曲曲粲金英。先生茅舍终年淡，惟有寒芳不世情。"他用"东篱"来表达对茅舍孤寒简陋但人品高洁、流芳百世的陶渊明的赞美。

唐人徐夤则在《菊花》诗中用"<u>陶公</u>岂是居贫者，剩有东篱万朵金"来称赞陶渊明的安贫乐道、淡泊自甘。

清人曹雪芹的《咏菊》诗同样将咏菊与陶渊明的千古高风联系起来，他将自己的情感借助小说中的女主人公林黛玉之口道了出来。

咏菊

〔清〕曹雪芹

无赖诗魔昏晓侵，绕篱欹石自沉音。

毫端蕴秀临霜写，口角噙香对月吟。

满纸自怜题素怨，片言谁解诉秋心？

一从陶令评章后，千古高风说到今。

诗人为诗魔所驱，倚石绕篱，从早到晚沉吟思索。那么，让诗人如此魂牵梦萦、煞费苦心，又是"临霜写"，又是"对月吟"的究竟是谁呢？原来，它不是别的，正是菊花！"一从陶令评章后，千古高风说到今。"自从陶渊明咏菊以后，菊花"千古高风"的高尚品格一直为后人所称道，传颂至今。所以，诗人的"素怨""秋心"是诗人自己的，也是菊花的。诗人用"陶令"引出陶渊明，用"千古高风"直接赞美菊花和陶渊明的人品。可见，诗人对菊花的喜爱有多深，对陶渊明的喜爱有多深！事实上，这里的菊花是菊花，也是黛玉自己。黛玉是咏菊花也是在咏自己。菊花的自怜自爱就是她的自怜自爱，菊花的愁盼知音就是她的愁盼知音，菊花的千古高风就是她的千古高风！在《红楼梦》中，潇湘妃子林黛玉这首《咏菊》诗是大观园菊花诗会上的成果之一。在菊花诗会的十二首咏菊诗中，诗社社长李纨颁的金奖就是林黛玉的这首《咏菊》诗。它不仅人花合一，而且有情、有理、有人、有事儿。它将叙述、抒情、议论水乳交融，它既有工稳的对仗又有恰当的典故。总之，它内容充实、语言凝练、形式完美、艺术娴熟，堪为杰作。作为菊花诗会的头名状元，它当之无愧！

唐人白居易对陶渊明的隐逸生活也极为仰慕，他不仅在诗歌中赞美陶渊明不慕荣华、出尘超脱，而且还特意模仿陶诗意境，作"效陶体诗"十六首。白居易《访陶公旧宅》诗云："垢尘不污玉，灵凤不啄膻。……慕君遗荣利，老死此丘园。……"将陶渊明比作不染世俗的美玉，对陶渊明的安贫乐道、淡泊自足称赞不已。白居易的"效陶体诗"《重阳日》："敬亭山外人归远，峡石溪边水去斜。茅屋老妻良酿酒，东篱黄菊任开花。"人读之恍见顺应自然、返璞归真的陶氏之风。

如果说菊花是中国古代文人田园之思的情感载体，那么陶渊明就是中国古代文人精神回望的指路明灯。尤其当那些饱读诗书、满腔抱负的文人们或宦海浮沉、愁绪满怀或怀才不遇、身世飘零时，更是会油然而生田园之思、归隐之念。这个时候的陶渊明总是自然而然地成为他们的精神导师，如南宋词人杨炎正《水调歌头·把酒对斜日》中的"吾生如寄，尚想三径菊花丛"等。所以，某种程度上，陶渊明是后世历代文人的精神家园。

返璞归真、不为世俗繁华名利所羁绊的高士自然不会被世人遗忘。

陶渊明的后世并不寂寞。陶渊明去世后，他的至交好友——诗人颜延之撰写了《陶征士诔》的诔文来纪念他，并在文章中用了"靖节"的私谥高度评价他的人品。从此，"靖节"成了陶渊明的谥号被后世广泛传颂和广泛运用。

南朝沈约的《宋书·隐逸传》将陶渊明列为"独往之人"，对其隐逸行为做了充分肯定。南朝梁代的昭明太子萧统喜欢陶渊明的诗文，甚至到了手不释卷的地步，为此，他亲自为陶渊明编辑了一本《陶渊明集》，并在集中为陶渊明作序、作传。在序中，萧统称赞陶渊明"文章不群，辞采精拔，跌宕昭彰，独超众类"，对其诗文给予高度评价。另外，萧统编辑的《昭明文选》（中国第一部诗文总集）对陶渊明也是青睐有加，收录了陶渊明八首诗和一篇散文。南朝钟嵘在《诗品》中更是称陶渊明为"古今隐逸诗人之宗也"。

欣赏称赞陶渊明人品或诗文的还有很多。例如北宋苏轼在《子瞻和陶渊明诗引》中说："吾于诗人，无所甚好，独好渊明之诗。渊明作诗不多，然其诗，质而实绮，癯而实腴。自曹、刘、鲍、谢、李杜诸人，皆莫及也。"对陶渊明的肯定与赞美之情溢于言表。南宋辛弃疾在《念奴娇》词中称"须信采菊东篱，高情千载，只有陶彭泽"，给予陶渊明千古一人的高度评价。金人元好问在《论诗绝句三十首（其四）》中用"一语天然万古新，豪华落尽见真淳"来赞美陶渊明的诗文风格。明人李梦阳在《咏庭中菊》诗中也极力称赞陶渊明的高蹈出尘与万古流芳："细开宜避世，独立每含情。可道蓬蒿地，东篱万古名。"君子不仅仰慕陶渊明，赞美菊花，也纷纷仿效菊花，效仿陶渊明，做有气节的人。

第五节　君子学菊："也共先生晚节香"

隐逸是一种君子品格，强调的是精神的自由独立，也是一种不随流俗的气节。中国人评价一个人时所用的"大节不亏"讲的其实也是"气节"。"气节"是中国文化中很重要的一个术语，内涵非常丰富。"宁可枝头抱香死，何曾吹落北风中"是守节不移的气节；"采菊东篱下，悠然见南山"是高蹈出尘的气节。一年有春夏秋冬四个季节，如果用四季来比喻人的一生，那么春夏无疑是人的前半生，而秋冬肯定是人的后半生。人的后半生常常也被称为"晚节"。菊花因为凌霜耐寒被称为"有节"，因为盛开在秋冬，所以又被称为有"晚节"。菊花的"晚节"和人的"晚节"就这样被巧妙地联系到了一起。

一、于谦与菊花

对于陶渊明的气节，明代文人于谦总结出一个新的词语——"晚节香"。在他的《过菊江亭》诗中，我们可以读到他对"晚节"的理解。

过菊江亭
〔明〕于谦
杖履逍遥五柳旁，一辞独擅晋文章。
黄花本是无情物，也共先生晚节香。

菊江亭位于安徽东至县东流镇滨江处，是为了纪念晋代高风亮节的诗人陶渊明而修建的。据说，陶渊明任彭泽县令时，常到东流种菊，后人为了纪念他，在他种菊的故址修建了陶公祠，在临江处修建了菊江亭。

作者于谦是著名的民族英雄，与岳飞、张煌言并称"西湖三杰"。廉洁正直的于谦非常钦佩陶渊明，当路过菊江亭时，于谦不由自主想起了菊江亭的主人陶渊明。陶渊明作为东晋名士，"不为五斗米折腰"的气节成为后世仰慕的标杆。陶渊明辞官归隐后，自号"五柳先生"，以示隐居之志。陶渊明归隐后，栽柳植菊，乘杖步行，写诗作赋，逍遥度日。陶渊明写的《归去来兮辞》在散文中独步千秋，陶渊明写的《归园田居》《饮酒》在诗坛光耀古今。就连菊花，也因为陶渊明曾经种植、曾经吟咏而"身价大涨"。总之，因为陶渊明本人的高风亮节，"陶诗""陶菊"遂成为后世诗词创作中常用不衰、历久弥新的典故。所以，于谦本人当然对陶渊明也是充满了深深的敬意。在《过菊江亭》中，于谦充满感情地写道："黄花本是无情物，也共先生晚节香。"因为陶渊明与菊花的渊源，没有感情的菊花仿佛也有了感情，也知道要和主人一样保持气节，和主人一起留香他人。这里，于谦赞美的不只是芳香的菊花，还有陶渊明的节操，甚至是一切君子的节操，当然也包括了他自己。

于谦（1398—1457年），字廷益，钱塘（今浙江杭州）人。于谦是明朝重臣，进士出身，政治才干非常突出。同时，于谦刚正不阿、忧国忘身，一生光明磊落、忠诚清白，《明史》称赞他"忠心义烈，与日月争光"。于谦曾随明宣宗平定汉王朱高煦之乱，功高至伟。明英宗时期，由于瓦剌军入侵，京城岌岌可危。于谦亲自率军抵抗瓦剌军的进攻，保护了京城的安全，于谦的胆识和勇敢由此可见一斑。

于谦同时还是明代著名的诗人。"千锤万凿出深山，烈火焚烧若等闲。粉身碎骨浑不怕，要留清白在人间。"脍炙人口的诗歌《石灰吟》就是于谦的代表作之一。"千锤万凿"是石灰经历的锤炼，"烈火焚烧"是石灰经历的苦难，"粉身碎骨浑不怕"是石灰的傲骨，"要留清白在人间"是石灰的理想。诗人托物言志、借物抒怀，通过"石灰"的遭遇和心声来抒发对清白人生的追求。透过《石灰吟》这首诗，能深刻感受到洁身自好的君子磊落的襟怀，能深刻感受到坚强不屈的君子崇高的人格。毫无疑问，于谦本人就是这样的君子，他是世人的楷模，是和陶渊明一样具有高尚品格的君子。他不仅是"晚节香"的菊花，还是一生散发芬芳的菊花！

二、韩琦与菊花

北宋诗人韩琦也是一位"黄花晚节香"的代表，他的七言律诗《九日水阁》也出现了"黄花晚节香"的意象。

九日水阁

〔北宋〕韩琦

池馆隳摧古榭荒，此延嘉客会重阳。

<u>虽惭老圃秋容淡，且看黄花晚节香。</u>

酒味已醇新过熟，蟹螯先实不须霜。

年来饮兴衰难强，漫有高吟力尚狂。

重阳节，诗人韩琦在水阁宴请宾客，虽然池边堂馆坍塌，台榭荒败，古老的台阁看上去一片荒凉，但是诗人与受邀宾客一起即兴赋诗的热情却丝毫未受影响。诗人一方面感叹自己近年来豪饮的兴致衰减，另一方面自我安慰，还好自己高歌吟诗的才力依旧健旺。虽然"漫有"二字隐隐透露出诗人内心的抑郁不平，但感慨归感慨，诗人依旧慎独自励，以君子的标准要求自己。所以，诗人朗然吟诵"虽惭老圃秋容淡，且看黄花晚节香"，自勉自励、自信自强之情一看便知。虽然，古旧的园圃就像逝去了青春一样秋色疏淡，但是诗人的晚节恰如散发着清香、晚开的黄菊一样，令人敬佩。

韩琦（1008—1075 年），谥号"忠献"，相州安阳人。韩琦是北宋诗人，与范仲淹齐名，人称"韩范"。在宋夏战争中，懂军务的韩琦与善带兵的范仲淹联手防御，"韩范"之名广为流传。韩琦还是著名政治家，官至中书门下平章事。宋人欧阳修曾盛赞他"临大事，决大议，垂绅正笏，不动声色，措天下于泰山之安，可谓社稷之臣"。任职地方官时，韩琦体恤民情、为政清廉。任职朝中大员时，韩琦敢于直谏、勇于改革。庆历三年春，韩琦与范仲淹、富弼等人受宋仁宗之托开始大刀阔斧地进行政治改革，即历史上著名的"庆历新政"。"庆历新政"虽因守旧派强烈反对而夭折，但却为积贫积弱的北宋吹进了一股清新的风，让整个宋坛为之震动。

《宋名臣言行录后集》卷一记载："韩魏公琦在北门，重阳有诗云'虽惭老圃秋容淡，且看黄花晚节香'。公居常谓保初节易，保晚节难，故晚节事事尤著力，所立特全。""保初节易，保晚节难"，韩琦能有这样的认识，可谓慧眼如炬。韩琦不仅有这样的认识，而且还身体力行。韩琦任职宰相时，虽位高权重却颇注重晚节之保重。据史书记载，韩琦始终保持着自己的气节，淡泊宁静、晚节弥坚。唐代诗人韦安石《奉和九日幸临渭亭登高应制得枝字》曾言："临深应在即，居高岂忘危。"居高应思危，身居高位岂能不居安思危？无疑，能够居高思危的人总是非常注重气节的人。显然，诗人韩琦正是这样的人。这样的人当然称得上是君子！

韩琦为相十载，辅佐三朝，他以自己过人的才华和才干为北宋的发展做出了巨大贡献。他的功绩被宋神宗铭刻在"两朝顾命定策元勋"碑上，并被赐予享配英宗庙庭的特权。

宋王朝在中国是一个非常独特的朝代，文化艺术非常繁荣，然而政治军事方面却难以和大汉王朝、大唐王朝相提并论。宋代分为北宋和南宋两个时期。北宋积贫积弱，周边儿的西夏、女真、契丹虎视眈眈；南宋偏安江南一隅，河山半壁。整个宋代的军事基本上都十分落后。国家不幸诗家幸，危难时期看英雄。所以，宋人特别看重民族气节。于谦有民族气节，韩琦也是。他们和他们笔下的菊花一样，正气凛然，香飘千载！

唐人特别喜欢牡丹，牡丹的雍容华贵似乎和大唐的繁荣昌盛十分相配；而宋人则特别喜欢菊花、梅花，因为菊花梅花凌霜耐寒的本色更符合宋人内心对于"气节"的追求。这种追求在咏菊诗中表现得十分鲜明。例如宋人王十朋的诗《十月二十日买菊一株，颇佳，置于郡斋松竹之间，目为岁寒三友》：

十月二十日买菊一株，颇佳，置于郡斋松竹之间，目为岁寒三友

〔南宋〕王十朋

三百青钱一株菊，移至窗前伴松竹。

鲜鲜正色傲霜性，不逐重阳上醹醁。

谁云既晚何用好，端似高人事幽独。

南来何以慰凄凉，有此岁寒三友足。

和大多数爱菊的宋人一样，王十朋也非常喜欢菊花并且写了许多与菊花相关的诗文。王十朋（1112—1171 年），号梅溪，南宋政治家、诗人，以刚正不阿之名节闻名于世。文如其人，王十朋笔下的菊花像他本人一样有骨气、有风格。你看，他笔下的菊花"正色傲霜"，清直坚贞，就像守得住寂寞的"幽独"高人。菊花的品格如此高尚，以至于王十朋不仅将它与松竹合称为"岁寒三友"，更是直接以"高人"称呼它，对它给予高度评价。

除了歌颂"气节"，通过菊花物性上的晚开来歌颂君子的"晚节"，在宋代诗坛蔚然成风。在诗词中，诗人们非常注重从不同的角度来表现君子的"晚节"之美。譬如宋人岳珂《黄菊》中的"不为晨晖借颜色，要将晚节看芬芳"和宋人杨公远《重阳已过半月，菊花方开二首》中的"生来宁耐风霜挫，晚节腾芳满世知"是从嗅觉的角度（"芬芳"和"腾芳"）来联系菊花的"晚节"。宋人方九功《菊花》中的"寒枝带雨开仍艳，晚节凌霜赏未迟"是从视觉的角度（"开仍艳"）来联系菊花的"晚节"。宋人高翥《菊花》中的"我重此花全晚节，剩栽三径伴闲身"则直接借用君子高节的典故（"三径"的典故）来赞美菊花的"晚节"。虽然众人角度不一，但是他们对"菊花——君子"的"气节"或"晚节"的歌颂目标却是一致的。

君子知菊、爱菊、赏菊、赞菊，也叹菊。

第六节　君子叹菊："但惭终岁待重阳"

毋庸置疑，中国文人历来重视君子的品格修养和气节坚守，而且中国文人历来就是抱着"修身、齐家、治国、平天下"的理想而刻苦读书。然而，岁月如流、人生易老，所以他们在政治抱负还没有实现，在事功观念遭遇"滑铁卢"的时候，总是会情不自禁地借助某种自然景物来抒发对岁月无情的深深慨叹。而菊花作为一种富有人格内涵的草本花卉，自然吸引了不少文人士大夫的目光。于是，菊花与岁月之间便不知不觉有了一种深刻的密切联系。由于人生遭际和性格的不同，不同诗人笔下的菊花会呈现出不同的风貌：既有伤时感怀的岁月之叹，也有随缘达观的岁月之叹。

一、李商隐与李山甫之菊：伤时感怀的岁月之叹

对于岁月的感叹是古人对于人生和宇宙认识的一个深思和领悟。那些具有哲学思辨色彩的文人似乎对世界、对时间有着超出常人的警觉和清醒认识。所以，看到普通的流水，孔子会发出"逝者如斯夫（《论语》）"的感叹。看到季节的变换，屈原会生出"岁月忽其不淹兮，春与秋其代序。惟草木零落兮，恐美人之迟暮。（《离骚》）"的感慨。这种强烈的时间意识在历史的发展中逐渐成为后世文人的一种自觉认识。他们在天地山川的草木荣枯中感受到一种岁月易逝、人生易老的紧迫感。所以，如果他们满腔抱负又满腹才华，却没有得到英雄的用武之地，没有得到抱负得以实现的机会，那么他们对人生理想的追求和他们对岁月的感伤便会胶着在一起，形成一种人生失意之悲和人生落空之叹。这种伤感岁月蹉跎、光阴虚掷的感慨常常会借助自然界的景物，譬如菊花表现出来。唐人李商隐的《菊花》诗就是以菊花为意象来表现这种岁月之叹的。

菊花

〔唐〕李商隐

暗暗淡淡紫，融融冶冶黄。

陶令篱边色，罗含宅里香。

几时禁重露，实是怯残阳。

愿泛金鹦鹉，升君白玉堂。

诗人笔下的菊花多么美！瞧，它们有的紫、有的黄。紫色的看上去多么神秘！黄色的看上去多么明亮！看到菊花，就会想起晋代的隐逸诗人陶渊明。陶渊明归隐后，在篱笆旁边栽种了许多菊花，所以看到菊花想起世人仰慕的高士陶渊明非常自然。闻到菊花香，就会想起晋代另一位以道德高尚闻名的人——罗含。关于

罗含，有一个神奇的传说。据说，罗含退休回老宅后，家中的石阶边竟然自动地长出了许多菊花，人们都说是罗含的德行感动了天地，以至于被古人视为德行象征的菊花在他家天然而生、未种而长。对此，《晋书·罗含传》有详细记载："（罗含年老致仕），及致仕还家，阶庭忽兰菊丛生，以为德行之感焉。"显然，菊花与人品已经紧密相连。因此，不管是陶渊明还是罗含，他们家中的菊花都因为主人的缘故而闻名遐迩。所以，李商隐在这里将普通菊花比作陶渊明和罗含家篱边、阶前的菊花，无疑是抬高了菊花的身价，赋予了菊花君子的高格。

菊花傲霜而开，什么时候害怕过重露呢？菊花不担心严寒，那么菊花会担心什么呢？——"实是怯残阳"！夜晚很快会代替白天，到了黑漆漆的晚上，再美丽的菊花也没有了欣赏的意义。时光如白驹过隙，一天天过去，再美丽的菊花也会衰老。原来，菊花虽然不怕霜露的打击，但是也有"美人迟暮"的忧患！人生易老、岁月易逝怎不让人怵然心惊？菊花的"怯残阳"不正是诗人自己的忧患吗？作者李商隐虽然不怕排挤打击，可是也担心自己韶华逝尽却依旧未得到君王赏识。清人陆昆曾《李义山诗解》之"义山才而不遇，（其诗）集中多叹老嗟卑之作"当为确论。李商隐的"叹老嗟卑"不正是因为对岁月的伤时感怀吗？

李商隐，字义山，虽少年才俊却一直进取不利，27 岁时还只是个弘农尉的微末小职，28 岁辞去弘农尉后为了生计一度屈居他人幕府担任幕僚，到 37 岁时仅任个京兆府某曹参军，还是暂代。虽因机缘巧合被署为昭州太守，但又因朝政变化，旋即去职。虽中间一度得到牛党令狐绹引荐而在京任职，但是因为和李党关系密切又受到牛党的歧视，尤其是娶了李党王茂元之女为妻后，更是受到牛党令狐绹等人的冷遇和排挤。在牛李党之争的夹缝中，李商隐苦苦挣扎着却得不到任何一方的谅解，仕进之路终成泡影。时不我待，光阴迅速，诗人多么担心年华虚度，多么担心人生老大而一事无成！菊花渴望遇到知音，在精美的鹦鹉杯内泛着金光、漾着清香，被呈送给白玉堂上的尊客；才俊渴望遇到知音、得到援引，在庙堂昂然挺立、效力君王。所以，"愿泛金鹦鹉，升君白玉堂"是菊花的希望，更是李商隐本人的希望！

君子的岁月之叹和君子的失路之哀总是不期而遇。如果说菊花"怯残阳"是君子的岁月之叹，那么菊花"待重阳"则是君子的失路之哀，如唐代诗人李山甫的《刘员外寄移菊》诗就体现出了这样一种伤感和悲哀。

刘员外寄移菊

〔唐〕李山甫

秋来缘树复缘墙，怕共平芜一例荒。

颜色不能随地变，风流唯解逐人香。

烟含细叶交加碧，露拆寒英次第黄。

深谢栽培与知赏，但惭终岁待重阳。

秋天到来后，菊花开得多么茂盛，树边，墙边，到处都是。菊花的叶子在白霜覆盖下毛茸茸的，像是含着烟雾一般，霜洗之后，那叶子更显得干净碧绿了。菊花的花朵含着露水珠儿，在严寒中次第开放。被移栽之后的菊花，金黄的依旧金黄，不会因地儿而变化。更让人觉得可爱的是菊花的芳香。菊花的芳香像是会追逐人的精灵一样，团团将人包围。菊花又像风流潇洒的君子，遇到"栽培与知赏"的知音自然十分感激与感动。"但惭终岁待重阳"，然而，菊花还是担心自己会错过了重阳佳节的赏花佳期，没有得到人们的欣赏。一旦错过，那将多么遗憾！菊花整年都在为重阳节的隆重开放而进行漫长的等待。可是，岁月漫漫，重阳节什么时候才能到来呢？这里，"重阳"显然是一种代指，指一个目标，一种圆满。菊花等待和遗憾的其实是一个目标的实现，是一种结果的圆满。菊花的等待和遗憾也是诗人本人以及一切像诗人一样的君子的等待和遗憾。诗人李山甫屡试不第，政治上找不到出路，又找不到合适的前辈来引荐提拔自己，就像菊花在等待"重阳"一样，诗人在等待时机，但是并不知道会等到何时，会等多久。所以，"但惭终岁待重阳"是所有有理想、有抱负、有能力的君子的失路之叹！

二、韩愈与白居易之菊：随缘达观的岁月之叹

与李商隐、李山甫通过菊花将岁月之叹和失路之哀交织在一起不同，唐人韩愈和唐人白居易则借助菊花纯粹地抒发人生易老的岁月之叹，然而这岁月之叹中又隐含着诗人的达观和豁达，如：

晚菊

〔唐〕韩愈

少年饮酒时，踊跃见菊花。今来不复饮，每见恒咨嗟。

伫立摘满手，行行把归家。此时无与语，弃置奈悲何。

年少时赏菊饮酒、饮酒赏菊，人生多么欢乐、多么惬意！如今年龄增长，酒也饮得少了，看到菊花也总是嗟叹不已。在菊花面前伫立良久，然后摘下满满一捧带回家细细欣赏，只见菊花还是那样的美丽，还是那么的芳香，然而心情却再也回不到从前了。"此时无与语，弃置奈悲何。"从少年到现在，中间隔了多少回不去的岁月！不过，感叹归感叹，菊花还是要赏的。所以，韩愈赏菊时仍然会去摘菊花欣赏，"伫立摘满手，行行把归家"，不仅摘菊花，而且还摘满一手的菊花，不仅原地欣赏还把一满手的菊花带回家去欣赏，这种以苦为乐的心情不正是君子的达观豁达吗？南渡词人李清照在《声声慢》中写道"满地黄花堆积，憔悴损，如今有谁堪摘？"李清照喜欢赏菊，但国破家亡之后，因为心中伤痛，她再没有了摘菊欣赏的心情。韩愈虽然因为政治原因也颇多感伤情绪，但是比起李清照而言，是不是又多了一份豁达与随缘呢？

用别样心情来抒写菊花引发的岁月慨叹，其情怀自然与众不同，如白居易的《东园玩菊》：

东园玩菊
〔唐〕白居易

少年昨已去，芳岁今又阑。如何寂寞意，复此荒凉园。
园中独立久，日澹风露寒。秋蔬尽芜没，好树亦凋残。
唯有数丛菊，新开篱落间。携觞聊就酌，为尔一留连。
忆我少小日，易为兴所牵。见酒无时节，未饮已欣然。
近从年长来，渐觉取乐难。常恐更衰老，强饮亦无欢。
顾谓尔菊花，后时何独鲜。诚知不为我，借尔暂开颜。

诗人白居易独自一人站在东园里，回忆着自己的人生岁月。少年的年华已经随风而逝，这一年的光阴也到了岁末的意兴阑珊。现在是秋末的小园，"秋蔬"已经荒芜，"好树"已经凋残。然而，还是有可欣喜的事物——"唯有数丛菊，新开篱落间"。在荒凉的秋色中，数丛耐寒的菊花刚刚开放，让人喜不自胜。诗人兴致勃勃，拿来酒壶，对菊而酌，流连忘返。诗人想起自己年少时，也非常喜欢菊花，经常为了菊花而牵肠挂肚，不喝酒也兴致盎然。然而现在，随着年龄的增长，想要快乐总觉得越来越难了。更加害怕的是，光阴易逝，自己会变得更加衰老，即便借酒取乐也难以得到快乐。一念至此，诗人对带给自己快乐的菊花充满了感激之情，他以饱含深情的笔墨写道："顾谓尔菊花，后时何独鲜。诚知不为我，借尔暂开颜。"虽然知道菊花不是为自己而开，但是看着它仍然开心欢愉，终于有了难以得到的欢乐心情。这里，诗人对岁月无情、物是人非的伤感因为菊花的盛开而得到了片刻释怀。这算不算菊花的一份功劳呢？诗人偶得的这份快乐，因菊而起，因菊而生，不正是因为在菊花身上看到了一种"不以物喜、不以己悲"，按照春夏秋冬的四季循环，自然生长、自然开花的自然与从容吗？白居易的这种想法，这份快乐，不也正是君子和光同尘哲学思想的体现吗？

白居易（772—846年），字乐天，晚年又号香山居士，是我国唐代著名的现实主义诗人，有"诗魔"之雅称。代表诗作有《长恨歌》《卖炭翁》《琵琶行》等。白居易29岁时中进士，先后任秘书省校书郎、盩厔尉（盩厔，县名，今作周至，在陕西省）、翰林学士，一路官运亨通。然而，44岁时，白居易因所谓的"越职言事"之罪而被贬江州司马，人生受到重大打击，从此再无早年的雄心壮志。然而，不能否认，白居易的确是一位有所作为的官员诗人。在人生的后期，独善其身的同时，白居易也实实在在做了一些对百姓有益的好事儿。譬如，白居易曾经带人疏浚李泌所凿的六井，帮助当地百姓解决了饮水问题。白居易还在西湖上修筑长堤（即"白堤"），教导当地百姓蓄水灌田。白居易的所作所为完全称得上是一位勤政爱民的君子。岁月如流，时光荏苒，在菊花身上，白居易看到了达观与从容，也去尝试和实践了，"仰无愧于天，俯无愧于地（《孟子·尽心上》）"，他做到了！白居易勤政恤民的仁爱情怀、达观随缘的人生态度感染着多少后来者！

菊花总能引起诗人丰富的联想。于是，诗人知菊、赞菊、叹菊，也问菊。

第七节　君子问菊："孤标傲世偕谁隐？"

一、骆宾王与菊花

岁月无情、人生易老，如果一位文人能得到知音的赏识——这个知音经常是君王的象征——那么自己一生的抱负和理想就有了实现的可能，所以盼望知遇之知音便成了一种不自觉的追求。中国人传统上又是内敛、讲究含蓄的，所以内心对知音的渴望常常不会直接表达而是通过某种载体表现出来。菊花因其"君子之花"的独特性不知不觉就变成了中国文人抒发对知音向往之情的象征物。譬如唐代诗人骆宾王的《秋菊》诗：

秋菊

〔唐〕骆宾王

擢秀三秋晚，开芳十步中。

分黄俱笑回，含翠共摇风。

碎影涵流动，浮香隔岸通。

金翘徒可泛，玉斝竟谁同。

诗人骆宾王笔下的菊花长得多么茂盛！虽然是深秋时节，然而十步之内就能看到菊花黄，闻到菊花香。那盛开的菊花看上去多么自由！瞧，菊花的黄花翠叶随风摇曳，菊花的影子在流水中波动，就连菊花的香气也似乎在水面上浮动一样，仿佛从此岸流到了彼岸去。自从屈原在《离骚》中吟唱"朝饮木兰之坠露兮，夕餐秋菊之落英"后，由于屈原的高洁人品，服食菊花就有了追求高洁志趣的特殊意义。诗人于是效仿屈原，采摘几朵菊花，把它们放进精美的玉制酒器玉斝中。啊！多么芳香扑鼻！多么风雅而又富有志趣！可是，端起酒杯来，和谁一起共饮呢？这样雅致的菊花景致，这样雅致的人生情趣，又有谁能一起体会呢？诗人忍不住发出了孤独的哀叹："金翘徒可泛，玉斝竟谁同？"那种人品高洁的知音究竟在哪里呢？

骆宾王（约 626—687 年）初唐诗人，与杨炯、卢照邻、王勃以文章齐名，时号"初唐四杰"。提到骆宾王的诗，我们立刻会想起他那首家喻户晓的咏鹅诗《鹅》："鹅鹅鹅，曲项向天歌。白毛浮绿水，红掌拨清波。"对于骆宾王的诗歌，除了这一首，人们耳熟能详的还有他托物言志的《在狱咏蝉》："西陆蝉声唱，南冠客思侵。哪堪玄鬓影，来对白头吟。露重飞难进，风多响易沉。无人信高洁，谁为表予心？"此外还有他那首著名的咏史感怀诗《于易水送人》："此地别燕丹，壮士发冲冠。昔时人已没，今日水犹寒。"这些诗歌或富有生活气息；或大声疾呼，情绪激动；或感慨遥深，充满兴衰之感；总之，不浮靡，不空洞，富有真情实感，对于初唐诗歌"刚健""风骨"精神气格的形成具有重要的影响。可以说，在从齐梁到初唐的诗风转变中，骆宾王功不可没。除了诗歌，骆宾王的骈文也写得声情并茂，令人折服。骆宾王曾久戍边城且去过西域，边塞生活经历十分丰富。所以，他的文学才能和政治才能都值得肯定。然而，就是这样一位才气横溢的诗人，却屡屡得不到重用。据《唐才子传》记载，骆宾王曾帮助徐敬业起草了一份著名的檄文《为徐敬业讨武曌檄》，写得气势充沛、激昂慷慨，连女皇武则天都被打动了。据说，当武则天读到"一抔之土未干，六尺之孤何托"时，惊讶其才华，急忙询问侍臣何人所作，当听说是骆宾王之后，武则天感叹道："有如此才，而使之沦落不遇，宰相之过也！"可惜，武则天感叹的时候，骆宾王已经下落不明了。在此之前，尽管理想与现实差距甚大，尽管怀才不遇矛盾激烈，骆宾王依旧保持了一个知识分子应有的狷介耿直的性格与积极进取的人生态度，他不随波逐流的品格就像他笔下的菊花一样散发着芳香。遗憾的是，在封建时代，懂得他的知音太少了。因此，骆宾王手端盛有菊花的酒杯时怎能不油然而生出一种"玉斝竟谁同"的伤感呢？

故而，茫茫人生路、孤独心海中，如果能得到知音的陪伴和安慰，该是多么大的人生乐事！然而现实生活中，我们熟悉的俗语却是"千古难觅是知音""人生难得一知己"。由此可见，知音之遇就像阳春白雪一样，是多么可遇而不可求！唐人李山甫在他的咏菊诗《菊》中曾感叹道："陶潜殁后谁知己，露滴幽丛见泪痕。"陶渊明之于菊花是菊花的知音，那么品格高洁的陶渊明去世之后，菊花的知音又是谁呢？对于菊花而言，它可以忍受环境的艰苦，在霜间、露下开放，但是不能忍受没有知音欣赏的痛苦。唐代诗人陈叔达（一说作者是唐人王珪）在《咏菊》诗中写道："霜间开紫蒂，露下发金英。但令逢采摘，宁辞独晚荣。"菊花忍霜耐露，开出美丽的花朵，但是这菊花就像人一样，宁愿被知音采摘欣赏，也不愿孤独地欣赏自己晚开的光荣。诗人以拟人化的笔法把菊花对知音的向往和期盼写得多么生动形象！这菊花不正是诗人自己的象征吗？徐敬业起兵讨伐武则天失败后，为徐敬业起草讨武檄文的骆宾王，有人说他去杭州隐居做了和尚，有人说他不幸死在乱兵之中，总之下落不明、不知所终。一代英才，如此结局，怎不令人嘘唏、伤感？

二、曹雪芹与菊花

诗人在诗词中大多借助某个情感载体，譬如菊花，或曲折，或以直抒胸臆的方式发出对知音的呼唤，这个知音，有时候是君王，有时候并不是君王，而是同道之人、同调之人。

在中国杰出的小说家曹雪芹的小说《红楼梦》中有一个像菊花一样幽贞傲世的女子，她就是作品的女一号林黛玉。在贾府寄人篱下的环境中，林黛玉小心翼翼地生存着；在贾府其思想难以引起共鸣的大环境中，林黛玉"孤标傲世"地生活着。才华横溢、才思敏捷的她，在菊花社的咏菊活动中，以《咏菊》《问菊》《菊梦》三首菊花诗独揽此次诗会的前三甲。请看她的《问菊》诗：

问菊
〔清〕曹雪芹
欲讯秋情众莫知，喃喃负手叩东篱。
孤标傲世偕谁隐，一样花开为底迟？
圃露庭霜何寂寞，鸿归蛩病可相思？
休言举世无谈者，解语何妨话片时。

"欲讯秋情众莫知，喃喃负手叩东篱。"林黛玉像拜访朋友一样，背负双手喃喃自语着来到东篱，这里盛开着大片的菊花，来到这里，就知道秋天原来在这里。面对着菊花，林黛玉向对方提出了五个问题。第一个问题是："一样花开为底迟？"她问菊花："同样是花儿，为什么比别的花儿要开得迟、开得晚？"第二个问题是："孤标傲世偕谁隐？"她问菊花："同样是花儿，这样的孤标傲世、与众不同，到底要和谁一起归隐呢？"第三个问题是："圃露庭霜何寂寞？"她问菊花："花圃里霜寒露冷是否寂寞？"第四个问题是："鸿归蛩病可相思？"她问菊花："大雁已经回去、蟋蟀快要死去，你是否会思念它们？"第五个问题是："解语何妨话片时？"她问菊花："你为什么不和你的知音交谈片刻呢？"林黛玉向菊花提问，说明她已经把菊花当作可以平等交流的朋友了，所以最后她以劝慰的语气对菊花说"休言举世无谈者"，劝慰菊花不要认为世上没有一个值得交流的人，不妨向知音敞开心扉。人们愿意把品性高洁的菊花引为同调，但是，菊花"孤标傲世"，它也愿意把所有人都视作自己的知音吗？像菊花这样高洁的君子，一般人，菊花是不会入眼的，所以菊花是孤独的。林黛玉用知心的口气对菊花商量着说："你能不能把我当作你的知音，让我陪你聊聊天、解解闷呢？"菊花有幸，碰到如此贴心、细腻、高洁的女子；林黛玉有幸，能在"孤标傲世"的菊花身上寄托自己的情思。

所以，我们可以设想，当林黛玉提出"解语何妨话片时"的建议时，菊花应该是同意的吧。"人生难得一知己"，林黛玉与菊花的知己之交当是人生佳话了吧。

众所周知，林黛玉是小说《红楼梦》虚构的人物，尽管她只是作品塑造出来的人物形象，但是她形象生动，情感丰富，有血有肉，在她身上可以说灌注了作者曹雪芹本人大量的心血和情感，所以完全可以说，林黛玉的思想就是曹雪芹的思想，林黛玉的情感就是曹雪芹的情感。因此，《问菊》一诗所表达出来的一切感情，与其说是林黛玉的，倒不如说是曹雪芹本人的更确切更合适。

曹雪芹（约1715—1763年），名霑，字梦阮，号雪芹，又号芹溪、芹圃，是清代小说家，他写的长篇小说《红楼梦》被誉为"中国小说的金字塔"，被视为是中国古典小说的扛鼎之作。"字字看来皆是血，十年辛苦不寻常"，然而，有谁知道，在《红楼梦》的背后凝聚着作者多少心血和悲哀！

曹雪芹一生的命运起伏很大。曹雪芹出生于南京家世显赫的江宁织造府内。因为曾祖父曹玺担任过江宁织造要职，曾祖母孙氏做过康熙皇帝的奶娘，祖父曹寅做过康熙皇帝的伴读和御前侍卫，长大后袭父职继任江宁织造，因而曹雪芹童年时锦衣玉食、富贵无比。然而，康熙去世，雍正皇帝继位后，曹家即失势，接连被两次抄家，家道由此衰落并从此一蹶不振。曹雪芹随家人从繁华热闹的南京迁回北京空旷的老宅，因贫困不支，又移居北京西郊，靠变卖字画和朋友接济为生。曹雪芹的生活骤然陷入困顿，童年富贵荣华、显赫风流的生活遂成梦幻。尽管经历了如此人生巨变，也倍尝世态炎凉之苦，但是曹雪芹始终远离封建社会的官场，坚守着贫困如洗的艰难日子。在"满径蓬蒿""举家食粥酒常赊"的困苦中，他呕心沥血创作着小说《红楼梦》。涉猎广泛的曹雪芹将自己在诗书、绘画、园林、金石、织补、饮食、服饰、工艺、建筑，甚至哲学、中医等方面的研究领悟与心得体会统统写进了《红楼梦》，从而使得《红楼梦》最终成为一部大百科全书式的、融思想性与艺术性的完美结合于一身的伟大作品。如果没有坚韧不拔的毅力，如果没有持之以恒的精神，如果没有安贫乐道、刻苦著述的淡泊品质，我们今天是看不到《红楼梦》的。而如果没有了《红楼梦》，中国的文学又该怎样的黯然失色！所以，曹雪芹为中国乃至世界奉献出的文学瑰宝《红楼梦》是难以用金钱衡量的，而曹雪芹为了《红楼梦》的创作所表现出来的素质与精神不也正是君子品质的体现么？"孤标傲世携谁隐？"曹雪芹的孤标傲世、林黛玉的孤标傲世，和孤标傲世的菊花不是有着精神一致的高度契合吗？

三、杜牧与菊花

对于文人来说，坚贞顽强、孤标傲世的菊花就是品性高洁的君子，它们完全可以成为自己的知音。曹雪芹这么认为，杜牧也这么认为，如他的《折菊》诗：

折菊

〔唐〕杜牧

篱东菊径深，折得自孤吟。

雨中衣半湿，拥鼻自知心。

杜牧在东边篱笆里的菊丛中折下一枝菊花，然后手拿菊花一边儿走一边儿看，一边儿看一边儿吟。没想到突然下了雨，在突如其来的雨中，杜牧的衣服被淋了个半湿。虽然下着雨，虽然衣服也被淋湿了，但是诗人的雅兴却丝毫未受影响。诗人把菊花放在鼻子边儿，仔细地嗅了又嗅，闻了又闻。君子与君子总是惺惺相惜，君子与君子才会惺惺相惜，君子与君子更应该惺惺相惜，成为知音。菊花的香，杜牧闻到了，菊花的美，杜牧领悟了。于是，诗人深情地写道："拥鼻自知心"。

"拥鼻"是个典故，出自《晋书·谢安传》："安本为洛下书生咏，有鼻疾，故其音浊。后来之名流，爱其咏而不能及，故以手掩鼻以效之。"谢安，东晋名士，以风度气质名扬天下。据说，谢安有个老乡做生意没有做好，有五万把蒲葵扇没卖出去。为了帮助这个穷老乡，谢安想了一个办法。他从老乡那里要了一把蒲葵扇，每次出行都带着，当和一帮文人雅士高谈阔论的时候，他便装作不经意的样子把蒲葵扇拿在手中。谢安本人俊雅有风度，拿着蒲葵扇更显风采。其他人见到他拿蒲扇的样子后便纷纷仿效他，于是他那个老乡的蒲葵扇不日即被抢购一空。谢安担任宰相时，他侄子谢玄指挥的淝水之战大获全胜。收到捷报时，谢安正和客人下棋。客人问起淝水之战的情况，谢安以轻松的口吻说道："小儿辈大破贼"，风度气色一毫未变。还有，当时大将军桓温曾经想刺杀谢安和王坦之，并在家中埋伏好了甲兵，专等他赴宴。赴宴时，王坦之面如土色、忧惧不安；谢安则慷慨吟诗、神色自若。谢安旷远的气度让桓温既忌惮又敬佩，于是就撤掉了伏兵。谢安就是这样一个君子式的人物。谢安不仅才干突出、风度超群，而且文采斐然、喜欢吟咏。但是因有鼻疾，故而谢安常有掩鼻之举。后来，喜欢谢安、仰慕谢安才华或风度的人尽管没有鼻疾也时常以手掩鼻仿效谢安。

学着谢安的掩鼻之举，闻着菊花香，想着谢安的君子品格，也是一种快乐吧？杜牧在这里把菊花放在鼻前是仿效谢安的掩鼻之举，还是在体会谢安像菊花一样高洁馨香的品格？

杜牧，唐宰相杜佑之孙。二十六岁中进士，因秉性刚直，为权臣不喜，流落江西、淮南等地，作了十年幕僚，生活很不得意。好容易熬到三十六岁内迁为京官，却又遭到宰相李德裕排挤，出为黄州、池州等地刺史。宦海浮沉，人生如梦，拥菊鼻前，嗅着菊花的馨香，是不是还会想起爱国诗人屈原的孤标傲世、洁身自好？是不是也会想起高士陶渊明的孤标傲世、淡泊守志？想起这些，内心会不会变得平和与宁静呢？菊花可堪做知音，"拥鼻自知心"，心与心的沟通与交流也许就在于"自知心"吧？

君子爱菊、赞菊、问菊，也会借菊来寄托浓得化不开的深情。

第八节　君子借菊寄深情："人比黄花瘦"

提到菊花，人们要么将它和坚贞顽强、高风亮节联系在一起，要么将它和重阳佳节、人生乐事联系在一起，要么将它和岁月之叹、失路之哀联系在一起，要么将它和知音之唤联系在一起。总之，似乎只有这样的联系才能显示出菊花的"高大上"，才能更深刻地显示出菊花的意义和价值来，而事实上除了这些联系，还有一种非常重要的联系——菊花和爱情的联系。

在人与人的关系中，感情是最重要的。在所有的感情中，爱情是一种非常美好的情感。而这样一种情感，在早期的词作中是遭到排斥的。在中国的传统心理中，人生、社会、理想、抱负、事功，这些都是严肃的、庄重的，是可以上台面、值得大书特书的；而爱情却是很私密的，是不能拿到台面上来讲的，就像中国词的发展一样。一开始，人们谈理想、抱负、事功都是用诗来表达，讲爱情才用词来表达，因为一开始诗的地位高于词的地位。所以，北宋著名的词人柳永有一次去拜访宰相晏殊（同时也是词人）便遭到了讥讽。柳永拜访晏殊是有目的的，因为二人都是词人，都有义名，所以柳永拜访晏殊是希望对方能对自己惺惺相惜，看在同道的份上给予提携。所以当晏殊问柳永最近在忙些什么时，柳永不失时机地赶紧回答道："亦如丞相做曲子词。"意思是说："我和丞相您一样在写词。"没想到晏殊立刻反驳道："孰如尔'针线慵拈伴伊坐'？"意思是说："我是写词，可是我没有写像你那些'针线慵拈伴伊坐'的词啊。"晏殊写的"无可奈何花落去，似曾相识燕归来"是词，但是讲的是人生和岁月感慨。而柳永的"针线慵拈伴伊坐"却是讲爱情和男女相伴。所以，在晏殊的眼里，即便是词，内容不同，其意义和价值也是不同的。写"无可奈何花落去"之类就有价值，写"针线慵拈伴伊坐"之类就没有价值。晏殊的评判现在看来全无道理，但在当时却是大多数人的共识。所以，在词中写真挚的爱情，尤其是把"花中逸品"菊花和爱情结合起来写爱情，并不多见。所以，当我们读到南宋女词人李清照的"帘卷西风，人比黄花瘦"时，既感觉耳目一新，又特别敬佩和感动。因为大胆的女词人把菊花和美好的爱情结合在了一起！

一、李清照之菊：深情款款

"秋风起兮白云飞，草木黄落兮雁南归。兰有秀兮菊有芳，怀佳人兮不能忘。

（《秋风辞》）"汉武帝刘彻以兰菊有芳起兴来写对佳人的向往。与之不同，南宋女词人李清照则通过把她本人和菊花做比较来寄托思念丈夫的款款深情。

李清照，号易安居士，出身于书香门第，早期生活优裕。宋徽宗建中靖国元年（1101 年），十八岁的李清照与长她三岁的太学生赵明诚成婚。二人门当户对，郎才女貌，志趣相投，感情非常深厚。然而，婚后两年，丈夫便"负笈远游"，深闺寂寞的李清照陷入了对远行丈夫的深深思念中。看着空中的云雾，李清照就觉得她思念的哀愁就像那些云雾一样浓重，缠缠绕绕的，没个尽头。看着兽形铜香炉中瑞脑香的袅袅烟雾，李清照又觉得她的思念就像那些弥漫在室内的烟雾一样挥之不去。到了晚上，李清照孤枕难眠、辗转反侧，越发觉得夜晚漫长。还好她会喝酒，她希望自己可以豪爽得像男人一样借酒浇愁，并真那样去做了，然而每次的结果总是"借酒浇愁愁更愁"。崇宁二年（1103 年），一年一度的重阳节又来临了。二十岁的李清照像往常一样思念着远行的丈夫，像往常一样端起酒杯，不过这次是在"东篱"，是在菊花旁边。重阳节，按照习俗，当饮酒赏菊。此刻，菊花开得正好，色艳花香，多么可爱美丽！在菊花旁边坐得久了，菊花的香味不仅充满了衣袖，甚至连衣服都沾染了许多香气。然而，孤身一人的女词人仍然感到十分孤独，仍然感到百无聊赖。因为相亲相爱的丈夫不在身边！"馨香盈怀袖，路远莫致之。（《古诗十九首》）"菊花再美，再香，也无法送给远在异地的亲人。百无聊赖、深深遗憾中的李清照只好通过诗词来打发光阴，触景伤情的她只好通过诗词来寄托对丈夫无法排遣的思念之情。高洁脱俗的菊花就这样走进李清照的诗词，走进她的爱情，走进千千万万读者的心中。于是，我们读到了一首千古绝唱——《醉花阴》。

醉花阴
〔南宋〕李清照

薄雾浓云愁永昼，瑞脑消金兽。佳节又重阳，玉枕纱橱，半夜凉初透。

东篱把酒黄昏后，有暗香盈袖。莫道不销魂，帘卷西风，人比黄花瘦。

据说，李清照的丈夫赵明诚收到《醉花阴》后，翻来覆去地读了好几遍。"莫道不销魂，帘卷西风，人比黄花瘦"——赵明诚在室内一边踱来踱去地走着，一边默默地念叨着结尾的最后三句。"帘卷西风，人比黄花瘦"——他仿佛看到了李清照憔悴的面容。菊花菊瓣纤长，菊枝瘦细，看上去形体偏瘦，尤其是秋风萧瑟的时候，快要枯败的菊花看上去就更加显出支离破碎的消瘦模样。当精美的珠帘被秋风掀起的时候，赵明诚分明看到了妻子的身影，她是那么消瘦，那么憔悴，简直比院子里消瘦的菊花还要消瘦！"为伊消得人憔悴"，"妻子是因为思念自己才这样憔悴的"。"人比黄花瘦"，"妻子借助菊花把爱情，把思念表达得多么哀婉动人!"赵明诚一边读着,一边想着。一方面,赵明诚为妻子对自己的深情而感动;另一方面,赵明诚又为妻子的才情所折服。"'人比黄花瘦',这样精美、别致的意象,妻子是怎么想出来的呢?不行,我得和妻子比试比试。"素有"才子"之名的赵明诚决心和妻子李清照一较高低。他想到做到,立刻闭门谢客,做起词来。对此,伊世珍的《琅嬛记》记载得非常详细:易安以《醉花阴》词寄明诚,"明诚叹赏,自愧弗逮,务欲胜之。一切谢客,忘食忘寝者三日夜,得五十阕。杂易安作,以示友人陆德夫。德夫玩之再三,曰:'只三句绝佳'。明诚诘之。答曰:'莫道不销魂,帘卷西风,人比黄花瘦。'正易安作也。"明诚和陆德夫相视而笑,因为他心里最叹赏的也是这三句。赵明诚从此对妻子李清照更加心服口服。

据说,赵明诚很快画了一张李清照的肖像,并在李清照的肖像上题写了十六个小楷:"清丽其人,端庄其品;得此佳人,真堪携隐。"李清照是如此才情高绝的女子,赵明诚是如此真心欣赏她的男子。李清照与赵明诚,一对可堪羡慕的夫妻。"人比黄花瘦",菊花如桥梁,将他们的爱情定格成了永恒的传奇。

李清照素有"千古第一才女"之称。王灼《碧鸡漫志》云:"(易安)才力华赡,逼近前辈,在士大夫中已不多得,若本朝妇人,当推文采第一。"李调元《雨村词话》云:"易安在宋诸媛中,自卓然一家,不在秦七、黄九之下。词无一首不工,盖不徒俯视巾帼,直欲压倒须眉。"《四库提要》云:"清照以一妇人而词格乃抗轶周柳,虽篇帙无多固不能不宝而存之,为词家一大宗也。"李清照以女儿之躯,以女性之笔撑起了词坛的半壁江山。她把词的婉约带到了思想、艺术纯熟至完美的顶峰。"知否?知否?应是绿肥红瘦。""雁字回时,月满西楼""倚门回首,却把青梅嗅。""只恐双溪舴艋舟,载不动,许多愁。""此情无计可消除,才下眉头、却上心头。""梧桐更兼细雨,到黄昏、点点滴滴。这次第,怎一个愁字了得!"不管是写物、写景,还是写人、写情,李清照的文笔都能捕捉到最美的细节,直抵人心深处。然而,丝毫不亚于她的文采美的是她的人格美!

李清照不仅是一位才女,更是一位不可多得的,人品如玉、具有强烈爱国情怀的奇女子。

"靖康之变"后,李清照和其他人一样被裹挟进了流离失所的逃难大军,一路从北向南逃跑,辗转流离,吃尽苦头。而且,在逃难途中,丈夫赵明诚因病撒手人寰,李清照成了漂泊无依的孤苦女子,不仅承受着国破的痛苦,还承受着家亡的悲哀。国难当头,尽管家庭的变故让李清照"欲语泪先流",但是她更关心的是国家的命运和前途。所以,李清照对替父从军的花木兰充满了钦佩,在诗文中她毫不掩饰自己的羡慕,称赞花木兰是"横戈奇女子",并为自己不会骑马射箭,不能上战场杀敌而遗憾。同时,对宁肯自刎乌江也不愿苟且偷生的西楚霸王项羽充满了钦佩之情。在《夏日绝句》中，李清照写道："至今思项羽，不肯过江东。"她以项羽的"不肯过江东"来微妙地嘲讽南宋朝廷一路南逃的苟且偷安。在乱世，一个手无缚鸡之力的弱女子，用她的笔，用她的才，抒写着对国家命运的关切，抒写着对国家前途的忧虑！作为后来人，我们怎能不佩服她的爱国情怀？在李清照身上，我们看到了屈原"举世皆浊我独清，举世皆醉我独醒"的卓尔不群；在李清照身上，我们看到了君子风采的清贞高洁！"帘卷西风，人比黄花瘦"，菊花因为李清照的生花妙笔而摇曳在千年词坛，而李清照本人更如孤标傲世的菊花一样散发着独有的芬芳。晚唐司空图《二十四诗品·其六》典雅篇（典雅，正派庄重之意）曰："落花无言，人淡如菊"。清雅深情的李清照不正是"人淡如菊"的君子吗？

二、唐琬之菊：温婉动人

提起南宋的才女，除了李清照，还有一位才貌双全的女子——唐琬。提到她，我们就会想到她和著名爱国诗人陆游令人感慨万千的爱情故事。

唐琬是陆游的前妻。陆游生长在多灾多难的南宋，一生把收复失地、恢复河山当作自己的理想。因为"性喜恢复"，所以陆游深受朝廷"主和派"的忌恨，一生大部分的时间都被投闲置散。尽管如此，陆游爱国之心始终未变，他以诗歌的形式表达着自己的爱国热忱：

"三万里河东入海，五千仞岳上摩天。遗民泪尽胡尘里，南望王师又一年。（《秋夜将晓出篱门迎凉有感二首（其二）》）"——陆游将南北统一的盼望抒写得多么哀婉感人！

"僵卧孤村不自哀，尚思为国戍轮台。夜阑卧听风吹雨，铁马冰河入梦来。（《十一月四日风雨大作》）"——陆游将杀敌报国的愿望表达得多么真切！

"此生谁料，心在天山，身老沧州。（《诉衷情》）"——陆游将壮志难酬的感伤抒写得多么悲痛！

虽然一生志在恢复，然而遗憾的是，直到去世，陆游也没能看到南宋朝廷收复失地、统一南北。"王师北定中原日，家祭无忘告乃翁。（《示儿》）"，陆游的临终遗言将他九死不悔的爱国情怀表达得多么感人肺腑！

如果说南宋偏安一隅、河山破碎、未能一统是陆游人生理想的不幸，那么和前妻唐琬的被迫分离则是陆游婚姻的不幸。

唐琬是陆游的表妹，也是他的前妻，她文静灵秀、能诗能词，和陆游婚后也是伉俪情深，然而却不得婆婆喜欢。最终，在陆游母亲的干涉下，唐琬和陆游被迫分离，一纸休书让她再不是陆游的妻。十年之后，在绍兴沈园，唐琬和陆游的一场偶遇让她和陆游的爱情辉耀在沈园的墙壁。

"红酥手，黄藤酒，满城春色宫墙柳。东风恶，欢情薄，一怀愁绪，几年离索。错、错、错！"春如旧，人空瘦，泪痕红浥鲛绡透。桃花落，闲池阁，山盟虽在，锦书难托，莫、莫、莫！"——唐婉离开后，陆游随即在沈园的墙壁上题下了这首传唱千古的《钗头凤》。

"世情薄，人情恶，雨送黄昏花易落。晓风干，泪痕残，欲笺心事，独语斜阑，难、难、难。"人成各，今非昨，病魂常似秋千索。角声寒，夜阑珊，怕人询问，咽泪装欢，瞒、瞒、瞒。"——唐婉读了陆游的《钗头凤》后，也随即写下这首和词《钗头凤》。

唐婉为了爱情最终抑郁而终，陆游因为唐婉而内心始终无法释怀；她们的悲剧爱情让后人嘘唏不已，唐婉的才情品性也让后人叹惋不已。

说到"君子"，在唐婉和陆游之间，人们第一个想到的一定是陆游，陆游固然是君子式的人物，而唐婉又何尝不是呢？男人可以是君子，女人当然也可以。李清照不就是一位君子吗？唐婉也是。

像众多喜欢菊花的宋人一样，唐婉也很喜欢菊花，而且也为菊花题咏，譬如《菊花》：

菊花

〔南宋〕唐婉

身寄东篱心傲霜，不与群紫竞春芳。

粉蝶轻薄休沾蕊，一枕黄花夜夜香。

在唐婉眼中，菊花坚贞顽强并且自甘淡泊，即便寄身简陋的篱笆之畔也会傲霜而开，而且从来不去与春天里姹紫嫣红的花儿们竞争春光，即便与春光无缘也无怨无悔。所以她在《菊花》诗中倾心赞美菊花的品性是"身寄东篱心傲霜，不与群紫竞春芳"。菊花的这种品性当然是君子的品性。同样喜欢菊花的陆游在咏菊诗《晚菊》中把菊花比作品格高洁的"志士"："菊花如志士，过时有余香。"唐人陆贽《文言》篇曰："菊擅阴阳之和气，受天地之淳精。不失其时，比之君子之守节；无竞于物，同志士之不争。……淳和自守，芳洁自持。"他极力称赞菊花的君子品格：守节不争、淳和自守、芳洁自持。而唐婉正是一个"淳和自守，芳洁自持"的人。

唐婉性格温婉，洁身自好、与世无争，与陆游成婚后，一心一意操持家务，陪伴丈夫，读书弹琴，吟诗作赋，安安静静。所以，她笔下的菊花也和她一样与世无争、高雅芬芳。"粉蝶轻薄休沾蕊"，唐婉希望轻薄的"粉蝶"不要来骚扰安静的菊花，希望外来的力量不要干涉淡泊的菊花，让菊花自由自在地生长，过那不受任何干扰的快乐生活。这当然也是她自己的心愿——和丈夫恩爱厮守，诗书唱和，不受外力干涉，享受清静生活。然而，婆婆对她和丈夫陆游的婚姻横加干涉，身为弱女子的她毫无反抗之力，过宁静生活的心愿最终化为泡影。岁月静好变为一梦，已嘘乎，痛哉！菊耶？人耶？

"一枕黄花夜夜香"，唐琬把菊花装进枕头中做成菊花枕，夜夜陪伴自己。菊花枕在古代颇受文人喜好，除了现代医学认为的明目、醒脑等保健功能之外，还有一个原因就是——它代表着雅士的高尚情趣，代表着文人对君子之花的衷心喜爱。所以，菊花枕在宋元时期一度非常流行，甚至带动了咏菊枕诗的流行。例如陆游曾题《菊枕》诗："少日曾题菊枕诗，囊编残稿锁蛛丝。人间万事消磨尽，只有清香似旧时。"元人马祖常也写有《菊枕》诗："东篱采采数枝霜，包裹西风入梦凉。半夜归心三径远，一囊秋色四屏香。床头未觉黄金尽，镜底难教白发长。几度醉来消不得，卧收清气入诗肠。"唐琬的《菊花》是在咏菊花，也是在咏菊花枕。唐琬的菊花枕与她夜夜相伴。"一枕黄花夜夜香"，对菊花，有自己相知相陪；对自己，有菊花相知相陪。唐琬与菊花相依相存、相互抚慰。还有一点很重要，那就是唐琬的菊花枕是她的，也是她和陆游曾经共用的，是她甜蜜爱情的记录和回忆。每个夜晚，唐琬都枕着她和陆游曾经共用的菊花枕入眠，真正是夜夜香甜，就连做的梦都似乎带着芬芳的气息。唐琬钟情于菊、寄情于菊，以女性之笔，以女性之细腻情感来咏菊花，咏菊花枕。菊花与菊花枕承载着她的爱情和梦想，也许在飘着菊花香的梦里，她心中爱情的苦涩才能得到片刻的消解吧？

君子可以借菊寄深情，君子同样可以赋菊以豪气。

第八节　君子赋菊以豪气："战地黄花分外香"

李清照和唐琬的菊花是深情温婉的君子，但是多多少少带了一点儿女儿家的脂粉气息。那么，有没有充满阳刚之气的菊花呢？答案是肯定的。

一、黄巢之菊：英姿飒爽

菊花的阳刚之气是什么样子？不同的诗人有不同的表达。唐人黄巢咏菊诗《不第后赋菊》中的菊花英姿飒爽，充满了阳刚之气，令人耳目一新。

不第后赋菊

〔唐〕黄巢

待到秋来九月八，我花开后百花杀。

<u>冲天香阵透长安，满城尽带黄金甲。</u>

在诗词中，诗人或用"金精"称呼菊花，如"玉律三秋暮，金精九日开（李

峤《菊》）"；或用"金英"称呼菊花，如"素萼迎寒秀，金英带露香（《和令狐相公九日对黄白二菊花见怀》）"；或用"黄金实"称呼菊花，如"陶诗只采黄金实，郢曲新传白雪英（《和马郎中移白菊见示》）"；或用"黄英"来称呼菊花，如"日日池边载酒行，黄昏犹自绕黄英（《菊》）"，而用"黄花"来称呼菊花的则更多，如唐人李峤的"黄花今日晚，无复白衣来"（《菊》）、宋人李清照的"莫道不消魂，帘卷西风，人比黄花瘦（《醉花阴》）"、宋人苏轼的"相逢不用忙归去，明日黄花蝶也愁（《九日次韵王巩》）"等。但是，不管是"金精""金英"还是"黄金实""黄英""黄花"，从这些名称一眼就可以看出，它们指的都是黄色的菊花，由此可以看出黄色菊花出现之早以及古人对黄色菊花是多么喜爱！事实上也的确如此，菊花最初都是黄色的，而且是野生的，后来由于人工栽培技术的进步才出现了白色、紫色和红色。虽然菊花的颜色逐渐丰富，但在人们的心目中，黄色菊花始终为尊，被视为菊花的正色。

三国魏人钟会《菊花赋》赞美菊有"五美"，其中有"一美"就是指菊花的黄色是正宗色："纯黄不杂，后土色也。"宋人胡少沦《菊谱序》赞美菊有"七美"："一寿考，二芳香，三黄中，四后凋，五入药，六可酿，七以为枕，明目而益脑，功用甚博。"其中"黄中"之美说的也是菊花的黄色之美是正色之美（"黄中"是以五行观念来解释菊花的黄色）。宋人洪皓《题张侍郎松菊堂》中的"松青抱正性，菊黄得正色"讲的也是菊之黄为正色。虽然晚唐诗人特别喜欢吟咏白菊，但始终没有动摇菊化以黄色为正色的地位。北宋刘蒙的专著《菊谱》云："黄者，中之色土王季月，而菊以九月花，金土之应，相生而相得者也。其次莫若白，西方金气之应，菊以秋开，则于气为钟焉。紫者白之变，红者紫之变也。此紫所以为白之次，而红所以为紫之次。"南宋范成大的专著《范村菊谱》称菊"有黄白两种，而以黄为正"。可见，二人也都认为黄色是菊花排位第一的正色。仿佛约定俗成一般，"黄花"和菊花不知不觉合二为一，以至于提起"黄花"，人们就知道指的是菊花。用一种颜色来特指某种花卉，在所有花卉中，除了菊花别无他花，黄花指代菊花是绝无仅有的个例。

黄巢笔下的菊花就是黄颜色的菊花。在他的笔下，我们感受到黄菊的另外一种风采，一种大丈夫的大无畏的气概。

黄巢（820—884 年），唐末农民起义军首领，出身盐商家庭，有诗才，善骑射，曹州冤句（今山东菏泽）人，在一次科举考试落第之后，他挥笔写下了流芳千古的咏菊名篇——《不第后赋菊》。

参加科举考试考而未中，本来是令人非常沮丧非常难过的事情，但是，黄巢似乎并未如此。名落孙山之后，黄巢既没有痛哭流涕、寻死觅活，也没有哀叹伤感、萧索消沉。相反，他依旧充满了激情和抱负，而菊花则是他感情的载体。在百花凋零的时候，菊花"独立寒秋"，一枝独秀，开得英姿飒爽。"待到秋来九月八，我花开后百花杀。"菊花的气势就像他心底的抱负一样锐不可当。"冲天香阵透长安，满城尽带黄金甲。"菊花的香气不仅冲向高高的云天，甚至还香透长安，在整个京城上空飘荡，使得整个长安城仿佛都浸泡在菊花冲天的香气中。多么饱满的情感！多么独特的想象！多么令人震惊的香气！更让人震惊的是那一片片金灿灿的菊花，多么耀眼！多么明丽！这样的菊花，黄巢用了"满城尽带黄金甲"来形容。

在黄巢眼中，那一大片金灿灿的菊花就像披挂着黄色铠甲的战士一样，英气勃勃，精神抖擞，尽显战斗风姿。"黄金甲"，多么鲜明的意象！多么有大丈夫的力量！

在诗词中，用"黄花"来指代菊花的诗句有很多。如："桓景登高事可寻，黄花开处绿畦深"（徐夤《菊花》）、"虽惭老圃秋容淡，且看黄花晚节香。（《九日水阁》）""满地黄花堆积，憔悴损，如今有谁堪摘（《声声慢》）""黄花芬芬绝世奇，重阳错把配萸技。（《九月十二日折菊》）""儿童共道先生醉，折得黄花插满头。（《小舟游近村舍舟步归》）""黄花本是无情物，也共先生晚节香。（《过菊江亭》）"……可见，喜欢黄花的诗人比比皆是，但是把黄花比作"像穿着黄金铠甲战士"的，在唐代，包括唐代之前大概只有黄巢一人了！

黄巢对菊花的喜爱非同一般，他的另一首咏菊诗《题菊花》同样为人所称道：

题菊花
〔唐〕黄巢
飒飒秋风满园栽，蕊寒香冷蝶难来。
他年我若为青帝，报与桃花一处开。

在寒冷萧瑟的秋风中，只有满园的菊花迎着"飒飒秋风"静静绽放。因为寒冷，没有蝴蝶飞来绕着菊花翩翩起舞，但是菊花毫不为意，它只是静静地绽放，在冷风中散发着幽冷清冽的香。菊花是那么美丽，又是那么孤独。它的优雅风姿和萧瑟孤凄的环境如此不般配，以至于黄巢忍不住动了"怜香惜玉"之心，发出宏愿："他年我若为青帝，报与桃花一处开。"作者幻想着自己如果做了司花之神，一定要让菊花像桃花一样在温暖的春天盛开，一定要让菊花像桃花一样能够享受春光的明媚。不愿看到菊花受冷落，甚至想要改变它盛开的花时，作者对菊花的欣赏和钟爱简直到了令人瞠目结舌的地步！黄巢是唐末农民起义军首领，一个起义军的领袖，一位武人，竟然有如此情怀，我们除了佩服他的大气和自负，就是欣赏他的爱菊情结了。

黄巢喜爱菊花喜爱到甚至想要改变它的花期的地步，这样的念头，这样的抱负，这样的口气，没有大的气魄、大的胸怀能写得出吗？"日月之行，若出其中；星汉灿烂，若出其里。"——通过曹操的《观沧海》可以看出曹操也是一位非常有气魄、有抱负的诗人。可惜，黄巢不像曹操，他缺乏与他抱负相匹配的能力。所以，作为农民起义领袖的他，最终以失败者的身份退出了历史舞台。"成者王，败者寇"，对此，我们不作评论；但是他用"他年我若为青帝，报与桃花一处开""冲天香阵透长安，满城尽带黄金甲"来写菊花，其非同凡响的想象力绝对是值得称赞的。

黄巢咏菊诗中的意象对后世产生了深远影响。譬如"满城尽带黄金甲"的意象就引起了明太祖朱元璋的共鸣，所以朱元璋在自己的《咏菊花》诗中忍不住借用了这个意象。

咏菊花

〔明〕朱元璋

百花发时我不发，我若发时都吓杀。
要与西风战一场，遍身穿就黄金甲。

明太祖朱元璋是明朝开国之君。从放牛娃到皇帝，在身份的转变中，朱元璋经历了难以想象的生活磨难和生死考验。作为开国之君，在打下明朝江山的漫漫征途中，朱元璋曾经无数次披坚执锐，冲锋在前；曾经无数次跃马疆场，拼命厮杀；曾经无数次亲临前线，指挥作战。在无数次的生死决战中，死神一次次与朱元璋擦肩而过。苦难磨炼了他的意志，奋斗激发了他的豪情，朱元璋变得更加顽强和强大。所以，戎马一生的朱元璋对于战斗精神，对于阳刚之气，对于英雄气概是很有感情的。因此，当朱元璋在吟咏菊花的时候，很自然地把一种"舍我其谁"的气概赋予了他笔下的菊花。你瞧，他笔下的菊花"百花发时我不发，我若发时都吓杀"，多么威风凛凛！"要与西风战一场"，多么富有战斗精神！"遍身穿就黄金甲"是对黄巢"满城尽带黄金甲"意象的借用，同样充满了阳刚之气和英雄气概。通读全诗，我们仿佛看到了一片金黄的菊花像斗士一样斗志昂扬、整装待发，浑身上下充满了战斗的力量，洋溢着英雄的风采。

二、毛泽东之菊：乐观豪迈

菊花在黄巢和朱元璋的笔下是阳刚的、英勇的，而在伟大领袖毛主席的笔下，菊花则更乐观、豪迈！

"悲哉！秋之为气也，萧瑟兮草木摇落而变衰。"自从宋玉在《九辩》中发出"悲秋"的千古一叹后，从此，悲秋成了咏秋的常调，如"秋风萧瑟天气凉，草木摇落露为霜（曹丕）""是处红衰翠减，冉冉物华休（柳永）""万事到头都是梦，休休，明日黄花蝶也愁（苏轼）""秋风秋雨愁煞人（秋瑾）""秋花惨淡秋草黄，耿耿秋灯秋夜长。已觉秋窗秋不尽，哪堪风雨助凄凉（曹雪芹）"。诗人们或抒怀、或感慨、或伤时、或伤己，在秋风秋雨中挥洒着内心的无限感慨和忧愁。但是，"不似春光，胜似春光"就像阴沉天气中的一道阳光照亮了"悲秋"的道路。在这条闪光的路上，"战地黄花分外香"——菊花的爽朗刚健无疑是最为亮丽的风景线，这句咏菊花的名句出自毛泽东的《采桑子·重阳》。毛主席以词的形式将黄花也就是菊花抒写得格外大气伟岸、与众不同。在他笔下，菊花较之古代文人士大夫笔下的菊花有了新的时代内涵，那是革命的豪情、革命的斗志和革命的抱负！

采桑子·重阳
毛泽东
人生易老天难老，岁岁重阳，今又重阳，战地黄花分外香。
一年一度秋风劲，不似春光，胜似春光，寥廓江天万里霜。

"人生易老天难老"，在有限与无限的鲜明对比中，诗人看到了人生的真谛和辩证主义的思想光辉。在"岁岁重阳"对"天难老"的循环中，诗人来到了"今又重阳"的现实。"岁岁重阳"的重阳与"今又重阳"的重阳看似一样，其实不同。相同的是节日，不同的是过节的地点和形式。在过去的重阳节，诗人或是和亲人团聚、登高望远，或是和友人把酒临风、赏菊吟秋；然而现在却是远离家乡亲人，在战地（这里指闽西农村根据地）度过一年一度的重阳佳节。再加上现在是秋天，是"一年一度秋风劲"的萧瑟的秋天。天气、地点似乎都会让人油然而生悲哀之情。然而，诗人没有。"寥廓江天万里霜"，在"万里霜"中，诗人感受到的是"寥廓江天"，是天地的壮阔，是"不似春光，胜似春光"的美好秋意。放眼望去，"战地黄花"在风霜中展露笑颜。经过硝烟炮火的洗礼，它们似乎更加坚强了，就连香气也让人觉得远远超过往昔了。"黄花"就是菊花，"战地黄花分外香"，战地上的菊花因为和人民革命战争联系在一起，显得多么独特！它们浑身上下都仿佛充满了昂扬的豪气，就像坚强不屈、愈战愈勇的战士，看上去生机蓬勃、爽健硬朗。

阳刚豪情的菊花装点着重阳节的战地，重阳节的战地因为它们的存在而显得再不萧瑟！瞧，普通的菊花在充满豪情的革命家毛主席笔下是多么的与众不同！

毛泽东，无产阶级伟大的革命领袖，是诗人，也是战士、革命家。作为诗人，他的情怀是敏感细腻的；作为战士，他的青春是和战斗、战场联系在一起的；作为革命家，他的情怀是豪迈狂放的；作为中华人民共和国的缔造者，他的理想是和解放全人类的崇高事业联系在一起的。

在杜甫"丛菊两开他日泪，孤舟一系故园心（《秋兴八首》）"的诗句中，我们看到的是作为战争对立面的菊花形象。但在毛主席的《采桑子·重阳》中，我们看到的却是和人民战争，和毛主席的革命壮志、战斗豪情、乐观精神融于一体的充满阳刚之气的菊花形象。"战地黄花分外香"，战地上的菊花因为和改天换地的斗争紧密相连，因为和毛主席的崇高理想与革命豪情紧密相连从而具有了崭新的时代意义！这里的菊花不也正是豪迈坚强、阳光乐观的君子品格的真实写照吗？

结　　语

菊花，"花中四君子"之一，因为在秋天开花而被称为秋花。菊花在我国出现很早，先秦时期《礼记·月令篇》记载的"季秋之月，鞠有黄华"中的"黄华"就是指菊花。由"黄华"一词中的"黄"字可以推断，菊花最早被发现和认识时是黄色的，所以，在国人心目中，黄色菊花一直处于正宗地位，并逐渐形成了以"黄花"代指菊花的文化传统。用颜色来称指某一类花，除了菊花，别无他花。

菊花得到国人垂爱，首先源于它的坚强。菊花的坚强，不仅体现在霜露自然条件下的不屈不挠，还体现在"荒篱""石缝"等恶劣生存环境中的倔强生长。菊花傲霜耐寒、不惧恶劣环境的生物特征强化了国人对它的好感，人们用它来象征傲岸不屈、顽强坚贞等君子品格。菊花又有开败之后干枯枝头、抱香而死的物性特点，于是善于比德的中国人又赋予它守志抱节、宁死不屈的君子品格。"宁可枝头抱香死，何曾吹落北风中"，遗民诗人郑思肖曾深情赞美菊花像志士守志不移的君子品格。作为君子之花，菊花还被冠之于各种不同的称呼。晋人陶渊明称菊花为"霜下杰"，宋人史铸称菊花为"百卉之杰"，宋人王十朋以"高人"称呼菊花，他们不约而同地将菊花视为英雄俊杰，对它给予高度评价。

菊花因为凌霜耐寒而被称为"有节"，又因为盛开在一年末尾的秋冬，故而被称为有"晚节"。文人士大夫由菊花的"晚节"联想到人生的"晚节"，并以此歌颂善始善终的君子品格。岁月如流、人生易老，善感的诗人总会借助自然界的景物来抒发岁月蹉跎、光阴虚掷的感伤。菊花因其丰富的内涵而成为诗人们抒发岁月之叹和君子失路之哀的重要媒介。所以，菊花对于善感多情的诗人们（譬如李商隐、杜牧等）来说，不仅是品性高洁的君子，还是他们惺惺相惜的知音。

菊花因为在重阳节左右开放，因而便和重阳节有了重要联系。种菊、访菊、赏菊、簪菊，或与菊花相连的吃菊花羹、喝菊花酒、饮菊花茶、吟菊花诗等活动，都成了重阳节的重要习俗。与普通人不同，真正的风流雅士不仅在重阳节赏菊，而且在重阳节之后同样赏菊。晋末隐逸诗人陶渊明堪为代表。陶渊明"不为五斗米折腰"，辞官隐居山野后，自耕自种，自给自足，种菊赏菊，怡然自乐。菊花因为陶渊明的淡泊而成了自感淡泊的君子代名词，成为隐士的象征。其实，在陶渊明之前，战国时期的屈原和菊花也有着深刻的联系。屈原爱菊还将菊花佩戴在身上。屈原是理想坚定的君子，为了自己的"美政"理想最终以身殉国。人们因为菊花与屈原的渊源而赋予菊花高士一样高雅高洁的君子品格。不过，屈原的菊花和陶渊明的菊花是不一样的：如果说菊花在屈原那里是儒家式君子的洁身自好、不随流俗，重在强调修身养性；那么，菊花在陶渊明那里则是道家式君子的遗世独立、逍遥自得，重在强调精神出尘。但有一点是相同的，那就是他们笔下的菊花都是君子，他们爱菊的行为对后世的影响都很大。

古之文人爱菊者甚多。有的借菊寄深情，有的借菊抒豪放。借菊寄深情者，如宋代才女李清照。李清照笔下的菊花是温婉的，带着她的满腔情愫。"帘卷西风，人比黄花瘦"，在李清照笔下，相思之人憔悴得比菊花还要消瘦。消瘦之人与消瘦之花交相辉映。李清照的菊花像秀士清雅淡泊，这清雅淡泊、秀士一样的菊花又衬托着女词人的形象，承载着女词人的深情，将女词人的爱情定格成了永恒的传奇。借菊抒豪放者，如黄巢和毛主席。唐末农民起义军的首领黄巢用"冲天香阵透长安，满城尽带黄金甲"来形容菊花，将菊花写得气势满满、英气勃勃，像斗士一样充满战斗风采。豪迈乐观的伟人、诗人毛主席则更是以崭新的历史眼光和视角赋菊以豪气，在《采桑子·重阳》中豪情满怀地写道："人生易老天难老，岁岁重阳，今又重阳，战地黄花分外香。"经过硝烟炮火的洗礼，战地上的菊花就像战士一样英姿飒爽，显得更加坚强、更加香气扑鼻，因而也更加迷人。显然，毛主席笔下的菊花较之古之文人士大夫笔下的菊花，因作者本人的革命豪情、革命斗志、革命抱负和乐观精神而具有了崭新的意义。

刘勰《文心雕龙·物色》云："岁有其物，物有其容；情以物迁，辞以情发。"因为感发不同，诗人们笔下的菊花内涵也各不相同：

郑思肖的菊花是志士，是抱节守志、不肯屈服的志士；

屈原的菊花是高士，是品质高尚、不随流俗的高士；

陶渊明的菊花是隐士，是心与物游、独善其身的隐士；

李清照的菊花是秀士，是温婉细腻、用情至深的秀士；

黄巢的菊花是斗士，是勇敢无畏、整装待发的斗士；

毛泽东的菊花是战士，是乐观向上、充满豪情的战士。

……

无疑，菊花由于文人的审美探微和人文观照而具有了丰富深刻的人格意义。通过大量的菊花诗词，我们读到了君子品格中的高洁、坚贞，顽强、勇敢，超脱、淡泊，婉约、无争，阳刚、英武，乐观、豪迈等人格内涵。晚清王韬的《招陈生赏菊》云："窃闻花有三品：曰神品、逸品、艳品。菊其兼者也。"笔者认为，此属高评，也属确论。菊花因其君子品格的内涵而成为文人心目中的神品、逸品、艳品，成为花国和诗坛永恒的美的风景！

第五章　咏松诗词中的君子文化

"四时常作青黛色""绿皮皱剥玉嶙峋"（《咏裕老庵前老松》）——宋人王韶用这样的诗句来形容松树的颜色；

"森森直干百余寻，高入青冥不附林"（《古松》）——宋人王安石用这样的诗句来形容松树的枝干；

"池中蛟龙起，天际风雨会"（《游李少师园十题·松岛》）——宋人范祖禹用这样的诗句来形容松树的气势；

"将谓岭头闲得了，夕阳犹挂数枝云"（《松》）——南唐成彦雄用这样的诗句来形容松树的悠闲；

"松柏本孤直，难为桃李颜"（《古风·其十二》）——唐人李白用这样的诗句来形容松树的气节。

是啊，在木本植物中，有谁能像松树这样受到世人的万般垂爱呢？

事实上，松树的形象在中国典籍中很早就出现了，譬如我国的第一部诗歌总集《诗经》就多次提到松树，如《诗经·郑风·山有扶苏》云："山有乔松，隰有游龙，不见子充，乃见狡童。""乔松"指的是高大的松树。不过，这里的松树主要起一种比兴和隐喻的作用，用"乔松"引出良人"子充"，用"乔松"的高大来隐喻"子充"的英俊挺拔、仪表出众。《诗经·小雅》中另外一首诗《頍弁》云："茑与女萝，施于松柏。未见君子，忧心奕奕；既见君子，庶几说怿。"虽然这首诗的比兴成分仍然非常浓厚，但毕竟是直接将松树与"君子"这个称号联系了起来——这是松树与君子联类称呼的第一次公开亮相。在此之后的漫长过程中，"松树——君子"的意象就物化为固定的文学意象而不断地出现在中华诗词中。人们或从其潇洒，或从其隐逸，或从其本性，或从其气节，或从其声音，或从其志向，或从其忧虑去感悟君子的人格之美。

第一节　松树的潇洒：自然安闲的君子品格

一、松树的潇洒安闲

唐人司空图在其专著《二十四诗品》中特别将松树列入《清奇》篇："娟娟群松，下有漪流。晴雪满汀，隔溪渔舟。"他认为松树不仅有"娟娟"之潇洒，更有"清奇"之风骨。

"明初诗文三大家"之一的刘基在其散文名篇《松风阁记》中写道："松之为物，干挺而枝樛，叶细而条长，离奇而龙嵸，潇洒而扶疏。"他不仅赞美松树挺拔俊逸的风姿，更直接用"潇洒"一词来赞美松树潇洒安闲的气质。

唐人王维《咏新秦郡松树》中的松树高高大大，"为君颜色高且闲，亭亭迥出浮云间"，冲出浮云，显得格外潇洒悠闲。

在诗歌中以"潇洒"一词来赞美松树的还有诗仙李白，如他的《南轩松》诗：

南轩松

〔唐〕李白

南轩有孤松，柯叶自绵幂。

清风无闲时，潇洒终日夕。

阴生古苔绿，色染秋烟碧。

何当凌云霄，直上数千尺。

李白首先用"柯叶自绵幂"来赞美南轩孤松的枝叶蓊郁和茂盛，接着笔锋一转，用"清风无闲时，潇洒终日夕"来形容这棵孤身一人的松树每天从早到晚的自然安闲和心无挂碍之"潇洒"。这棵潇洒度日的松树郁郁葱葱，碧绿碧绿，把秋空都仿佛染绿了。在这棵松树身上，李白显然寄托了一种潇洒度日、对自由生活的向往之情。

二、松树潇洒安闲的搭档和环境

因为文人笔下的松树常常是君子品格的物化形式，所以他们看到的植物的物性特征往往具有自己所向往的君子的品格。故而，松树的潇洒，其实是文人对潇洒的向往，是文人所追求的自然安闲、淡泊坦荡的君子品格，这种君子品格常常通过外在的载体松树以及松树所处的清幽环境体现出来。如：

新安道中

〔清〕方叔元

初发新安路，遥闻古寺钟。

水无不怒石，山有欲飞峰。

<u>竹里停孤鹤，林间出老松。</u>

野花开处处，游兴与春浓。

新安山水一向以秀美著称。船行新安道上，新安美景令诗人目不暇接：山有峰，峰腾空；水有石，石崚嶒；岸有竹，竹有松；岸有鹤，歇林中；岸有花，花开浓。真是游兴与春兴不知哪个更浓了。"竹里停孤鹤，林间出老松。"孤鹤站在竹林里，老松长在树林间。"竹里"与"林间"所营造的清幽环境组成了老松潇洒安闲的绝佳背景。

松树的潇洒，那样一种心无挂碍的君子风范在我国古典诗词中出现频率极高。体现松树潇洒风采的最佳搭档最常见的莫过于蓝天上的白云和清风中的明月。

白云是松树的朋友，如南唐五代时期成彦雄的《大夫松》：

大夫松

〔唐〕成彦雄

大夫名价古今闻，盘屈孤贞更出群。

将谓岭头闲得了，<u>夕阳犹挂数枝云。</u>

成彦雄笔下的青松是古今闻名的"大夫松"。相传秦始皇登泰山遇雨，避雨于五株松树下。为报其德，秦始皇后来便将这五棵松树封为"大夫"。"大夫名价古今闻，盘屈孤贞更出群"，"盘曲"是其外形，"孤贞"是其气节。"大夫松"受封之后虽然地位高、名气大，却能不为名声所累，依然盘屈孤傲、我行我素。它屹立在苍茫的山巅，日日与夕阳白云相伴，十分悠闲自在。"大夫松"显然是出类拔萃、心与物游的君子象征，它高风亮节、卓尔不群，不为名利束缚，不受世俗侵扰，孤傲悠闲，潇洒自得，在超脱中打发着闲逸的时光。"夕阳犹挂数枝云"将"大夫松"的淡泊闲适、高韵淡然形容得特别令人神往。这里的"白云"是松树潇洒安闲的最佳搭档。

月亮是松树的朋友，如宋人王韶的《咏裕老庵前老松》：

咏裕老庵前老松

〔北宋〕王韶

绿皮皱剥玉嶙峋，高节分明似古人。

解与乾坤生气概，几因风雨长精神。

装添景物年年换，摆捭穷愁日日新。

惟有碧霄云里月，共君孤影最相亲。

天地赋予古松高大的气概，风雨助长了古松坚强的精神。古松旁边的景物年年更换，丢掉的哀愁日日更新，但是碧天中的一轮明月却年复一年、日复一日地陪伴着古松，从不变化。"装添景物年年换，摆捭穷愁日日新"与"惟有碧霄云里月，共君孤影最相亲"以对比和拟人化的手法道尽明月与古松的亲密关系。月伴古松和月照松影都是日常图景，但在这里却被赋予了新的意义，那就是二者类似亲人的亲密关系。诗中明月意象的出现让松树的骨骼多了一份高洁和出尘。

松树的常见搭档除了白云、月亮，还有清泉翠竹、空山密林等，它们是构成松树清幽环境不可或缺的重要元素，如唐人王维的《山居秋暝》：

山居秋暝

〔唐〕王维

空山新雨后，天气晚来秋。明月松间照，清泉石上流。

竹喧归浣女，莲动下渔舟。随意春芳歇，王孙自可留。

这是一幅美丽的画面。刚刚下完一场秋雨，天气越发显得秋高气爽，空山越发显得幽静清新。高高的明月照耀在绿油油的松树上，清清的泉水从石头上轻轻流过。幽静安谧的山中走过一群浣纱归来的女孩，她们叽叽喳喳的声音在竹林里回荡，小溪中的荷花似乎也被惊动了，来回晃动，正在这时，密密的荷花丛露出一条缝隙来，一叶渔舟载着打鱼姑娘飞流而下。诗中由明月清泉、密林翠竹所构成的清幽环境让松树的存在显得格外与众不同。

三、王维与松树的不解之缘

王维与松树仿佛有着令人羡慕的不解之缘。除了《山居秋暝》，他还有许多诗歌都提到了松树，譬如《过香积寺》：

过香积寺

〔唐〕王维

不知香积寺，数里入云峰。古木无人径，深山何处钟。

泉声咽危石，<u>日色冷青松</u>。薄暮空潭曲，安禅制毒龙。

王维晚年一心事佛，少欲念多恬淡，心境宁静而平和，《过香积寺》就是以松树所营造的清僻幽静的环境来衬托一种淡泊知足之美。

一个风和日丽的日子，王维从家中出发去造访著名的寺院——香积寺。对于香积寺，诗人只是耳闻，并未亲见，这是第一次去拜访。香积寺坐落于深山之中。随性洒脱的诗人在高大幽深的山谷中行走，看到的是几乎无路可通的茂密古木以及高深幽邃的山谷和高入云霄的山峰，听到的是不知从何处传来的钟声。山高林密，人迹罕至，王维探幽寻胜的雅兴丝毫不减。他兴致勃勃地走着，看着，听着。从白天到傍晚，诗人看到青松、危石、夕阳暮色，听到与平日不同的山泉声。（高而陡的山石让泉水不能顺畅地流淌，泉水因为岩石相阻不能轻快流淌而发出像痛苦得呜呜咽咽的声音。）傍晚时分，夕阳的光照射在青松上，高大茂密的松树让黄昏的日色显得更加暗淡。诗人经过长途跋涉，薄暮时分，终于到达香积寺。看着香积寺附近茂密的青松、清澈的潭水，听着远处寺院的钟声，想着寺院里潜心修行的僧人，诗人的心变得特别宁静。此时，诗人忽然想起一个关于"毒龙"的故事。在西方的一个水潭中藏着一条毒龙，经常出来害人。后来佛门高僧用佛法制服了毒龙，使其悄然离去，从此再无毒龙伤人。后来，佛家把世俗之人的各种欲念比作"毒龙"。佛法可以克制毒龙，当然也可以克制世人内心的欲念。诗人多么希望世人心中像毒龙一样的欲念都能通过恬淡寡欲得到克制，从而变得宁静自足！

王维因为心境淡泊，悠悠然耽于山林之乐，其生活自然也是寡淡素朴的，如他的《积雨辋川庄作》诗：

积雨辋川庄作

〔唐〕王维

积雨空林烟火迟，蒸藜炊黍饷东菑。

漠漠水田飞白鹭，阴阴夏木啭黄鹂。

山中习静观朝槿，<u>松下清斋折露葵</u>。

野老与人争席罢，海鸥何事更相疑？

在乡村人家炊烟袅袅、热火朝天地忙着烹制各种菜肴的时候，王维在认真地观察着雨后的树林。他看水田上的白鹭飞舞，他听树上的黄鹂鸟唱歌——这是他的日常生活，他对此习以为常并乐此不疲。除了看鸟，王维也看花。在空旷寂静的山中，王维坐在满树花开的木槿花前，静观花开花落。当然，王维也吃饭。不过，他的饮食非常简单。诗人每天只吃一些葵菜素食以度长日，果腹即可。对于这种孤寂寡淡的隐居生活，诗人已经习以为常。诗人快慰地宣称："我早已去心机、绝俗念，随缘自适，与人无碍、与世无争了，海鸥还有必要怀疑我吗？那些嫉妒我的人还有必要无端地猜忌我吗？""海鸥何事更相疑"用的是一个典故。据《列子·黄帝篇》记载："古时海上有好鸥者，每日到海上从鸥鸟游。其父曰：'吾闻鸥鸟皆从汝游，汝取来，吾玩之。'明日再往海上，鸥鸟飞舞而不下。"有一个喜欢海鸥的人，每天到海边都有海鸥亲近他。有一天，他父亲让他捉一只海鸥回家给自己玩儿。可是，第二天等这个人再去海边找海鸥的时候，海鸥只是翩翩飞舞却再不停飞在他身边。原来，聪明的海鸥因为怀疑他别有用心而不再接近他。之前，在他纯净自然、心无动机的时候，海鸥才会不提防他，将他视作朋友。现在，不良的动机破坏了他和海鸥的亲密关系。诗人在这里借海鸥喻人事。透过"野老与人争席罢，海鸥何事更相疑？"的疑问，诗人淡泊自足的心境宛在眼前，让人油然而生敬佩之心。

王维喜爱山水，留恋山水，在山水的滋养下，心灵得到了慰藉和喜乐，这是他和山水互相契合的心意相通，如他的《青溪》诗：

青溪
〔唐〕王维

言入黄花川，每逐青溪水。随山将万转，趣途无百里。
声喧乱石中，<u>色静深松里</u>。漾漾泛菱荇，澄澄映葭苇。
我心素已闲，清川澹如此。请留磐石上，垂钓将已矣。

《青溪》是一首山水诗，大约是王维初次隐居蓝田（今属陕西）南山时所作。喜欢山水的王维经常会游览秀丽的青溪。每次沿着青溪水游赏时，他都会进入青溪的支流——黄花川游历。黄花川，路程虽不及百里长，但千回万转、蜿蜒曲折。王维泛舟溪上，尽情游览，一路上看到横七竖八的石块，也看到郁郁青青的青松。溪水从乱石间穿过时发出巨大的声响，从松林旁绕过时却又安静地流淌。澄碧的溪水与苍郁的青松交相辉映、色调统一、幽静和谐。王维一路所行但见菱叶荇菜等水生植物在水中轻轻摇晃，岸边芦苇倒映水中，如梦似幻。水波轻轻荡漾，溪水清澈通透。诗人之心素淡安闲，青溪淡泊也如此，他们是一样的。此时，心境、物境和谐融一、难分彼此。尾句"请留磐石上，垂钓将已矣"暗用东汉严子陵隐居富春江垂钓碧溪上的典故，以此表明想要效仿前辈高士在美丽的青溪隐居的心愿。对一心向禅的诗人来说，青溪的山水与松树磐石无疑是君子自甘淡泊品格的最佳情绪投射。

第二节　松树的隐逸：高蹈出尘的君子行踪

一、君子隐逸的象征物：山林古道、寺庙钟声、古松仙鹤

君子隐逸通常有一些非常明显的象征物，譬如山林古道、寺庙钟声或者古松仙鹤等。

山林古道经常与松树密不可分，形成让人流连忘返的山中风光，生成君子隐逸的静谧世界。譬如唐人唐求《题青城山范贤观》中的"苔铺翠点仙桥滑，松织香梢古道寒"写青翠欲滴的绿色苔藓装点着古朴的小桥，幽静的古道两旁成片的松树散发出阵阵松香。松树和古道、苔藓、小桥一起构成了远离尘嚣的脱俗意境。在这样的意境中，君子隐逸之高蹈出尘可想而知。再如唐人孟浩然《宿业师山房待丁大不至》中的"松月生夜凉，风泉满清听"写月照松林渐感凉意，风吹山泉，满耳都是清脆的声响。山间夜晚被写得有声有色，山泉之声、山夜之凉、山景之幽、山月之明、山松之美以及由此而感受到的隐者之趣尽在不言之中。

钟声寺庙的环境时常也有松树的身影。寺庙一般都建造在山中，而寺庙旁边基本都栽种有松树，二者相辅相成、相得益彰，将山林之幽和山寺之禅结合得十分完美。所以听到山寺钟声，访幽探胜，就会经过松林。走近寺院，就能感受世外风景，领悟隐逸高情。高山松林、松林幽径、寺庙钟声在中国文化中成为"隐逸"或者"向往隐逸"的代名词已是不争的事实，如唐人郎士元的《柏林寺南望》：

柏林寺南望

〔唐〕郎士元
溪上遥闻精舍钟，泊舟微径度深松。
青山霁后云犹在，画出西南四五峰。

诗人在溪水上远远听到山顶佛寺的钟声，为其吸引，泊舟靠岸，向着钟声的方向走去。一路上，松树茂密，枝干交错，显得光线昏昧。随着光线的变暗，青松变成了深松。诗人不惧昏暗，穿越松林中的曲折小路终于到达位于山顶的寺庙——柏林寺。诗人站在山头向南望去，只见雨后的山色仿佛洗过一样，显得更加青翠。天已放晴，乌云被白云所取代。白云悠悠，变化成高低错落的山峰，又神奇又美丽。空山美景超越尘俗、不同凡响，非亲临不能欣赏；空山深松秀出古寺

之出尘、隐逸之高风，非用心不能参悟。诗人循声而去，其对高蹈出尘生活的向往之情不言自明。

"松林松径"所代表的隐逸之趣也出现在唐人孟浩然的笔下。"岩扉松径长寂寥，惟有幽人独去来。（《夜归鹿门歌》）"山岩之内，柴扉半掩；松林之间，自辟小径。这里没有尘世干扰，唯有禽鸟、青松为伴，隐者在这里幽居独处，过着寂寥而恬淡的生活。从尘世到山林，从喧嚣到寂寥，孟浩然恬淡超脱地选择了自己的人生道路。

作为君子隐逸的象征物，仙鹤也深受文人喜爱。诗人经常将松、鹤并举来突出隐逸生活的超然物外，如唐代诗人唐求的《题李少府别业》：

题李少府别业
〔唐〕唐求
寻得仙家不姓梅，马嘶人语出尘埃。
竹和庭上春烟动，花带溪头晓露开。
绕岸白云终日在，傍松黄鹤有时来。
何年亦作围棋伴，一到松间醉一回。

岸边云白，绕岸飞动；路旁青松，盘曲多姿；黄鹤时来，倚松而鸣。"松与鹤"是中国传统的文化意象。松树的意象既代表着君子风范也代表着健康长寿，仙鹤的意象既代表着吉祥如意也代表着仙风道骨，二者的并立共存平添了许多祥瑞和浪漫。"何年亦作围棋伴"是用典。据南朝梁·任昉《述异记》记载："信安郡石室山，晋时王质伐木至，见童子数人棋而歌，质因听之。童子以一物与质，如枣核，质含之而不觉饥。俄顷，童子谓曰："何不去？"质起视，斧柯尽烂。既归，无复时人。"晋人王质入山伐木巧遇神仙松下围棋，停而观之，童子给其枣状物，口服，不知饥饿，后归去，发现同时代之人已经不再，原来时间已经过去了百年。作者在这里运用王质伐木巧遇神仙的典故，不是羡慕王质的奇遇，而是羡慕神仙松下围棋的潇洒悠闲。诗人希望有朝一日也能够坐到松树底下，像神仙那样在松下石上旁若无人地下棋，忘却世事，开怀畅饮，尽情喝酒，大醉而归。"黄鹤傍松""松下围棋"皆为世外高蹈生活的文化符号，尽显松树在中国文化中的高标逸韵。

二、隐者与拜访隐者

由松树营造的意境让人流连忘返，于是松树常和隐逸生活联系在一起。通过松树所代表的隐逸生活，诗人会联想到澄明通脱、高蹈出尘的君子品格。这种品格体现在隐者身上，也体现在向往隐者、敬重隐者的人身上，如唐人贾岛的《松下偶成》诗：

松下偶成

〔唐〕贾岛

偶来松树下，高枕石头眠。

山中无历日，寒尽不知年。

贾岛（779—843 年）是以"推敲"二字出名的苦吟诗人，字阆仙，自号"碣石山人"，早年曾出家为僧，隐居山中，《松下偶成》记的就是他的山中生活。

一天，诗人偶然走到一棵松树下，看到树下有一块石头，于是就以石为枕，酣然入眠。看到石头就随意坐卧，而且还能呼呼大睡，诗人心境之空明澄澈可想而知。在山中，诗人没有日历，也不用日历。寒气过去，一年要结束了，也不知道下一年是什么年。山中每一天都是清风明月、松林长石，每一天的生活都一样，似乎时间都停止了，年复一年，不知日月。这种完全脱离世俗的生活是贾岛的，也是所有山中隐士生活的真实写照。"偶来松树下，高枕石头眠"，这里松树随生随长的自然之姿与诗人心无尘埃之高洁相映生辉，而诗人对安静闲适、随意洒脱的山中生活的喜爱之情也一目了然。当然这样的生活到底是寂寞孤独的，所以对如贾岛一样能够忍受寂寞孤独的这类隐士、高士，我们怎能不油然而生景仰之情呢？

隐者在山中隐居，是一种洒脱，更是一种境界。而拜访隐者，既是一种向往，也是一种契合，更是一种仰慕。拜访有拜而访到的，也有拜而不遇的，如：

寻隐者不遇

〔唐〕贾岛

松下问童子，言师采药去。

只在此山中，云深不知处。

《寻隐者不遇》讲的是拜而不遇、访而未果。拜访者在松下偶遇隐者的弟子便迫不及待地发问："你师傅在家吗？"隐者的弟子如实回答道："我师傅不在家，他上山采药去了。他就在这个山中，但是山高云深，我也不知道他具体在什么地方。"山中处处见松，可想山中生活之幽静；山中时时云雾缭绕，可想山中隐者之风范。看到山头白云滚滚，我们可以想象那隐者也就是被拜访之人的仙风道骨，而拜访者专程拜访隐者却不得的怅惘之情也尽在茫茫云雾之中了。

唐人丘为的《寻西山隐者不遇》写的也是访而未果，但作者颇有收获，仿佛从访而未果中得到的收获比想象中的还要多。

寻西山隐者不遇

〔唐〕丘为

绝顶一茅茨，直上三十里。扣关无僮仆，窥室唯案几。

若非巾柴车，应是钓秋水。差池不相见，黾勉空仰止。

草色新雨中，松声晚窗里。及兹契幽绝，自足荡心耳。

虽无宾主意，颇得清净理。兴尽方下山，何必待之子。

作为拜访者的诗人出于对隐者的景仰专程去西山拜访隐者，结果是"不遇"，按照常理，拜访者应该失望、惆怅才对，但出人意料，诗人不仅没有难过、哀叹，反而借题发挥、淋漓尽致地抒发了自己和隐者一样的高雅情趣，体现出诗人旷达超脱的胸怀。

让诗人深深仰慕的隐者独居于深山绝顶之上的茅屋之中，距离山脚竟然有"三十里"之遥。虽然山高路远，然而诗人仍然不辞长远前去拜访远离尘嚣的隐者。诗人诚意满满，千辛万苦终于寻到门前却敲门无人。诗人通过门缝看到隐者室内除了茶几、桌案，别无他物，显得非常简陋。诗人在隐者门前一边徘徊，一边想象着隐者的去处。主人不在家，会到哪儿去了呢？如果不是乘着柴车出游，那也必定是临渊垂钓去了吧？不管是乘车出游，还是水边垂钓，都是山中真实的隐逸生活。隐者情怀高远，诗人因仰慕对方特意寻访却访而不遇，难免有所遗憾。遗憾之中，诗人纵目四望，看到隐者居住的环境十分清幽。草色在新雨中显得更加青翠欲滴，松涛被晚风吹进窗户，听起来宁静而悠远。从松树身上，诗人感受到一种高洁超脱的君子之风。此时，诗人遗憾的失望很快为山中环境"幽绝"带来的满足所取代，心情很快从遗憾失望转变为轻松愉悦。诗人觉得当地清幽的环境特别符合自己的雅兴，足以把自己的身心和耳目荡涤，让自己焕然一新，变成一个新人。此时，诗人觉得自己虽然没有与隐者见面，尽到宾主之欢；但通过隐者的居住环境却一样悟到了修身养性的真谛。这其实才是诗人拜访的真正目的。所以诗人感到很满足，即便没有见到隐者，也没有太大的遗憾了。最后，诗人暗用《世说新语•任诞篇》中王子猷雪夜访戴的故事来抒发自己的自足之感。《世说新语》记载的王子猷"雪夜访戴"的故事非常有名："王子猷居山阴，夜大雪，眠觉，开室命酌酒，四望皎然。因起彷徨，咏左思招隐诗。忽忆戴安道。时戴在剡，即便夜乘小舟就之。经宿方至，造门不前而返。人问其故，王曰：'吾本乘兴而行，兴尽而返，何必见戴？'"王子猷是东晋名士，他用了一个晚上的时间去拜访朋友却"造门不前而返"，看似荒诞不稽，却另有收获，这份收获就是心灵世界的满足和自得。诗人心灵世界的满足之感和东晋名士王子猷异曲同工。作为拜访者，诗人寻访隐者，期遇而未遇，但他领悟到的人生真意一点儿不亚于期遇而遇。原来，诗人的喜静爱幽、旷达超脱和隐者的情趣爱好默然相通！

三、王维、李白与隐者

如果不在山中寺庙修行或者不在山中隐居，那么在门口种上一两棵松树，也可以聊作安慰，至少可以寄托自己的隐逸之思。对于有隐居行为的人，中国文化常常是持赞赏甚至仰慕的态度，因为真正能这样做的人并不多，物以稀为贵。文人仰慕隐者还因为在内心将自己和隐者视为同调，所以即便没有外在的隐居行为，内在的精神世界因为有了同调之感也会显得充实和完整。诗人在对隐者的仰慕中将内心的山林之思幽微地抒发，访隐者、念隐者、赞隐者的诗歌在中华诗词中从来就不缺乏。这类诗歌的作者身份不一，其中也包括了不少名动天下的大诗人，譬如李白、王维等。

春日与裴迪过新昌里访吕逸人不遇

〔唐〕王维

桃源一向绝风尘，柳市南头访隐沦。

到门不敢题凡鸟，看竹何须问主人。

城上青山如屋里，东家流水入西邻。

闭户著书多岁月，<u>种松</u>皆作老龙鳞。

裴迪是王维的至交好友，两人早年曾同住终南山并经常诗书唱和。后来，两人又在辋川山庄"浮舟往来，弹琴赋诗，啸咏终日（《旧唐书·王维传》）"，所以两人友情极为深厚。

一天，王维和裴迪怀着仰慕之情结伴去拜访当地著名的隐士吕逸人。熟料，两人去了之后却吃了一个闭门羹。原来，吕逸人正巧不在家。"到门不敢题凡鸟"用了和吕逸人同姓氏的吕安的典故。据《世说新语·简傲》记载：三国魏时，嵇康和吕安是莫逆之交。一次，吕安访嵇康未遇，嵇康之兄嵇喜出迎，吕安于门上题"凤"字而去。"凤"字的繁体字"鳳"拆开来是"凡鸟"二字，吕安通过"凤"字戏谑嵇喜是"凡鸟"，不及其弟嵇康。访人不遇，王维不向吕安题"凤"字而去，这是对吕逸人的敬仰，认为他不是"凡鸟"，不是普通人。"看竹何须问主人"用的是王徽之的典故。据《晋书·王羲之传》记载，东晋著名书法家王羲之第五子王徽之听闻吴中某家有好竹，坐车直造其门观竹，"讽啸良久"，又是长啸又是吟咏，全然忘了其他的一切，连竹之主人也忘了去打招呼。王徽之沉迷于赏竹以至于忘了问候主人、同其交流。吕逸人居处同样竹林丛生，环境清幽，既然如此，还用和主人再交流吗？因为不用交流就能感受到隐者的风范！吕逸人居住的环境除了有竹林，还依山傍水，出门即见山，山中有流水，流水经过东家流入西邻，完全是远离尘嚣、超绝风尘的清幽胜地。幽静的居住环境更衬托出主人情操之高雅。如果说"到门不敢题凡鸟，看竹何须问主人。城上青山如屋里，东家流水入西邻"是从侧面写吕逸人的隐逸，那么尾联"闭户著书多岁月，种松皆作老龙鳞"则是从正面直接写吕逸人的隐逸。"闭户著书"是吕逸人不碌碌无为于尘世的具体生活。由"多岁月"三字可见其隐居时间之久。龙鳞是对松树皮的美称，指代松树。三国魏张揖《广雅》："松多节皮，极粗厚，远望如龙鳞"。"老龙鳞"指吕逸人种植的松树树龄已长、年事已高，可见吕逸人隐逸时间之久、意志之坚。无疑，诗人王维在对吕逸人闭户著书"绝风尘"隐逸生活的赞美中，流露出浓浓的归隐之思。

隐逸者总是受到人们的尊敬和爱戴。诗仙李白无疑是把隐逸者捧高到极致的人。

对于过着隐居生活的前辈诗人孟浩然，李白非常敬重。从家乡蜀地出来后，李白游江陵、渡潇湘、登庐山、过金陵、临扬州、看姑苏，然后回头又到了江夏，专程去襄阳拜访孟浩然，不巧孟浩然外游未归。未能见着孟浩然，李白怀着遗憾的心情写下五言律诗《赠孟浩然》，将自己对隐逸者的敬仰之情抒写得酣畅淋漓。

赠孟浩然
〔唐〕李白
吾爱孟夫子，风流天下闻。红颜弃轩冕，白首卧松云。
醉月频中圣，迷花不事君。高山安可仰，徒此揖清芬。

"吾爱孟夫子"，诗仙起笔即从第一人称角度毫不掩饰、直接坦荡地表白自己对隐者孟浩然的仰慕和敬重。"风流天下闻"是对隐者孟浩然的总体概括。孟浩然因为文采风流和隐逸的风度潇洒而闻名天下，他放弃红尘繁华、归隐大自然。因为归隐，所以不能"事君"。从"红颜"到"白首"，从年轻到年老，孟浩然始终没有改变自己的隐居心志，不仅与松云相伴，时时头枕白云，躺卧松下；还常常山中赏花、月下醉酒。在古代，文人的隐逸生活和诗酒生活被视为高雅情趣和风流雅事。所以，孟浩然的"卧松云"和"迷花""醉月"都是后世歆羡追慕的高雅生活。前面的铺垫既已充分，随后的景仰自然水到渠成。所以诗仙最后再一次直接抒情，在尾联用"高山安可仰，徒此揖清芬"来收束全篇。名动天下的诗仙李白竟然如此抬举孟浩然，把他比作巍峨峻拔的高山，由此可知，李白对孟浩然是多么仰慕，对孟浩然不慕富贵、陶醉自然的生活是多么向往！

在以松树为主体所构成的隐逸世界里，李白完成了对隐逸者的顶礼膜拜。事实上，除了洁身自好、与世无争的隐逸，松树身上的精神品格还有很多，譬如其正义凛然、坚守道义的君子风骨也常令人动容。

第三节　松树的本性：坚守道义的君子风骨

一、松树的本性：经冬不凋零、历寒不改色

《论语·子罕》曰："岁寒，然后知松柏之后凋也。"可见，松树耐寒的坚强本性很早就受到了世人的关注。对于松树经冬不凋零、历寒不改色的本性，赞美之声自古以来不绝如缕：

"岂不罹凝寒，松柏有本性"——"建安七子"之一的刘桢在《赠从弟》中这样颂赞；

"遥遥山上松，隆冬不能凋"——东晋才女谢道韫在《拟嵇中散咏松诗》中这样感叹；

"天暝岂分苍翠色，岁寒应是栋梁材"——唐人崔涂在《题净众寺古松》中这样赞叹；

"青松寒不落，碧海阔愈澄"——唐人杜甫在《寄峡州刘伯华使君四十韵》中这样称赞；

"岁晏始知松柏茂，凌云高节不关春"——宋人宋庠在《次韵和丁右丞因赠致政张少卿二首》（其一）中这样赞美。

南朝梁人刘勰《文心雕龙·明诗》曰："人禀七情，应物斯感，感物吟志，莫非自然。"天赋人性，人有情感。文人在观察、感受自然界的时候，总是会自然而然地将自己幽微的情感、隐曲的心志委婉地投射到所看到的景物上，看松树当然也是如此。

松树的经冬不凋零、历寒不改色，让文人联想到了诸如坚强、勇敢、坚韧、不屈等与此含义相关的词汇——这正是松柏本性的真实写照，而这种本性也正是坚守道义、坚贞不移的君子风骨。对于松树本性与君子品格之间的联系，《庄子·让王》引孔子语这样概括："故内省而不穷于道，临难而不失其德，天寒既至，霜雪既降，

吾是以知松柏之茂也。"唐人于邵《送赵晏归江东序》则云："大寒之岁,众木皆死。相彼松柏,虽复小凋,而贞心劲节,不改柯易叶,实君子之大端也。"松树的本性和君子临难不移、坚守道义的美德就这样被巧妙地联系在了一起。在后世的诗词中,通过赞美松树本性来歌颂君子美德的,更是比比皆是。

对于松树的本性,诗人们多是通过烘云托月的衬托手法来体现,这种衬托的载体有多种表现形式,有时候是风,有时候是雪,有时候是霜,有时候是它们的结合。

二、凸显松树本性的载体:风、雪、霜等

对松树本性的表现,诗人有时候通过风的衬托来突出,如唐人岑参的《感遇》诗:

感遇

〔唐〕岑参

北山有芳杜,靡靡花正发。

未及得采之,秋风忽吹杀。

君不见拂云百丈青松柯,纵使秋风无奈何。

四时常作青黛色,可怜杜花不相识。

杜若花花开一时好,芳香艳丽,可惜经不起任何挫折,忽然一阵秋风,就会花落遍地。可是"拂云百丈"的高大青松却坚强无比,让秋风无可奈何。肆虐的秋风在坚强的青松面前竟然丝毫不起作用!"纵使秋风无奈何",一个面对打击、决不服输的君子形象在秋风的衬托下显得多么鲜明生动!

对松树耐寒本性的表现,诗人有时候通过雪的衬托来突出,如陈毅的《青松》诗:

青松

陈毅

大雪压青松,青松挺且直。

欲知松高洁,待到雪化时。

陈毅是中国人民解放军的创建者和领导者之一,是中华人民共和国十大元帅之一,同时也是一位著名的诗人。他这首绝句《青松》托物言志,通过赞美青松来赞美坚贞不屈的君子品格。

在冬天,松树经常会经受各种严峻的考验。一场雪过,青松被大雪覆盖了个严严实实。然而,在大雪覆盖之下,青松依然挺拔坚直,就像勇敢的仁人志士,虽历经困难挫折,却始终不肯屈服。想要知道松树的高洁吗?请在冰雪融化之后

再去看一看松树。瞧，冰雪融化后的松树经过冰雪的洗礼，愈发显得郁郁青青、精神抖擞。"大雪压青松，青松挺且直"，松树的坚贞顽强在大雪的衬托下多么鲜明！而这不正是君子在艰苦环境中坚守道义的风骨写照么？"欲知松高洁，待到雪化时"，"高洁"之说，松树当之无愧，君子也一样当之无愧！

对松树本性的表现，诗人有时候通过风与雪的双重衬托来突出。譬如南朝梁·范云的《咏寒松》诗："修条拂层汉，密叶障天浔。凌风知劲节，负雪见贞心。"这里的松树不仅有"拂层汉""障天浔"的高大挺拔，更有君子顽强不屈的精神，这种精神，诗人赞之为"劲节"和"贞心"，而这种"劲节"和"贞心"是通过"凌风""负雪"体现出来的。

对松树本性的表现，诗人有时候通过霜的衬托来突出，如唐人韩溉《松》："倚空高槛冷无尘，往事闲徵梦欲分。翠色本宜霜后见，寒声偏向月中闻。"这里的松树高冷出尘、与众不同，其耐寒的"翠色"是通过寒霜的衬托表现出来的。

对松树本性的表现，诗人有时候通过霜和雪的双重衬托来突出，如宋人赵企《题北山松轩》中的"亭亭高节在，看取雪霜时"。"亭亭"的松树不仅有高昂之风姿，更有"雪霜"中的坚强刚劲，多像君子之"高节"！"雪霜"的衬托让松树的"高节"宛在眼前。

松树身上仿佛天生一股凛然之气，这种凛然之气在风霜雨洗之后更显分明，如元代诗人许谦的诗《送李荣甫知事迁淮西》：

送李荣甫知事迁淮西（其一）
〔元〕许谦
长松生冈陵，质与风木异。春和犹凛然，况处风霜地。
尘埃飞六月，岂足为我秽。一雨洗苍苍，凌空气尤厉。

高大挺拔的松树长在高高的山冈上，它的品质和普通的树木完全不同。即便在春天温暖的环境下，我们也能感受到它身上那种凛然不可侵犯的气概，何况是在秋冬风霜交加的环境之下！越是环境艰苦，松树身上那种凛然不可侵犯的气质越是显得明显突出。即便是飞扬的尘土也玷污不了松树的高洁，每次雨过，被雨水清洗过的松树更显翠色青青，其苍苍之姿愈显峻拔出众，其凌空之态也越发显得气势非凡。"风雨霜"的衬托让松树凛然不可侵犯的君子之气显得多么鲜明！

松树历岁寒而不凋、经风霜而愈茂盛的本性也被文人灵活地运用于比喻一个人经受岁月洗礼后的老而弥坚。譬如，南朝宋刘义庆的《世说新语·言语》就记载了这样的故事。

顾悦与简文同年，而发早白。简文曰："卿何以早白？"对曰："蒲柳之姿，望秋而落；松柏之质，经霜弥茂。"

故事并不复杂，是发生在东晋简文帝与当时的名士顾悦之间的一次对话。顾悦与简文帝司马昱同岁，但顾悦的头发却比简文帝先白了。简文帝知道顾悦有才学、擅言辞，便打趣地问顾悦道："你的头发怎么白得这么早呀？"顾悦不慌不忙地回答道："蒲柳之类的树木非常柔弱，容易早衰，一到秋天就开始落叶；松柏之类的树木非常坚实，老而弥坚，越经历风霜反而越加茂盛。我像蒲柳，而陛下您却像松柏。"顾悦借用松树的本性特征巧妙地回答了简文帝提出的问题，让简文帝龙心大悦。这固然是顾悦的幽默机智，同时又何尝不是松树自身的特点所致！

三、借松树勉亲人、励友人

诗人不仅讴歌松树的本性和高节，更希望自己的亲朋好友也具有像松树一样的品质，所以有时候会借松树来勉励亲人，如魏晋诗人刘桢的《赠从弟》一诗：

赠从弟

〔魏晋〕刘桢

亭亭山上松，瑟瑟谷中风。

风声一何盛，松枝一何劲！

冰霜正惨凄，终岁常端正。

岂不罹凝寒，松柏有本性！

《赠从弟》是诗人刘桢写给堂弟的，诗人以松为喻，对堂弟的教导可谓语重心长。刘桢首先描绘了松树的生长环境：高大挺拔的松树生长在高山之上，那里山高风大。虽然山风"瑟瑟"、猛烈无比，但是青松能够挺立风中而不倒，经严寒而不凋。"风声一何盛，松枝一何劲！"刘桢直抒胸臆，连用两个"一何"发出感叹，一方面感叹风大，另一方面感叹松树的坚强。风声越猛烈，风中之松的刚劲越发显得令人钦佩。两相对比，孰优孰劣，不言而喻。除了风，带给青松生存艰难的还有冰霜。然而，尽管冰霜凄惨严酷，青松却毫不畏惧，终年苍翠，呈现出正直顽强、不屈不挠的倔强本色。"岂不罹凝寒，松柏有本性！"最后，刘桢将反问和感叹手法相结合来加强语气，再次概括申明和由衷赞叹松树的本性。难道说松柏没有遭到严寒的侵凌吗？当然不是。但是它依然青翠如故，为什么呢？这是由它的本性决定的，因为它坚强正直、临危不惧、临难不移！"岂不罹凝寒"，反问手法不仅增强了诗歌的表现力，也使得松树的坚贞品性得到了最大程度的呈现。在这首诗里，刘桢一语双关，以"风声""冰霜"比喻外力压迫，既赞美松树"有本性"的坚贞，同时也勉励自己的堂弟要坚贞自守，就像松树一样，不要因外力压迫而轻易改变本性。

以松为喻来劝慰勉励友人的诗人还有如雷贯耳的"诗仙"李白。李白生性任侠豪迈，对相识相交的友人也总是充满无限的关切之情，如他规劝侍御史韦黄裳的诗：

赠书侍御黄裳

〔唐〕李白

太华生长松，亭亭凌霜雪。天与百尺高，岂为微飙折。

桃李卖阳艳，路人行且迷。春光扫地尽，碧叶成黄泥。

<u>愿君学长松</u>，慎勿作桃李。<u>受屈不改心</u>，<u>然后知君子</u>。

长于名山之上的太华松，亭亭玉立、高大雄伟。天生高大的它，又长于高大的华山之上，更显高大。它不畏困难、蔑视打击，再大的风在它眼中也不过是微风罢了，它斗霜耐寒、坚贞顽强。普通人普遍喜欢桃李之花。桃树、李树在明媚的春光里争奇斗艳，路过的行人纷纷为之迷醉。然而春去秋来，桃树的绿叶红花和李树的绿叶白花均化作了黄泥之土。艳丽的桃李化作了泥土而太华松依然郁郁青青，生机盎然。太华松经受风雨霜雪而颜色不改、葱茏依旧，多么像理想坚定、守志不移、气节坚贞的君子！明人洪应明《菜根谭》曾曰"桃李虽艳，何如松苍柏翠之坚贞"，不知是不是受了李白的启发。李白早看到松树与桃李不同，所以，他将桃李和松树并举，指出桃李不过煊赫一时而松树却万古长青，以对比手法点出松树比桃李更长久，以此为喻，耐心地规劝友人韦侍御韦黄裳："愿君学长松，慎勿作桃李"，希望韦黄裳学做卓尔不群的长松而不要学做随波逐流的桃李。这里，李白直接把"长松"比作人格独立、坚贞高尚的君子，把"桃李"比作逢时得意、谄媚权贵的俗人。侍御史韦黄裳一向趋炎附势，媚附权贵。李白通过太华松与桃李的对比委婉含蓄却又语重心长地对其进行规劝，希望韦黄裳能改弦易辙，做一位正直的君子，不要一遇挫折就灰心丧气、改变初衷、随波逐流；而要像松树一样傲骨铮铮、坚忍挺拔、坚持初心；因为只有这样才是长久之策。通过松树和桃李的对比，用松树的"受屈不改心"来含蓄委婉地提醒友人，李白可谓用心良苦。

李白的赠诗《于五松山赠南陵常赞府》同样以松为载体来勉励友人。

于五松山赠南陵常赞府

〔唐〕李白

为草当作兰，<u>为木当作松</u>。兰秋香风远，松寒不改容。

松兰相因依，萧艾徒丰茸。鸡与鸡并食，鸾与鸾同枝。

拣珠去沙砾，但有珠相随。远客投名贤，真堪写怀抱。

若惜方寸心，待谁可倾倒？虞卿弃赵相，便与魏齐行。

海上五百人，同日死田横。当时不好贤，岂传千古名。

愿君同心人，于我少留情。寂寂还寂寂，出门迷所适。

长铗归来乎，秋风思归客。

题名中的五松山在今安徽铜陵西北；南陵是县名，今属安徽；常赞府，名常赞，任南陵县丞。这首诗作于唐朝"安史之乱"前夕天宝十三年（754 年），李白由宣城游铜陵五松山之时。李白在五松山盘桓数日，与南陵县丞常赞交往甚密，故而以诗赠之。

《晋书·张天锡传》载前凉后主张天锡云："玩芝兰则爱德行之臣，睹松竹则思贞操之贤，临清流则贵廉洁之行。"由此可以看出芝兰松竹所代表的君子品格对世人潜移默化的影响，所以李白起笔便以"为草当作兰，为木当作松"开门见山地定下全诗的感情基调，激情洋溢地表现对高尚美德的颂赞和对坚贞顽强的君子品格的向往和追求。

做草要做兰花，做树要做松树。兰花高洁，风送其香，风越大，香气传得越远；松树傲岸，寒冷增其坚贞，不管怎样寒冷，松树不改其容。只要是世上有松、兰这样的君子存在，那么萧艾再"丰茸"再茂盛，小人再猖獗再疯狂也只能是相形见绌、受人唾弃。至此，诗人爱憎褒贬的情感态度一览无余。李白在借松兰表明自己峻洁孤直心迹的同时，希望友人常赞也做松兰这样的人。去芜存菁，俊士与名贤就像鸾凤、明珠一样宝贵。"松兰相因依"，"鸾与鸾同枝"，贤人、俊士理应同声相应、同气相求。诗人将常赞引为知音，认为自己和常赞是同类人，理应惺惺相惜。"虞卿弃赵相，便与魏齐行。海上五百人，同日死田横。"诗人用虞卿和田横的典故来写虞卿和田横因为好贤而留名于后世的千古美谈。作为主人的"远客"，诗人自信地把自己比作高蹈的松兰和宝贵的鸾凤、明珠，同时把主人常赞比作像虞卿和田横一样的"名贤"，希望自己在常赞这里得到知己之遇。李白在长安任"翰林供奉"三年后被赐金放还，之后，萍踪江湖，而今流落江南，正处于"寂寂还寂寂"的寂寞痛苦中。所以，李白在此将常赞称为"名贤"，并视其为意趣相投的"同心人"，向他倾诉衷肠，希望常赞对自己这个"远客"能够理解和支持，使得他也能实现"长铗归来乎"的知己之遇，从而也能成就和常赞的千古美谈。

"秋风思归客"是一个典故，讲的是西晋张翰的故事，出自《晋书》卷九十二《张翰传》："张翰字季鹰，吴郡吴人。善属文，有清才，纵任不拘，时人号曰'江东步兵'。齐王同辟为大司马东曹掾。……翰因见秋风起，乃思吴中菰菜、莼羹、鲈鱼脍，曰：'人生贵得适志，何能羁宦数千里以要名爵乎！'遂命驾而归。"吴地吴县人张翰有文采，性洒脱，不拘小节，轻视功名利禄，不喜政治纷争，曾在洛阳做官，因见秋风起，想起家乡的莼羹鲈脍正当季节，就说："大丈夫应该人生适意，怎么能够为了功名富贵而被束缚于千里之外的官场上呢。"于是辞官回到了吴地故乡。"秋风思归客"用在这里是对常赞的提醒和期望，李白希望常赞能够效仿晋代的张翰，不要卷入复杂的政治斗争中，不要为了功名利禄而蝇营狗苟；要像松兰一样，保持自己的高洁品质和正直傲骨。李白以松兰为喻，将对南陵县丞常赞的婉转提醒和亲切期盼抒写得委婉动人、令人感动。

松树是坚贞的，如果友情能像松树一样坚贞不也是人间美谈吗？例如唐人李群玉的《赠元绂》一诗就是借松树勉友人、颂友情。

赠元绂

〔唐〕李群玉

相逢在总角，与子即同心。

隐石那知玉，披沙始遇金。

兰秋香不死，松晚翠方深。

各保芳坚性，宁忧霜霰侵。

诗人在童年时期与元绂相识后就结为知心好友。普通的石头剖开后是不是有美玉在其中？排检层层黄沙能不能遇到真金？这些都要看缘分。元绂就是美玉、真金一样的人，自己真幸运，遇到了他。兰花经秋寒而不改其香，松树到岁暮颜色更深。兰花芳香的品格，松树不惧霜雪打击的坚贞，都多么令人钦佩！诗人鼓舞元绂，也勉励自己，要永远做美玉真金一样的人，即便遇到秋霜冬雪的打击，也要像兰花松树一样，永葆芳香的品性，始终保持坚贞的气节，决不随波逐流；同时希望二人的友情也同样如松坚贞，永不改变。读之，顿觉君子之风、君子之情宛如清风在字里行间轻轻流淌。

第四节　松树的气节：孤直不群的君子操守

如果说松树"历岁寒而不凋"的本性强调的是松树坚贞不屈、临危不易的凛然本色，那么松树的"孤直不群"则强调的是它高傲耿介、刚而不群的君子操守。

一、松树的"心"与气节

《礼记·礼器篇》曰："礼器，是故大备。大备，盛德也。……其在人也，如竹箭之有筠也，如松柏之<u>有心</u>也，二者居天下之大端矣，故贯四时而不改柯易叶。"这里直接用"有心"二字来赞美松树天赋异禀的内美气节。唐人李绅《寒松赋》中的"其为质也不易叶而改柯，其<u>为心</u>也甘冒霜而停雪"、唐人王棨《松柏有心赋》

中的"是知斯木惟良，<u>因心</u>所贵"、宋人李薦《宋菊堂赋》中的"惟凡木之柔兮，松则<u>有心</u>"等也都赞美松树有"心"。松树有"心"作为松树的品格之一已是不争的事实。因为松树有"心"，文人墨客都特别喜欢观松、赏松。"瞻仰景山松，可以慰吾情（《咏怀》）"，魏晋时期的阮籍通过观松赏松获得了精神的愉悦。"金石不随波，松竹知岁寒。冥此芸芸境，回向自心观。（《颐轩诗》）"宋人黄庭坚通过观松，心性澄明的哲学体认得到了实现。因为观松赏松能带来有益的启示，所以许多文人本能地将松树视为良师益友。例如宋人范仲淹曰："（松）可以为师，可以为友（《岁寒堂三题·君子树》）"。明人何乔新也以松为友，曰"松良吾友，非特世俗之所谓友也"，将松树视为督促他修身养性的特殊朋友，并且声称在现实生活中除了松树，他再找不到合适的朋友了，"舍是松，吾安友哉？故吾于是松也，朝夕对之如对益友焉（《友松诗序》）"。因为看重松树的气节，诗人在诗词中也常常不吝笔墨对之进行讴歌。例如：

"凌空独立挺精神，节操森森骨不尘。（《南山老松》）"凌空独立、节操脱俗的南山老松显然是抱节自守、孤直不倚的气节象征——这是遗民诗人郑思肖笔下的松树气节；

"空山古松阅人代，黛色铜姿终不改。（《古松行》）"空山古松老而弥坚、坚贞顽强、傲骨铮铮——这是宋人郭祥正笔下的松树气节；

"老松阅世几千尺，玉骨冷风战天碧。（《晚夏驿骑再之凉陉观猎，山间往来十有五日，因书成诗》）"富有斗争精神的山间老松斗志昂扬、孤直不屈——这是金人蔡松年笔下的松树气节。

松树的气节与精神，我们从宋人王韶的咏松诗中也可以读到：

咏裕老庵前老松（节选）
〔北宋〕王韶

绿皮皱剥玉嶙峋，高节分明似古人。

解与乾坤生气概，几因风雨长精神。

王韶曾在江西庐山东林寺裕老庵读书，对庵前老松颇有感情。诗中吟咏的就是裕老庵前面的老松。

老松从颜色上看像"绿玉"，苍苍翠翠；老松从外形上看，有着年代久远的皱纹和骨质"嶙峋"的苍劲；老松从精神上看，就像有高节的古人，满身都是君子之风。天地赋予了老松高大的"气概"，风雨助长了老松坚强的"精神"。松树在风雨的洗礼下成长，在岁月的磨砺中成熟，越老越显气质，越老越意气风发。通读全诗，我们仿佛看到松树昂扬的精气神在天地的养育中喷薄而出。

二、对松树气节的不同称呼

对于松树的气节，诗人们有不同的称呼。

1. 孤直

有的诗人将松树的气节称为"孤直"，并在诗歌中热情赞美之。譬如唐人李白《古风（五十九）》中的"松柏本孤直，难为桃李颜"，一针见血地指出了孤松孤直不倚的君子品格，正是这种品格，让它与桃李截然不同。唐人陈子昂《送东莱王学士无竞》中的"孤松宜晚岁，众木爱芳春"，赞美孤松不与"众木"竞争"芳春"的孤傲不群。唐人吴融《和陆拾遗题谏院松》中的"落落孤松何处寻，月华西畔结根深"也直赞孤松磊落不群的孤傲。唐人宋之问《题张老松树》中的"岁晚东岩下，周顾何凄恻。日落西山阴，众草起寒色。中有乔松树，使我长叹息。百尺无寸枝，一生自孤直"，同样赞叹孤松"一生孤直"，让人敬佩。

2. 孤标

有的诗人将松树的气节称为"孤标"，他们认为这是一种君子的高标逸韵，如唐代诗僧皎然的五律《咏上人座右画松》：

咏上人座右画松

〔唐〕皎然

写得长松意，千寻数尺中。

翠阴疑背日，寒色欲生风。

<u>真树孤标在</u>，高人立操同。

一枝遥可折，吾欲问生公。

诗僧皎然认为只有松树才可以称之为"真"树，有真格，有真情，有真韵，这种"真树"的"孤标"，只有"高人"的情操才可以与之相配！王国维先生曾说："以我观物，则物皆著我之色彩。"由此看来，松树被看成"孤标"之松，正是因为看松之人是孤标之人！皎然（730—799 年），唐代著名诗僧，俗姓谢，字清昼，湖州（今浙江吴兴）人，是著名山水诗人谢灵运的十世孙，像他的先祖谢灵运一样喜欢山水。皎然品格高洁、性情超群，其往来之人也都是性情洒脱、才情不凡之辈，譬如颜真卿、刘禹锡、韦应物、陆羽等均为当时之名流才俊。故而，松树被具有君子品格的皎然视为具有君子品格的"孤标"之松自然也在情理之中。

有的诗人认为松树的孤标逸韵更适合雪中观之，如唐人刘得仁《冬日题兴善寺崔律师院孤松》中的"孤标宜雪后，每见忆山中"，极力称赞孤松在雪中更显独特的"孤标"风采。又如唐人李山甫的《松》诗："地耸苍龙势抱云，天教青共众材分。孤标百尺雪中见，长啸一声风里闻。"有着"百尺"之长、"苍龙"之姿、"抱云"之态、"长啸"之势的乔松在"雪中"孤傲不群的"孤标"风骨多么独特！

3. 孤贞

有的诗人将松树的气节称为"孤贞"——一种孤直坚贞的气节。例如南唐诗人成彦雄笔下之松："大夫名价古今闻，盘屈孤贞更出群。"，天下闻名的大夫松卓然独立、"孤贞出群"，出类拔萃、引人注目！又如唐人卢士衡笔下之松："云外千寻好性灵，伴杉陪柏事孤贞。"这里千寻之高、耸入云端的松树同样孤贞高标、性灵美好。

4. 孤秀

有的诗人将松树的气节称为"孤秀"，并以此赞美其孤直，如唐人李商隐的《题小松》：

题小松
〔唐〕李商隐

怜君孤秀植庭中，细叶轻阴满座风。
桃李盛时虽寂寞，雪霜多后始青葱。
一年几变枯荣事，百尺方资柱石功。
为谢西园车马客，定悲摇落尽成空。

庭院中的小松细叶摇风，洒落碎影，孤秀独标，惹人怜惜。虽然在桃李盛开的热闹时期备受寂寞之苦，但在雪霜之后更显青葱可爱，让人钦敬。李商隐是晚唐诗人，和杜牧一起被并称为"小李杜"，诗才杰出，才华横溢，然而由于在朋党之争的夹缝中生存，一生郁郁不得志。李商隐笔下"孤秀"的小松何尝不是自怜自惜的诗人自己呢？尽管志不得抒、才不得展，然而谁又能否认李商隐的才华呢？就像"孤秀"的小松一样，谁又能否认它的出类拔萃呢？

松树的出类拔萃、超拔脱俗离不开它孤直不倚的气节，人们看重并且赞美它的这一特点，文人甚至用松树的这一特点来品评、形容魏晋士人的风度和神采。譬如《世说新语·容止篇》关于"嵇康有风仪"的故事记载：嵇康身长七尺八寸，风姿特秀。见者叹曰："萧萧肃肃，爽朗清举。"或云："肃肃如松下风，高而徐引。"山公曰："嵇叔夜之为人也，岩岩若孤松之独立；其醉也，傀俄若玉山之将崩。"

嵇康，字叔夜，是魏晋时期的名士，对于他的风度，见到他的人这样评价："嵇康的高妙像松树间沙沙作响的风声，绵邈高远又舒缓悠长。"当时另一文坛名流山涛评论嵇康："嵇康的为人，像挺拔的孤松傲然独立；他的醉态，像高大的玉山快要倾倒。"对于嵇康风度的评价，评论者几乎不约而同选择了松树或与松树相关的松树的声音来形容，由此可见，松树在人们心中的地位以及人们对松树的熟悉与热爱。通过松树的秀拔，嵇康的风度鲜活地出现在人们面前；而通过松树这个载体，嵇康超凡脱俗的形象也获得了永恒的生命力。——松树还有如此之功能，不能不令人佩服！

三、君子种松

因为松树的气节、精神，古之文人不仅爱松、敬松、赏松、赋松、颂松，甚至还亲自种松。通过种松这个桥梁，诗人的志行和松树的气节邂逅相遇、成就佳话。例如晋人陶渊明就在自己家东边园子和家门口外面的小路上栽种了许多松树，其诗可证："青松在东园，众草没其姿［《饮酒》（其八）］""三径就荒，松菊犹存（《归去来兮辞》）"。

唐人白居易也是种松的行家，其诗《寄题鳌屋厅前双松（两松自仙游山移植县厅）》曰："手栽两树松，聊以当嘉宾。乘春日一溉，生意渐欣欣。"诗人亲手栽种的两棵松树在自己辛勤灌溉下长得越来越欣欣向荣，读来字里行间满是诗人的喜悦之情。

宋人苏轼也曾亲自栽种松树，其诗《滕县时同年西园》曰："人皆种榆柳，坐待十亩阴。我独种松柏，守此一寸心。"别人栽种榆树、柳树以待其荫而苏轼独栽松树以守其心，其不随流俗的独立人格和倔强不妥协的气节神情毕现。苏轼不仅自己爱松种松，也对种松的同调友人充满了敬仰之情。例如他赠给友人刁景纯的《种松》诗：

种松
寄题刁景纯藏春坞
〔北宋〕苏轼
白首归来种万松，待看千尺舞霜风。
年抛造物陶甄外，春在先生杖屦中。
杨柳长齐低户暗，樱桃烂熟滴皆红。
何时却与徐元直，共访襄阳庞德公。

刁景纯是苏轼的朋友，在宋仁宗、宋英宗两朝任职馆阁。刁景纯年老悟道，"白首"种"万松"，安享田园之乐。晚年致仕归家后，非常喜欢松树的刁景纯筑室藏春坞，在坞中设石冈，并在石冈山上广植松树，人称万松冈。万松冈上的千尺高松在风霜之中摇动，尽显凌霜傲寒之神采，恰如刁景纯的老而弥坚。刁景纯的隐居生活幽静又安宁，杨柳长齐遮户暗，樱桃熟透颗颗红。刁景纯在朝廷任职期间尽职尽责，积极为国家培养栋梁人才；如今年老归隐，竹杖芒鞋、心无挂碍、陶陶然于自然之中。刁景纯乐享自然的返璞归真多么让人羡慕，以至于诗人迫不及待想要去拜访友人刁景纯了。"何时却与徐元直，共访襄阳庞德公"是用典。徐元直，名庶，字元直，东汉末年人，原为刘备帐下谋臣，后为曹操用计招入麾下。

中国四大名著《三国演义》艺术加工的"徐庶进曹营——一言不发"讲的就是徐元直的故事。徐元直投奔刘备之前一直隐居，和同时代的庞德公、诸葛亮、司马徽等高士来往频繁，以德高品韶而闻名。庞德公，字尚长，东汉末年著名隐士，荆州襄阳（今湖北省襄阳市）人。庞德公德高望重，与徐元直、司马徽、诸葛亮、庞统等人来往频繁。庞德公以"知人"著称，曾称诸葛亮为"卧龙"，称庞统为"凤雏"，称司马徽为"水镜"。苏轼通过徐元直、庞德公的典故，直诉自己对刁景纯超然世外的景仰之情以及对刁景纯那种高士生活的向往之情。

喜欢种松的还有明代文人姚绶，他在自家庭院曾栽种了三棵松树，还曾做过关于这三棵松树的梦。在梦中，姚绶看到三个穿戴着毛茸茸绿衣服的仙人向他走来，并且问他是不是悠然于自己的隐居生活，最后还送给他一些忠告。在散文《三松记》中，姚绶详细地记载了他的这个梦："梦三丈夫衣碧茸之衣冠……先生其陶隐居之流乎？不然，何孜孜于吾三人者如此耶？……吾三人者，挺岁寒而不移，干云霄而不屈。其色苍苍，不晨改而夕变；其声肃肃，不侈荡而汎滥；其势乔乔，不欹斜而促戚。……今先生虽无数仞之胜，而有一堂之安，遂易退之心，得隐居之趣，且身亲培植，无吾子必做之语，何其高哉！"梦醒后，姚绶明白过来，他梦中见到的三个绿衣仙人是他栽种的三棵松树所化！原来，他们是松树神仙！松树之仙竟然称赞自己的主人隐居之高妙、安居之陶然（这是松仙对主人的高度肯定和赞赏！）——由此可见，松树的主人品德多么高尚！多么具有君子之风！以至于松仙也要忍不住称赞！

如果说松树是君子的象征，君子是道德的象征，那么种松当然包含了种德的内涵。宋人林景熙《赋双松堂呈薛监簿》曰："昔贤种松如种德，柯叶馀事根本丰。"直接指出"种松如种德"。

宋人谢翱也喜欢种松，其《种松》诗曰："清晨课仆奴，绕舍诛蒿蓬。身非郭橐驼，学作种树翁。胡不种杞柳，但种青青松。念汝受命独，劲气凌三冬。明年见汝生，何年矫苍龙。种德亦吾愿，穆如松上风。……"他像一位懂行的种树翁一样，除去杂草，种上青松。他一边赞叹着青松凛冬的刚劲气节，一边盼望着青松赶快长大，像苍龙一样矫健。"种德亦吾愿，穆如松上风"，和宋人林景熙的想法一样，谢翱也认为种松就是种德，而种德正是他真正的心愿！何况，松树本身所具有的肃穆之美恰如松上清风让人心旷神怡呢？

种松如种德，那么听松呢？

松上清风是风吹松树发出的声音，这种声音常常会引起文人丰富的联想。通过松树的声音，我们仿佛聆听到一曲宁静致远的君子心歌。

第五节　松树的声音：宁静致远的君子心歌

一、松风

在普通人眼中，风吹松响是一种常见的自然现象，然而在文人雅士眼中，松与风连在一起就有着特殊含义。这个特殊含义一方面源自松树本身的君子内涵和它所代表的幽静清远的静寂环境，静寂的环境能够让人心神俱安，生发高远之思；另一方面源自著名的古琴曲《风入松》。古琴曲《风入松》相传为晋代著名音乐家嵇康所作，宋人郭茂倩编辑的《乐府诗集》对此也有记载。所以我们在诗词中读到的"松风"常常是语带双关，既指风吹松林发出声响所形成的幽渺意境和高士高远的情怀，又指古琴曲《风入松》。

李白《下终南山过斛斯山人宿置酒》诗中的"松风"指的就是《风入松》古琴曲。"暮从碧山下，山月随人归。却顾所来径，苍苍横翠微。相携及田家，童稚开荆扉。绿竹入幽径，青萝拂行衣。欢言得所憩，美酒聊共挥。长歌吟松风，曲尽河星稀。我醉君复乐，陶然共忘机。"李白从钟南山下山归家途中偶遇斛斯山人，热情的斛斯山人邀请诗仙到家中饮酒，李白欣然前往，穿过绿竹幽径，经过拂衣青萝，到了主人家中。宾主共饮美酒，相谈甚欢。欢乐之中，李白高歌起著名的古琴曲《风入松》，歌声随风飘，拂过松林，在山间回荡。兴尽歌罢，夜深星稀。宾主陶然，全忘世俗之心机。

李白似乎非常偏爱"松风"意象，在很多诗中都提到了"松风"。譬如他的《鸣皋歌送岑徵君》中的"巾征轩兮历阻折，寻幽居兮越巇嵲。盘白石兮坐素月，琴松风兮寂万壑"提到了"松风"，指的也是《风入松》古琴曲。《鸣皋歌送岑徵君》是李白在今河南梁园的清凉池为好友岑徵君送行而作。徵君是对应诏入朝却未担任实际职务的士人的美称，岑徵君即岑勋，是诗人的朋友。梁园是西汉梁孝王刘武营建的大型园林。鸣皋山，即九皋山，在今河南嵩县东北，古人多有隐居此山者。早有入山之心的岑勋将乘车远行，翻越崇山峻岭，经历种种艰难险阻，到鸣皋山寻找适合幽居之处所。诗人想象着岑勋在找到理想的处所之后，将会盘坐在干净的白石上，于皓月之下弹奏古琴曲《风入松》。诗人想象着友人美妙的琴声散入千山万壑，山鸣谷应令人动容。

"松风"所代表的幽渺意境总是与隐逸相关，李白的长篇杂言诗《忆旧游寄谯郡元参军》中所提到的"松风"就是一种超越世俗的意境。"谯郡"在现在的安徽亳州。元参军是诗人的好友元演，时任谯郡参军。诗人在诗中追忆了与元演的四次相游。其中的一次是随州（今湖北随县）仙城山之游。"相随迢迢访仙城，三十六曲水回萦。一溪初入千花明，万壑度尽松风声。"在仙城山，诗人与元演相携同游，一路上但见溪流密布，蜿蜒曲折，纵横流淌。泛舟每一条溪流都能看到千万朵花开，都能听到山谷传来的阵阵松风。诗人与元演在仙城山纵情游玩，看花听松，尽享山林之乐，在"松风"的高蹈境界中陶然忘我。

"松风吹解带，山月照弹琴（《酬张少府》）"，"松风"的幽渺意境、高蹈境界让人沉醉；听"松风"犹如倾听"天籁之音"，同样让人入迷，尤其是隐逸之士更是百听不厌，乐在其中，痴迷者甚至认为这样的声音只和隐逸之士心意相通，只合隐逸之人听入耳中。例如唐人顾况《千松岭》诗云："终日吟天风，有时天籁止。问渠何旨意，恐落凡人耳。"千松岭上的千棵松树终日在风中吟唱着天籁之音；有时候也会停止吟唱，不为别的，只是不想让世俗之人听到罢了。在千松孤芳自赏的背后是顾况对远离尘俗生活的赞赏和对隐士的膜拜。顾况，字逋翁，号华阳真（逸）隐，一生官职不大，因做诗嘲讽权贵而曾被贬官饶州。晚年隐居茅山。顾况的隐居生活中有松树的天籁之音时时相伴，诗人自然也优哉游哉。这种优哉游哉的生活，李白也很喜欢，其《赠宣城宇文太守兼呈崔侍御》诗曰："时游敬亭上，闲听松风眠。"诗仙时时游历敬亭山，躺卧在松下石上，枕着松风安然入眠，在松风中享受着悠闲入定的快乐。

听松知音，听松静心，如唐人刘长卿《听弹琴》所言："泠泠七弦上，静听松风寒"。听松风可以荡涤尘秽、升华精神，如宋人周密《浣溪沙·题紫清道院》中的"竹色苔香小院深。蒲团茶鼎掩山扃。松风吹净世间尘。"小院深处，院外翠竹漪漪，青苔生香；院内，山门虚掩，茶鼎水沸；风过松响，静心听之，心中俗念一扫而空；蒲团静坐，宛然无我；是听"松风"让室内之人精神升华，进入到了一种高蹈出世、超然物外的境界中！

二、松声

与"松风"意境相似的是"松声"，它也是咏松诗词中的常见词汇，如"五峰转月色，百里行松声（《送王屋山人魏万还王屋》）""南窗萧飒松声起，凭崖一听清心耳（《白毫子歌》）"。"松声"可以清人身心，让人心无尘滓，代表着一种涤荡俗尘的宁静，也代表着一种高雅的精神境界，所以一向为文人喜爱。喜欢松声的人大多也喜欢琴声，琴声在喜欢松声的耳中总是美妙如松风，如李白《听蜀僧濬弹琴》曰："为我一挥手，如听万壑松。"这里的"挥手"是弹琴的动作，和嵇康《琴赋》中"伯牙挥手，钟期听声"的"挥手"含义相同。李白听琴非常内行，在听蜀地僧人濬弹琴时，喜欢"松风"并且想象力丰富的他将美妙的琴声比作了"松声"，觉得僧濬抚弄琴弦发出的声音就像万壑松声一样荡涤人的心胸，让人的心灵从躁动归于宁静。将松声和琴声联系在一起的还有唐人李群玉，如：

书院二小松

〔唐〕李群玉

一双幽色出凡尘，数粒秋烟二尺鳞。

从此静窗闻细韵，琴声长伴读书人。

高大丰伟的老松经常是诗人关注的重点，但李群玉却将欣赏的目光定格在小松身上。李群玉（约 808—860 年），字文山，唐代澧州（今湖南澧县）人，出仕前，常在澧县仙眠洲"水竹居"读书。诗中的"二小松"就是他的书斋"水竹居"旁边的两棵小松树。李群玉别开生面，撇开老松不写而专写小松，而且通过"松声"与"琴声"的联系将松树和主人相知相依的感情写得特别生动感人。小松颜色幽黑，树皮褶皱如龙鳞，虽然只有二尺之高，但是气质却丝毫不逊色于老松。它秀出凡尘，风神高迈，在风中会发出琴声一般悠长的细韵。诗人静窗苦读，松声细韵伴君。窗外松树与窗内诗人相依相伴，书院内的松声与书院内的读书声相互唱和。松声如琴声，诗人在松声中得到宁静和快乐。诗人与小松互为知音，彼此都乐在其中。

松声如此之美，喜欢倾听松声的诗人自然还有很多，譬如唐代诗僧皎然。

戏题松树

〔唐〕皎然

为爱松声听不足，每逢松树遂忘还。

翛然此外更何事，笑向闲云似我闲。

因为喜欢倾听松声，所以每次看到松树就会坐下来静听松声，而且听起来之后怎么听也听不够，以至于常常忘了回家。这样悠闲的生活和悠闲的白云如出一辙，所以皎然笑问白云："你怎么和我一样悠闲啊？"皎然这种悠闲的生活感受如果没有悠闲的心态，如何能得到呢？倾听松声竟然入迷到忘了回家，松声的魅力真是亘古未有！

喜欢山林的雅士总是以倾听松声为乐。从松声中得到审美愉悦和心灵安宁的不乏其人，譬如唐人王勃，如：

咏风

〔唐〕王勃

肃肃凉风生，加我林壑清。驱烟寻涧户，卷雾出山楹。

去来固无迹，动息如有情。日落山水静，为君起松声。

凉风"肃肃"而生，疾风到来后，林壑顿然清爽。因为有了疾风，山中的烟被驱散了，雾被卷走了，山中的村落与房屋都显现出来，能看得分明了。于是，山林显得更加清爽和清明。风来去无迹却显得有情有义、品质美好，它的来来去去就像"有情"的人一样：白天，风的存在让山林更加美好清爽；傍晚日落后，它又为宁静的山林和歇息的人们吹奏起悦耳的松涛声。在这里，神通广大的风犹如精灵般，入山涧、驱烟霭、散雾气、送清爽，并吹动万山松涛，为人们奏起动人的乐章。而能够欣赏这一切，能够去倾听松涛的大多是文士或隐士，当然也包括诗人自己。所以，静听松风松声，某种程度上也成为了清高之士的象征。

三、"松下清风"与品评人物

如果说风过松响，静心听之可以荡涤世俗之污垢；那么，松下清风则自然会唤起人们对超凡脱俗、清高之士的向往。魏晋时期，人们甚至用"松下清风"来形容人的丰神仪表、超然风度。这种风度指的不仅仅是外在形体的玉树临风，更是其精神气质的超然洒脱。《世说新语·言语其二》记载了一个很经典的比喻："刘尹云：'人想王荆产佳，此想长松下当有清风耳。'"王荆产就是王徽，字幼仁，小名荆产，是晋代名士，曾担任右军司马，其祖父王又做过平北将军，其父王澄任荆州刺史。刘尹，就是刘真长，晋代另一名士。《世说新语·言语篇》记载了一个刘真长的故事。"王长史与刘真长别后相见，王谓刘曰：'卿更长进。'答曰：'此若天之自高耳。'"王长史与刘真长久别重逢，王氏夸赞刘氏又有长进，没想到，刘氏却以天自比，毫不谦虚地对答道："这就像天空，原本就是高高的呀。"刘真长之狂诞不羁由此可见一斑。就是这样狂傲的人对王荆产的丰姿却十分钦佩。晋代有品评人物的习惯，对于王荆产与众不同的丰姿，刘真长毫不掩饰自己的赞美之意，高声对众人说："王荆产人才出众的情态，就像清风拂过高大的松树。""人想王荆产佳，此想长松下当有清风耳。"众人对王荆产的风神用了"佳"来形容，而刘真长则对"佳"字做了形象的诠释，用了与松树密切相关的"松下清风"来形容和品评王荆产之"佳"，由此可以看出刘真长之与众不同。而用"松下清风"形容王荆产，可以看出刘真长对王荆产的佩服，也由此可以想见刘真长所高评的王荆产高雅的君子风范。"松下清风"作为品评的载体实在是功不可没。自此，"松下清风"作为品评的载体成了魏晋文坛的一个重要文化代码。

松树的风采让人喜爱，松树的本性让人敬佩，松树的声音让人宁静。既然松树如此脱俗不凡，让人浮想联翩，那么它的志向又是什么呢？从它的志向上，我们又能读出君子的哪些品格呢？

第六节　松树的志向：壮志凌云的君子抱负

松树看上去虽然不会说话，不会与人直接交谈，但是它壮志凌云的君子抱负，和它心有灵犀的诗人焉能不懂？

一、松树的志向之一："笼云心"

宋人舒岳祥《为胡后山提干咏南麓古松》曰："志在千寻上，根蟠十里间。"诗人用"千寻之志"明确表明松树的高远志向。可见，松树是有志向的。对于松树的志向，诗人们有不同的表达，南朝梁人吴均将松树的志向概括为"笼云心"。

赠王桂阳
〔南朝梁〕吴均
松生数寸时，遂为草所没。
未见<u>笼云心</u>，谁知负霜骨。
弱干可摧残，纤茎易陵忽。
何当数千尺，为君覆明月。

吴均（469—520 年），字叔庠，吴兴故鄣（今浙江安吉）人。南朝梁史学家、文学家，曾任吴兴郡主簿、奉朝请（一种闲职文官）。吴均好学有俊才，诗文自成一家，善写山水景物，其名篇《与朱元思书》（书信体）、《与施从事书》（书信体）均以写景见长。

《赠王桂阳》是一首投递给当时的桂阳郡太守王嵘的自荐诗。在这首诗中，吴均托物言志，以松喻己，一语双关：一方面赞美容易被埋没的小松从小就有"笼云心"的抱负，希望这样的小松能被重视；另一方面也委婉含蓄地表露自己渴望得到对方援引以施展抱负的愿望。

本来可以长成参天大树的松树，在幼小柔弱时很容易被杂草覆盖淹没，很容易被欺凌、被忽视。社会上那些像参天松树一样的大才，在他们还没有崭露头角，还没有被正确认识以前，就像幼小的松树一样，也很容易被忽视、被摧残。可是有谁知道，松树还在幼小的时候就已经有了"负霜骨"的品格、"笼云心"的志向呢？"负霜骨"指的是傲霜斗雪的气骨，用来比喻人才的高尚品格。"笼云心"指的是聚拢和笼罩云气的心志，用来比喻人才的高远志向。松树虽然幼小，已有志向。才俊虽弱小，亦显才能。小松一旦长成千尺高的大松，一定会覆盖皎洁的明月，实现"笼云心"的抱负；弱小的才俊被培养、提携后一定会成为出类拔萃的优秀人才。"笼云心"不仅是小松的理想，更是诗人的理想。吴均虽才华突出却一直不得重用。在诗中，吴均处处以松自比，既写出了自己的处境低下，也写出了自己的才干和志向。同时，通过"松树"这一载体，吴均含蓄地向桂阳郡太守王嵘表示，自己一旦被对方举荐，一定会"为君覆明月"，做出一番事业，决不辜负对方的提携举荐。

对于松树的志向，李白用了和"笼云心"含义类似的"凌云霄"来概括。

南轩松

〔唐〕李白

南轩有孤松，柯叶自绵幂。

清风无闲时，潇洒终日夕。

阴生古苔绿，色染秋烟碧。

何当凌云霄，直上数千尺。

南轩松生长在南边的轩窗外，长得繁密茂盛。它高大挺拔、郁郁苍苍。风吹松动，摇曳多姿。每一天，南轩松都摇曳于清风之中，自在潇洒。在日复一日的潇洒岁月里，南轩松深色的树荫下长出了碧绿的青苔；南轩松苍翠的枝叶仿佛染绿了周围的天空。日子悠然静好，然而南轩松并没有忘记自己的理想和抱负，那就是：什么时候自己才能够长成千尺之高，直上九天，笑傲云汉呢？"何当凌云霄，直上数千尺"，以夸张手法将南轩松渴望笑傲九天的理想抱负刻画得活灵活现。李白在描写南轩松不凡志向的同时，也抒发了自己的怀抱，希望自己有朝一日也能够像南轩松一样实现"凌云霄"的抱负，展露才华、施展才干，做出一番轰轰烈烈的事业来。

二、松树的志向之二："廊庙思"

清人李渔《闲情偶寄》曰："苍松古柏，美其老也。一切花竹，皆贵少年；独松柏与梅三物，贵老而贱幼。"宋人王安山《酬王浚贤良松泉》云："人能百岁自古稀，松得千年未为老。"唐人廖匡图《松》诗曰："枝柯偃后龙蛇老，根脚盘来爪距粗。"可见，不管是在审美观照中还是在文学诗词中，老松总是会格外受到文人的青睐。

事实上，高大粗壮的老松很早就进入了文人的视野。例如汉乐府《艳歌行》中的老松高耸云天，粗大有十几围："南山石嵬嵬，松柏何离离。上枝佛青云，中心十数围。"梁人沈约《寒松》诗中的老松同样也高入云霄："疏叶望岭齐，乔干凌云直。"其后，咏大松、老松者更是层出不穷，如唐人白居易《庭松》诗中的松"高者三丈长，下者十尺低"；宋人王之道《古松》诗中的松"根蟠苍崖石，梢佛青天云"都是高高大大的巨松、老松。老松因其寿龄长、年代久远，而常被称为古松。古松也好，老松也罢，其实都是成年的松树。那么，这些成年的松树，它们的志向又是什么呢？宋人王安石的《古松》诗给出了答案。

古松

〔北宋〕王安石

森森直干百余寻，高入青冥不附林。

万壑风生成夜响，千山月照挂秋阴。

岂因粪壤栽培力，自得乾坤造化心。

<u>廊庙乏材应见取</u>，世无良匠勿相侵。

　　"廊庙乏材应见取，世无良匠勿相侵"，原来王安石笔下的松树，其志向是成为"廊庙之材"（栋梁之才）！

　　《古松》是一首七言律诗，大概作于熙宁以前。关于这首诗的写作背景，有两种说法。第一种说法是：王安石游览庐山东林寺，见到寺内古松森然，并且看到寺内有宋人王韶对古松的题诗，十分喜爱，因此作此诗以和之。《复斋漫录》对此记载得十分详细："王公韶，少日读书于庐山东林裕老庵，庵前有老松，因赋诗云：绿皮皴剥玉嶙峋，高节分明似古人。解与乾坤生气概，几因风雨长精神。装添景物年年换，摆捭穷愁日日新。惟有碧霄云里月，共君孤影最相亲。王荆公为宪江东，过而见之，大加称赏，遂为知己。"第二种说法是，王安石游览湖北大别山主峰下面的降风殿时，见到殿后古松矗立挺拔，深有感触，遂赋此诗。

　　《古松》诗中的古松即为老松。老松苍劲森然，气势非凡；老松高大挺拔、高耸入云，一看就是可堪大用的良材；老松伟岸傲然，"木秀于林"，昂然挺立于山林之外。夜晚观松听松又是一番情趣。老松在夜风中发出阵阵松涛之声，千山万壑仿佛也跟着有了回声；老松在夜月之下分外纯洁明亮，在千山万壑的衬托下更显意境辽远。老松之所以能成为可塑之才，能成为大才、良材，不仅因为土壤肥沃，更重要的是它本心正直，有一颗天生正直纯洁的本心，因而能得天地精华之偏爱和哺育，最终长成了高大的老松。好松当佩良匠，正如千里马当遇伯乐；所以，如果有识货之良匠，就可以取用这棵老松去做"廊庙之材"；如果没有好的工匠，就不要去打这棵老松的主意。老松的抱负是做"廊庙之材"，如果不得重用或者大材小用，岂不是浪费了老松之材？这何尝不是对知音的呼唤和对人才的珍惜呢？王安石希望真正的人才都能得到真正的赏识和恰当的任用，真正的人才也都应该作为栋梁之才为国所用。老松伟岸正直、高俊纯洁，不仅是诗人自我的写照，也是世间所有英才的象征。这样的英才有着真才实学，更有着成为"廊庙之材"（"栋梁之才"）的志向和抱负。王安石就是这样的英才。

　　王安石（1021—1086年）字介甫，号半山。北宋杰出政治家、文学家、诗人。因封荆国公，故世称王荆公。临川（今江西抚州市临川区）人，故又被称为临川先生。王安石进士出身，富有政治才干，先后担任过淮南判官、鄞县知县、舒州通判、江宁府尹、翰林学士、参知政事等。宋神宗时期，王安石两任同中书门下平章事，即宰相一职。为了国富民强，在宋神宗支持下，王安石力排众议，强制推行新法，史称"王安石变法"。王安石所作所为，一心为公、毫不为私，不正是国之栋梁吗？然而由于变法的急于求成和守旧派的一致反对，变法最终以失败而告终。王安石被罢相，他推行的新法也大多被废止。王安石做"廊庙之材"的理想最终付之东流，不是也很让人惋惜和痛惜的吗？

为了让自己的理想主张为世所用，孔子曾周游列国；为了让自己的抱负能够变成现实，李白曾数度出山。《周易》曰："天行健，君子以自强不息。"积极用世、自强不息一直是儒家文化中所推崇的一种君子品格，松树的"笼云心""廊庙思"何尝不是君子品格中积极奋斗、自强不息的精神体现呢？

三、自强不息的小松

成年的松树志向高远，充满奋斗精神；未成年的小松同样自强不息、不甘示弱，同样有着自己高远的志向和抱负，如唐人杜荀鹤的咏松诗《题唐兴寺小松》：

题唐兴寺小松
〔唐〕杜荀鹤

虽小天然别，难将众木同。侵僧半窗月，向客满襟风。

枝拂行苔鹤，声分叫砌虫。如今未堪看，须是雪霜中。

小松虽小，却天然而然地与众木不同；而且小松虽小，依然可以让主人月下赏影，也依然可以让客人衣襟生风。小松其风采、其潇洒在风中、月下同样出众，哪里就输给了老松？至于小松的精神、志向如何，问一问雪霜就明白了，于是，作者以小松的口吻说道："虽然我如今还小，似乎还不值得反复赏看，但是等到霜雪来临，你们就会知道我的气节与抱负了。""如今未堪看，须是雪霜中"将小松不肯服输和顽强进取的心态刻画得惟妙惟肖。

懂得小松志向和抱负的还有唐代诗人白居易。白居易一生爱松，他在《栽松二首》诗中，不仅详细描写了小松的颜色和自己移栽小松的全部过程，还极力讴歌了小松的节操和抱负。

栽松二首
〔唐〕白居易

小松未盈尺，心爱手自移。苍然涧底色，云湿烟霏霏。

栽植我年晚，长成君性迟。如何过四十，种此数寸枝。

得见成阴否，人生七十稀。爱君抱晚节，怜君含直文。

欲得朝朝见，阶前故种君。知君死则已，不死会凌云。

因为真心喜欢，爱松深甚的诗人亲手将不足一尺高的小松从山涧谷底移栽到自己家的庭院阶前，这样就可以天天与小松见面了。小松带着山涧的霏霏云烟和天然而生的苍然颜色，令人喜爱。虽然自己年岁已晚才栽植小松，不知道能否见到小松长成参天古木，但是仍旧无怨无悔。因为松树耐寒之气节、自强之刚直都是诗人爱恋和敬佩的。小松虽小，却心怀大志。诗人深知小松抱负远大，若死则罢，不死定会凌云，成为大才。认定小松未来可期的白居易不愧是小松的知音！

喜欢种松，懂得小松志向的文人还有很多，譬如元人许谦。许谦不仅懂得小松"雪霜挺坚操""青松本贞固"的坚强，也懂得小松"擎枝云汉"的远大志向，他坚信小松经过岁月的磨砺必将成才，就像大器晚成的人才一样。请看他的《种松》诗：

种松
〔元〕许谦

青松如秧针，植在山之蹊。
岂惟娱心目，岁寒以为期。
未饱雨露恩，那识栋梁姿。
蓬蒿塞三径，埋没谁复知。
秋风陨百草，秀色不少衰。
虽然咫尺根，已见佳种奇。
君看二十年，腰大数十围。
<u>雪霜挺坚操</u>，云汉擎高枝。
时有白鹤来，凡鸟那堪栖。
兔丝与凌霄，冉冉相附依。
<u>青松本贞固</u>，不逐众物移。
大器固晚成，何用嫌暮迟。

诗人将像"秧针"一样瘦小的小松栽种在山边道旁，并不是为了赏心悦目地赏景，而是因为懂得松树的岁寒之心和栋梁之志。在成长的过程中，小松也许暂时会被蓬蒿埋没，但是其秀、其奇、其异哪里能被永远地埋没？当百草衰败之时，便可知道只有咫尺之长的小松是奇材异木了。你看它在霜雪之中犹自坚强挺立，不是非常与众不同吗？小松会越长越大，二十年之后的松树定当腰粗数十围，直冲云汉，犹如擎天之柱。而松树的不凡，也必将吸引非凡之鸟白鹤来此树下栖息。菟丝子和凌霄花之类的藤蔓植物会攀爬其他植物向上生长。但是，青松本性贞固，它不会像菟丝草和凌霄花那样逐物而生、随物而移，它独立生长，有自己的理想和主见，它"擎枝云汉"，成为栋梁之材的志向让人有理由相信："大器固晚成，何用嫌暮迟。"小松必成大器，何必在意日暮岁晚!就像胸有大志、大器晚成的君子，其理想总有实现的那一天，哪里会被真正地埋没呢？

松树如果遇到主人的懂得和相惜自然是十分幸运的。那么，是不是所有的松树都能生逢其时，都能生得其地，都能得到世人的礼遇呢？答案当然是否定的。所以，松树如果遇到困境也实属正常。那么，面对令人忧虑或者难堪的困境时，松树是什么态度呢？——淡然处之。在松树淡然的姿态中，我们看到了君子壮志未酬的尊严。

第七节　松树的淡然：壮志未酬的君子尊严

一、蓬蒿中的小松

伟岸的大松受人关注、令人喜爱是再自然不过的，因此大松自古以来多被视为树木中的英雄、勇士。数九寒天，百草枯萎，万木凋零，而大松却苍翠凌云、顶风抗雪、泰然自若，如何让人不敬？然而，凌云大松哪一棵不是由小松成长起来的呢？事实上,那些凌云大松当它们还很小的时候就已经显露出长大后必将"凌云"的苗头，只可惜发现和培养"凌云"小松的伯乐比较少见。所以当大松还幼小的时候，当人们还不知道这棵幼小的松树将来是否会成为参天大树的时候，小松的忧虑就来了。它忧虑的不是人们是否知道自己，而是自己是否具备成为大松的潜力和能力。事实上，这种忧虑与其说是小松的，倒不如说是关心小松成长的君子的忧虑，因为作为当事人的小松或者浑然无知或者根本不把忧虑当作生活的全部。对小松而言，要么浑然无知地坚定成长，要么将短暂的忧虑转变为前行的动力。例如唐人杜荀鹤的《小松》诗：

小松

〔唐〕杜荀鹤

自小刺头深草里，而今渐觉出蓬蒿。

时人不识凌云木，直待凌云始道高。

杜荀鹤非常偏爱小松，既关注壮志凌云、自强不息的小松，也关注不为世人注意的无名小松。诗人笔下的小松刚刚破土而出时被掩埋在深草丛中，鲜为人知。但是小松毕竟是"松树"，与众草不同，即便栖身在杂草丛中，它也能够被人一眼辨认出来。它像"刺头"一样，外形如刺，长满松针的头又直又硬，专心地向上生长。当小松长高一些之后，就更快地呈现出自身的优势，长得比草丛中那些高高的蓬草、蒿草还高。小松具有强大的不服输的精神，它越长越高，最终长成了大松——高入云霄的凌云木。世人在小松长成参天大松后，都纷纷夸奖它是凌云之材。世人对大松"凌云"的赞美凸显了松树的坚强不屈、顽强拼搏的精神，不过，这并不是重点。大松"凌云"已成事实，称赞它高大，并不说明有眼力，也无多大意义。当小松幼小的时候，它和小草一样貌不惊人，如果这时候能识别出小松就是"凌云木"而加以爱护、培养，那才是有见识，才有意义。所以，栋梁之才在不显山不露水的时候，如果能被发现、被认可、被保护、被重视，那么发现者的眼光就特别值得钦佩了。如果身怀异能的小松被忽略、被埋没，固然说明"时人""世人"目光短浅，缺乏发现人才的眼光；然而对有凌云志向的小松来说，何尝不是一种悲哀呢？所以，小松忧虑的是什么时候能遇上伯乐，从而能得到更多的发展自己的机会。这正如有志向的君子忧虑自己什么时候能遇上识才的伯乐，什么时候能壮志成酬一样。不过，小松的忧虑是会转化为动力的。因为与忧虑相比，胸有大志的小松明白，发展壮大自己才更为重要，所以"蓬蒿丛中的小松"将忧虑化为淡然，保持着自己的尊严，最终长成了"凌云木"一样的参天大树。因此，出生或者成长的环境并不是最重要的，积蓄力量、朝着自己的抱负和志向去努力才是最重要的。身处逆境而逆风而上，不正是君子的尊严和追求吗？

二、遭遇不幸的良松

松树遇到爱松之人自然是将遇良才、伯乐遇到千里马。然而，世间千里马常有，伯乐却不常有。所以，即便是长成了伟岸刚劲、苍郁粗壮的老松，一旦遇不到伯乐，其下场同样令人嘘唏。唐人于武陵的《赠卖松人》就为我们讲述了一个良松受到冷落的故事。

赠卖松人

〔唐〕于武陵

入市虽求利，怜君意独真。

劚将寒涧树，卖与翠楼人。

瘦叶几经雪，淡花应少春。

长安重桃李，徒染六街尘。

卖松人从寂静的山中来到繁华的长安街市，满心希望把辛辛苦苦从山间砍伐的松树卖给"翠楼"上的富贵人。虽然为利而来，但卖松人并不是真正的商人，他只是为了卖掉松树后，换点生活费用，维持生活所需，这是正常的生活需求，诗人对此表示了同情和理解。那么卖松人把凌霜傲雪的松树，也就是自己喜欢的松树砍掉后带到长安街市受到了什么待遇呢？答案让人心碎："长安重桃李，徒染六街尘。""瘦叶几经雪，淡花应少春。"松树是卖松人所看重的，然而并不是当时的世俗的世人所看重的。松树虽历寒雪，顽强坚贞，精神可嘉，但是因其"瘦叶"

"淡花"而不被长安人赏识。世俗的长安人喜欢的只是艳丽的桃花和雪白的李花之类趋时媚俗之花。所以,青松在长安街道转了一圈,并没有遇到赏识自己的人而被买走,只不过是白白地沾染上一些繁华街市上的灰尘而让出尘脱俗的自己平白蒙受了一些污垢罢了。酸涩的语言背后是对社会现实的深刻讽刺。在当时的社会环境下,有才能、有品格的有志之士,其下场其结果就是如此,他们是得不到当权者赏识的。这就像诗人自己一样。诗人于武陵,名邺,唐末京兆杜陵人。于武陵举进士不第后沉沦社会底层,曾以算卦占卜为生,后隐居山中。满腹才学却科举不第,品质高尚却得不到赏识,诗人于武陵不正是他笔下遭受冷遇的良松么?

诗中的松树是比喻,也是象征。松树长在山间,远离市井,象征着淡泊功名利禄的高尚君子。松树的遭受冷落反衬出诗人对卖松人、对松树的深厚感情。这里面不仅有对卖松人的怜悯之情,更有对松树的怜惜之情。而在这怜惜之情的背后,更是包含着诗人对人才、对君子、对高尚品德的敬重之情。

三、寒卑的涧底松

现实生活中,谁不渴望伯乐呢?谁不想实现自己的凌云壮志呢?对识才伯乐的渴望,对才干抱负的施展,是小松的心愿,更是已经长大成材的大松的心愿,尤其是对于已经上可拂云高、下可抵百尺的老松来说,更是如此。可是,如果大松长在深深的山谷底,成为涧底松,那又如何能轻易地实现自己的抱负呢?其前途又怎能不令人忧虑呢?譬如左思《咏史》诗中的涧底松:

咏史

〔魏晋〕左思

郁郁涧底松,离离山上苗。

以彼径寸茎,荫此百尺条。

世胄蹑高位,英俊沉下僚。

地势使之然,由来非一朝。

金张藉旧业,七叶珥汉貂。

冯公岂不伟,白首不见招。

左思(约250—305年),字太冲,临淄(今山东淄博)人。西晋著名文学家,其《三都赋》颇为称颂,曾造成"洛阳纸贵"的轰动效应。然而,左思虽才华横溢却相貌丑陋。《世说新语·容止篇》记载了一个关于左思貌丑的有趣故事:"潘岳妙有姿容,好神情。少时挟弹出洛阳道,妇人遇者,莫不连手共萦之。左太冲绝丑,亦复效岳游遨,于是群妪齐共乱唾之,委顿而返。"潘岳,即潘安,是西晋时期著名文学家,和左思同时代。潘岳容貌出众,风度翩翩,少年时带着弹弓外出游玩。

在大街上遇到潘岳的女子无不为他的优雅气质所倾服，她们手拉着手围在他身边看。相貌难看的左思，听说潘岳的经历后，内心十分羡慕；于是也仿效潘岳出门游逛，遇到他的众女子却一起向他乱吐口水，结果弄得垂头丧气、狼狈而归。

晋武帝时，左思的妹妹左棻因才华出众被召入宫为妃，左思因而升任秘书郎。晋惠帝时，左思依附朝中权贵贾谧，成为当时著名的文人集团"金谷二十四友"的重要成员。永康元年（300 年），左思因贾谧被诛，退出朝政，从此专心著述。左思以诗文扬名天下，其诗质朴凝练，尤其是《咏史》（八首）有形象、有内涵，被钟嵘赞誉为"左思风力"，对后世影响巨大；譬如《咏史·郁郁涧底松》借松喻人，谴责门阀制度下有才能的人才因出身寒微而备受压抑，毫无出头之日；而无才无能的世家子弟只因家世显赫便可占据要位，结果造成"上品无寒门，下品无士族（《晋书·刘毅传》）"的不公平现象。

郁郁苍苍的松树长在深深的涧底，行行绿油油的树苗长在高高的山顶。树苗很小，仅有数寸之长；松树很大，足有百尺之高。然而，仅有数寸之长的山顶树苗竟然遮盖住了涧底百尺之高的大松。人们只看到了树苗，而没有看到大松；就因为树苗长在高高的山顶，而大松长在深深的涧底！这种现象多像一些毫无才能的世家子弟凭借贵族的出身背景轻而易举就能登上高位，而富有才华的寒微之士只因出身低下，要么千辛万苦地付出比世家子弟多得多的汗水才能登上高位，要么一辈子屈居下位！这种不公平的现象由来已久，并非一朝一夕所致。譬如汉代的金日磾，从汉武帝到汉平帝，他的家族依靠祖先的功业，子子孙孙七代之中皆有担任内侍要职的。汉代的张汤，自汉宣帝之后，他的家族依靠祖上的遗业同样有十几人担任高职侍中或中常侍。而汉代的冯唐尽管军功赫赫、才能卓著，但是因为出身寒微，直到白头年老也不见重用。世家子弟可以几代几世做朝廷高官，而出身贫寒的人尽管才华超群却只能沉沦下僚，多么让人痛心！

《咏史·郁郁涧底松》问世之后引起了无数共鸣，"涧底松"也成为了一个经典的诗歌意象，作为才能卓著却沉沦下僚的君子象征被频繁运用。譬如元人侯克中《秋夜》中的"山头有苗高且崇，下荫涧底百尺松"，简直就是左思《咏史·郁郁涧底松》"郁郁涧底松，离离山上苗。以彼径寸茎，荫此百尺条"的翻版。再譬如唐人白居易《续古诗十首》（其四）中的"百尺涧底死，寸茎山上春"用的也是涧底松的意象。白居易非常偏爱涧底松的意象，他有首咏松诗名字即为《涧底松》："有松百尺大十围，生在涧底寒且卑。"这里的松树有"百尺"之高，"十围"之粗，可谓是栋梁之材；然而因为生长在深深的谷底，是一棵不折不扣的"涧底松"，所以不为外人知晓，既寒且卑。涧底松长在涧底虽才华满腹却难遇伯乐、壮志难酬，但它是不是因为壮志未酬就放弃自我、不再奋斗了呢？当然不是。它依然自然成长，郁郁苍苍。所以，担心、同情、忧虑是旁观者的，而不是涧底松自己的。

松树的淡然与自尊怎不令人心生敬意？

总之，不管是生长在蓬蒿中的小松，还是遭遇不幸的良松，抑或是生长在幽深谷底的"涧底松"，它们尽管因为各种各样的原因让人担心令人同情，但是就它们本身而言，它们并没有因自己长在蓬蒿中、长在深山中或者长在山涧底处就放弃成长、抛掉梦想，或者就怨天尤人、自轻自贱、自暴自弃了；相反，它们依然故我，该怎么生长就怎么生长，该做什么就做什么，就像幽谷中的兰花不为人知却依然散发芬芳一样。这样的松树多么像淡然自处的君子，尽管出身寒微、遭遇不幸，但是依然怀揣梦想；尽管壮志未酬，但是依然保持着君子的尊严——这如何令人不尊敬？！如何令人不钦佩？！如何令人不仰慕？！——它们完全是可堪做世人表率的真君子！

结　语

松与竹、梅并列"岁寒三友"。作为国人非常喜欢的一种植物，松树的身上承载了太多文化的内容，这些内容无一例外地与君子品格紧密相连，譬如潇洒安闲、高蹈出尘、勇敢坚强、孤直不群、清高脱俗、壮志凌云、淡然自尊等。

松树的潇洒安闲常有白云清风、碧天夜月相伴，幽林古道、高山流水等清幽环境也常常是其安闲生活的有力衬托。在唐代的诗人中，王维和松树的渊源最为深刻，他在诗歌中提到松树的次数也明显多于其他诗人。这无疑和他晚年一心事佛、心境的宁静恬淡密切相关。

提起松树的高蹈出尘，立刻会让人联想到君子隐逸的象征物：山林古道、寺庙钟声、松径仙鹤等。这样的环境自然有许多高蹈出尘的隐者。有隐者，就有隐者的向往者。松树和隐者所组成的与世无争的隐逸世界羡煞世人。在唐代的诗人中，王维和李白都是十分敬重隐者的，尤其是李白，更是把隐者捧高到了极致，他的《赠孟浩然》诗便是有力的佐证。敬重隐者，就会向往隐者，向往隐者的人就会在敬仰的心态下去拜访隐者。拜访隐者通常会出现两种情况：访而得见和拜而不遇。寻访隐者，有时候尽管期遇而未遇，但领悟到的人生真意未必亚于期遇而遇。

提起松树的勇敢坚强，立刻会让人想起松树经冬不凋零、历寒不改色的本性，让人不由自主联想到君子坚守道义、临难不移的美德。松树的这种美德，诗人通常通过风、霜、雪的衬托来表现，唐人岑参、韩溉，元人许谦，今人陈毅等都有诗歌咏之。除此之外，诗人还借助松树的这种美德来勉亲人、励友人，譬如魏晋刘桢借松树之风勉励从弟向其学习；唐人李白借松树之风赞美友人也勉励友人。

通过诗人的生花妙笔，我们读到了君子之情，也看到了君子之风。

提到松树的孤直不群立刻会让人联想到君子品格中孤直不倚、刚而不群的凛然之气。对于松树孤直不群的气节，诗人有不同的称呼：有人称之为"孤直"，有人称之为"孤标"，有人称之为"孤贞"，也有人称之为"孤秀"。对此，诗人李白、李商隐、李山甫、皎然、成彦雄、刘得仁、卢士衡、柳宗元等都有诗歌咏之。诗人用松树的这种美德来赞美节操自励、孤直不倚的君子操守。

因为松树的种种美德，古之文人爱松、敬松、赏松、颂松，也种松。宋人林景熙、谢邁都在诗歌中明确指出"种松如种德"。晋人陶渊明、唐人白居易、宋人苏轼、元人许谦、明人姚绶等都是种松的行家。通过种松这个桥梁，诗人的志行和松树的气节、美德邂逅相遇，成就佳话。

种松如种德，听松同样会引起诗人丰富的联想。听松知音，听松静心。松树的声音常常和风联系在一起，于是，"松风"成了诗歌中出现频率极高的词汇。诗人李白、王勃、刘长卿、顾况等都对"松风"十分偏爱。与"松风"意境相关的词汇还有"松声"等。"松声"代表着一种涤荡俗尘的宁静，也代表着一种高雅的精神境界。诗仙李白、诗僧皎然都很喜欢倾听松声。从松声中能得到审美的愉悦和心灵的安宁。如果说风过松响，静心听之可以荡涤世俗之污垢；那么，松下清风则会唤起人们对清高脱俗之士的向往。魏晋时期，士人在品评人物时，常常把"松下清风"与风度气质联系起来。

松树有美德也有志向。对于松树的志向，诗人多用"笼云心"或者"廊庙思"来形容。南朝梁人吴均、唐人李白和宋人王安石都有赞美松树抱负的诗篇。尽管松树像君子一样才华横溢、志向远大，但是如果没有伯乐的赏识，松树可能沦落为"涧底松"，君子可能壮志难酬。旁观者看到这种现象，多半会同情怜惜或者痛恨这种不公。但是，对于君子本身而言，他们尽管壮志难酬，但是依然故我，发其光、散其热，淡然洒脱、自强不息，保持着壮志未酬的君子尊严，这样的君子品格尤其令人敬佩！

显而易见，松树意象的繁盛创作与文人对松树品格的推崇有着密不可分的精神联系。通过观其形、辨其色、听其声、思其节、念其德，中国文人将看似普通的松树变得特别丰伟高大。所以，看到松树，人们便会联想到种种君子品格：

"为君颜色高且闲，亭亭迥出浮云间（《咏新秦郡松树》）"——如果说，人们从松树身上看到了潇洒，那是因为他们从松树的身上联想到了自然安闲、心无挂碍的君子品格。

"红颜弃轩冕，白首卧松云（《赠孟浩然》）"——如果说，人们从松树身上看到了隐逸，那是因为他们从松树的身上联想到了不附流俗、超然世外的君子品格。

"岂不罹凝寒，松柏有本性！（《赠从弟》）"——如果说，人们从松树身上看到了松树的坚强，那是因为他们从松树的身上联想到了坚贞不移、勇敢顽强的君子品格。

"真树孤标在，高人立操同（《咏上人座右画松》）"——如果说，人们从松树的身上看到了傲岸，那是因为他们从松树的身上联想到了高傲耿介、孤直不倚的君子品格。

"南窗萧飒松声起，凭崖一听清心耳（《白毫子歌》）"——如果说，人们从松树身上感受到了松树的声音之美，那是因为他们从松树的声音上联想到了寡欲清心、宁静致远的君子品格。

"何当凌云霄，直上数千尺（《南轩松》）"——如果说，人们从松树身上看到了松树的志向，那是因为他们从松树的志向上联想到了壮志凌云、自强不息的君子品格。

"郁郁涧底松，离离山上苗（《咏史》）"——如果说，人们从松树身上感受到了松树的淡然与自尊，那是因为他们从松树的淡然与自尊上联想到了淡泊从容、自尊自强的君子品格。

"诗人咏物，联类不穷（《文心雕龙》）"，由此可知，松树的君子品格离不开中国文人的慧眼慧心。"登山则情满于山，观海则意溢于海（《文心雕龙》）""以我观物，则物皆著我之色彩（《人间词话》）"，在物我交融的境界中，在文人慧心的烛照下，松树再不是普通的松树，它已经跻身于"岁寒三友"，列班于"花中五清"。松树因为文人赋予它的君子品格而在中华君子文化中万古长青、永世长存！

参 考 文 献

[1] 毛泽东. 毛主席诗词三十七首[M]. 北京：文物出版社，2010.

[2] 范成大. 梅兰竹菊谱[M]. 杨林坤，吴琴峰，殷亚波，编著. 北京：中华书局，2020.

[3] 陈秀中，金荷仙. 中华传统赏花理论研究[M]. 北京：中国林业出版社，2017.

[4] 李商隐. 玉溪生诗集笺注[M]. 冯浩，笺注. 蒋凡，标点. 上海：上海古籍出版社，2011.

[5] 钱志熙，刘青海. 李白诗选[M]. 北京：商务印书馆，2016.

[6] 莫砺锋，童强. 杜甫诗选[M]. 北京：商务印书馆，2018.

[7] 王维. 王维诗集[M]. 赵殿成，笺注. 白鹤，孟柏，校点. 上海：上海古籍出版社，2017.

[8] 杜牧. 杜牧诗集（国学典藏）[M]. 冯集梧，注. 徐涛，校点. 上海：上海古籍出版社，2015.

[9] 陈祖美. 李清照诗词选[M]. 北京：商务印书馆，2015.

[10] 苏轼. 苏轼词集[M]. 刘石，导读. 上海：上海古籍出版社，2009.

[11] 白居易. 白居易诗集校注[M]. 谢思炜，校注. 北京：中华书局，2006.

[12] 李白. 李太白全集[M]. 王琦，胡之骥，注. 李长路，赵威，点校. 北京：中华书局，1998.

[13] 上海辞书出版社文学鉴赏辞典编辑中心. 历代名诗鉴赏：元明清诗[M]. 上海：上海辞书出版社，2018.

[14] 俞平伯，施蛰存，萧涤非，等. 唐诗鉴赏辞典[M]. 上海：上海辞书出版社，2004.

[15] 上海辞书出版社文学鉴赏辞典编纂中心. 唐宋词鉴赏辞典：新一版[M]. 上海：上海辞书出版社，2016.

[16] 曹雪芹，高鹗. 红楼梦[M]. 启功，注. 俞平伯，校. 北京：人民文学出版社，2017.

[17] 胡媛媛. 唐诗三百首[M]. 武汉：湖北美术出版社，2015.

[18] 罗艳辉. 宋词三百首[M]. 武汉：湖北美术出版社，2015.

[19] 陈菲，徐晔春. 唐诗花园：跟着唐诗去赏花[M]. 北京：农村读物出版社，2004.

[20] 余嘉锡. 世说新语笺疏[M]. 2版. 北京：中华书局，2007.

[21] 汉唐，王延英. 插图本赏花用唐诗[M]. 沈阳：辽海出版社，2001.

[22] 姜炎. 赏花诗选[M]. 郑州：河南教育出版社，1990.

后　记

《梅兰竹菊松诗词与君子文化再读》几经修改，终于完稿。掩卷之余，禁不住感慨万千。

往事如星，历历在目。想起当初我有幸多次参加学校（华北水利水电大学）水文化教育与传播工作会议，座谈中听学校水文化研究中心首席专家朱海风教授讲他正在着手"学海艺林中的君子文化研究"，我说我也喜欢诗词歌赋，他问我能否把"植物花卉诗词与君子文化"方面的写作承担下来。我在诚惶诚恐之余，就把这样一个艰巨的任务给应承下来了。这本书我写了快五年了，至今方算完成。

在这样一个漫长而枯燥的过程中，特别要感谢朱教授给予我的精心指导和具体帮助！如果没有他的指导、帮助和鼓励，我可能就完不成自己当初的承诺了。

同时衷心感谢诸多老师、同事和出版社编辑对我的鼎力相助，感谢家人对我的关心和支持，还要感谢现代化的网络及其所提供的各种方便，更要感谢我们这个高度重视中华优秀传统文化创造性转化和创新性发展的新时代。

李汶净

2022 年 8 月 16 日